中國語言文字研究輯刊

三　編

許錟輝　主編

第6冊

《山海經》疑難字句新詮
——以楚文字爲主要視角的一種考察

鄒濬智　著

花木蘭文化出版社

國家圖書館出版品預行編目資料

《山海經》疑難字句新詮——以楚文字為主要視角的一種考察
／鄒濬智 著 — 初版 — 新北市：花木蘭文化出版社，2012
〔民 101〕
序 2+ 目 2+228 面；21×29.7 公分
（中國語言文字研究輯刊　三編；第 6 冊）
ISBN：978-986-322-051-0（精裝）
1. 山海經　2. 研究考訂
802.08　　　　　　　　　　　　　　　　　101015854

ISBN-978-986-322-051-0

9 789863 220510

中國語言文字研究輯刊
三　編　　第　六　冊　　　　ISBN：978-986-322-051-0

《山海經》疑難字句新詮
——以楚文字爲主要視角的一種考察

作　　者　鄒濬智
主　　編　許錟輝
總 編 輯　杜潔祥
出　　版　花木蘭文化出版社
發 行 所　花木蘭文化出版社
發 行 人　高小娟
聯絡地址　新北市永和區中正路五九五號七樓之三
　　　　　電話：02-2923-1455／傳眞：02-2923-1452
網　　址　http://www.huamulan.tw 信箱 sut81518@gmil.com
印　　刷　普羅文化出版廣告事業
初　　版　2012 年 9 月
定　　價　三編 18 冊（精裝）新台幣 40,000 元

《山海經》疑難字句新詮
——以楚文字爲主要視角的一種考察

鄒濬智　著

作者簡介

　　鄒濬智，一九七八年生，南投縣人，政治大學中文學士，臺灣師大國文碩士、博士。曾任中央研究院歷史語言研究所兼任助理，臺科大、元培科大、景文科大及耕莘專校等校專、兼任教師，現爲中央警察大學通識教育中心專任助理教授。研究領域爲漢語語言文字學、出土文獻學、民間習俗與信仰、國學應用等。編撰有（含合撰）《《上海博物館藏戰國楚竹書（一）》讀本》等學術專著六種、《說文解字注（標點本）》等教科書五種、單篇學術論文七十餘篇。

提　要

　　《山海經》爲中國著名奇書之一，它記載古人所認識之東、南、西、北、中各方位的山川地理與風俗民情，一直以來被視爲是研究上古文化的重要參考資料。然而由於《山海經》傳抄的時空跨越度太大，其中有不少紀錄已被證實存在若干的錯簡與訛誤。目前學界普遍接受《山海經》在漢初被寫定成書之前，戰國南方的巫覡術士之流曾經對其進行了大規模的整理。筆者合理地推斷《山海經》中的錯簡或訛誤，可能有不少是在此時所發生。是以本研究擬透過使用戰國南方的、特別是楚國的語言文字，重新疏理《山海經》裡滯礙難通的文句，希望藉此提高《山海經》的合理性和可信度，也期待本研究能在促進上古文化研究條件上，發揮一定程度的幫助。

序

　　我對《山海經》的注意，始於讀碩士班的時候。那時班上有好些同學打算寫它。《山海經》光怪陸離的內容的確很能吸引年輕人的注意。於是當時我找了個機會將這書拿來翻了一翻。但這一翻徹底澆熄我選擇《山海經》做為碩士論文題目的想法苗頭。因為《山海經》的內容實在太奇、太難，拿它當學位論文題目來進行研究，遠非當時我的學力所能及。

　　攻碩、攻博的那七年，我在古文字及出土文獻堆裡打滾。才力不逮，沒什麼像樣的成績，但這期間所培養出來的對上古漢語語言文字及文獻整理的學理認識是有的。在古文字、古文獻領域學習的時間裡，我深深為這領域的豐碩成果未能被其他學術領域所理解而感到可惜。這一方面固然是因為疑古思潮沒有褪盡，古文字和出土文獻仍然被某些大師視為是「當代的藝術品」；二方面是此領域的專家學者心力多半集中在文字考釋及文獻整理，對本領域和異領域的溝通交流缺乏興趣；三方面是有一種刻板印象普偏的被認知：結合古文字及出土文獻研究成果為其他領域的學術癥結把脈，通常只有大師中的大師才有能力做。而典型在夙昔的大師們所處理的又都是經典中的經典——《尚書》、《詩經》、《說文》及《楚辭》等。拿地下材料來「新證」地上典籍的這條路就更加的讓人望而生畏了。

　　在廿至廿一世紀神州大陸出土的文獻裡，故楚國的簡帛，其所承載的文字

數量及學術影響性數一數二；而《山海經》的流傳與成書，又存在有濃濃的楚文化因子。就現有的條件來看，確實適合對《山海經》進行一番新證。然而《山海經》太奇了，奇到沒有人敢新證它、敢爲自己新證《山海經》所得出的結果打包票。新證《山海經》，大師愼不爲，年輕學者懼不爲，非古文字及出土文獻領域的學者則難以爲。

十二年過去了，重拾《山海經》並寫一本閱讀《山海經》的心得小書，這並不代表我已經有足夠的能力去讀通這本曠世奇書。寫這本小書，除了完成自己年輕時未竟的一個想望外，駑鈍如我，懷抱著的是一顆向其他領域介紹出土楚文字和楚文獻的傻膽。這本實驗性質濃厚的小書，幼稚的見解所在多有。貽笑大方之家，合該是意料中事。但……「如果一個想法在一開始不是荒謬的，那它就是沒有希望的！」（愛因斯坦）

目次

第壹章　緒論：《山海經》的研究現況與困難點突破

第一節　《山海經》的內容

　　《山海經》之名最早見於《史記‧大宛列傳》：「太史公曰：『《禹本紀》言，河出昆侖，故言九州山川，《尚書》近之矣，至《禹本紀》、《山海經》，所有怪物，余不敢言之也。』」《漢書‧藝文志》著錄《山海經》十八卷，後來又有所損益。依照袁珂的整理校注，今本《山海經》全書有十八卷，[註1] 它是中國重要的地理、文學神話、巫文化及歷史典籍。《山海經》全書卅九篇，計三萬一千多字，在這些篇目中，先民把空間劃分成南、西、北、東、中五大區域，並記載了每個區域中主要的山系、河流、礦產、動植物以及村落分佈、民俗祭祀等。

　　《山海經》的具體內容分別爲：第一至第九卷爲《五藏山經》五篇，主要記載五個方向的山系及其山神祭祀方法。第六卷至第九卷則爲《海外南經》、《海外西經》、《海外北經》、《海外東經》四篇，主要記載《五藏山經》南、西、北、東四個地域之外沒有記載到的地理概況。它把這些地域劃分成西南角至東北角、西南角至西北角、東北角至西北角、東南角至東北角四個

〔註1〕　袁珂《山海經全譯》，貴陽：貴州人民出版社，1990年。

區域，並分別記載其主要的山、水、物產以及地形地貌。第十卷至第十三卷
爲《海內南經》、《海內北經》、《海內西經》、《海內東經》四篇，它將《五藏
山經》南、西、北、東四大區域內沒有記人的地域分成從東南角以西、西南
角以北、西北角以東、東北角以南四個地域，並記載這四個地域主要的山脈、
河流、特產以及人的主要活動和建置等。第十四卷至第十七卷爲《大荒東經》、
《大荒南經》、《大荒西經》、《大荒北經》四篇，它則將《五藏山經》之外廣
大邊遠地域地理狀況分區綜述，記其主要山地、河流、物產以及人們的生活
方式和建置等。第十八篇《海內經》是《山海經》地理狀況的總結，總結全
書地理形勢分野、山系、水系、開拓區域分佈；農作物生產；井的發明；樂
器製作；民族遷徙；江域開發以及洲土安定發展形成的基本格局。〔註2〕

第二節　《山海經》的研究現況

　　《山海經》經〔漢〕劉向整理成書後，僅〔晉〕郭璞給予嚴肅的看待，之
後研究《山海經》並成一家之言者寥寥可數。然而明、清之後，樸學抬頭，重
要的《山海經》注疏疊出不窮。廿世紀初期，學者從歷史的、地理的、民俗的、
民族的角度對《山海經》進行重新的審視。神話研究者更另闢蹊徑，探討其中
各式神話原型。稍後，學界對《山海經》生物的、宗教的、醫學的討論不曾間
斷，於茲，《山海經》研究達臻空前鼎盛的狀態。以下依各個不同研究面向，重
點說明古今《山海經》研究成果如下：〔註3〕

一、《山海經》的版本和校注

　　東晉時郭璞爲《山海經》作注十八卷，往後千餘年間並未出現任何一部發
揮廣大影響的注本。直到〔明〕楊慎著《山海經補注》一卷、王文煥著《山海
經釋義》十八卷，才有像樣的注本。但與郭璞注本相比，明注本均無重大的突
破，學術價值也不高。

〔註2〕　張建〈《山海經》——中國最早的地理志〉，《岳陽職業技術學院學報》21 卷 1 期，
　　　　2006 年 2 月，頁 94。

〔註3〕　孫玉珍〈《山海經》研究綜述〉，《山東理工大學學報》社會科學版 19 卷 1 期，2003
　　　　年 1 月，頁 109～112 曾對《山海經》的研究現況做了詳細的分類整理，以下以孫
　　　　文爲基礎，加以增補說明。

　　有清一代學術主流是樸學，眾多學者投入傳世典籍的注疏。適逢其盛，《山海經》的校注在清代可謂集其大成，除注本眾多外，各書的學術價值也都不低。其中吳任臣的《山海經廣注》十八卷、汪紱的《山海經存》九卷、畢沅的《山海經新校正》十八卷、郝懿行的《山海經箋疏》十八卷最值得肯定。此時期的注疏工作主要集中在《山海經》內容的注釋和考證。

　　吳任臣的《山海經廣注》是對郭璞《山海經注》的補正之作，「於名物訓詁，山川道里，皆有所訂正」（《四庫全書總目提要》卷一四二），然其缺失在於引據過繁，考證不夠精當；汪紱的《山海經存》的特色是圖文並存，孫楷第稱此書「拾遺補闕，上溯經史，下逮百家，凡有涉於《山海經》者，莫不搜采徵引，重爲釐定，而於荒誕之說尤嚴於辨證。」〔註4〕各書之間能稱作清代《山海經》注本第一等的，當推畢沅的《山海經新校正》。畢沅系統考證《山海經》版本流傳與變異，經文方面的校勘也十分精細準確。由於畢沅長於地理之學，故對《山海經》的山川地理形勢，考證極爲詳盡，但相較之下，對於其間名物的訓詁，則顯得較爲疏略。稍後於畢沅的郝懿行，所撰《山海經箋疏》也是一部不朽之作。郝氏之學屬乾嘉學派，該書不但總結了前人的優點，並且在不少地方發揮了屬於他自己的創見。郝氏序稱「計創通大義百餘事，正僞文三百餘事」，可說是恰如其分。〔註5〕

　　當代對《山海經》的整理、校注最有成就的當屬袁珂。袁珂是著名的神話學家，他於 1963 年完成《海經新釋》，1978 年完成《山經柬釋》，並合兩書而成《山海經校注》。珂氏集前代學者研究之大成，注重版本的運用，內容校勘精審，材料搜羅豐富。〔註6〕由於珂氏是研究神話起家，所以他的校注對神話的解釋特別有獨到之處。珂書還有大量的插圖，卷末另外附有山名、地名、人名、神名、怪名、動植物名、礦產名索引，對《山海經》研究者來說極爲便利。80年代袁珂又出版了《山海經校譯》，並且發表了一系列的論文，使他成爲當代《山海經》研究的第一人。

〔註4〕　孫楷第、戴鴻森《戲曲小說書錄解題》（北京：人民文學出版社，1990 年），頁 1。

〔註5〕　胡遠鵬〈中國《山海經》研究述略〉，《福建師範大學福清分校學報》2006 年 3 期，頁 2。

〔註6〕　郭華〈《山海經校注》評介〉，《求索》2011 年 2 期，頁 257。

　　除去大陸、香港地區，臺灣歐纘芳曾撰〈《山海經》校證〉，〔註7〕此文和傅錫壬〈《山海經》研究〉〔註8〕二篇文章地毯式的窮究《山海經》難解之處。對不同版本間的異文取捨和訛字衍文都有所論，亦多有可取之處。

　　而在校注之外，也有以《山海經》諸種校注爲探討對象的研究在進行著，如謝秀卉的《《山海經》郭璞注研究》，〔註9〕針對郭璞之注加以梳理、分類，並探討郭璞注之特色，分析其與漢人傳統觀點間的聯繫與差異，同時說明郭璞如何在魏晉玄學興盛的歷史脈絡之下，開創出屬於他的獨特理解。又如鍾佩衿的《袁珂的《山海經校注》研究》，〔註10〕探討袁珂的校注如何反映出前輩學者對於《山海經》以及「神話」的觀點，同時說明袁珂對歷代《山海經》校注版本與中國神話的整理成果。

二、《山海經》的篇目考證

　　《山海經》據說是由〔漢〕劉向、劉歆父子帶領一批校書大臣所校定而正式成書的。劉歆在〈上山海經表〉中云：「所校《山海經》凡三十二篇，今定爲一十八篇，已定。」〔漢〕班固《漢書·藝文志》載《山海經》十三卷。〔晉〕郭璞注《山海經》定爲十八篇，《隋書·經籍志》載《山海經》二十三卷，《舊唐書·經籍志》載十八卷，《新唐書·藝文志》載二十三卷，皆爲郭璞注本。今天流行的是十八卷本。《山海經》的篇數問題一直以來讓後人爭論不休。

　　最早系統考證《山海經》篇數的是〔清〕畢沅，他的《山海經新校正·首卷·《山海經》古今本篇目考》詳盡考證《山海經》古今本的篇次與變化。畢氏認爲劉向的十三卷包括《山經》五卷、《海內經》四卷、《海外經》四卷，劉歆所校的卅二篇是卅四篇之誤。劉歆所上的十八卷本是在其父所定的十三卷本基礎上又加上《大荒經》以下五篇，遂成定本，亦即今天所流行的《山海經》全本。〔清〕郝懿行在《山海經箋疏·敘》中也論及篇目，所得到的結論與畢沅相去不遠，郝氏並認爲出現這種情形的原因是「古經殘簡，非復完篇，殆自昔而然矣。」

〔註7〕歐纘芳〈《山海經》校證〉，《文史哲學報》11 期，1962 年 9 月，頁 203～338。

〔註8〕傅錫壬〈《山海經》研究〉，《淡江學報》文學部 14 期，1976 年 4 月，頁 33～61。

〔註9〕謝秀卉《《山海經》郭璞注研究》，臺北：政治大學中文所碩士論文，2008 年。

〔註10〕鍾佩衿《袁珂的《山海經校注》研究》，臺北：政治大學中文所碩士論文，2009 年。

當代學者袁珂更詳細的指出：

> 《山海經》篇目古本爲三十四篇；劉向《七略》以《五藏山經》五
> 篇加《海外經》、《海內經》八篇爲十三篇，《漢志》因之；劉秀校書，
> 乃分《五藏山經》爲十篇而定爲十八篇；郭璞注此書復於十八篇外
> 收入「逸在外」的《荒經》以下五篇分爲二十三篇，即《隋志》所
> 本；《舊唐書·經籍志》復將劉秀原本所分的《五藏山經》十篇合爲
> 五篇，加《海內外經》八篇、《荒經》以下五篇爲十八篇，求符劉秀
> 表文所定篇目，即今本。〔註11〕

袁珂所作的結論合理地解釋了《山海經》的篇目之謎，也是目前最爲人所接受
的說法。

三、《山海經》的作者和成書年代研究

關於《山海經》的作者和成書年代亦是眾說紛紜，其實這兩個問題是緊密
相連的。〔漢〕劉歆在〈上《山海經》表〉云：「《山海經》者，出於唐虞之際。
禹別九州，任土作貢；而益等類物善惡，著《山海經》。」〔漢〕王充《論衡·
別通篇》、〔漢〕趙曄《吳越春秋·趙王無餘外傳》、〔晉〕郭璞《山海經·敘》
皆認爲《山海經》乃禹、益所作而後人有妄增部分，成書於虞夏之際，爲先秦
古書。〔宋〕朱熹、〔明〕胡應麟等則認爲《山海經》成書於戰國末期，是「戰
國好奇之士」所作，否認了禹、益所作的可能性。

〔清〕紀昀主持之《四庫全書》，其〈總目提要〉稱《山海經》「斷不作於
三代以上，殆周、秦間人所述，而後來好異者又附益之歟？」這一觀點又被後
人所闡發，學術界開始有「《山海經》並非作於一時一人，而是代有增益，逐漸
成書」的看法出現。〔清〕畢沅的《山海經新校正》綜合諸家之說，認爲《山經》
部分爲禹、益所作，《海外經》和《海內經》是周秦人所述，《大荒經》則出自
劉歆之手。

廿世紀初北京大學教授劉師培雖未直接斷定《山海經》確是鄒衍所撰，但
其〈西漢今文學多采鄒衍說考〉根據《墨子》所記「神仙家言，亦以齊邦爲盛」
進行推斷，他主張《史記·大宛列傳》與《山海經》並提的《禹本紀》疑亦衍

〔註11〕袁珂〈《山海經》寫作的時地及篇目考〉，《中華文史論叢》7輯，1978年，頁171。

書。對於劉氏的主張，游國恩在《屈原探原》中稱劉說「極爲有見」。方孝岳〈關於《楚辭‧天問》〉、程耀芳《鄒衍五德論‧九州論之源流》亦都認爲《山海經》是鄒衍的作品。何觀洲〈《山海經》在科學上之批判及作者之時代考〉也對「鄒衍說」作了較系統的考證，其結論是：「《五藏山經》爲鄒衍所作，或鄒派學者所作。」

明確反對「鄒衍說」的有鄭德坤等學者。鄭氏〈〈《山海經》在科學上之批判及作者之時代考〉書後〉一文提出了反論，他認爲從各方面的理由看，《山海經》不能說是鄒衍作的；只可以說，鄒衍所記有類似《山海經》的地方。主張《山海經》作者確爲某人者還有衛聚賢。衛聚賢《山海經》研究》認爲此書爲楚以南人所作，並進一步推演爲墨子弟子印度人隨巢子作。〔註 12〕同意隨巢子說的人不多，即使認爲衛氏「楚以南人」說很有見地的張心澄，在其書《僞書通考》中也認爲衛聚賢主張的「印度人隨巢子說」不完全對。〔註 13〕

隨著《山海經》研究的不斷深入，學者逐漸在「《山海經》非出於一人一時」的見解上取得共識。像陸侃如認爲《山海經》成書於戰國至魏這一漫長的時代，其中《山經》爲戰國楚人所作，《海內經》和《海外經》爲西漢人所作，《大荒經》和《海內經》爲東漢或魏晉時人所作。茅盾認爲《山海經》的成書年代可定爲：《五藏山經》東周時作，《海內外經》至遲成書於春秋戰國之交，《荒經》的成書時代也不會太靠後。〔註 14〕蒙文通斷定《山海經》成書於春秋戰國時期，《海內經》是古蜀國人所作，《大荒經》是巴國人所作，〔註 15〕《山經》和《海外經》是楚人所作——總之《山海經》是南方人所作。至於寫作時間，蒙氏以爲《山海經》的寫作年代不會晚於公元前四世紀中葉鄒子五運說興起之後；《海內經》部分當是寫作在西周中期以前；《大荒經》部分的寫作時代當在周室東遷以前；《五藏山經》的寫作時代當在周定王五年至梁惠王十年之間。〔註 16〕袁珂

〔註 12〕 以上討論見中國《山海經》學術討論會編《《山海經》新探》，成都：四川省社會科學出版社，1986 年。

〔註 13〕 張心澄《僞書通考》，上海：上海商務印書館，1954 年。

〔註 14〕 陸、茅說法見茅盾《神話研究》（天津：百花文藝出版社，1981 年），頁 147～150。

〔註 15〕 蒙氏此說法得到不少回應，如金榮權〈《山海經》作者應爲巴蜀人〉（《貴州社會科學》總 192 期，2004 年 11 月）即同意蒙說。

〔註 16〕 蒙文通〈略論《山海經》寫作時代及其產生的地域〉，《中華文史論叢》1 輯，1962

認為《山海經》成書於戰國中期至漢代初年：其中《大荒經》四篇和《海內經》一篇成書最早，大約在戰國初期至中期；《五藏山經》和《海外經》成書於戰國中期至晚期；《海內經》四篇成書於漢代初年。它們的作者都是楚人，即楚國或楚地的人。〔註17〕袁行霈大致肯定《山經》是戰國初期或中期的作品，《海經》肯定是秦或西漢初年的作品；《大荒經》以下五篇同海外、內經一樣是秦和西漢初年的作品。袁氏並認為《山海經》假如不是中原地區的產物，那麼最大的可能是產於西方。〔註18〕孫致中則認為《山海經》著作於西周，最早的編著者是西周時殷遺巫師，歷經東周、春秋戰國，數百年間的巫師們對它的內容進一步充實、豐富，秦漢時的文士們對它又有所增飾。〔註19〕唐世貴則指出《山海經》一開始的圖語本應是成書在西周前期的巴蜀地區，戰國初中期，華文本《山海經》由定居蜀地的楚國貴族綜合圖語本、口頭傳說，再加入楚地神話以及中原、海外歷史地理知識編寫而成，〔註20〕其後秦漢時代又有穿鑿附會，才成為中國唯一的一部用漢語前身──「雅言」編寫成的遠古神話歷史地理書。〔註21〕

　　儘管各學派的學者具體意見不盡相同，但目前《山海經》研究者皆持有共同的看法：《山海經》的著者不是一人，成書年代也不是一時，〔註22〕其關鍵傳播並寫定成書的作者群要以南人最為可能。

四、《山海經》的性質研究

　　《山海經》的性質，兩千餘年以來莫衷一是。《漢書‧藝文志》把它列入數術略形法家中，與《宮宅地形》、《相人》、《相寶劍》、《相六畜》等書並列，顯

年，頁 76～78。

〔註17〕袁珂〈《山海經》寫作的時地及篇目考〉，《中華文史論叢》七輯，1978 年，頁 147～171。

〔註18〕袁行霈〈《山海經》初探〉，《中華文史論叢》1979 年 1 期。

〔註19〕孫致中〈《山海經》的作者及著作時代〉，《貴州文史叢刊》1986 年 1 期，頁 78～82。

〔註20〕唐世貴〈《山海經》成書時地及作者新探〉，《遼寧師範大學學報》社會科學版 29 卷 4 期，2006 年 7 月，頁 82。

〔註21〕唐世貴〈《山海經》作者及時地再探討〉，《宜賓學院學報》2003 年 6 期，頁 46。

〔註22〕有關《山海經》作者及成書時代的各家說法，更詳盡的介紹可參張步天〈20 世紀《山海經》作者和成書經過的討論〉，《益陽師專學報》22 卷 1 期，2001 年 1 月。

然把它當作「形法家書」的一種。〔註23〕

其後《隋書·經籍志》、《舊唐書·經籍志》、《新唐書·藝文志》、〔宋〕王堯臣《崇文總目》、〔宋〕尤袤《遂初唐書目》等把《山海經》放入地理類，顯然是把它作爲「地理書」來看待。〔明〕胡應麟在《少室山房筆叢》中則認爲《山海經》是「古今語怪之祖」。

到了清代，《四庫全書》把它放在小說家類。〔註24〕《四庫全書總目提要》述敘改列的理由是：「書中述山水，多參以神怪，核實定名，實則小說之最古耳。」〔註26〕《四庫全書》之所以如此歸類，是因爲《山海經》中記錄了上古的神話傳說和少數民族的異聞怪事的關係。

廿世紀以後，《山海經》研究者對其性質的界定雖然各不相同，但大約可以歸納出以下幾種看法：〔註27〕

其一、巫書說

魯迅在《中國小說史略》中說：

> 《山海經》今所傳本十八卷，記海內外山川神祇異物及祭祀所宜，
>
> 以爲禹、益作者固非，而謂因《楚辭》而造者亦未是；所載祠神之
>
> 物多用糈，與巫術合，蓋古之巫書也，然秦漢人亦有增益。〔註28〕

魯迅的「古之巫書」說被孫致中和翁銀陶等人所接受並加以發揮。他們從巫、巫術與《山海經》的編書形式和記載的山川地理、物產、神話等方面加以闡釋，

〔註23〕 《漢書·藝文志》：「形法者，大舉九州之勢，以立城郭舍形，人及六畜骨法之度數，器物之形容，以及其聲氣貴賤吉凶。」可見「形法家」乃是一種根據山川、城郭、宮舍、器物、人及六畜的形與貌以推斷吉凶貴賤的學說，頗爲類似今日勘輿家或命相家之流。

〔註24〕 《山海經》由史部而改入子部的詳細過程可參翟蕾〈《山海經》從史部入子部考證〉，《文學界》理論版 2010 年 12 期，頁 211。

〔註26〕 《四庫全書總目提要》在小說家類下又分爲三派：其一敘述雜事，其二記錄異聞，其三綴輯瑣語。

〔註27〕 除以下四種說法，還有一種特殊的見解，以爲《山海經》是一本旅行指南，詳陳怡芬《《山海經》的旅行記錄》，臺北：臺灣師範大學國文系碩士論文，2004 年。謹列備參。

〔註28〕 魯迅《中國小說史略》（北京：人民文學出版社，1973 年），頁 9。

以此來證明「巫書說」所言無誤。〔註29〕羅永麟也認為：

> 整部《山海經》實際不過是古代巫師、方術以其所具有的地理和歷
> 史知識，附會民間神話、仙話、傳說和奇聞怪事而編成的一部巫書，
> 也就是一部古志（神）怪故事書……實際就是巫師（方士）之流，
> 施行巫術儀式時，所講的神怪故事的結集而已。〔註30〕

其二、神話著作說

廿世紀首先認定《山海經》是一部神話總集的是茅盾。茅盾說《山海經》「大概是秦末的喜歡神話的文人所編輯的一部雜亂的中國神話總集」；〔註31〕袁珂雖然不否認魯迅的巫書說：「此書雖寫集於從戰國初年到漢代初年，難免不有後世滲入的雜質，而其絕大部分內容，仍當由原始社會末的巫師傳嬗下來」，但他更傾向於神話著作說：「《山海經》匪特史地之權輿，亦神話之淵府。」〔註32〕

其三、史地信史說

〔清〕張之洞《書目答問》將《山海經》看成歷史著作而列入「古史類」，近現代許多學者也都認為它是信史。像張岩在他的《《山海經》與古代社會》中認為《山海經》是中國大型原始文明形成階段的歷史實錄。王大有也認為《山海經》是一部以古代地理為整體結構的，記載了距今約 8000 年至 3000 年中國上古圖騰社會珍貴史料的綜合性通史著作。〔註33〕楊卓進一步指出：「今天，我們的工作則是辨偽存真，將那些不實之辭剔出《山海經》，讓《山海經》從神話回歸歷史，恢復它是一部信史的本來面目。」〔註34〕陳連山在〈論形法家的涵義——從漢代知識形態的特點把握《山海經》的性質〉〔註35〕、〈《山海

〔註29〕 孫致中〈《山海經》的性質〉，《貴州文史叢刊》1985 年 3 期，頁 102～106；翁銀陶〈《山海經》性質考〉，《福建師範大學學報》1985 年 4 期，頁 83～88。

〔註30〕 羅永麟《中國仙話研究》（上海：上海文藝出版社，1993 年），頁 60～61。

〔註31〕 茅盾《神話研究》（天津：百花文藝出版社，1981 年），頁 28。

〔註32〕 袁珂〈論《山海經》的神話性質——兼與羅永麟教授商榷〉，《思想戰線》1989 年 5 期，頁 29～36，46。

〔註33〕 以上見王大有〈《山海經》是上古史書〉，《新華文摘》1990 年 4 期，頁 197。

〔註34〕 楊卓〈論《山海經》是一部信史〉，《中國文化研究》1995 年 4 期。

〔註35〕 陳連山〈論形法家的涵義——從漢代知識形態的特點把握《山海經》的性質〉，《先秦兩漢學術》8 期，2007 年 9 月，頁 101～108。

經》巫書說批——重申《山海經》爲原始地理志〉二篇文章中亦強力主張此說。〔註36〕賀雙非更提出「《山海經》是綜合性的地方志」這般肯定的看法。〔註37〕

其四、科學百科全書說

由於《山海經》包山包海的保有了上古各種原始科學的紀錄，所以還有一派學者以爲《山海經》就是一部上古的科學百科全書。如呂子方在〈讀《山海經》雜記〉指出《山海經》：

> 涉及面廣泛，諸如天文，地理，動物，植物，礦物，醫藥，疾病，氣象，占驗，神靈，祀神的儀式和祭品，帝王的世系及葬地，器物的發明製作，以至絕域遐方，南山北地，異聞奇見，都兼收並錄，無所不包，可說是一部名物方志之書，也可以說是我國最早的類書。〔註38〕

楊超也指出：「《山海經》是一部難得的上古時代的百科全書，按我們中國過去的說法就是類書。……基本上是一部自然科學的百科全書。」〔註39〕徐南洲亦認爲《山海經》是一部中國上古的科技史書。他以爲就《山海經》記載的自然科學資料而言，業已構成爲一部中國上古的科技史。它既記載有古代科學家們的創造發明，也有他們的科學實踐活動，還反映了當時的科學思想以及已經達到的科學技術水準。〔註40〕

五、《山海經》的地理學研究

詳本章第參節「《山海經》研究的困難·《山海經》性質定位（含指涉空間定位）的困難」所提及的今人研究現況。

〔註36〕陳連山〈《山海經》巫書說批——重申《山海經》爲原始地理志〉，《興大中文學報》27 期（增刊），2010 年 12 月，頁 295～312。

〔註37〕賀雙非〈《山海經》是雜史名著〉，《湖南城市學院學報》32 卷 2 期，2011 年 3 月，頁 93～94。

〔註38〕呂子方〈讀《山海經》雜記〉，《中國科學技術史論文集》（下），重慶：四川人民出版社，1984 年。

〔註39〕楊超〈《山海經》及其相關的幾個問題〉，《大自然探索》1984 年 4 期，又收入《《山海經》新探》，四川：四川社會科學出版社，1986 年。

〔註40〕徐南洲〈《山海經》——一部中國上古的科技史書〉，收入《《山海經》新探》，四川：四川社會科學出版社，1986 年。

六、《山海經》的神話研究

　　儘管《山海經》主要是以地理書的形式寫成，部分記載也確實能與現實時空找到對應之處，但有許多時候它的記載並不符實際情形。因此，由地理還原角度進行《山海經》研究的學者們嘗試以另一種方式來解決這個問題：他們透過移動或者擴大《山海經》中所記載的地理範圍，使其跳脫出傳統「中原」的地理限制。這種擴展範圍的詮釋進路固然有其新意和一定的根據存在，卻可能造成了偏概全的問題：現實時空的部分地景與書中記載的吻合，並無法合理說明整部《山海經》皆為現實時空的如實記錄。如此則從地理還原角度所展開的《山海經》研究便陷入了一種困境。〔註41〕由是，當代學者另闢徯徑，改以神話學角度詮釋《山海經》的內容。

　　杜而未的《《山海經》神話系統》是研究《山海經》神話的最早著作；〔註42〕稍後傅錫壬對《山海經》中的神話材料進行了全面的比對分析；〔註43〕而袁珂利用神話學及民俗學的理論系統，發表一系列的《山海經》研究著作，〔註44〕為全面性的《山海經》神話研究揭開序幕。

　　在袁珂之後，海峽兩岸三地《山海經》神話研究蓬勃發展。但由於相關著作頗夥，非本書所能盡引，以下僅以臺灣的研究成果為主，說明《山海經》神話研究的各個面向：

　　其一、《山海經》中的神話思維研究：單篇論文有鄭志明的〈《山海經》的神話思維〉等；〔註45〕學位論文則有徐寶航《中國神話中渾沌、開展、斷絕與回歸的象徵——以《山海經》為主的分析》等。〔註46〕

〔註41〕王仁鴻《《山海經》的神話思維——以空間、身體、食物、樂園為探討核心》（嘉義：中正大學中文所碩士論文，2009 年 7 月），頁 2。

〔註42〕杜而未《《山海經》神話系統》，臺北：學生書局，1971 年。

〔註43〕傅錫壬〈《山海經》研究〉，《淡江學報》文學部 14 期，1976 年 12 月，頁 33～60。

〔註44〕袁珂先後撰寫（含合撰）《古神話選釋》、《神話論文集》、《袁珂神話論集》、《山海經校註》、《巴蜀神話》等 20 多部著作與 800 餘萬字的論文。

〔註45〕鄭志明〈《山海經》的神話思維〉，《淡江大學中文學報》2 期，1993 年 12 月，頁189～239。

〔註46〕徐寶航《中國神話中渾沌、開展、斷絕與回歸的象徵——以《山海經》為主的分析》，臺北：輔仁大學宗教系碩士論文，2011 年。

此類研究以《山海經》爲基點，回推先民如何認識並解釋世界的原始神話思維。

其二、《山海經》中的樂土（昆侖）神話研究：單篇論文有駱水玉的〈聖域與沃土——《山海經》中的樂土神話〉〔註47〕、劉宗迪的〈昆侖原型考——《山海經》研究之五〉等。〔註48〕此類研究以《山海經》爲研究素材，探討先民心目中的樂土原型，並說明先民對樂土嚮往的原因。

其三、《山海經》中的不死（變形）神話研究：〔註49〕單篇論文有邱宜文的〈永恆的探尋——試論《山海經》裡的不死神話〉等；〔註50〕學位論文則有蔡佳芳的《《山海經》與《古本山海經圖說》中的變化神話研究》等。〔註51〕此類研究整理出《山海經》中的變形或永生神話，並探討先民如何運用神話寄寓與發抒永生不死的願望。

其四、《山海經》中的神祇（英雄）神話研究：單篇論文有陸嘉明的〈超越時空的不朽靈魂——《山海經》神話中英雄神的文化闡述〉〔註52〕、李文鈺的〈《山海經》的海與海神神話研究〉等；〔註53〕學位論文則有鍾勝珍的《《山海經》女性神祇研究》等。〔註54〕此類研究歸納《山

〔註47〕駱水玉〈聖域與沃土——《山海經》中的樂土神話〉，《漢學研究》17 卷 1 期，1999 年 6 月，頁 157～176。

〔註48〕劉宗迪〈昆侖原型考——《山海經》研究之五〉，《民族藝術》2003 年 3 期，頁 28 ～39。

〔註49〕《山海經》中的「死亡」仍可以透過形體的「變形」，化身爲自然界的他物而獲得 「再生」，這便是所謂的「變形神話」，又稱「變化神話」。

〔註50〕邱宜文〈永恆的探尋——試論《山海經》裡的不死神話〉，《北商學報》11 期，2007 年 1 月，157～172。

〔註51〕蔡佳芳《《山海經》與《古本山海經圖說》中的變化神話研究》，臺中：靜宜大學 中文所碩士論文，2011 年。

〔註52〕陸嘉明〈超越時空的不朽靈魂——《山海經》神話中英雄神的文化闡述〉，《蘇州 教育學院學報》2004 年 3 期，頁 72～76。

〔註53〕李文鈺〈《山海經》的海與海神神話研究〉，《政大中文學報》7 期，2007 年 6 月， 頁 1～24。

〔註54〕鍾勝珍《《山海經》女性神祇研究》，臺北：臺北市立師範學院應用語言文學研究

海經》中的神及英雄崇拜行為，據以探討先民如何被萬物有靈觀念影響，促使一部分自然崇拜及人神崇拜走向人格化（神格化）的過程。

其五、《山海經》中的自然（天文、地理、動物、植物）神話研究：單篇論文有高莉芬的〈《山海經》中的神鳥——鳳凰〉〔註55〕、紀曉建的〈《楚辭》與《山海經》山水樹木神話之互證〉等；〔註56〕學位論文則有黃永霖的《《山海經》神樹研究》等。〔註57〕此類研究歸納《山海經》中的自然崇拜行為，探討先民如何被萬物有靈和圖騰觀念影響，賦予萬物靈性或己所從出之血緣，並期待祂們能發揮護佑自身功能的過程。

七、《山海經》的宗教信仰研究

由於《山海經》據信是由一群巫醫接力而成書，書中不乏巫術及鬼神觀念的記錄。所以當代依據《山海經》所揭露的先民信仰和宗教做為研究對象的單篇論文和專書頗多。單篇論文如：王鏡玲〈《山海經》中《五藏山經》祭祀儀式初探〉〔註58〕、杜而未〈《山海經》的輪迴觀念〉〔註59〕、羅永麟〈論《山海經》的巫覡思想〉〔註60〕、葉珠紅〈從《山海經》的不死神話——淺析漢唐的神仙思想〉〔註61〕、王貴生〈論《山海經》中的神靈復活機制〉〔註62〕、劉千惠〈《山

所碩士論文，2004 年。

〔註55〕高莉芬〈《山海經》中的神鳥——鳳凰〉，《中華文化復興月刊》20 卷 5 期，1987年 5 月，頁 25～28。

〔註56〕紀曉建〈《楚辭》與《山海經》山水樹木神話之互證〉，《理論月刊》2006 年 11 期，頁 118～120，129。

〔註57〕黃永霖《《山海經》神樹研究》，臺南：臺南大學國文系碩士論文，2011 年。

〔註58〕王鏡玲〈《山海經》中《五藏山經》祭祀儀式初探〉，《哲學與文化》18 卷 1 期，1991年 1 月，頁 75～82。

〔註59〕杜而未〈《山海經》的輪迴觀念〉，《現代學人》8 期，1963 年 2 月，頁 153～160。

〔註60〕羅永麟〈論《山海經》的巫覡思想〉，《民間文藝集刊》1990 年 3 期，頁 141。

〔註61〕葉珠紅〈從《山海經》的不死神話——淺析漢唐的神仙思想〉，《大明學報》3 期，2002 年 6 月，頁 1～17。

〔註62〕王貴生〈論《山海經》中的神靈復活機制〉，《西北師大學報》社會科學版 2002 年3 期，頁 31～35。

經》中山神祭儀探究〉〔註63〕、蕭登福〈試論《山海經》與道教神仙思想的關係〉，〔註64〕各自選定《山海經》中的祭儀、輪迴、不死復活等主題進行研究，也都有不錯的成績。

專書的部分，陳逸根《《山海經》中之原始信仰研究》一書根據《山海經》歸納出中國古代信仰的幾個特色：其一、萬物有靈觀；其二、神靈崇拜正由動物神向人形神、社會神過渡；其三、中國古代的圖騰信仰主要表現在〈五藏山經〉中對各地區山神的祭祀與帝王神話中所存在的圖騰。〔註65〕陳琬菁《《山海經》死生觀研究》一書先從原始信仰中整理出與初民死生思維相關部分，進而自《山海經》內容中歸納分析出初民面對死亡時的心理及觀感。〔註66〕謝智琴《《山海經》中生命安頓及樂土嚮往之探討》一書從醫療及迷信行爲切入，探究初民「如何安身立命」以及「對安祥生活的渴望」。〔註67〕張化興《《山海經》中的神話與宗教初探》一書從人類學的角度來研究《山海經》，重點放在《山海經》中的巫術崇拜與祭祀儀式、神靈的形象演變與分析、自然崇拜、帝王神話與英雄神話這四個部分。〔註68〕

綜合以上研究《山海經》宗教信仰的相關著作，可以看出這方面研究的趨勢在往單點逐漸漫延到全面、今日逐漸追溯到古代、表象逐漸探索到心靈的方向在發展。

八、《山海經》的文學藝術研究

明、清之前對《山海經》進行文藝研究的人可以說是沒有。目前所知，當

〔註63〕劉千惠〈《山經》中山神祭儀探究〉，《輔大中研所學刊》16 期，2006 年 10 月，頁87～109。

〔註64〕蕭登福〈試論《山海經》與道教神仙思想的關係〉，《當代中國哲學學報》12 卷 7 期，2008 年。

〔註65〕陳逸根《《山海經》中之原始信仰研究》，臺中：中興大學中文所碩士論文，2002 年 5 月。

〔註66〕陳琬菁《《山海經》死生觀研究》，桃園：中央大學中文所碩士論文，2004 年。

〔註67〕謝智琴《《山海經》中生命安頓及樂土嚮往之探討》，新竹：玄奘大學中文所碩士論文，2005 年。

〔註68〕張化興《《山海經》中的神話與宗教初探》，臺中：靜宜大學中文所碩士論文，2008 年 1 月。

代的相關研究也不多，文學方面，楊義在《中國古典小說史論》中僅有一章「《山海經》的神話思維」從神話思維方面來探討《山海經》的藝術特色，以「迥異於史詩神話的原始性、非情節性和多義性」、「化生創世和異體合構的野性思維」、「二元對應原則與海外奇思」、「日月神話人倫化與英雄神話」爲標題，說明《山海經》的神話思維，並認爲《山海經》是以地理方位來統帥千奇百怪的神異幻想組成的全文結構。〔註 69〕呂先瓊則從美學角度指出《山海經》對文學奇幻小說類的啓蒙影響：

> （《山海經》）首先在審美視野上構建了一個宏大的虛擬架空的世界圖景，達到了亦幻亦眞的審美效果，爲後世本土奇幻小說相繼效仿；繼而《山海經》又營造了一個萬物有靈的生命世界，以作爲對架空世界的充實與拓展。萬物有靈思想使得《山海經》中的自然萬物實現了和諧統一，並在後世本土奇幻文學之中實現了超越人性弱點的積極作用。〔註 70〕

藝術方面，目前也僅見孫旭輝〈山川參悟中的審美觀照：《山海經》「山水」內質分析〉一單篇論文提到《山海經》所呈現的獨特時空美感經驗。孫氏指出《山海經》所蘊含的「山水」資源除具有標本性的意義外，《山海經》以空間引領時間的獨特方式及山水審美張力的構建，實現了對審美經驗的早期趣味。〔註 71〕

雖然對《山海經》的文學和藝術內涵進行研究者不多，但將《山海經》應用到藝文創作上的研究熱潮卻正在形成。像邱瀛慧的《拼貼法應用於角色造型設計創作研究——以《山海經》神祇爲例》，選用拼貼作爲角色設計的表現手段，進行《山海經》神話故事的角色設計創作即是一例。〔註 72〕

〔註 69〕 楊義《中國古典小說史論》（北京：中國社會科學出版社，1995 年），頁 35～52。

〔註 70〕 呂先瓊〈論本土奇幻文學的歷史根基——《山海經》〉，《重慶三峽學院學報》2012 年 1 期，頁 35～40。

〔註 71〕 孫旭輝〈山川參悟中的審美觀照：《山海經》「山水」內質分析〉，《浙江師範大學學報》社會科學版 2011 年 2 期，頁 38～46。

〔註 72〕 邱瀛慧《拼貼法應用於角色造型設計創作研究—以《山海經》神祇爲例》，臺北：臺灣師範大學設計研究所碩士論文，2009 年。

九、《山海經》的醫學研究

　　《山海經》記載的醫學史料、藥物知識，對研究傳統醫學的萌芽和演化尤爲重要，〔註73〕該書也揭示了先民尊重生命及與從外界取得身心和諧方法的思想。〔註74〕由於《山海經》記載了各地的動、植、礦物特產及其巫術的、醫藥的用法，當代中醫研究學者亦常援引之，偶或進一步研究《山海經》醫療紀錄者也不少。此類研究一部分呈現在以「中國醫療史」爲主題的史論類專著當中，一部分則零星的以單篇論文呈現。如于景讓〈中國本草學起源試測——《山海經》與《神農本草經》〉〔註75〕、王育學〈《山海經》醫藥記載〉〔註76〕、趙璞珊〈《山海經》所記載的藥物、疾病和巫醫—兼論《山海經》的著作時代〉〔註77〕、袁思芳〈試述《山海經》的醫藥學成就〉〔註78〕、尤純純〈由《山海經》的醫藥觀探索中國人的生命態度〉〔註79〕、蕭兵〈《山海經》的原始性醫藥〉〔註80〕、黃景賢〈《山海經》記載的中醫藥神話集粹〉〔註81〕、駱瑞鶴〈《山海經》病名考（下）〉〔註82〕、相魯閩〈《山海經》病癥名釋義〉等。〔註83〕

　　研究《山海經》中醫藥材料的著作，很多採單點突破、考據某藥某病的方

〔註73〕相魯閩〈《山海經》及其對先秦醫學的影響〉，《河南中醫》2012 年 2 期，摘要。

〔註74〕胡靜〈《山海經》與上古醫學〉，《新餘學院學報》16 卷 5 期，2011 年 10 月，頁 56 ～58。

〔註75〕于景讓〈中國本草學起源試測——《山海經》與《神農本草經》〉，《大陸雜誌》23 卷 5 期，1961 年 9 月，頁 1～8。

〔註76〕王育學〈《山海經》醫藥記載〉，《中華醫史雜誌》15 卷 3 期，1985 年，頁 192～193。

〔註77〕趙璞珊〈《山海經》所記載的藥物、疾病和巫醫—兼論《山海經》的著作時代〉，收入《《山海經》新探》（四川：四川省社會科學院出版社，1986 年），頁 264～276。

〔註78〕袁思芳〈試述《山海經》的醫藥學成就〉，《中醫藥學報》1988 年 6 期，頁 36～38。

〔註79〕尤純純〈由《山海經》的醫藥觀探索中國人的生命態度〉，《樹人學報》1 期，2003 年 7 月，頁 161～180。

〔註80〕蕭兵〈《山海經》的原始性醫藥〉，收入《《山海經》的文化尋蹤——「想像地理學」與東西文化碰觸》（湖北：人民出版社，2004 年），頁 1660～1694。

〔註81〕黃景賢〈《山海經》記載的中醫藥神話集粹〉，《中醫藥學刊》2005 年 1 期，頁 154 ～156。

〔註82〕駱瑞鶴〈《山海經》病名考（下）〉，《長江學術》2006 年 3 期，頁 137～144。駱氏相關著作僅查得（下）篇，其餘則不知其所。

〔註83〕相魯閩〈《山海經》病癥名釋義〉，《中醫學報》2011 年 9 期，頁 1151～1152。

式進行，全面討論《山海經》中醫藥內容的專書則少，謝瓊儀的《《山海經》飲食養生醫療觀研究》是目前所知的唯一一本。〔註84〕謝書的研究重點有三：一在以社會學、人類學、符號學、中國傳統醫學、先秦哲學等相關理論，探討初民的原始思維對於飲食、養生、醫療的看法。二在以文獻研究法，輔以歷代文字學及中醫學專書，加上其他古籍記載與各注解者的補充，探究《山海經》中關於疾病名稱及醫療方式的內涵。三在透過歸納整理的方式，將《山海經》中的食物進行分類，進一步討論飲食對初民養生或是醫療的影響。是書討論了《山海經》食療、藥療、靈療三方面的資料，頗值得參考。

十、《山海經》的生物學研究

　　《山海經》記錄的各種光怪陸離的生物，讓人不免懷疑其是否真的存在。今人或試著以生物學的角度加以討論和驗證，此類研究成果也多半以單篇論文發表。如：韓一鷹〈《山海經》中動植物表〉〔註85〕、李豐楙〈《山經》靈異動物之研究〉〔註86〕、侯迺慧〈從《山海經》的神狀蠡測鳥和蛇的象徵及其轉化關係〉〔註87〕、樊聖〈戰國古籍《山海經‧南山經》中的非洲野生動物〉〔註88〕、樊聖〈戰國古籍《山海經‧東山經》裡的南美洲野生動物〉。〔註89〕這類研究亦多半採用單點突破的方式，對《山海經》中某一或某類物種進行探討。

　　李永正的《《山海經》動物形象研究》可說是目前僅見以「《山海經》生物學」為主題而撰寫成書的研究成果。〔註90〕該書運用生物學中的行為生物學、

〔註84〕謝瓊儀《《山海經》飲食養生醫療觀研究》，高雄：高雄師範大學國文系碩士論文，2011年。

〔註85〕韓一鷹〈《山海經》中動植物表〉，《民俗》116～118期合刊，1933年5月，頁45～104。

〔註86〕李豐楙〈《山經》靈異動物之研究〉，《中華學苑》24/25期，1981年9月。

〔註87〕侯迺慧〈從《山海經》的神狀蠡測鳥和蛇的象徵及其轉化關係〉，《中外文學》15卷9期，1987年2月，頁112～129。

〔註88〕樊聖〈戰國古籍《山海經‧南山經》中的非洲野生動物〉，《臺灣博物》60期，1998年12月，頁52～65。

〔註89〕樊聖〈戰國古籍《山海經‧東山經》裡的南美洲野生動物〉，《臺灣博物》68期，2000年12月，頁44～65。

〔註90〕李永正《《山海經》動物形象研究》，高雄：高雄師範大學國文系碩士論文，2008年。

行爲生態學以及自然觀察比對等方法研究《山經》當中的動物。另外透過歸納整理的方式，先將《山海經》當中的神話按照內涵分爲變形、樂園、自然等類型，再進一步探討各類型神話中的動物形象所代表的涵義與功能。最後則是以圖騰信仰爲基礎，研究《山海經》當中的山神、尸神以及遠國異人等屬於社會文化的產物及其象徵。此書兼顧《山海經》所透顯出的心理、物理諸線索進行申說，頗有可取之處。

十一、《山海經圖》的研究

大多數學者已認定《山海經》先有圖後有經，經是對圖的解釋。〔晉〕郭璞《山海經圖贊》在給《山海經》作注時，又有「圖亦作牛形」、「在畏獸畫中」等文字，〔晉〕陶淵明也曾寫下「流觀山海圖」的詩句，可知至遲到晉代的《山海經》還有圖。

根據史料記載，《山海經圖》至少有下列三種：

一是古圖。〔明〕楊慎在〈《山海經》後序〉中說：「九鼎之圖，謂之曰山海圖，其文則謂之《山海經》。至秦而九鼎亡，獨圖與經存今則經存而圖亡。」〔清〕畢沅在《山海經新校正·古今本篇目考》中也說：「《山海經》有古圖，有漢所傳圖。」可知九鼎圖、漢所傳圖以及郭璞作《山海經圖贊》、注《山海經》，陶淵明寫「流觀山海圖」詩時所見到的山海圖，都應該是這一份古圖。

二是〔南朝〕畫家張僧繇與〔宋〕校理舒雅繪畫的十卷本《山海經圖》。根據《中興書目》所載，〔梁〕張僧繇曾畫下《山海經圖》十卷，〔宋〕校理舒雅再於咸平二年重繪，仍爲十卷。

三是今所見圖。〔清〕郝懿行在《山海經箋疏敍》中說：「今所見圖復與繇、雅有異。」郝懿行所說的「今所見圖」指的是目前所見到的明、清時期繪製與流傳的《山海經圖》。經王亭文研究，今所見圖之確切版本分別爲〔明〕胡文煥、〔明〕蔣應鎬、《三才圖會》、《新鍥燕臺校正天下通行文林聚寶萬卷星羅》及〔清〕吳任臣、〔清〕汪紱、《古今圖書集成》等，共七個版本圖像。〔註91〕

目前所知，前兩種圖已經亡佚。而當代對《山海經》圖最有研究的當屬馬

〔註91〕王亭文《明、清《山海經》神怪造形差異研究》，斗六：雲林科技大學視覺傳達設計系碩士論文，2005年。

昌儀，馬氏發表了一系列的研究論文，〔註92〕並且出版了專著《古本山海經圖說》，〔註93〕其中包括一千幅圖和廿五萬字的圖說。同時馬書將研究者對《山海經》古圖的看法歸爲四類：禹鼎說、地圖說、壁畫說和巫圖說，並認爲巫圖說是比較有根據的。

馬氏之外，王紅旗、孫曉琴撰有《新繪神異全圖山海經》，〔註94〕該書以孫氏原所繪製350幅《山海經》神異圖、數十幅《山海經》藝術地理復原圖和巨畫《帝禹山河圖》爲基礎，重新繪製608幅插圖，將《山海經》所有文字記錄的內容，一一用繪畫的形式再現，王氏再爲上述608幅圖配寫文字說明。是書對理解《山海經圖》的原始流行形式頗有幫助。

第三節　《山海經》的研究困難

雖然歷朝歷代對《山海經》進行研究、克服其間問題並做出卓越貢獻的學者不乏其人，但在《山海經》的研究過程中仍有許多無法迴避或不能立即解決的困難存在：

一、《山海經》性質定位（含所指涉空間定位）的困難

關於《山海經》究竟是何種性質的著作，歷來有巫書、地理書、神話書、百科全書四種說法。四種說法各有其據，也都言之成理。但筆者以爲不論斷定《山海經》是巫書、地理書、神話書或百科全書，都只道出《山海經》的某種面貌而已。

定其爲巫書者，看到的是《山海經》中對山神祭祀鉅細靡遺的記載，看到的是巫醫不分的歷史背景中，被記載在書裡頭的豐富醫藥知識；定其爲地理書者，看到的是《五藏山經》裡對山系的系統說明、《海經》當中清晰的地理思想、各地民俗、礦物及特產的逐條記錄；定其爲神話書者，則是看到《海經》裡面對各個部族風俗光怪陸離的介紹、神話與傳說的詭譎文字；定其爲百科全書者，看到的是《山海經》內容包山包海，無所不有。這四種說法，都無法涵蓋或精

〔註92〕如馬昌儀《〈山海經圖〉：尋找《山海經》的另一半》，《文學遺產》2000年6期、馬昌儀〈明刻《山海經圖》探析〉，《文藝研究》2001年3期。

〔註93〕馬昌儀《古本山海經圖說》，濟南：山東畫報出版社，2000年。

〔註94〕王紅旗、孫曉琴《新繪神異全圖山海經》，北京：昆侖出版社，1996年1月。

確的指出《山海經》各方面特色。若執著於單一個面向而對《山海經》進行研究，其結果無疑都是片面且狹隘的。

受到此一困難點的影響，此間還延伸出一個新的《山海經》研究困難：究竟《山海經》所記載的空間是泛中國？中亞？南亞？亦或是美洲？

有人主張中國說——《山海經》所指涉之空間一說是中國，但並不一定是全中國，而指的是中國的某個地域，如：

一說以爲在雲南。扶永發主張《山海經》記錄的應是雲南，他說：

> 我們中華民族的祖先，自古以來是居住在今日雲南西部的橫斷山（古昆侖山）地區。炎、黃二帝之後，過了若干年便進入了夏朝，又過了若干年則是商朝。……《山海經》所記載的地理，是遷徙前的地理，也就是今日雲南西部遠古時代的地理。〔註95〕

一說以爲在古巴、蜀、楚地區。蒙文通認爲《山海經》記錄的空間是在古巴、蜀、楚地區，這是「因爲巴蜀自認爲是天地之中，而楚人必包括楚與巴蜀同爲天下之中，可知是接受蜀人之說。」〔註96〕袁珂基本上亦持同一觀點。

一說以爲在伊洛入河之會。徐顯之說：「伊洛入河之會被認爲天下的中心。」〔註97〕後來，稍後他在〈《山海經》原貌及其本質的探討〉中也提到：「顯然這裡是當時政治經濟文化的中心。」〔註98〕

一說以爲指整個中國。宮玉海認爲：「現在肯定地說《山海經》是以中國爲中心的世界地理書，它又是一本博物志，一本不可再得的珍貴的世界古代文化史料。」〔註99〕

也有人主張《山海經》所記錄的空間包括中國及其鄰近地區說。像淩純聲就認爲：

〔註95〕扶永發《神州的發現——《山海經》地理考》，昆明：雲南人民出版社，1992年11月。

〔註96〕蒙文通〈略論《山海經》寫作時代及其產生的地域〉，《中華文史論叢》1輯，1962年，頁76～78。

〔註97〕徐顯之《《山海經》探原》，武漢：武漢出版社，1991年3月。

〔註98〕徐顯之〈《山海經》原貌及其本質的探討〉，《西安教育學院學報》1998年2期。

〔註99〕宮玉海《《山海經》與世界文化之謎》，長春：吉林大學出版社，1995年1月。

> 《山海經》乃是以中國為中心，東及西太平洋，南至南海諸島，西
> 抵西南亞洲，北到西伯利亞的一本《古亞洲地志》。記述古亞洲的地
> 理、博物、民族、宗教許多豐富寶貴的資料。〔註100〕

　　但也另有幾種說法，以為《山海經》所指涉的空間與中國無關，甚或大大
的超過「中國」這個概念：

　　一說在阿拉伯世界。如蘇雪林主張：「斷定此書為阿剌伯半島之地理書，古
巴比倫人所作，而由戰國時波斯學者，攜來中國者」，〔註101〕「《山海經》的地理
並非中華地理——有些是的。有些則係後人混入——我懷疑它是兩河流域地理
書。所謂《大荒》及《海外》諸經，則係神話地理。」〔註102〕黃伯寧則認為：

> 《山海經·第十八卷·海內經》明明白白地寫著，我們的「海內」
> 就在古埃及。無論是黃帝、炎帝、女媧、共工、顓頊，也無論是堯
> 舜禹等等，他們的活動範圍已達到世界各地（南極洲和澳大利亞除
> 外），他們的中心在古埃及地區，有的帝王就葬在那裡……處於天地
> 之中心，正是古埃及人所自詡的……綜上所述，可以看出《山海經》
> 是描寫「天地之中心」的古埃及的人文地理概況。〔註103〕

　　二說在美國。如衛聚賢即認為中國人在數千年前已經發現美洲。〔註104〕他
認為，殷朝被滅後，有一部分人逃到北美洲，《山海經》等先秦文獻因而記載了
美洲的一些特有的動植物和礦物。〔註105〕劉樹人引美國女學者亨利埃特·默茨
的《淡淡的墨蹟》，證明「東山」海外部分分佈在美洲大陸，它們就是洛磯山脈、
內華達山脈、喀斯喀特山脈以及海岸山脈，它們的距離，山峰數與動植物的種
類與《山海經》記載的都基本相同。〔註106〕

〔註100〕凌純聲《中國邊疆民族與環太平洋文化·昆侖丘與西王母（下）》（臺北：聯經書
　　　　局，1979年），頁1577。

〔註101〕蘇雪林《屈賦論叢·昆侖之謎》（臺北：廣東出版社，1980年），頁582。

〔註102〕蘇雪林《屈原與九歌·屈原評傳》（臺北，文津出版社，1992年），頁107。

〔註103〕黃伯寧〈《山海經》考——論人類文明史的隔斷帶〉，《齊齊哈爾師範學院學報》哲
　　　　學社會科學版1994年1期。

〔註104〕衛聚賢《古史研究》第三集，上海：上海文藝出版社，1947年。

〔註105〕衛聚賢《中國人發現美洲》，臺北：說文書店，1982年。

〔註106〕劉樹人〈《山海經》中的「東山」區位地理考古研究〉，《地球資訊科學》6卷1期，

三說泛指全世界。此說始肇於徐顯之。徐氏先意有所指的說:「《山海經》時代的先民,對美洲、非洲、北冰洋,以及南極洲附近的情況,都有所瞭解。」〔註107〕1995 年,徐顯之又補充道:「在研究《山海經·西山經》和《山海經·海內西經》的時候,又發現《山海經》有以今帕米爾高原爲中心的地理概念」,〔註108〕徐氏又云:

> 在研究《山海經·大荒經》最後一部《山海經·海內經》的時候,都可以看到遠方絕域的先民與中華民族的祖先,有著同宗共祖的關係。……《海內北經》所說的冰夷,正是今日愛斯基摩人的形象,《大荒西經》所說的壽麻國,正是今非洲赤道沙漠人的形象……至於《大荒東經》所見日月所出之山六,恰是今南北美洲的地理情狀。〔註109〕

葉舒憲也認爲《山海經》是中華文明一源中心觀的原型,其中所反映的地理觀念,是一種「大世界觀」,是一種「同心方」的想像構建。〔註110〕

在學者各執已見的情況之下,有關於《山海經》所指涉的空間問題,儼然是一宗無法在短時間內解決的學術公案。然而本著對中華文化的認同,兼以考量《山海經》成書及流傳的空間所在,大部分的學者——包括筆者——還是願意相信《山海經》所載的空間應相當於泛「中國」的這個概念。

二、《山海經》版本不一所造成的干擾

《山海經》流傳的時間很長,因傳抄的訛誤或脫簡,傳述過程的失誤,或因傳播者個別需求而予以刪節,《山海經》存在的異文不少。雖然劉歆以來陸續有人進行整理,但個別學者所整理的版本,仍然稍有不同。

2004 年 3 月,頁 14～16,48。

〔註107〕徐顯之《《山海經》探原》,武漢:武漢出版社,1991 年 3 月。

〔註108〕徐顯之《山海經淺注》,合肥:黃山書社,1995 年。

〔註109〕以上說法見胡遠鵬〈中國《山海經》研究述略〉,《福建師範大學福清分校學報》2006 年 3 期,頁 10。

〔註110〕葉舒憲等《《山海經》的文化尋蹤——想像地理學與東西文化碰觸》(武漢:湖北人民出版社,2004 年),頁 58～73。當然還有其他更特殊的說法,但因其證據薄弱,是以本書不加贅引。

　　自司馬遷之後，《山海經》的版本沿革基本上有案可查。其中，〔西漢〕劉歆校訂的《山海經》版本，今天已經不能直接看到了。能夠看到的最早《山海經》版本，是〔晉〕郭璞的《山海經注》。該注本目前有宋代、明代、清代的刻本，從時間上來講，郭璞的注應當是傳自劉歆的版本。〔註111〕此後比較重要的《山海經》版本及研究專著計有〔明〕楊慎《山海經補注》、〔明〕王崇慶《山海經釋義》（附圖），以及〔清〕吳任臣《山海經廣注》、〔清〕汪紱《山海經存》（附圖）、〔清〕畢沅《山海經新校正》、〔清〕郝懿行《山海經箋疏》、〔清〕吳承志《山海經地理今釋》，以及今人袁珂《山海經校注》。

　　這些傳本或以單冊流行於世，或收入如《道藏》、《古今逸史》、《格致叢書》、《二十二子》、《秘書二十一種》、《四部叢刊》、《四部備要》、《龍溪精舍叢書》等叢書當中。〔註112〕各書刊刻有異，如何選定一個妥善的版本，從而進行深入

〔註111〕王紅旗〈《山海經》的版本略述〉，《重構中國失落的古文明》電子書，北京：山海文化企劃苑，http://chu.yangtzeu.edu.cn/messages/read.asp?id=132。

〔註112〕張國平〈《山海經》研究成果概述〉，《絲綢之路》2009 年 20 期，頁 44。另《歷史文獻研究》北京新 7 輯（北京：燕山出版社，1996 年）有圖如下，可以參照：

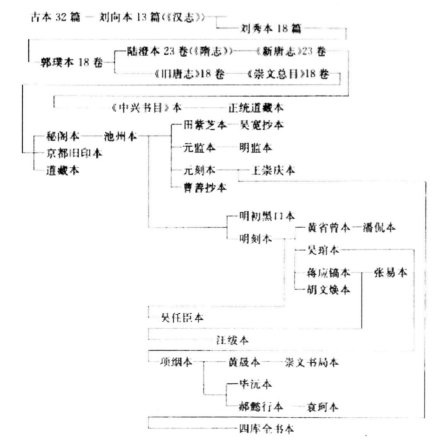

的研究，也是研究《山海經》前讓人感到困擾的問題。目前學界研究《山海經》者的權宜作法是：若不根據郭注，則多采用珂校。〔註113〕

三、《山海經》作者時空及所用語言問題

《山海經》成書過程所跨越的時間太長，加上書又雜成於眾手，全書究竟代表的是哪個族群所探索出來的空間、表現的是哪個族群的空間意識、記錄的是哪個時代的民俗及地理狀態，以上種種問題的答案，學界目前都還沒有提出一個妥善的說法。

因《山海經》成書跨越的時空太長、太大，造成被記錄下來的某些難以理解字詞，究竟是使用本義、通假義，或甚至是錯別字，總令研究者感到頭大。字形緊密連結著字義，在所紀錄的本字字形不確定之下，要逐條的去理解書裡的記載，並進一步做成研究、提出成果，無疑是危險的。類似的問題譬如書中記載之人、事、地、物，也有同地異名、異地同名、同物異名、異物同名等情況，這也對《山海經》的研究造成很大的干擾。

四、《山海經》傳抄過程中發生的錯簡問題

古籍錯簡原因大致有以下幾種：

其一、殘篇斷簡，散亂無序，在校勘時未認真審核，被錯誤地合在了一起；

其二、分卷時不審慎，將此卷的簡牘歸入了彼卷；

其三、誤解簡牘的內容，將簡牘插入了錯誤的卷帙；

其四、誤將注文竄入了正文等等。

《山海經》簡牘錯亂的情況和先秦他書相比要較爲嚴重。這個問題不僅影響人們的正確閱讀，而且容易導致理解上的錯誤。

《山海經》中的錯誤有的發生在西漢校書之後，有發生在西漢校書之中，有的則明顯發生在西漢校書之前。據安京的研究，今本《山海經》幾乎每一卷都存在錯簡的情況，茲舉例如下：

例一：《海外南經》「東南角」的「狄山」似爲「獄山」之誤，獄山即「嶽山」、「岳山」。此山位置不對，應在「東北角」。

〔註113〕2006年西安地圖出版社所出版之文清閣《歷代《山海經》文獻集成》，也儼然成爲郭注、珂校之外，《山海經》研究者的另一利器。

例二：《海外西經》「西北角」的「白民」、「肅慎」、「長股」三國，對照《逸周書・王會篇》位置應在東北角。《淮南子・地形訓》「修股民」、「天民」、「肅慎民」、「白民」的方位也在西北角，此排列在西漢校書以前似乎就是如此。

例三：《海外北經》「自東北陬至西北陬」位次全錯，對比《淮南子・地形訓》、《大荒北經》，位次應該相反，爲「自西北陬至東北陬」。〔註114〕

這類錯簡所產生的錯誤也對《山海經》研究者造成很大的困擾。

第四節　本書所採用的突破方法與預期成果

汪曉雲曾言：

> 考證經史在古代一直被視爲畏途。《史記》就說到「不敢言」《山海經》；清代學者戴震亦言其所爲《經考》「未嘗敢以聞於人，恐聞之而驚顧狂惑者眾」；章學誠在《文史通義》中也反復說自己「恐驚世駭俗，爲不知己者詬厲」、「頻遭目不識丁之流橫加彈射」，並「反復辨正」、「屢遭坎坷，不能忘情」、「激昂申於孤憤」，「始知學業之事，將求此心之安，苟不悖於古人，流俗有所毀譽，不足較也」，並感歎「不虞之譽，求全之毀，從古然矣」，「不知文字一途，乃亦崎嶇如是，是以深識之士，黯默無言」、「吾之所爲，則舉世所不爲者也」、「故吾最爲一時通人所棄置而弗道」……考證經史之所以被視爲畏途，實即《揚子法言・問神》所言「經可損益」、「聖人之經，不可使易知」、「經之艱易」爲「存亡」，暗言「聖經」有「損益」，眞正的「經」隱而不彰。〔註115〕

從汪氏考證經史的治學心得可知，鎖定《山海經》中難以理解的字詞進行訓詁，無疑是辛苦且吃力不討好的。以往的注疏家利用傳世文獻和工具書對《山海經》文字進行整理，雖然取得很好的成績，但同時也遇到前文所言及的各項瓶頸。其實除了利用傳世文獻對證以考核、訓詁文獻文本的傳統研究方法之外，學界

〔註114〕安京《山海經新考》（北京：中央編譯出版社，2010 年 12 月），頁 31。

〔註115〕廖明君、汪曉雲〈《山海經》與中國古代學術體系〉，《民族藝術》2009 年 1 期，頁 23～32。

也興起利用出土新材料對經典進行通盤考察的做法，這對如何突破《山海經》傳統注疏的困境來說，有著很好的啓發。

利用新材料來驗證或檢視傳統文獻的研究方法一般被稱作「新證」。何謂新證？于省吾曾經對「新證」作過如下的定義：

> 以古文字、古器物爲佐證者約十之二三，依校勘異同、聲韻通假爲佐證者約十之七八。其發明新義，證成舊說，或爲昔賢及並世作者所未道及，故名「新證」。〔註116〕

簡單的說，新證就是指利用出土文獻校讀傳世典籍的一種研究方法。利用此種研究方法對傳統文獻進行重新解讀並已取得重大成果的學者有：于省吾《雙劍誃詩經新證》、于省吾《詩經楚辭新證》、于省吾《澤螺居詩經新證》、于省吾《雙劍誃群經新證·雙劍誃諸子新證》〔註117〕、季旭昇《詩經古義新證》〔註118〕、楊子水《詩經名物新證》及《古詩文名物新證》〔註119〕、季旭昇《說文新證》〔註120〕、陳直《史記新證》〔註121〕等。

李學勤曾說：

> 進入二十世紀，迅速發展的甲骨金文研究擴大了這種（新證）趨勢。在此方面有鉅大貢獻的王國維先生，於清華國學研究院授課，提出以「地下之新材料」補正「紙上之材料」的「二重證據法」。當時以「辨古史」爲中心的疑古潮興起，王國維提倡「二重證據」的講義名爲《古史新證》，與隨後出版的《古史辨》隱若對應，《古史新證》以古文字材料與傳世文獻研究互相證明的方法，發揚光大，遂成爲一派「新證」之學的基礎，如于省吾先生著有《雙劍誃易經新證》等多種，近年彙印爲《雙劍誃群經新證》、《雙劍誃諸子新證》。由此

〔註116〕于省吾《雙劍誃群經新證·雙劍誃諸子新證》（上海：上海書店，1999 年），頁 202。

〔註117〕于氏以上諸新證作品被綜整收入《于省吾著作集》，北京：中華書局，2009 年。

〔註118〕季旭昇《詩經古義新證》，臺北：文史哲出版社，1994 年 3 月。

〔註119〕楊子水《詩經名物新證》，北京：北京古籍出版社，2000 年 2 月、楊子水《古詩文名物新證（上）（下）》，北京：紫禁城出版社，2004 年 12 月。

〔註120〕季旭昇《說文新證（上）（下）》，臺北：藝文印書館，2002 年 10 月、2004 年 11月。

〔註121〕陳直《史記新證》，北京：中華書局，2006 年 4 月。

足見，現代的古文字學不僅研究文字本身，而且自文字廣通於歷史
文化諸多方面。〔註122〕

由是可知「新證」研究方式不只確實可行、應用層面廣，而且能夠給舊的研究
帶來新的視野和好的刺激。

目前可見，王寧曾寫過〈《海經》新箋〉（上）（中）（下）二篇文章，〔註123〕
除利用傳世《字書》及傳統小學的訓詁方法對《海經》疑難字句進行重新考證
外，王氏亦同時採用許多甲骨文字材料，總計校對《海經》一百餘筆紀錄，成
績斐然。這對利用古文字材料重新訓詁《山海經》的研究工作而言，是很好的
一個開頭。

近一個世紀以來，中國大陸陸續發現大批戰國秦漢魏晉時期的簡牘帛書文
獻，以戰國楚系簡帛、秦簡、兩漢簡帛和三國吳簡為其大宗。根據張顯成的初
步的統計，自廿世紀初至 2003 年這百年以來出土的簡帛已有約有廿二萬枚
（件），總字數七百萬左右。〔註124〕可知出土簡帛的數量是十分驚人的。這些
出土資料加總起來，如同一座館藏豐富的「地下圖書館」。

今取與《山海經》成書時地相當的出土南國楚地簡帛以觀。目前面世的楚
簡計有廿六批（詳本章附表）。〔註125〕這廿六批楚簡所載的古文字形資訊與先秦
學術史料，幾乎無「人」能出其右。譬如隨縣曾侯乙墓所出竹簡，對東周考古學、

〔註122〕季旭昇《說文新證》增訂版（福州：福建人民出版社，2010 年 12 月），李學勤序。

〔註123〕王寧〈《海經》新箋（上）（中）（下）〉，分見《古籍整理研究學刊》1998 年 2 期、
2000 年 2 期及 2001 年 2 期。

〔註124〕張顯成〈論簡帛的文獻學研究價值〉，《古籍整理研究學刊》2005 年 1 期，頁 34。

〔註125〕詳參滕壬生《楚系簡帛文字編・編者獻辭》（漢口：湖北教育出版社，1995 年 7
月），頁 3〜10；馬承源主編《上海博物館藏戰國楚竹書（一）》（上海上海古籍出
版社，2001 年 11 月），頁 2；河南省文物考古研究所等撰〈河南新蔡平夜君成墓
的發掘文物〉，《文物》2002 年 8 期，頁 16〜18。慈利簡內容詳夏德靠〈論慈利楚
簡的性質〉，《凱里學院學報》2011 年 2 期。新蔡簡為新近面世的楚簡之一。據河
南省文物考古研究所《新蔡葛陵楚墓》（鄭州：大象出版社，2003 年 10 月）頁 173
的介紹，此批竹簡紀年資料較為豐富，對楚文化研究具有重要的價值。清華簡內
容詳劉國忠〈清華簡的入藏及其重要價值〉，《清華大學學報》哲學社會科學版 2009
年 3 期。浙江簡詳曹錦炎主編《浙江大學藏戰國楚簡》，杭州：浙江大學出版社，
2012 年 4 月。

湖北地方史提供了豐富的資料；〔註 126〕荆門包山所出竹簡，對戰國楚地紀年、楚國官府行文、司法訴訟、卜筮祭禱及名物制度提供最珍貴的材料；〔註 127〕荆門郭店所出竹簡，內含多種儒、道家學派的著作，它們對中國先秦時期思想史、學術史的研究具有極重要的價值；〔註 128〕長沙子彈庫所出楚帛書，或記天地之開闢、曆數之創建，或記神人關係，〔註 129〕對研究戰國楚地之信仰與風俗提供了很好的研究素材。若能利用這些南國楚地出土的文字材料，對據信爲南人抄寫成書的《山海經》疑難字句進行全新的解讀，或能解決前述《山海經》研究的困難，並於其中開拓出《山海經》研究的新領域。

第五節　本書結構

依據新世紀學術「新證」的精神，本書擬利用出土文獻之大宗——南國楚地簡帛文獻，對《山海經》中的疑難字句進行新詮。本書寫作結構安排如下：〔註 130〕

第一章　緒論：《山海經》的研究現況與困難點的突破

本章說明《山海經》研究現況與研究的困難點，並指出出土文獻在《山海經》字句訓詁方面所能發揮的積極性作用。

第二章　從《山海經·海經》因字形所產生的「一曰」異文看戰國末年幾
　　　　　個《山海經》的可能版本

本章利用《海經》中的「一曰」所保留字詞異文，探討造成這些異文的可能古文字字形，並由其字形所歸屬的地域字系，回推當時已經流行的《海經》版本數量，同時推測出最有可能影響傳世本《山海經》的最大作者群屬。

〔註 126〕湖北省博物館編《曾侯乙墓》（北京：文物出版社，1989 年 7 月），頁 465～486。

〔註 127〕張光裕主編、袁國華合編《包山楚簡文字編》（臺北：藝文印書館，1992 年），頁 1～2。

〔註 128〕荆門市博物館《郭店楚墓竹簡·前言》（北京：文物出版社，1998 年 5 月），頁 1～2。

〔註 129〕劉信芳《子彈庫楚墓出土文獻研究》（臺北：藝文印書館，2002 年 1 月），頁 181。

〔註 130〕本書部分章節爲國家科學委員會新進人員專題研究案「《山海經·山經》古義新證——以楚系簡帛文獻及文物爲主要運用資據」（計畫編號：99-2410-H-469-001-）及中央研究院歷史語言研究所訪問學人計畫「《山海經》古義新證——以出土文獻文物作爲探索其作者群的主要資據」（2011 年暑期）之研究成果，謹此申謝。

第三章　《五藏山經》疑難字句新詮

本章針對《五藏山經》中的「毛用」、「服之（者）不某」、「可以禦火」、「水春輒入」等四則紀錄進行考證及新的詮釋。

第四章　《海經》疑難字句新詮

本章針對《海經》中的「巴蛇食象，三歲而出其骨」、「兩女子居」等二則紀錄進行考證及新的詮釋。

第五章　《大荒經》疑難字句試說

本章針對《大荒經》中的「使四鳥」、「射者不敢北向（鄉）」等二則存有疑義的紀錄進行嘗試性的說解。

第六章　關於《山海經》注疏的兩點看法

本章嘗試檢討《山海經》重要注疏者的部分看法。其一在檢討〔晉〕郭璞的注釋體例問題，其二在增補〔清〕畢沅注的佐證資料。

第七章　結論：本書的研究成果與未來展望

本章對本書研究成果進行總結，並說明未來南國楚系出土文獻在《山海經》及其他楚系文獻如《楚辭》方面的可能應用。

【附表】

簡牘名稱	出土時間	出　土　地	數　量	內　容
五里牌竹簡	1951 年	長沙戰國楚墓	殘簡 38 支	遣策
仰天湖竹簡	1953 年	長沙仰天湖戰國楚墓	43 支	遣策
楊家灣竹簡	1954 年	長沙楊家灣戰國楚墓	72 支	不明
臨澧九里竹簡	1980 年	湖南臨澧九里戰國楚墓	數十支	未發表
德山夕陽坡竹簡	1983 年	湖南常德山夕陽坡二號墓	2 支	記事
慈利石板村竹簡	1987 年	湖南慈利縣石板村戰國楚墓	近千支（段）	記事性的古書，內容以記載吳越二國史事為主
信陽竹簡	1957 年	河南信陽長臺關戰國楚墓	竹書 117 支；遣策 29 支	竹書與遣策
望山 1 號墓竹簡	1956 年	湖北江陵望山一號戰國楚墓	219 支（段）	卜筮祭禱記錄

望山 2 號墓竹簡	1956 年	湖北江陵望山二號戰國楚墓	69 支	遣策
滕店竹簡	1973 年	湖北江陸滕店一號戰國楚墓	24 支（段）	不明
天星觀竹簡	1978 年	湖北江陵觀音壋戰國楚墓	401 支（段）	卜筮祭禱記錄和遣策
曾侯乙墓竹簡	1978 年	湖北隨州曾侯乙墓	240 餘支	遣策
九店竹簡	1981 年	湖北江陵九店磚瓦廠	56 號墓出 146 支；621 號墓出土殘簡 88 支	日書
馬山竹簽	1982 年	湖北江陵馬山一號楚墓	1 支	簽牌記事
竹律管文字	1986 年	湖北江陵雨臺山 21 號戰國楚墓	殘律管 4 支	音律名
秦家嘴 1 號墓竹簡	1986 年	湖北江陵秦家嘴	殘簡 7 支（段）	卜筮祭禱記錄
秦家嘴 13 號墓竹簡	1986 年	湖北江陵秦家嘴 13 號楚墓	18 支（段）	卜筮祭禱記錄
秦家嘴 99 號墓竹簡	1986 年	湖北江陵秦家嘴 99 號戰國楚墓	殘簡 7 支（段）	卜筮祭禱記錄
江陵磚瓦廠竹簡	1992 年	湖北江陵磚瓦廠 370 號戰國楚墓	殘簡 6 支（段）	卜筮祭禱記錄
范家坡竹簡	1993 年	湖北江陵范家坡 27 號戰國楚墓	1 支	未發表
包山竹簡	1987 年	湖北荊門包山 2 號戰國墓	278 支	記事、占禱和遣策
新蔡楚墓竹簡	1992 年	河南省新蔡縣葛陵村 2 號楚墓	150 餘支	卜筮祭禱記錄與遣策
郭店竹簡	1993 年	湖北荊門郭店戰國楚墓	730 支	先秦儒道佚籍與傳世儒道典籍之原始文本
上海博物館藏戰國楚竹書	1994 年	爲上海博物館所收購	殘完簡合計 1200 餘支	先秦儒道佚籍與傳世儒道典籍之原始文本
清華大學藏楚簡	2008 年	由清華大學校友捐贈		經、史相關典籍
浙江大學藏楚簡	2009 年	由浙江大學校友捐贈	160 支	《左傳》等

第貳章 從《山海經·海經》因字形所造成的「一曰」異文看戰國末年有幾個《山海經·海經》版本

第一節　《海經》中的「一曰」

　　「一曰」在古典文獻中的用法有二種：其一是標舉項目用語，像《尚書·洪範》：「五行：『一曰水』」、《詩序》：「故詩有六義焉：『一曰風』」即是。另一種用法猶言「一說」，即「另外一種說法」，像《管子·法法》：「一曰：『凡人君之德行威嚴，非獨能盡賢於人也。』」尹知章注：「管氏稱古言，故曰『一曰』。」〔清〕俞樾《古書疑義舉例·兩義傳疑而並存例》：「凡著書者，博採異文，附之簡策。如《管子·法法》篇之『一曰』，〈大匡篇〉之『或曰』，皆為管氏學者傳聞不同而並記之也。」〔註1〕

　　《山海經》全書，依照袁珂的校注，有十八卷，將天下山水依南、西、北、東、中方位分別收錄於《五藏山經》、《海經》及《大荒經》當中。「一曰」屢見於《海經》。在《山海經·海經》當中，「一曰」主要用來紀錄另外一種說法，像〈海外南經〉提到〔註2〕：

〔註1〕〔清〕俞樾等《古書疑義舉例五種》（北京：中華書局，1958年1月），頁120。

〔註2〕本書所使用《山海經》版本以袁珂《山海經校注》增訂本（成都：巴蜀書社，1992

結胸國在其西南，其爲人結胸。南山在其東南。自此山來，虫爲蛇，蛇號爲魚。<u>一曰</u>南山在結胸東南。比翼鳥在其東，其爲鳥青、赤，兩鳥比翼。<u>一曰</u>在南山東。

戠國在其東，其爲人黃，能操弓射蛇。<u>一曰</u>戠國在三毛東。

貫胸國在其東，其爲人胸有竅。<u>一曰</u>在戠國東。

交脛國在其東，其爲人交脛。<u>一曰</u>在穿胸東。

不死民在其東，其爲人黑色，壽（考）不死。<u>一曰</u>在穿匈國東。

岐舌國在其東。<u>一曰</u>在不死民東。

〈海外南經〉提到：

長臂國在其東，捕魚水中，兩手各操一魚。<u>一曰</u>在焦僥東，捕魚海中。

都是用「一曰」來保存某地二種以上可能的地理位置。

除了用「一曰」來保留不同地理位置的說法外，《山海經》裡也有用「一曰」來保存一物的異名，像〈海外南經〉：

狄山，帝堯葬於陽，帝嚳葬於陰。爰有熊、羆、文虎、蜼、豹、離朱、視肉。……<u>一曰</u>湯山。

就是用「一曰」來記錄一物的異名。另外也有用「一曰」來保留某事的不同敘述，如〈海外西經〉：

龍魚陵居在其北，狀如狸。<u>一曰</u>鰕。即有神聖乘此以行九野。

〈海外北經〉：

跂踵國在拘纓東，其爲人大，兩足亦大。<u>一曰</u>大踵。

關於《山海經》中的「一曰」，玄珠（沈雁冰、矛盾）在《中國神話 ABC》中指出《海內外經》除了篇末劉歆的署名之外，特異之處還有很多的「一曰……」，他以爲：「大概劉歆校定之際，《海內外經》文有二本，故他舉其異文。」這是極有見地的論斷，可惜未能進一步說明。（日）小川琢治也有類似的說法，不過他也未將這樣的看法與對劉歆校訂《山海經》這件事連在一起作進一步的探究。

之後鄭德坤《《山海經》及其神話》以爲「一曰」是：「大概劉歆校定時，

年）爲主並略爲調整之，下不另註。

經文或有異本，或當時有相異的傳說，是以他增注於下」，但也未再深入探討。
顧頡剛在 1962 年寫的筆記《粵遊雜記》中曾注意到《海經》中的「一曰」，而
袁珂出版的《中國神話史》也指出《山海經》中唯有《海外四經》及《海內四
經》中有「一曰」的字樣，當是劉歆校勘之別本異文之記。（日）竹內康浩更認
定「一曰」是劉歆校書的痕跡，他並進一步把「一曰」作了詳細統計，並且判
斷在劉歆校定之前有三種版本，其證據是《海外東經》中有：「嗟丘……一曰嗟
丘，一曰百果所在，在堯葬東。」〔註3〕

　　從《山海經‧海經》「一曰」所保留的歧義回推劉歆所見、甚至是在劉歆之
前流行的《山海經‧海經》版本，頗有深入探討之價值。更進一步，筆者以為
排除這裡面音近通假、所表同義而所記異文之後的「一曰」記錄，它們所保留
下來的異文訊息，將明確的指出秦末漢初究竟有哪幾種流行的《山海經‧海經》
版本。換言之，透過造成這些異文的字形歸系——在哪種字系下才會造成這樣
的異文——便可瞭解有幾種不同地域國別的《山海經‧海經》本子，同時這也
可以間接指出《山海經》底本的成書年代。

　　據此，本書依李學勤對戰國各字系的分類：秦系、楚系、齊系、燕系、晉
系〔註4〕，逐引各系字形以進行考察。

第二節　造成《海經》「一曰」異文的相關字形歸系考察

　　何謂異文？廣義的說，凡同一書的不同版本，或不同的書記載同一事物，字
句互異，包括通假字和異體字，都叫異文。造成古書異文的原因可大分成字形的、
字音的、字義的、傳抄的、政治的、語法的、學派的因素。〔註5〕經逐條檢索《山
海經》出現「一曰」之文例，知《海外南經》中有十八段、《海外西經》中有五
段、《海外北經》中有七段、《海外東經》中有十段、《海內南經》中有四段、《海
外西經》中有一段、《海外北經》中有七段、《海外東經》中有三段，合計共五十

〔註3〕 轉引自黃銘崇〈《山海經》之研究（一）——《山海經》的篇數問題〉，《簡牘學報》
　　　　16 期，1998 年，頁 37～38 對諸家說法的整理。

〔註4〕 依據李學勤的分類，詳李氏〈戰國題銘概述〉（上）、（中）、（下），分見《文物參
　　　　考資料》1956 年 7、8、9 期。

〔註5〕 餘詳本書第三章第四節。

五段文例。除去一地（物）異名、音近通假、所表同義等原因導致的「一曰」紀錄後，本書得出因字形訛混所產生的「一曰」異文共五例。以下將據殷周及戰國各系文字字形一一比對，以確定各例異文究竟受到何系文字影響而形成。

一、伯慮；相虞

《山海經‧海內南經》記有：

伯慮國、離耳國、彫題國、北朐國皆在鬱水南。鬱水出湘陵、南山。

一曰相虞。

〔清〕畢沅注：「『相』字當爲『柏』字，『伯慮』一作『柏慮』也」，〔清〕郝懿行注曰：「《伊尹四方令》云：『正東伊慮』，疑即此。」

鄒按：查「慮」字上古屬來母魚部，「虞」字古屬疑母魚部〔註6〕，古來母與疑母有通轉之例，《左傳‧莊公三十二年》「圉人犖」，《公羊傳》作「鄧扈樂」；「櫟」、「櫟」、「礫」、「鑠」、「濼」、「鱳」、「轢」諸字，古聲皆屬來母，但《說文》皆云「從樂聲」；〔註7〕又《說文》云：「慮……從思虍聲」，「虍」上古屬曉母魚部，與「虞」字聲同屬喉音而韻同部。如此則此處「慮」、「虞」異文應係音近通假所致。

而「伯」、「相」異文，畢沅指出係因「伯慮」也可以寫作「柏慮」、後來「柏」又與「相」相混所致。筆者以爲應該可信。「伯」、「柏」都從「白」聲，相互通假沒有問題。《尚書‧益稷》、《墨子‧尚賢下》「益」，《列子‧湯問》作「伯益」，《史記‧秦本記》作「伯翳」，《漢書‧古今人表》作「柏益」；《尚書‧西伯戡黎》，釋文：「伯亦作柏」；《左傳‧莊公十九年》：「邊伯」，《漢書‧古今人表》作「邊柏」〔註8〕，均是其例。

而「相」字要和「柏」字相混，在《山海經》成書的關鍵時期──東周也並不難。查與「柏」、「相」兩字相關之古文字形如下〔註9〕：

〔註6〕本書所採上古音係據郭錫良《漢字古音手冊》，北京：北京大學出版社，1986年11月（收入華東師範大學「常用漢字古音網上檢索」，http://www.wenzi.cn/guyin/guyin.HTM）及中央研究院「漢字古今音資料庫」，http://xiaoxue.iis.sinica.edu.tw/ccr/#，下不另註。

〔註7〕黃焯《古今聲類通轉表》（上海：上海古籍出版社，1983年6月），頁81。

〔註8〕高亨主編《古字通假會典》（濟南：齊魯書社，1989年7月），頁921。

〔註9〕本書所用古文字形引自中央研究院「漢字構形資料庫」（可網路下載，

分期分域 字形	商甲骨文	西周金文	東周				
			秦系	楚系	晉系	齊系	燕系
柏			珍秦 134	曾侯乙 墓簡 212			
白	合集 36796	集成 4132	十鐘	包山簡 2.219	貨系 3861		
相	合集 18410	集成 4136	陶彙 5.394	包山簡 2.121	中山王 譻方壺	璽彙 0262	璽彙 0565

　　從上引諸字形來看，甲金文時期，「柏」、「相」二字明顯各從「白」與「目」，很難產生混淆。但到了西周以後，特別是在楚系、晉系文字裡，「相」字所從的「目」偏旁，因其上半愈趨於尖銳，而在整體上和「柏」字所從「白」偏旁慢慢接近。復查楚系楚帛書甲有一「相」字做 ，其「目」偏旁因爲墨水浸泐的關係，更像極「白」偏旁，因而戰國時期「柏」、「相」兩字的確可能發生混淆。

　　那麼「伯」不用寫作「柏」字而和「相」字相混的可能性是否也存在？查「相」字於楚系郭店〈窮達以時〉簡 6 作 ，多了一個「又」旁，此「相」字字形亦見楚系包山簡 2.149，作 〔註 10〕，其「又」旁寫得更加草率而近似側「人」旁。〔註 11〕這些「相」字中的側「人」旁或許也起到干擾的作用，使

---

http://cdp.sinica.edu.tw/）、季旭昇《說文新證（上）》（臺北：藝文印書館，2002 年10 月）、季旭昇《說文新證（下）》（臺北：藝文印書館，2004 年 11 月）；楚簡文字行另參斟滕壬生《楚系簡帛文字編》（武漢：湖北教育出版社，1995 年）、李守奎《楚文字編》（上海：華東師範大學出版社，2003 年 12 月），下不另註。

〔註10〕此字右半舊釋爲「尋」，袁國華〈「包山楚簡」文字考釋〉（《第二屆國際中國古文字學研討會論文集》，香港：香港中文大學中文系，1993 年 10 月），頁 437 以爲當即「相」字的不同寫法。

〔註11〕戰國文字作爲偏旁的「又」、「人」常相混，見詹今慧《先秦同形字研究舉要》（臺北：政治大學中文系碩士論文，2005 年 1 月），頁 106～112 之討論。

《山海經》的傳抄者更容易將「相」字抄寫成從側「人」旁的「伯」字。

二、蛇巫之山；龜山

《山海經‧海內北經》記有：

蛇巫之山，上有人操柸而東向立。一曰龜山。

此文例舊注無說。鄒按：與「蛇（它）」、「巫」、及「龜」相關之古文字形如下：

分期分域　　字形	商甲骨文	西周金文	東周		晉系	齊系	燕系
			秦系	楚系			
蛇（它）	合集 672 正	集成 10159		郭店‧老子 33			
黽	合集 17778	師同鼎	大良造鞅鐓 陶彙 5.118	鄂君啓節 包山簡 2.172「鼀」字			
巫	合集 946 正	集成 3893		天卜「晉（靈）」字 望一卜「晉（靈）」字			
龜	合集 18366 龜父丙鼎			郭店緇衣簡 46「龜」之誤字「𪚣」			

「蛇」之本字「它」於兩周時期仍未增加「虫」形，與「黽」字字形主體極為
接近，「黽」字僅較「它」字多出兩「爪」形。戰國時期「龜」字與「它」字字
形形似的情況和「黽」字與「它」字的情況相當；而「黽」與「龜」字，在楚
文字裡更是混淆得厲害。李家浩即認為：

> 古文字「黽」、「龜」二字形近，所以在古文字中，或把「龜」寫作
> 「黽」。例如郭店楚墓竹簡 5〈緇衣〉646 號「龜卜」之「龜」即作
> 「黽」。這種情況跟郭店楚墓竹簡把「也」或寫作「只」、「史」或寫
> 作「弁」同類。〔註12〕

裘錫圭也認為郭店此字當釋作「黽」，與楚系上博五〈緇衣〉簡 6 對應的字作「⿰
（昆）」（簡 24）一樣，應該看作「龜」的形近誤字。〔註13〕馮勝君更指出被釋
為「黽」字的字形，「在戰國文字材料中，無論獨體還是偏旁，都是用作『龜』
的，似乎還沒有發現確定無疑的用作本字的例子。」〔註14〕禤健聰甚至認為原
先被釋為「⿰」（禤釋為「⿰」）的字其實就是「龜」字。〔註15〕

今以「黽」與「龜」字所具兩「爪」形相對構件，比對楚系天星觀卜筮簡及
望山 1 號墓簡「巫」字中類似兩側「人」相對之構件〔註16〕，亦可發現若干相似
之處。若〈海內北經〉提到的「蛇巫之山」，其「蛇」字原本寫作本字「它」、在
稍早的版本裡全句原作「它巫之山」，而「它巫」兩字之間隙在過度緊湊的情況
之下，的確有可能被後來的傳抄者抄為「龜」（或「黽」）字。（反之亦然）

按古籍傳抄過程常見二字誤為一字的情況，〔清〕俞樾《古書疑義舉例‧二
字誤為一字例》提到：

> 古書亦有二字誤合為一字者。襄九年《左傳》：「閏月」〔註17〕。杜
> 注曰：「『閏月』當為『門五日』，『五』字上與『門』合為『閏』，則

〔註12〕 李家浩〈楚墓竹簡中的「昆」字及從「昆」之字〉，《中國文字》新 25 期，1999 年，
頁 139～147。

〔註13〕 裘錫圭〈談談上博簡和郭店簡中的錯別字〉，《華學》6 輯，2003 年，頁 50～54。

〔註14〕 馮勝君〈戰國楚文字「黽」字用作「龜」字補議〉，《漢字研究》1 輯，2005 年，
頁 477～479。

〔註15〕 禤健聰〈釋楚文字的「龜」和「⿰」〉，《考古與文物》2004 年 3 期，頁 102～104。

〔註16〕 《說文》「巫」字小篆字形⿰中間部分亦類兩人相對形。

〔註17〕 〔清〕俞樾等《古書疑義舉例五種》（北京：中華書局，1958 年 1 月），頁 103。

後學者自然轉『日』爲『月』。」……《禮記‧檀弓》篇：「從母之
夫，舅之妻，二夫相爲服。」按：「夫」字衍文也，「二人」兩字誤
合爲「夫」字，學者旁識「二人」兩字以正其誤，而傳寫誤合之，
遂成「二夫人」矣。《國語》「夫」字誤分爲「一人」二字，〈檀弓〉
「二人」誤合爲「夫」字，甚矣古書之難讀也！

因此〈海內北經〉的「它」、「巫」兩字被合抄成「龜」字而造成此處異文，不
足爲奇。

今知《山海經‧海經》山名，若名爲「某某」，幾乎不書「某某山」（三字
句）而逕作「某某之山」（四字句），如〈海外北經〉的「務隅之山」、〈海內南
經〉的「蒼梧之山」、〈海內西經〉的「疏屬之山」即是。但若山名爲一字，則
直稱其爲「某山」，如〈海外南經〉的「南山」、〈海外北經〉的「鍾山」、〈海內
南經〉的「丹山」等。本處「它巫之山」中的「之」字，做助詞，於文句中發
揮的是調和音節的作用——使三字句變成四字句。若「它巫」兩字假如被誤合
爲「龜」字，那麼在後來的《海經》版本中，「之」字很自然的就會被省略，「它
巫之山」也就很自然的被寫成「龜山」了（反之亦然）。

三、犬封國；犬戎國

《山海經‧海內北經》記有：

犬封國曰犬戎國，狀如犬。有一女子，方跪進柸食。有文馬，縞身
朱鬣，目若黃金，名曰吉量，乘之壽千歲。

王寧云：

犬封國曰犬戎國。袁珂云：「封、戎音近，故犬封得稱戎國」。寧案：
封古音幫母東部，唇音；戎日母冬部，舌上音，二字並不音近。實
者，封本當作坴，篆文作坴（見《説文‧生部》），與戎古音同冬部，
爲疊韻假借。而封之古文作坴（見《説文‧土部》），與坴形近，且
旁紐雙聲，古後又訛變爲封也。〔註18〕

《大荒北經》亦見「犬戎國」，〔清〕郝懿行箋：「犬戎，黃帝之玄孫，……
是犬戎亦人也」；歐縝芳案：「《史記‧匈奴列傳》『周西伯昌伐畎夷氏』《索隱》

〔註18〕王寧〈《海經》新箋〉（上），《古籍整理研究學刊》1998 年 2 期，頁 20。

曰：『畎音犬，小顏云：「即昆夷也。」……《山海經》云：「有人面獸身，名犬
夷。」賈逵云：「犬夷，戎之別種也。」』疑或本作『犬夷』。」〔註19〕

　　鄒按：王寧指出「封」、「戎」兩字字音並不近的現象，糾正了袁珂的說法，
並以爲「封」（坒）字本作「丰」，而「丰」與「戎」字音近相通，所以才造成
了此處的「封」、「戎」異文。然而「丰」與「戎」上古雖屬同一韻部，但前者
爲唇音，後者屬日母，這和「封」、「戎」兩字的聲韻條件相似；王寧否定了袁
珂的說法，但自己提出來的說法也和袁珂犯了同樣的錯誤。

　　筆者以爲此處「戎」、「封」異文可能是單純的字形相混所致，「戎」、「封」
二字相混過程疑爲：「丰（封）」→「𡉈」→（可從「又」或「攴」）→「𢧴」
→「戎」。以下先羅列各相關字形，再進一步說明。

分期分域　字形	商甲骨文	西周金文	東周				
			秦系	楚系	晉系	齊系	燕系
𢧴		休盤	商鞅戟	包山簡 2.269	璽彙 2373	平阿左戟	
戎〔註19〕	屯 2286	大盂鼎	繹山碑	曾侯乙墓簡 179	七年邦司寇矛	陶彙 3.117	燕王戎人戈
封	甲 2902	召伯簋	睡虎地簡 24.28	秦家嘴 13.8「封」字古文	中山王𰽎鼎	古幣 140	璽彙 4091

　　查「丰」爲「封」之本字，甲骨文從「丰」從「土」，會聚土並於上種樹木

〔註19〕歐纈芳《山海經》校證，《文史哲學報》11 期，1962 年 9 月，頁 305。

〔註19〕「戎」字從「中」（爲「盾」之象形本字）從「戈」會意，取其執盾戈戍守、備戰
　　　之意。後來「中」被填實而簡化爲「十」，如此以致後人（如《說文》）誤認「戎」
　　　字從「十（甲）」。

以爲地界之意，「丰」亦聲。或加「又」、「廾」，或易「土」爲「田」。〔註20〕古文字中「攴」與「又」及「又」與「寸」亦經常有互用之例〔註21〕，因此「丰」字才有加了「寸」旁的「封」字的異體。

而「戡」字於楚系、齊系文字中作從「戈」「丰」聲的「栽」形，「戈」於字中做爲義符。按「古文字體中攴戈形旁互相通用」〔註22〕（「戡」字於楚系包山簡2.270從「攴」作 即爲一例），所以從「戈」「丰」聲的「戡」字也當有異體「𢦏」形存在。

今視「封」字與「𢦏」字，兩者最大差別在一從「丰」一從「丰」，而戰國文字中，「丰」旁有與「丰」旁相混者，如楚系曾侯乙墓簡106「戡」字異體「鋶」字 右半和上表中山王𧊧鼎「封」字左上、魯少司寇盤（春秋中期器，可略劃爲齊系）「封」字 丰 右半即極爲相類，所以「封」字是有可能被誤抄成「𢦏」（可從「又」或「攴」）或「𢦏」字異體「𢦏」的。

而「𢦏」和「戎」二字最大的差別在前者從「丰」、後者從「十（盾省形）」〔註23〕。查楚系曾侯乙墓簡179的「戎」字字形（詳上表），「戈」旁上部多一橫飾筆，這一飾筆連同「戈」旁本身橫筆與全字下部的「十」形綜觀，頗易與「丰」形相混。在如此條件之下，「𢦏」字被訛抄成「戎」字也不是不可能的事（反之亦然）。

四、盾；戈

《山海經·海外南經》記有：

> 羿與鑿齒戰於壽華之野，羿射殺之。在昆侖虛東。羿持弓矢，鑿齒
> 持<u>盾</u>，一曰<u>戈</u>。

〔註20〕季旭昇《説文新證（下）》（臺北：藝文印書館，2004年11月），頁234。

〔註21〕劉釗〈「稽」字考論〉（《中國文字研究》6輯，2005年）提到：「在古文字中，從『又』的字經常會有從『攴』的異體……。」林宏明《戰國中山國文字研究》（臺北：臺灣古籍出版社，2003年），頁368：「古文字從『又』從『寸』從來不別……。」

〔註22〕高明《中國古文字學通論》（臺北：五南圖書，1993年），頁119。

〔註23〕「戎」字從「中」（爲「盾」之象形本字）從「戈」會意，取其執盾戈戍守、備戰之意。後來「中」被填實而簡化爲「十」，如此以致後人（如《説文》）誤認「戎」字從「十（甲）」。

〔晉〕郭璞注：「未詳」，〔清〕俞樾《讀山海經》云：

> 畢氏校正曰：「一本持盾作持戈也。」愚按此文有誤，今訂正之曰：
> 「鑿齒在其東，羿與鑿齒戰於壽華之野，羿射殺之，羿持弓矢，鑿
> 齒持盾。一曰在昆侖墟東。」如此方與上下諸國一例，今本脫誤耳。
> 其一曰戈即一曰在，戈乃在之壞字。郭所見本已誤，故不得其說。
> 畢疑爲盾之異文，非也。

歐纘芳以爲：「俞說是也。《御覽》三五七引此經『羿射殺之』句下正無『在崑
崙墟東』五字，又『盾』上有『戟』字，疑令（鄒按：應「今」字之誤）本脫。
『弓矢』與『戟盾』對言，於文爲長。」〔註24〕沈海波言：

> 何焯曰：「以文義求之，乃『一曰持戈』耳。」說近是，然「戈」字
> 之後尚脫「盾」字，上文即云「持戟盾」，與「戈盾」當是所見本不
> 同之故，考《淮南子‧本經訓》高誘注曰：「鑿齒，獸名，齒長三尺，
> 其狀如鑿，下徹頷下，而持戈盾。」此亦證經文「一曰戈」當作「一
> 曰持戈盾」是也。〔註25〕

鄒按：查與「盾」、「戈」兩字相關之古文字字形如下：

分期分域 字形	商甲骨文	西周金文	東周				
			秦系	楚系	晉系	齊系	燕系
盾	粹1288	秉盾觶	睡虎地簡23.3	包山簡2.277			
戈	甲622	宅簋	睡虎地簡日甲47	曾侯乙墓簡91	璽彙5702	陳卯戈	左行議戈
才（在）	鐵163.3	旂鼎	陽陵兵符	曾侯乙墓簡77	中山王嚳鼎		

〔註24〕歐纘芳《山海經》校證，《文史哲學報》11期，1962年9月，頁254。

〔註25〕沈海波《山海經》考（上海：文匯出版社，2004年2月），頁167。

　　俞樾引畢沅語，以爲「戈」爲「才（在）」之殘、依前文「才（在）」字之後當補上「昆侖墟東」，大部分學者也都接受此說法並進行申說。但古文字中「戈」字與「才（在）」字相較，「戈」字上部撇筆不可或缺，「才（在）」字形中象植物種子的三角空心或半圓形塡實構件亦與「戈」字明顯有異，因而以爲此「戈」字爲「才（在）」字之殘，雖然乍視合理，但於字形方面仍然有疑。

　　今知楚系文字有「戱」字，見曾侯乙墓簡，可以爲左右作，如 （簡 101），但也有爲上下作 （見簡 3、46、84、97、103 等）者。此字爲「戱」之異文。「戱」爲古兵器名。〔晉〕葛洪《抱朴子・疾謬》：「利口者扶強而黨勢，辯給者借鏃以刺戱。」《南齊書・文學傳・丘巨源》：「詎其荷戱塵末，皆是白起，操牘事始，必非魯連邪？」又《康熙字典》「戱」字條下云：

> 《唐韻》：「扶發切，音伐」。《說文》：「盾也」。《揚子・方言》：「自
> 關而東謂之干，或謂之戱。關西謂之盾。」《汲冢周書》：「請令以鮫
> 戱利劍爲獻。」《（文選）張衡・西京賦》：「植鎩懸戱，用戒不虞」。

「戱」又通作「伐」。《詩經・秦風》「蒙伐有苑」注：「伐，中干也。盾之別名。」《玉篇》引《詩》作「戱」。

　　從〈海外南經〉的紀錄可知，此段原文講的是羿與鑿齒的戰鬥，善射之羿若持弓矢射之，鑿齒理應拿護身之盾以阻擋才是。但鑿齒卻持戈護身，〔註 26〕這明顯不符戰鬥之常態。故筆者以爲鑿齒拿的還是「盾」。那爲何之後的《山海經》記鑿齒所持之物一曰「戈」？筆者以爲這是因爲在稍早一點的《山海經》版本裡，「盾」字寫作「盾」的異名「戱」，此字恰作上下分列字構，傳抄者不察，誤分一字爲二字所致。〔註 27〕

　　按古籍傳抄過程中，一字誤分爲二字之現象常見，〔清〕俞樾《古書疑義舉

〔註 26〕袁珂云：「王念孫云：『《御覽・兵八十八》（卷三五七）作持戟盾。』……何焯云：『以文義求之，乃「一曰持戈」耳。』珂案：『「戈」上正當有「持」字。』」

〔註 27〕言者或以爲若此字原作從「十（盾）」從「戈」之「戎」字，亦可能在傳抄過程中誤抄成「盾」、「戈」。但是一則「十（盾）」筆劃極少，要誤抄成「盾」頗爲困難；二則「戎」字爲兵器總名（《詩經・大雅・常武》：「整我六師，以脩我戎。」鄭玄箋：「治其兵甲之事」），非單指某種手持可以對抗弓矢的兵器。故此想法不爲本章所考慮。

例・一字誤爲二字例》即提到：

> 古書有一字誤爲二字者。《禮記・祭義》篇：「見間以俠甑。」鄭注曰：
> 「『見間』當爲『覵』。」《史記・蔡澤傳》：「吾持梁刺齒肥。」索引
> 曰：「『刺齒肥』當爲『齧肥』。」《孟子・公孫丑》篇：「必有事焉而
> 勿正心。」《日知錄》載倪文節之語，謂當作：「必有事焉而勿忘。」

此外《禮記・緇衣》有「愻」分爲「孫心」、《尚書・多方》有「夰」分爲「大
介」之例可以爲證。〔註28〕《山海經》原「戲」字一分爲「盾戈」，後人不明其
原委，注補「一曰」，遂有「鑿齒持盾，一曰戈」的說法出現。

五、鴍鳥；維鳥

《山海經・海外西經》記有：

> 女祭、女戚在其北，居兩水間。戚操魚鯉，祭操俎。鴍鳥、鶄鳥，其
> 色青黃，所經國亡。在女祭北。鴍鳥人面，居山上，<u>一曰維鳥</u>，青
> 鳥黃鳥所集。

王寧以爲：

> 鴍鳥、鶄鳥，其色青、黃，所經國亡。在女祭北。鴍鳥人面，居山上。
> 一曰維鳥。青鳥、黃鳥所集。畢沅云：「古無鴍、鶄字，是云：『維鳥』
> 云云是也。下丈夫國亦云『在維鳥北』。」袁珂云：「《大荒西經》云：
> 『有玄丹之山，有五色之鳥，人面有髮。有青鴍、黃鷔，青鳥、黃鳥，
> 其所集者其國亡』。即此，『鴍、鷔乃鴍、鶄之異名』。」寧按：袁說
> 鴍、鷔及鴍、鶄之異名，是也。然説有未盡。鴍當作鴍，從鳥汶聲，
> 即鴍字之或體，亦即雞字，與鴻字又作鴻、鵜字又作鵜同意。《爾
> 雅・釋鳥》：「鶪子，雞」。本經之鴍鳥與之名同實異。鶄字當作鶌，
> 亦即鷔，鷔、鶌二字古音雙聲（疑母）、微宵旁轉疊韻，音近而假。《類
> 篇》：「鶌，鳥名，鳲鳩也，即今布穀」。本經之鶌與之名同實異。「一
> 曰維鳥」即指鶌鳥，維、鶌二字古音同微部，音近而假。〔註29〕

鄒按：王寧以「鶄」字當作「鶌」、「鴍」字當作「鴍」，但並未提出字形

〔註28〕〔清〕俞樾等《古書疑義舉例五種》（北京：中華書局，1958 年 1 月），頁 102。
〔註29〕王寧《海經》新箋）（下），《古籍整理研究學刊》2001 年 2 期，頁 19。

方面的證據，因此其據此在字音上連結「鴛」、「鷁」、「維」三字的說法不爲本章所採。筆者以爲「一曰維鳥」並不包括「鷁鳥」，它指的還是「鴛鳥」。以下先逐列相關古文字形如下再行申論：

字形 　分期分域	商甲骨文	西周金文	東　周				
			秦系	楚系	晉系	齊系	燕系
欠	合集7235	欠父丁爵	睡虎地簡法15「酓欠」字	曾侯乙墓簡57「猷」字	魚顚匕「欽」字	圖錄3.370.2「瘚」字	陳侯因咨戈「咨」字
糸（系）	乙124	糸父壬爵	睡虎地簡日甲155「織」字	信陽簡2.018「維」字	璽彙2908「續」字	陳曼匜「經」字	貨系3687

「維」與「鴛」二字，一從「隹」一從「鳥」，古文字書寫時「鳥」與「隹」偏旁互換情況十分常見，高明云：「本來它們都是鳥的象形字，由於繁簡不同而構成的兩個形體」。[註30]《郭店楚簡·語叢四》就有「鳥」與「隹」互換之例，如簡14的「雄」字從「鳥」作𩀱；簡26的「雌」字從「鳥」作𩀱即是。所以「鴛」字也應存在有另外一種寫法「歒（歒）」。

「歒（歒）」與「維」字最大的差異在一從「糸」旁、一從「次（欠）」旁。「次」字從「欠」，古文字裡的「欠」或「欠」偏旁，全字顯如《說文》所言：「張口氣悟也」，不過也有筆劃草率作簡單幾撇的，如楚系信陽簡1.026「欲」字𣢠右半及包山簡2.82「鼈」字𨡔右上所從。「欠」若再加上「冫」構件的干擾，的確容易與楚系文字「糸」形草率寫法如「羅」字𦌗（包山簡2.68）左下、「帶」字𢃖（信陽簡2.02）左半、「維」字𦆖（信陽簡2.018）左半所從產生混淆。

如果最早的《山海經》，其所記載的「鴛鳥」在稍晚的《山海經》寫作「歒（歒）鳥」，而其所從「次（欠）」又被不小心寫似很潦草的「糸」，在顧及字

〔註30〕高明《中國古文字學通論》（臺北：五南圖書，1993年），頁121。

體平衝的情兄下，「歙（飲）」字的確有可能被誤寫成「維」字（反之亦然）。若然，則「鵁鳥」之所以有「維鳥」異名，應當是「鳥」與「隹」在文字書寫時經常互換，再加上「次」之「欠」旁的草率寫法與「糸」旁相混所造成的結果。

第三節　《海經》寫定前至少已有楚、晉、齊三種版本

本章共針對《山海經‧海經》五則「一曰」所存歧義進行字形解析，得出之結論如下：

一、《海經‧海內南經》伯慮一曰相慮的說法，係因「慮」、「虞」音近相通假；「伯」則可寫成「柏」。在楚系及晉系文字當中，「目」作為偏旁，其上方趨向尖銳，遂與「白」形相似，因而造成「柏」、「相」二字的混淆──此處異文最有可能在《海經》流行於楚地或晉地時發生。

二、《海經‧海內北經》蛇巫之山一曰龜山的說法，導因於戰國時期楚文字「蛇」之本字「它」與「黽」、「龜」兩字象頭尾部分的構件筆畫相同；而「黽」與「龜」象身軀部分的左右相對「爪」形構件又與後來楚「巫」字中間類似兩人相對之形的構件相似，故「蛇巫之山」的「蛇巫」有可能誤合為一「龜」字（反之亦然）──此處異文最有可能在《海經》流行於楚地時發生。

三、《海經‧海內北經》犬封國曰犬戎國的說法，導因於「封」字在楚系、晉系及齊系文字裡可能和「戠」字異體「𡭊」相混，而「𡭊」字異體「戠」字在楚系文字裡也有可能和加了飾筆的「戎」字產生混淆（反之亦然）──以上情況在《海經》流行於楚地、晉地及齊地時最有可能發生。

四、《海經‧海外南經》盾一曰戈的說法，導因於「盾」之方言「瞂」在楚系文字中可寫作上「盾」下「戈」之「戜」形，古人抄錄時不察，誤將一字分為二字──此處異文最有可能在《海經》流行於楚地時發生。

五、《海經‧海外西經》鵁鳥一曰維鳥的說法，導因於古文字書寫時，「鳥」偏旁與同義之「隹」偏旁可以互換，加上戰國時期寫得潦草的楚文字「欠（次）」偏旁與「糸」偏旁形似。在此情況下，「鵁」字就有可能被抄寫成「維」（反之亦然）──此處異文最有可能在《海經》流行於楚地時發生。

從本書所論及之《山海經》五則「一曰」所保留異文的產生原因，可以知

道：

第一、這些異文當發生在文字書寫工具以筆墨作爲主流，且字形出現了隸意非典正態勢的戰國時空背景之下才有可能產生。〔註 31〕綜觀此五則「一曰」所保留的異文，集中記錄在《山海經・海經》，如以此現象作爲線索，可以肯定《山海經・海經》之寫定當在以筆墨爲主要書寫工具且字形已出現明顯隸意的戰國時期以後才是。

第二、當時的《山海經》版本，（日）竹內康浩用某些「一曰」所保留的歧義義項數目判斷，指出劉歆在校對《山海經》時至少掌握了有三種。若根據本章所歸納出來的結果——可能受到楚系文字影響而產生異文者五例；可能受到晉系文字影響而產生異文者二例；受到齊系文字影響而產生異文者一例——來推斷，當時《山海經・海經》的流傳至少已有楚、晉、齊三種版本，此與（日）竹內康浩的推論不謀而合。再從造成《海經》「一曰」異文的字頻方面來看，傳播於其時的《海經》應當以楚地版本以主。

第三、《山海經》成書時代及其作者，歷來多說〔註 32〕，爲明輪廓，先簡述如下表：

作者及時代（依時代排序）	撰作篇章	最 早 的 主 張 者
夏禹	全書	〔晉〕張華《博物志》
夏禹及益	全書	〔漢〕劉歆〈校上《山海經》表〉
益	全書	〔東漢〕趙曄《吳越春秋》
西周人	全書	今人孫致中〈《山海經》的作者及著作時代〉〔註33〕
孔子刪《詩》、《書》後好奇者所作	全書	〔唐〕杜佑《通典》

〔註31〕唐蘭《中國文字學》（上海：上海古籍出版社，1979 年 9 月），頁 152：「六國文字，地方色彩更濃了，以致當時有同一文字的理想。但除了圖案化文字外，一般有一個共同的趨勢，那就是簡化。用刀刻的，筆劃容易草率，用漆書的，肥瘦也受拘束，就漸漸開隸書的端緒了。」

〔註32〕以下各說概見蒙傳銘〈《山海經》作者及其成書年代之重新考察〉，《中國學術年刊》15 期，1994 年 3 月，頁 243～253。

〔註33〕孫致中〈《山海經》的作者及著作時代〉，《貴州文史叢刊》1986 年 1 期，頁 78～82。

春秋戰國時期巴蜀之人	全書	今人蒙文通〈略論《山海經》寫作時代及其產生的地域〉〔註34〕
戰國好奇之士	全書	〔明〕胡應麟《四部正訛》
戰國楚人	《山經》	今人陸侃如〈論《山海經》的著作年代〉
東周洛陽人作於秦滅六國前	《山經》	今人鄭德坤〈《山海經》及其神話〉
墨子學生作於戰國中年	全書	今人衛聚賢〈《山海經》的研究〉
書記商代山嶽事，經劉向父子及郭璞迭加而成	《山經》	西人拉克倍理〈古代中國文明西源論〉
周秦間人	全書	〔清〕紀昀等《四庫提要》
秦時方士	全書	〔清〕梁玉繩《史記志疑》
秦漢間人	全書	〔清〕姚際恆《古今偽書考》
秦漢間人	《海經》、《大荒經》	今人傅錫壬〈《山海經》研究〉〔註35〕
口傳至漢儒乃著竹帛	全書	〔唐〕啖助《春秋集解纂例》

　　其中《山經》成書於楚人之手的說法得到晚近許多學者的支持。著名神話研究學者李豐楙即云：

　　大抵說來，《山經》是一部古老的地理誌，在文字紀錄前，已口頭傳播了長遠的時期，正式調查紀錄的，應該是周朝王官，或諸侯職官，其中史巫身份者為重要人物。其後歷經鄒衍及其後學，與史巫、方士之流秘觀、改編，應該與楚國有關。大概編成於《呂氏春秋》與《淮南子》二書成書之間，約當戰國晚期形成今本《山海經》的雛形，經過漢人整理，成為重要地理圖籍。〔註36〕

著名《山海經》研究學者袁珂也說：

　　它大約成書於從春秋末年到漢代初年這一長時期中，作者非一人，作地是以楚地為中心，西及巴東及齊：這便是近半個世紀以來由學

〔註34〕蒙文通〈略論《山海經》寫作時代及其產生的地域〉，《中華文史論叢》1輯，1962年，頁76～78。

〔註35〕傅錫壬〈《山海經》研究〉，《淡江學報》文學部14期，1976年4月，頁34。

〔註36〕李豐楙《神話的故鄉——《山海經》》（臺北：時報文化，1981年3月），頁9。

者們研究大致得出的結論。〔註37〕

其他學者如楊興華、唐世貴等人的研究也都有類似的主張。〔註38〕

以本章研究結果以視之，不止《山經》全書草成於楚人之手，就連《海經》也有很大比例是在楚人手上整理完成的。由是可見楚人在《山海經》成書的過程中具有舉足輕重的地位。視此，若能根據故楚地的出土資料，對《山海經》進行全面校理，定能得到嶄新的學術成果和對《山海經》的全新認識。

〔註37〕 袁珂《山海經全譯》（貴陽：貴州人民出版社，1990 年），前言。

〔註38〕 楊興華〈從祖先崇拜和楚俗看《山海經》作者的族別〉，《贛南師範學院學報》1997年 1 期，頁 41～44、唐世貴〈《山海經》作者及時地再探討〉，《江漢大學學報》人文社會版，22 卷 5 期，2003 年 10 月，頁 39～42、唐世貴〈《山海經》成書時地及作者新探〉，《遼寧師範大學學報》社會科學版，29 卷 4 期，2006 年 7 月，頁 82～86。

第參章 《山海經‧山經》疑難字句新詮

第一節 《山海經‧山經》「毛用」新詮

一、前 言

先民從山林中走來，巍峨險峻、物產豐饒的大山既是他們安身之所，又是他們同大自然鬥爭的戰場；同時山高聳入雲的磅礡氣勢、孕育萬物的神秘力量，也使人類感到困惑和恐懼，從而產生無限敬畏，於是他們賦予了神秘的大山以神靈的品格。〔註1〕

山神觀念是山崇拜文化的核心。〔註2〕從時間上來看，它的前身即山精或山鬼觀念。山精或山鬼觀念是在萬物有靈觀念的基礎上產生的。深山密林之中，雜草叢生。百獸共居。人走進深山，不見天日，怪聲四起，似乎有眾多的幽靈在漫遊。這使人相信山中有精怪、有鬼。像中國東北山區的山神就曾以精靈「白那查」的形象出現過。〔註3〕有些人一旦看到沒有見過的怪獸會嚇得魂飛魄散。

〔註1〕 王振軍〈山岳信仰與漢賦〉，《語文學刊》高教版 2006 年 3 期，頁 69～70。

〔註2〕 何星亮《中國自然神與自然崇拜》（上海：三聯書店，1992 年 5 月），頁 318～329。

〔註3〕 王玉光《論東北地區的山神信仰》（北京：中央民族學院文傳學院碩士論文，2005 年 5 月），頁 21。

加之山中毒蟲、毒草甚多，一些人在沒有感覺的情況下被毒蟲咬了一下，或被毒草觸傷皮膚，回家之後，被咬、觸之處便會腫脹、疼痛。人們不知其因，誤以爲是山精或山鬼所爲。

山精或山鬼雖有人格，但沒有人形化，僅是穩隱莫測的靈體。因此，山精或山鬼崇拜是山岳崇拜的初級形態。另有一些山神是由氏族或部落的圖騰演變而來的。在萬物有靈觀念產生之前，既無山精或山鬼觀念，亦無山神觀念。大多數氏族或部落都以某種動物或植物等作爲自己的親屬或祖先。萬物有靈觀念產生之後，萬物皆有靈；山也不例外，一些居住在山中或山下的氏族、部落也往往把自己的圖騰神化，奉之爲山神。〔註4〕

祭祀山神的現實意義何在？山嶽崇拜作爲民族文化心理的重要表現，屬於自然崇拜的一種。在原始人心目中，凡是覺得神秘莫測，無法控制的事物，都以爲其具有神靈，而且這種神靈是有超人的力量的，是需要去巴結和奉承的。

先秦文獻，記載山嶽之祭，最詳細的要數《山海經·山經》了。《山海經·山經》所提到的祭禮有二十五則，其中出現「毛用」、「毛牷用」的地方有：

> 凡䧿山之首，自招搖之山以至箕尾之山，凡十山，二千九百五十里。
> 其神狀皆鳥身而龍首，其祠之禮：毛用一璋玉瘞，糈用稌米，一璧，
> 稻米、白菅爲席。（《南山首經》）

> 凡《南次二經》之首，自柜山至於漆吳之山，凡十七山，七千二百里。
> 其神狀皆龍身而鳥首。其祠：毛用一璧瘞，糈用稌。（《南次二經》）

> 凡《西經》之首，自錢來之山至於騩山，凡十九山，二千九百五十
> 七里。華山冢也，其祠之禮：太牢。羭山神也，祠之用燭，齋百日
> 以百犧，瘞用百瑜，湯其酒百樽，嬰以百珪百璧。其餘十七山之屬，
> 皆毛牷用一羊祠之。燭者百草之未灰，白蓆采等純之。（《西山首經》）

> 凡《西次二經》之首，自鈐山至於萊山，凡十七山，四千一百四十
> 里。其十神者，皆人面而馬身。其七神皆人面牛身，四足而一臂，

〔註4〕 例如牛是藏族的一個相當古老的圖騰，但在許多神話中，山神的化身均爲牛。在《山海經》中，載有許多半人半獸和一些怪獸山神，其中有無名稱的，也有有名稱的。這些山神大多因山而異，似由圖騰演化而來。

操杖以行：是爲飛獸之神；其祠之，**毛用少牢**，白菅爲席。其十輩神者，其祠之，**毛一雄雞**，鈐而不糈；毛采。（《西次二經》）

凡《北山經》之首，自單狐之山至於隄山，凡二十五山，五千四百九十里，其神皆人面蛇身。其祠之，**毛用一雄雞彘瘞**，吉玉用一珪，瘞而不糈。其山北人，皆生食不火之物。（《北山首經》）

凡《北次二經》之首，自管涔之山至於敦題之山，凡十七山，五千六百九十里。其神皆蛇身人面。其祠：**毛用一雄雞彘瘞**；用一璧一珪，投而不糈。（《北次二經》）

凡《東山經》之首，自樕蟲之山以至於竹山，凡十二山，三千六百里。其神狀皆人身龍首。祠：**毛用一犬祈**，聃用魚。（《東山首經》）

凡《東次二經》之首，自空桑之山至於礜山，凡十七山，六千六百四十里。其神狀皆獸身人面載觡。其祠：**毛用一雞祈**，嬰用一璧瘞。（《東次二經》）

凡薄山之首，自甘棗之山至於鼓鐙之山，凡十五山，六千六百七十里。歷兒，冢也，其祠禮：毛，太牢之具；縣以吉玉。其餘十三山者，**毛用一羊**，縣嬰用桑封，瘞而不糈。桑封者，桑主也，〔註5〕方其下而銳其上，而中穿之加金。〔註6〕（《中次首經》）

凡釐山之首，自鹿蹄之山至於玄扈之山，凡九山，千六百七十里。其神狀皆人面獸身。其祠之，**毛用一白雞**，祈而不糈，以采衣之。（《中次四經》）

凡岷山之首，自女幾山至於賈超之山，凡十六山，三千五百里。其神狀皆馬身而龍首。其祠：**毛用一雄雞瘞**，糈用稌。文山、勾欄、

〔註5〕 袁珂云：「江紹原《中國古代旅行之研究》第一章注十謂經文桑封係藻珪之誤，桑主即藻玉，嬰係以玉獻神之專稱；其說近是，可供參考。」

〔註6〕 袁珂云：「經文桑封者桑主也以下十九字，畢沅謂疑是周秦人釋語、舊本亂入經文者，或當是也。」桑封若從江說係藻珪之誤，則此釋乃嵩在說明藻珪即藻玉之形狀，而郭璞注乃云：『言作神主而祭，以金銀飾之也。公羊傳曰：「虞主用桑。」主或作玉。』未免望文生義，漫爲立說矣。」

風雨、騩之山,是皆冢也,其祠之:羞酒,少牢具,嬰毛一吉玉。
熊山,席也,其祠:羞酒,太牢具,嬰毛一璧。(《中次九經》)

凡首陽山之首,自首山至於丙山,凡九山,二百六十七里。其神狀
皆龍身而人面。其祠之:毛用一雄雞瘞,糈用五種之糈。堵山,冢
也,其祠之:少牢具,羞酒祠,嬰毛一璧瘞。(《中次十經》)

凡荊山之首,自翼望之山至於幾山,凡四十八山,三千七百三十二里。
其神狀皆彘身人首。其祠:毛用一雄雞祈,瘞用一珪,糈用五種之精。
禾山帝也,其祠:太牢之具,羞瘞,倒毛;用一璧,牛無常。堵山、
玉山冢也,皆倒祠,羞毛少牢,嬰毛吉玉。(《中次十一經》)

凡洞庭山之首,自篇遇之山至於榮余之山,凡十五山,二千八百里。
其神狀皆鳥身而龍首。其祠:毛用一雄雞、一牝豚刉,糈用稌。凡
夫夫之山、即公之山、堯山、陽帝之山皆冢也,其祠:皆肆瘞,祈
用酒,毛用少牢,嬰毛一吉玉。洞庭、榮余山神也,其祠:皆肆瘞,
祈酒太牢祠,嬰用圭璧十五,五采惠之。(《中次十二經》)

「毛用」一詞,一直以來並沒有太多人特別關注它,所以到目前爲止也沒有很
好、很周全的解釋。

二、舊注中的問題

舊注裡對「毛用」做出解釋的有郭璞、袁珂二家。郭璞在注《山海經》諸
「毛」字時認爲「毛」是「言擇牲取其毛色也。」郭注的說法大概是根據先秦
祭祀注重用牲毛色的這個規矩來的。像《周禮·地官·牧人》就提到:

牧人掌牧六牲而阜蕃其物,以共祭祀之牲牷。凡陽祀,用騂牲毛之;
陰祀,用黝牲毛之。望祀,各以其方之色牲毛之。凡時祀之牲,必
用牷物。凡外祭,毀事,用尨可也。

鄭注:「騂牲,赤色;毛之,取純毛也。」賈疏:

騂牲知是赤色者,見《明堂位》:「周人騂剛」;《檀弓》云周人「牲
用騂」,周尚赤而云用騂,故知騂是赤也。云「毛之,取純毛也」者,
對下文云尨是雜色,則此經云「毛之」者皆是取純毛也。

但袁珂並不認同郭璞的意見,他認爲:「毛謂祀神所用毛物也,豬雞犬羊等均屬

之。言『毛用一璋玉瘞』者，以祀神毛物與璋玉同瘞也。」他的《山海經全譯》譯「毛用一璋玉瘞」為：「要拿一片璋、一片玉和祀神用的毛物（豬雞犬羊等）一同埋在地裡。」〔註7〕

鄒按：《山經》其他和「毛（用）」相對應的地方有「嬰（嬰用）」、「糈（糈用）」、「瘞（瘞用）」、「聊用」等詞：

「嬰」，〔晉〕郭璞注《西山經》云：「嬰謂陳之以環祭也；或曰嬰即古罌字，謂盂也。」江紹原《中國古代旅行之研究》第一章注十云：「嬰係以玉祀神之專稱。」〔註8〕「嬰」，《說文》：「頸飾也，從女賏，其連也，一曰繞也。」「嬰」本為名詞，但引伸也有繞抱的意思。如《淮南子·要略訓》：「以與天和相嬰薄」，高誘注：「嬰，抱也」；《漢書·蒯通傳》：「心將嬰城固守」，注引孟康云：「嬰，以城自繞也」。〔註9〕嬰為以玉祀神之專稱。

「糈」，〔晉〕郭璞云：「糈，祀神之米名，先呂反；稌，稌稻也，他睹反。」袁珂云：「《楚辭·離騷》云：『巫咸將夕降兮，懷椒糈而要之。』王逸注：『糈，精米，所以享神。』」《史記·日者列傳》：「夫卜而有不審，不見奪糈；為人主計而不審，身無所處。」〔唐〕司馬貞索隱：「糈音所。糈者，卜求神之米也。」《中次十一經》：「糈用五種之精。」〔註10〕〔晉〕郭璞云：「備五穀之美者。」袁珂云：「謂用五種精米以祀神；《中次十經》末云：『糈用五種之糈。』此精字或是糈字之訛。」糈由名詞轉品為動詞（備穀），為以穀祀神之專稱。

「瘞」，《詩·大雅·雲漢》：「旱既大甚，蘊隆蟲蟲；不殄禋祀，自郊徂宮；上下奠瘞，靡神不宗。」毛傳：「上祭天，下祭地，奠其幣，瘞其物。」高亨注：「把祭品埋在地下以祭地神為瘞。」《周禮·秋官·犬人》：「犬人掌

〔註7〕 袁珂《山海經全譯》（貴陽：貴州人民出版社，1990年），頁7。

〔註8〕 江紹原《中國古代旅行之研究》（上海：商務印書館，1935年），頁26。于成龍〈《山海經》祠祭「嬰」及楚卜筮簡「瓔」字淺說〉，《古文字研究》25輯，2004年10月，頁369～373以為《山海經》此「嬰」字為「祀神用玉」。然將此文意置諸《山海經》各「嬰」字，其實並不符漢語語法，是以本章仍採舊說，以「嬰」（嬰用、嬰以）為祠法之一種。

〔註9〕 龍亞珍《《山經》祭儀初探》（臺北：政治大學中文系碩士論文，1988年6月），頁211。

〔註10〕 本書所引經注悉據羅竹風等《漢語大詞典》光碟版，香港：香港商務印書館，1998年，下不另註。

犬牲，凡祭祀共犬牲，用牷物，伏瘞亦如之。」鄭玄注引鄭司農曰：「瘞謂埋祭也。」瘞爲瘞埋祀神之專稱。祭山神的祭法中，將祭品埋入地中獻祭的祭法（瘞）佔絕大多數，這是因爲山嶽也是由土地形成的，其祭法和祭土地神相類似是很自然的。

「衈」，郭璞云：「以血塗祭爲衈也。公羊傳云：『蓋叩其鼻以衈社。』音釣餌之餌。」袁珂云：「經文及注文之衈，汪紱本、畢沅本均作鈃，郝懿行亦校作鈃，謂鈃者釁也，將刉割牲以釁、先滅耳旁毛薦之；又謂郭引《公羊傳》乃《穀梁傳》之誤。」「衈」字特指以血塗祭，在《山經》裡鈃釁塗祭的是魚鮮。

如此看來，和「嬰（嬰用）」、「糈（糈用）」、「瘞（瘞用）」、「衈用」語法位置相當的「毛用」，應即「以某犧牲或祭品祀神的專稱」。在這裡，「毛」轉品當動詞用，應即郭注「擇牲取其毛色」之意。至於袁譯，問題大了一點。龍亞珍曾指出，古人所謂「毛物」，多指獸之長毛者，其淺毛則稱「贏物」，鳥類則稱羽物，魚類稱鱗物。而《山經》祭牲有牛、羊、犬、彘、雞、魚等，全部稱以「毛物」的話，無法符合《山經》實際用牲情況。[註11]

又若依照袁珂的理解，「毛」指「毛物（動物犧牲）」，和璋、玉都是分開的、個別要瘞埋的祭品。爲了符合漢語語法，「毛（名詞）」和「用（動詞）」字就得要分開來。如此則「毛」字屬上讀，是上引各條原文中「祠」這個動詞的受詞，指的是祭品；而「用」字屬下讀，用來說明接下來要使用那些其他祭品。然而依袁氏的說明來理解這些原文，就會出現一個問題：爲何《山經》作者特意將「祠」和「用」之後所接的祭品分開？這個問題的答案可能只有一個：「祠」所用的「毛」（犧牲），牠的祭法和「用」字之後所接各式祭品（在璋玉之外也可能包含穀物或犧牲這類祭品）的祭法（瘞），應該存在著差異。

如果單就《南次二經》：「其祠：毛用一璧瘞，糈用稌」、《南山首經》：「其祠之禮：毛用一璋玉瘞」這二句而言，上面提到的假設性答案勉強還解釋的過去，這兩句話可以解釋成：「毛物有毛物的處理方式（不明），但璧玉是全都要瘞埋的。」然而問題在於上引《山經》各條原文所提到的各種袁氏所認爲的其他「毛物」：如雞、犬、豬、羊等等，都有提到他們瘞埋、刉（祈）的處理方法，

〔註11〕龍亞珍《《山經》祭儀初探》（臺北：政治大學中文系碩士論文，1988 年 6 月），頁 57～58。

《山經》裡頭這麼多的「毛，用」，卻沒有一處講到「毛」的處理方式，顯然不太合情理。所以袁珂視「毛」為「毛物」的說法是行不通的。

　　雖然郭注對「毛用」的說明要較袁譯為佳，但郭注對「毛用」的解釋還是沒辦法完全滿足《山經》裡頭所出現的所有「毛（用）」，這是因為筆者在全面整理《山經》「毛用」後面所接的祭品後，發現除了上述的「毛物」、「羽物」、「鱗物」外，《南山首經》還有：「毛用一璋玉瘞」、《南次二經》還有：「其祠：毛用一璧瘞，糈用稌」。若依郭注，「毛」指的是「擇牲取其毛色」，那璋玉、璧何來毛色可言？從這裡可以知道郭注對《山海經》諸「毛」字的釋義並不完全適用所有的「毛用」。

　　那麼《南山首經》：「其祠之禮：毛用一璋玉瘞」、《南次二經》：「其祠：毛用一璧瘞，糈用稌」又該如何解釋？

三、「毛用」為「屯（陳）用」之訛

　　早先李家浩曾根據戰國、秦漢時期「屯」、「毛」二字相近的這個現象，指出《山海經》若干「毛」字其實是「屯」字之訛。〔註12〕經查，「毛」字在漢以前的字形變化如下：

周中期毛伯噈父簋	周晚期班簋	春秋早期毛弔盤	戰國燕璽彙3942	戰國包山楚簡2.37
戰國楚簡天星觀遣策	戰國楚簡天星觀遣策	睡虎地日書甲種5背	睡虎地五十二病方235	西漢帛書老子乙本前141下
漢印文字徵	東漢熹平石經《公羊傳‧文公九年》			

　　而「屯」字在漢以前的字形變化如下：

〔註12〕見朱德熙〈説「屯（純）、鎮、衛」——為《唐蘭先生紀念論文集》作〉，《朱德熙古文字論集》（北京：中華書局，1995年），頁176～177所引。

商代甲 2815	商代掇 1.385	西周中期墻盤
西周中期師訇鼎	西周中期段簋蓋	春秋秦公鐘
戰國齊陳逆盙	戰國晉古幣 38	戰國晉古幣 38
戰國楚鄂君啓舟節	戰國包山楚簡 2.147	戰國信陽楚簡 2.24
戰國郭店楚簡 1.1.9	漢帛書老子乙前 112 上	漢末魯峻碑

　　觀察「毛」字與「屯」字字形，可以發現它們在甲、金文及漢隸時期的字形具有明顯的區隔；但在戰國楚文字裡，楚簡「屯」字素與「毛」字相似，〔註13〕「屯」字上部多寫作一短橫，而「毛」上部筆畫呈弧筆，在演變中二者很容易變形互訛。〔註14〕學界一般認爲《山海經》的成書深受楚人及楚文化的影響，是以李家浩提出的《山經》諸「毛」字或許是「屯」字誤寫的意見應該沒有問題。

　　那麼「屯用」究竟是何意？馮勝君根據李家浩的意見，提出《墨子》、《淮南子》、《山海經》講到用色牲時所用的「毛」字都是「屯」字之訛，「屯」即「純」，指毛色純一。〔註15〕不過很顯然的馮勝君的解釋只適用於表「以犧牲祀詞之專稱」的「毛用」，他的說法仍無法解釋《南山首經》：「其祠之禮：毛用一璋玉瘞」、《南次二經》：「其祠：毛用一璧瘞，糈用稌」這二處「毛用」究竟何意。

〔註13〕陳嘉凌《楚系簡帛字根研究》（臺北：臺灣師範大學國文系碩士論文，2002 年 6 月），頁 326、461。

〔註14〕魏宜輝《楚系簡帛文字形體訛變分析》（南京：南京大學考古學與博物館學博士論文，2003 年 4 月），頁 12。

〔註15〕馮勝君〈古書中「屯」字訛爲「毛」字現象補證〉，《古文字研究》24 輯，2002 年，頁 500～504。

李、馮二家的說法雖然像郭注一樣無法完全釐清《南山首經》：「其祠之禮：毛用一璋玉瘞」、《南次二經》：「其祠：毛用一璧瘞，糈用稌」中「毛用」一詞的意義，但這已經提供了我們很好的研究方向。經查，「屯」字在經典裡還有以下幾個意思：

第一、「聚」義——如《莊子‧寓言》：「火與日，吾屯也。」成玄英疏：「屯，聚也。」

第二、「厚」義——如《國語‧晉語四》：「文武具，厚之至也。故曰屯。」韋昭注：「屯，厚也。」查「厚」有「重」義，《國語‧周語下》：「若匱，王用將有所乏，乏則將厚取於民。」韋昭注：「厚取，厚斂也」；「厚」也有「多」義，《周禮‧考工記‧弓人》：「厚其液，而節其帤。」鄭玄注：「厚，猶多也。」徐中舒也說：「《國語‧晉語》云『屯者厚也』，齊夷鎛云『余用登屯厚乃命』，登屯厚三字同訓厚……。」〔註16〕

《山經》「毛（屯）用」一詞解作「聚用」，在語法上說得通，但《南山首經》：「其祠之禮：毛用一璋玉瘞」、《南次二經》：「其祠：毛用一璧瘞，糈用稌」這二處「毛用」後面接的都是單一祭品——璋玉或璧，而「聚」字，《左傳‧成公十三年》：「我是以有輔氏之聚。」杜預注：「聚，眾也。」「一璋玉」、「一璧」實在很難說是「眾」，「屯用」在這裡也就不好說成是「聚用」。而若將「屯」解作「厚」，其他《山經》裡的山神也皆幾乎使用璋、璧、珪等玉石對祂們獻祭，而且祭品種類有的還更較《南山首經》、《南次二經》為多——規格更高，這也看出不來《南山首經》和《南次二經》裡的山神們是如何的被「重（多）用」一璋玉或是一璧。

字形上，楚簡文字已經提供我們將「毛」字視為「屯」字之訛的線索。字義上，經典裡對「屯」字的舊有解釋，都無法滿足《南山首經》、《南次二經》「毛用」所需文義，是不是「屯」字在先秦楚言裡有其他的意思？

古文字中的有些詞義在後世的語言系統中或轉移、或消亡，已不再使用，

〔註16〕徐中舒〈金文嘏辭釋例〉，《歷史語言研究所集刊》6：1，1936 年 3 月。轉引自李圃主編《古文字詁林》1 冊（上海：上海教育出版社，1999 年），頁 350。楚簡「厚」字有寫作「𡈼」的，或許不應理解成從「石」從「毛」，而應是從「石」從「屯」。

只有通過古文字的字形和用法加以考索，才能窺見其本來面貌。〔註17〕經查「屯」字在出土楚簡中的用例，得知「屯」字在故楚地裡還可能有二種詞義：

其一、「全部」。朱德熙和裘錫圭曾經整理過信陽楚簡的「屯」字，他們發現「屯」字出現的頻率很高，而且在同個語法位置上對應的是「皆」字，典籍裡如《考工記‧玉人》：「諸侯純九，大夫純五」，鄭注：「純猶皆也」，「純」從「屯」得聲，古二字通用，信陽楚簡「屯」字當然可以訓爲「皆」。〔註18〕劉雨進一步從信陽簡「屯」字和「皆」字前所接的器物數量推論，「屯」字之前的器物量較多，相當於現代漢語「全部」、「全都是」，而「皆」字之前的器物量較少，相當於現代漢語「都」、「都是」。〔註19〕除了語法上的證據外，「屯」和「全」古音也非常接近。〔註20〕

第二、「陳列」。上博簡〈緇衣〉簡1有「刑不甝」句，「甝」字原書無釋，郭店簡作「屯」。上博此字，李學勤以爲「弋」字誤寫、陳秉新以爲讀爲「推」、顧史考讀爲「懲」；郭店此字，周鳳五認爲係「弋」之訛，讀作「忒」。〔註21〕

按字形上郭店此字作，與上博此字右部所從，及上引楚簡「屯」字

〔註17〕劉釗〈談古文字資料在古漢語研究中的重要性〉，《古文字考釋叢稿》（長沙：岳麓書社，2005年7月），頁428。

〔註18〕朱德熙、裘錫圭〈信陽楚簡屯字釋義〉，《考古學報》1972年2期。轉引自李圃主編《古文字詁林》1冊（上海：上海教育出版社，1999年），頁358。朱德熙〈説「屯（純）、鎮、衛」〉（《朱德熙古文字論集》，北京：中華書局，1995年2月）頁176引李家浩的意見，認爲《山海經》裡的「毛用」全都是「屯用」之訛，而與「屯用」相當的其他語法位置上有出現「皆（皆用）」，所以《山海經》裡所有的「屯用」讀「皆用」就讀通了。但問題是朱德熙並未考慮進與「屯用」處於相同語法位置的「嬰（嬰用）」與「精（精用）」，更沒對它們做出解釋，所以筆者以爲還是單純依照劉雨「屯」解作「全」的意見比較恰當。

〔註19〕劉雨〈信陽楚簡釋文與考釋〉，《信陽楚墓》北京：文物出版社，1986年。轉引自李圃主編《古文字詁林》1冊（上海：上海教育出版社，1999年），頁361。

〔註20〕朱德熙〈説「屯（純）、鎮、衛」〉，《朱德熙古文字論集》，（北京：中華書局，1995年2月）頁178：「許多從『屯』聲的字和從『全』聲的字音近義通，大概是從共同的語源分化出來的。」

〔註21〕以上諸説見鄒濬智《《上海博物藏戰國楚竹書（一）‧緇衣》研究》，臺北：臺灣師範大學國文系碩士論文，2004年6月，又收入《古典文獻研究輯刊第二編》20冊（臺北縣：花木蘭出版社，2006年3月），頁34～35。

傳統寫法相較，並無太大的差異。楚簡〈緇衣〉此字應不是「弋」字的誤寫；就訛抄的時空合理性言，就算〈緇衣〉此字原本作「弋」，而郭店〈緇衣〉的抄手將此字訛抄似「屯」，上博本〈緇衣〉的抄寫者在謄寫此字時還是應該正確抄作「弋」或其他任何從「弋」之字才對，但他卻仍將此字抄寫成從「屯」作的「刞」字。由此可見原始〈緇衣〉此字本來就作「屯」或從「屯」之字。劉信芳引《楚辭·離騷》：有「屯余車其千乘兮」句，王逸注：「屯，陳也。」認為楚簡〈緇衣〉此「屯」字可解作「陳」字，文從字順。[註22]

　　根據劉信芳對楚簡「屯」的通假讀法，筆者認為《南山首經》、《南次二經》「毛（屯）用」中的「毛（屯）」也有讀作「陳」的可能。「屯」字上古屬知母文部、「陳」字上古屬澄母眞部，兩字古聲屬同類，韻為旁轉，字音上也十分相近。

　　若依「屯」在楚言裡的第一個意思來訓「屯」為「全」，查「全」字於此可以有三種解釋：

　　第一種——即相當於現代漢語的「全部都」。

　　第二種——指純色玉。《周禮·考工記·玉人》：「天子用全，上公用龍，侯用瓚，伯用將。」鄭玄注：「鄭司農云：『全，純色也，龍當為尨，尨謂雜色。』玄謂：『全，純玉也。』」

　　第三種——完美、齊全。《周禮·考工記·弓人》：「得此六材之全，然後可以為良。」鄭玄注：「全，無瑕病者。」

　　若將第一義套入《南山首經》、《南次二經》裡，「全用」意指這群山神全都用璋玉、璧來祭祀，話是說得通，但文例上《山經》裡的「X用」多指祭法，用「全都用」來解釋「屯用」，所指太過空泛。

　　若結合古漢語「全」字第二及第三義，將「全用」解作「用純色無瑕的玉」，《南山首經》、《南次二經》「全用」後面接的剛好就是璋、璧，這樣的解釋可以說是非常恰當。

　　若依「屯」在楚言裡的第二個意思來訓「屯」為「陳」呢？查「陳」字於此可以有二種解釋：

〔註22〕劉信芳〈郭店簡〈緇衣〉解詁〉，《郭店楚簡國際學術研討會論文集》（武漢：湖北人民出版社，2000年），頁166。

第一種——陳列。《左傳·襄公九年》:「火所未至,徹小屋,塗大屋,陳畚挶,具綆缶,備水器」,楊伯峻:「陳,列也。」

第二種——陳設,即《呂氏春秋·孟冬》:「是月也,工師效功,陳祭器,按度程」中「陳」字的用法。

不過將「毛(屯)」解作「陳列」,跟將「毛(屯)用」解作「聚用」會遇到相同的問題——「毛(屯)用」後接單一祭品——一璋玉、一璧,並無法「陳列」;而若將「毛(屯)」解作「陳設」、「擺設」,以「陳」字用來指擺設祭祀用物的情況並不罕見,上引《呂氏春秋》「陳祭器」便是一例。如此則《南山首經》:「毛用一璋玉瘞」即「陳設一璋玉後瘞埋」;《南次二經》:「毛用一璧瘞」即「陳設一璧後瘞埋」,語法上說得過去。不過這和把「屯用」解作「全都用」一樣,「陳列而用」,所指一樣太過空泛。

綜上可知,就其和祭品的關聯性來看,將「屯用」解作「全用」(挑選純色無瑕之玉以用之),會比解作「陳用」爲佳。《南山首經》、《南次二經》中的「屯用」應該和「嬰(嬰用)」一樣,也是一種特殊的用玉祭法。

附帶要提到的是《中次九經》和《中次十經》有「嬰毛一璧」,《中次十經》有「嬰毛一璧瘞」,《中次十一經》有「嬰毛吉玉」,《中次十二經》有「嬰毛一吉玉」。文中「毛」字,江紹原認爲是「用」字的錯寫。﹝註23﹞筆者認爲這裡的「毛」還是「屯」字之訛,「嬰毛」即「嬰屯」即「嬰全」,是同時使用「嬰」和「全」兩種用玉祭法的祭祀。

四、小 結

透過對《山海經·山經》諸「毛用」詞義的深入討論,我們得到一個結論:《山經》中,大部分的「毛用」,其意涵爲「以犧牲祭祀山神之專稱」,而《南山首經》和《南次二經》裡的「毛用」,其實是「屯用」之訛,《中次九經》、《中次十經》和《中次十二經》中的「嬰毛」則是「嬰屯」之誤。「屯」即「全」,指「(用)純色無瑕之玉」。之所以把「屯用」錯抄成「毛用」,大概是由於「毛用」一詞的出現次數遠遠的高過「屯用」,後人不察,以爲「屯用」、「嬰屯」是前人的誤抄,想把它還原成「毛用」、「嬰用」,卻反而弄巧成拙。

和「嬰(嬰用)」一樣,《南山首經》和《南次二經》中的「全用」也是一

﹝註23﹞江紹原《中國古代旅行之研究》(上海:商務印書館,1935 年),頁 25~26。

種特殊的用玉祭法。「嬰」和「全」的不同在於：「嬰」強調的是祀神用玉的擺放方式。「嬰」可以是「環繞」、「陳列」，〔註24〕這種祭玉的擺法可能在祭玉數量太大時使用（「圭璧十五」、「百珪百璧」等）；「嬰」也可以是「懸掛」，這種祭玉的擺法可能在祭玉數量較少時使用（一吉玉、一璧等）。〔註25〕

而「全」則重在挑選純色無瑕之玉的這個動作。《周禮‧考工記‧玉人》：「天子用全，上公用龍，侯用瓚，伯用將。」鄭玄注：「鄭司農云：『全，純色也，龍當爲尨，尨謂雜色。』玄謂：『全，純玉也。』」從天子以下就只能用質色不純的玉，可見純色玉的尊貴。《南山首經》和《南次山經》「全用」璋玉、璧，是因爲其中所祭爲南方眾山神正是楚國所在；而《中次九經》、《中次十經》、《中次十一經》、《中次十二經》「嬰毛」璧、吉玉，也可能是因爲所祀的岷山（今四川境內）、首陽山（不明）、荊山（今湖北境內）、洞庭山（今江蘇境內）群山和楚國關係密切。〔註26〕對所在和關係較爲密切的山神們特別採用純色璋玉、璧、吉玉來祭祀，充份展現了楚人對祂們的重視和敬畏。

從山神所處的山林來說，山林提供燃料、金石礦物、食物的來源。先民的原始思維裡認爲要在艱困的蠻荒野林裡取得生活所需，必然要得到山神的護佑才行。自採集、田獵時代進入農牧時代後，因爲人們觀察到高山和雨水的關係，山神又有主管雨水的神責，〔註27〕而雨水又恰恰是決定農作物豐歉的關鍵。

楚人對山神祭祀的重視，這在他們對山神獻祭的頻率也可看出端倪。出土的楚卜筮祭禱類楚簡中，就可看到數量頗豐的祭山紀錄。祭祀簡所見受祀山陵之神，有「五山」（見包山簡204、240；新蔡簡甲二 27-29、甲三 134+108、甲

〔註24〕見上引《淮南子‧要略訓》和《漢書‧蒯通傳》注。

〔註25〕辛曉峰〈三星堆遺址出土石璧的祭祀功能和音樂聲學特徵（上）〉（《中華文化論壇》2004 年 4 期）指出，從出土石璧的形制和重量分析，石璧可用繩索穿過孔來懸掛。郤按《中次首經》：「縣（懸）以吉玉。其餘十三山者，毛用一羊，縣（懸）嬰用桑封（藻玉）」很明顯即是使用這種懸掛祭祀用玉的祭法。

〔註26〕除《中次十一經》（彘身人首）外，使用「全用」、「嬰全」祭法的山神，其形象都與「龍」有關：「鳥身而龍首」（《南山首經》）、「龍身而鳥首」（《南次二經》）、「馬身而龍首」（《中次九經》）、「龍身而人面」（《中次十經》）、「鳥身而龍首」（《中次十二經》）。眾所知「龍」圖騰的起源之一是南方原始部落的「伏羲女媧」神話。這幾處具有龍形象的南方山神，祭玉用「全」，不知是否與此南方神話有關。

〔註27〕何星亮《中國自然神與自然崇拜》（上海：三聯書店，1992 年 5 月），頁 327。

三 195、零 99）、「坐山」（簡 214、215、237、243；新蔡簡乙三 44-45、乙四 25-28、零 237）等。〔註28〕除了高山，較低的丘陵，楚人也不放過，像包山簡 237 中的「高丘之神」、「下丘之神」，新蔡簡甲三 325-1、甲三 357+359、甲三 400 中的「喪丘」、天星觀 M1 簡中的「祗」也都是楚人禱求的對象。楚人對山神的淫祀，令人眼花瞭亂。〔註29〕

有趣的是高山深入雲端，後來還被先民認爲有溝通天界地府的功能，〔註30〕所以山神又管起死者的亡魂了。傳世文獻中記載中原西北地域黑山是契丹人所崇拜之山，傳說契丹人死之後，魂皆歸此山；〔註31〕出土文獻方面，像九店五六號墓簡 43-44 就有一段管理兵死者之武夷山神──武夷君的祝禱詞，由簡文可知，欲享食予兵死者，還需先賂武夷君：〔註32〕

> 皋敢告〔註33〕 □鏗之子武夷：「爾居復山之基，不周之野，帝謂爾無事，命爾司兵死者。今日某將欲食，某敢以其妻□妻汝，〔註34〕攝

〔註28〕「坐山」，或可釋爲「危（跪）山」，詳陳偉〈讀《上博六》條記〉，「武漢簡帛研究中心」，http://www.bsm.org.cn，2007/7/9。

〔註29〕高丘另見於《楚辭‧離騷》：「哀高丘之無女。」王注：「楚有高丘之山。」欲微觀先秦楚人之山川信仰，可參鄒濬智〈楚簡所見楚人山川崇拜試探〉，《慈惠學術專刊》3 期，2007 年 10 月，頁 39～48。

〔註30〕何新〈古昆侖──天堂與地域之山〉，《中國遠古神話與歷史新探》（哈爾濱：黑龍江教育出版社，1988 年），頁 117～148。

〔註31〕《後漢書‧烏桓傳》：「使護死者神靈旭赤山……如中國人死者魂歸岱山也。」厲鄂《遼史拾記‧卷十三》：「國主北望拜黑山，祭山神。言契丹死，魂爲黑山神所管。」

〔註32〕夏德安和李零則認爲，這段咒語是兵死者的親屬向武夷君祝告，求他照顧兵死者的禱辭。詳夏德安〈戰國時代兵死者的禱辭〉，《簡帛研究譯叢》2 輯 1998 年 8 月，頁 31；李零〈古文字雜識二則〉，《第三屆國際中國古文字學研討會論文集》（香港：問學社，1997 年 10 月），頁 759。

〔註33〕夏德安指出「敢告」常用於政府官吏體制中，下級官吏向上一級官吏呈報時的慣用語，它儘管用於另一個世界，但亦反映了這種官吏文書呈報中的這種禮規。詳夏德安〈戰國時代兵死者的禱辭〉，《簡帛研究譯叢》2 輯，1998 年 8 月，頁 31。

〔註34〕周鳳五指出，據《周禮‧春官‧冢人》的記載：「凡死於兵者不入兆。」鄭注：「戰敗無勇，投諸塋外以罰之。」「兵死者」被視爲「戰敗無勇」，不能享受後世子孫祭祀祖先的「血食」，因此祭祀兵死者，須假妻子之名，如由子孫出面，就算「有後」了。詳周鳳五〈九店楚簡告武夷重探〉，《中央研究院歷史語言研究所集刊》

幣芳糧以詳讀某於武夷之所▆：君昔受某之攝幣芳糧思某來歸食故

人。」〔註35〕

楚國所處的南方山神們既然直接左右了楚人的生生所資，又能決定農作豐歉，
楚人死後還要受到祂們的管轄，無怪乎楚人特別願意用純色的璋玉、璧、吉玉
來祭祀祂們了。

第二節　《山海經・山經》「服之（者）不某」新詮
——兼析「服之不字」的眞實意涵

一、前　言

最早的《山海經》紀錄可以追溯到商代的巴蜀族群。〔註36〕而這群能夠著
書的知識掌握者，很大比例是「巫覡」。這從《山海經・山經》詳實記載何種山
神需使用何種祭法和何種犧牲祭品這點可以看出端倪。馬伯英的研究提到：

> 魯迅先生論《山海經》爲巫書，這是合乎事實的。實際上，《山海經》
> 反映了古代宗教中的地上自然物崇拜，包括神山、河川之神，植物
> 之神等等。這種崇拜早在夏代以前即已存在，到商周續有發展。神
> 話的產生和演變受著社會形態變化的影響而各具特徵；母系社會神
> 話歌頌女性而有女媧、精衛、羲和等；父系社會話塑造男性英雄乃
> 見盤古、夸父、羿、鯀；奴隸制社會則見刑天反抗天帝之類，有了
> 階級鬥爭的內容。同時還發生了神的人格化和神話的史化（此可以
> 漢前產生的《穆天子傳》爲代表）。……書中的醫藥，完全掌握在巫
> 的手中……。〔註37〕

「巫」和「醫」的身分往往是二而一、一而二的。在萬物有靈的思維下，先民罹
病，第一個想到的就是要如何應付致病的鬼神，好讓病狀減輕或是痊癒。「巫」

---

72 本 4 分，2001 年 12 月，頁 955。

〔註35〕本書所引九店楚簡釋文主要據湖北省文物考古研究所、北京大學中文系編《九店
　　　　楚簡》（北京：中華書局，2000 年）李家浩釋文，下不另註。

〔註36〕袁珂《山海經全譯》（貴陽：貴州人民出版社，1990 年），前言。

〔註37〕馬伯英《山海經》中藥物記載的再評價，《中醫藥學報》1984 年 4 期，頁 7
　　　　～9。

的職能正是溝通人神、人鬼。〔註38〕

李豐楙的研究提到：

> 古中國的醫術和巫師有密切關係，因爲巫者的重要神能之一就是醫
> 療，這種職業使他們成爲最神聖、最有勢力的集團的原因之一。原
> 始時代人類所最關心的莫過於生命的健康、種族的延續；而醫藥衛
> 生當然是延續個體與種族生命的一種技術，專門主持醫藥技術的團
> 體就是巫，所以故代「醫」寫作「毉」，從巫，表示巫的身份之一是
> 醫病的人。《山海經》提到許多巫，其中的巫彭、巫咸，古書稱爲「初
> 作醫」的人，也就是創製了醫術的祖師。〔註39〕

在爲族人治療的時候，「巫」必須運用有限的植物藥用知識，加上符合民族信仰
的理論，從生理及心理上給予患者進行治療。所以對藥用植物的認識也就很自
然的保留在《山海經》裡頭。

巫醫治病的方式有祝禱、絜除、驅疫、藥物、鍼石等等，並藉音樂、舞蹈
之助使降神治病的儀式更具說服力，用酒或藥物使自己達至狂迷的精神狀態，
而與神交通，此舉對病人有心理治療的效果，也有巫師用醫酒與火爲病人提振
精神。巫術與醫療緊密的相連，人類不能解釋的疾病現象便歸之於鬼神的侵擾，
這種觀念支配了巫醫的治療行爲，人們認爲鬼最喜歡在不潔淨的地方停留，而
使人得病，必須清潔住所及身體才能使神明降臨，鬼怪遠離，這是最早的衛生
觀念。許多民族學的資料顯示：原始人類已有清潔的習慣，尤其在節慶和婚喪
期間更特別重視身體及環境的清潔，祝禱、絜除、驅疫的儀式便在此時派上用
場。至於《山海經》中鍼石及藥物的使用已有藥物心理學及巫術心理學結合的
現象，藥效通過巫力而顯現；巫力藉藥效以得彰，巫術活動中有施藥的動作；
求藥之中有相信巫術的成份，是以在《山海經》中處處可見醫療行爲與巫術的
結合。〔註40〕

〔註38〕鄒濬智〈原巫——試說中國先秦「巫」文化的演變〉，《醒吾學報》39 期，2008 年
12 月，頁 201～221。

〔註39〕李豐楙《神話故鄉——《山海經》》（臺北：時報文化，1981 年 3 月），頁 331。

〔註40〕尤純純〈由《山海經》的醫藥觀探索中國人的生命態度〉，《樹人學報》1 期，2003
年 7 月，頁 168。

二、「服之（者）不某」文例之檢討

由於巫的重要工作在溝通鬼神、消除災殃，具有巫覡身份的《山海經》作者很自然的在考察各地山川水文、礦物植被時，就會對一些他們認為具有特殊巫術功能的特產進行記載說明。譬如《山海經‧山經‧南山經》有：

> 又東三百里曰青丘之山……<u>有獸焉</u>，其狀如狐而九尾，其音如嬰兒，能食人；<u>食者不蠱</u>。

《山海經‧山經‧南次二經》有：

> 南次二經之首曰柜山……<u>有獸焉</u>，其狀如豚，有距，其音如狗吠，其名曰狸力，<u>見則其縣多土功</u>。有鳥焉，其狀如鴟而人手，其音如痺，其名曰鴸，其名自號也，<u>見則其縣多放士</u>。

> 東南四百五十里曰長右之山，無草木，多水。<u>有獸焉</u>，其狀如禺而四耳，其名長右，其音如吟，<u>見則郡縣大水</u>。

> 又東三百四十里曰堯光之山，其陽多玉，其陰多金。<u>有獸焉</u>，其狀如人而彘鬣，穴居而冬蟄，其名曰猾褢，其音如斲木，<u>見則縣有大繇</u>。

上引記載說食用某些動、植物動物能避免巫蠱之禍，又或是某些動物的出現是特定人事現象即將發生的徵兆。

另外還有一些記載，一直以來被認是在講述配帶某些動、植物製品，就能避免或遠離某種疾病禍害。這類記載主要以「服之（者）不某」句式來說明。像《山海經‧山經‧西山經》有：

> 又西七十里曰翰次之山，漆水出焉，北流注于渭。其上多棫檀，其下多竹箭，其陰多赤銅，其陽多嬰垣之玉。有獸焉，其狀如禺而長臂，善投，其名曰囂。有鳥焉，其狀如梟，人面而一足，曰橐𪄻，冬見夏蟄，<u>服之不畏雷</u>。

「服之不畏雷」，〔晉〕郭璞注：「著其毛羽，令人不畏天雷也。或作災。」郭璞認為「服」即「著」即「著衣」，他用的是「服」字的「穿著」、「配帶」義。《詩經‧魏風‧葛屨》：「要之襋之，好人服之」、《楚辭‧離騷》：「戶服艾以盈要兮，謂幽蘭其不可佩」、《淮南子‧時則訓》：「天子衣青衣，乘蒼龍，服蒼玉」裡頭

的「服」字，都具此一義項。〔註41〕

　　和《山海經・山經・西山經》類似的文例也出現在《山海經・山經・中山經》：

> 又東二十里曰歷兒之山，其上多櫔，多欇木，是木也，方莖而員葉，黃華而毛，其實如楝，<u>服之不忘</u>。

> 又北三十里曰牛首之山。有草焉，名曰鬼草，其葉如葵而赤莖，其秀如禾，<u>服之不憂</u>。

《山海經・山經・中次三經》：

> 又東十里曰騩山，其上有美棗，其陰有琈琈之玉。正回之水出焉，而北流注于河。其中多飛魚，其狀如豚而赤文，<u>服之不畏雷</u>，可以禦兵。

《山海經・山經・中次六經》：

> 又西十里曰廆山，其陰多琈琈之玉。其西有谷焉，名曰雚谷，其木多柳楮。其中有鳥焉，狀如山雞而長尾，赤如丹火而青喙，名曰鴒䳇，其鳴自呼，<u>服之不眯</u>。

《山海經・山經・中次七經》：

> 苦山之首曰休與之山。其上有石焉，名曰帝臺之棋，五色而文，其狀如鶉卵，帝臺之石，所以禱百神者也，<u>服之不蠱</u>。

> 又東二十里曰苦山。有獸焉，名曰山膏，其狀如逐，赤若丹火，善罵。其上有木焉，名曰黃棘，黃華而員葉，其實如蘭，<u>服之不字</u>。有草焉，員葉而無莖，赤華而不實，名曰無條，<u>服之不癭</u>。

> 又東五十二里曰放皋之山。明水出焉，南流注于伊水，其中多蒼玉。有木焉，其葉如槐，黃華而不實，其名曰蒙木，<u>服之不惑</u>。

> 又東七十里曰半石之山，其上有草焉，生而秀，其高丈餘，赤葉赤

〔註41〕 張步天《山海經解》（香港：天馬圖書有限公司，2004 年 7 月），頁 65 以爲此「服」有「披」意，即指鳥羽有隔電作用。若採張氏意見，則其他經文所見「服之不某」的「某」未必能「披」，故本書不取。

華，華而不實，其名曰嘉榮，<u>服之者不霆</u>。

又東三十里曰泰室之山。……有草焉，其狀如苨，白華黑實，澤如蘡薁，其名曰蓇草，<u>服之不昧</u>。上多美石。

又東三十里曰大騩之山，其陰多鐵、美玉、青堊。有草焉，其狀如蓍而毛，青華而白實，其名曰𧃒，<u>服之不夭</u>，可以爲腹病。

「服之不某」又作「服者不某」，見《山海經・山經・中次七經》：

又東二十七里曰堵山，神天愚居之，是多怪風雨。其上有木焉，名曰天楄，方莖而葵狀，<u>服者不喔</u>。

又東五十里曰少室之山，百草木成囷。其上有木焉，其名曰帝休，葉狀如楊，其枝五衢，黃華黑實，<u>服者不怒</u>。

又東五十七里曰大𪃹之山，多㻬琈之玉，多麢玉。有草焉，其狀葉如榆，方莖而蒼傷，其名曰牛傷，其根蒼文，<u>服者不厥</u>，可以禦兵。其上有木焉，葉狀如梨而赤理，其名曰楠木，<u>服者不妒</u>。

此外，還有與「服之（者）不某」相仿的文句結構，見《山海經・山經・西次三經》：

西水行百里至于翼望之山，無草木，多金玉。有獸焉，其狀如狸，一目而三尾，名曰讙，其音如奪百聲，是可以禦凶，<u>服之已癉</u>。

《山海經・山經・中次三經》：

又東十里曰青要之山，實惟帝之密都。……畛水出焉，而北流注于河。其中有鳥焉，名曰鴢，其狀如鳧，青身而朱目赤尾，食之宜子。有草焉，其狀如葌，而方莖黃華赤實，其本如藁本，名曰荀草，<u>服之美人色</u>。

《山海經・山經・中次七經》：

又東二百里曰姑媱之山。帝女死焉，其名曰女尸，化爲䔄草，其葉胥成，其華黃，其實如菟丘，<u>服之媚于人</u>。

《山海經・山經・海內南經》：

巴蛇食，三而出其骨，君子<u>服之，無心腹之疾</u>。〔註42〕

張岩指出：

> 〔《山海經》提到〕此類原始醫藥及避邪物等的使用方式主要有「食」
> （71 次）、「服」（19 次）、「佩」（6 次）等。「食」，指對祭牲、祭草
> 及一些草木的果實等的食用；「服」與「佩」，指將祭牲身體的某一
> 部分（如皮毛骨齒等）的披之於身或佩之於身，以及將一些草木以
> 此類方式來使用。〔註43〕

但筆者在整理所有《山海經》出現「服之」的文例之後，發現到一個現象：如
果說「服之不某」或「服者不某」表示在配戴某動、植物製品之後可以發揮它
巫術的效用，那麼它的效用應該是帶有超自然力量的：

「不畏雷（不霆）」——不怕天雷（霹靂）擊中。

「禦兵」——免除兵災。

「不蠱」——不受妖蠱之禍。

「媚於人」——對他人產人莫名的吸引力。

「不迷」——不迷失道路。

「不眯」——不夢魘（不迷亂）。

不過同時我們發現還有一些敘述，講的不是某些動、植物的超自然巫術力量，
而是它對人體身理、心理機能的影響，如：

「已癉」——消除疲病。

「不癭」——頸部不長腫瘤。

「不夭」——延年益壽。

「無心腹之疾」——不會有內科疾病。

「不忘（不惑）」——增強記憶力、使思緒更清楚。

「不喝」——不容易噎到（潤滑食道？）。

「不厥」——不會突然昏倒。

「不妒（不怒、不憂）」——使人心情平靜。

這不由得令人懷疑「服」字在《山海經‧山經》裡是否全部都表「配帶」義。

〔註42〕詳本書第肆章第一節。

〔註43〕張岩《山海經》與古代社會》（北京：文化藝術出版社，1999 年 6 月），頁 88。

三、《山經》「服」字在「配帶」義以外的其它解釋

查「服」在「配帶」義外還有「服食」義。《禮記‧曲禮下》：「醫不三世，不服其藥。」服藥就是用藥，《楚辭‧離騷》：「謇吾法夫前脩兮，非世俗之所服。」呂向注：「服，用也。」《荀子‧賦》：「忠臣危殆，讒人服矣。」楊倞注：「服，用也。」以「服」字表「服藥」義，應該是由「服」字的「使用」義引申而來。

另參《山海經‧山經》中眾多的「食之（者）不某」和「可以為（已）某」文例，如《山海經‧山經‧南山經》：「食之無腫疾」、「食之不疥」，《山海經‧山經‧南次三經》：「食者不腫」、「可以已痔」、「食者不飢，可以釋勞」，幾乎可以確定，在上引「服之（者）不某」文例裡，有一定比例的「服」字當是表示「服食」義而非「配帶」義──「服之（者）不某」講的可不全然是配戴某動、植物製品能發揮怎樣的超自然巫術效果，有部分的「服」字記載，講的是那些製品在服用後能產生怎樣的藥效。〔註44〕

王泉曾以語法分析做為手段，研究了《山海經》中的「服」和「佩」，他也認為書中的「服」字有一部分表「服食」義，一部分表「佩帶」義才是：

> 「食」、「佩」可以併用，「食」為「食用」，「佩」為「佩帶」。可見《山海經》中的物可「食」、可「佩」。「佩」在書的開頭連續用了七次以後不再出現，而「服」字緊接著出現，如果將後文中的「服」解釋為「食用」，那所描述之物就全部成為「食用」的了，前後文意不符。〔註45〕

四、部分《山經》「佩」字也表「服食」義

全面清理《山海經‧山經》原文後，筆者發現另外還有「佩之不（無）」的文例，如《山海經‧山經‧南山經》有：

> ……招搖之山，臨于西海之上，多桂，多金玉。……<u>有木焉</u>，其狀如穀而黑理，其華四照，其名曰迷穀，<u>佩之不迷</u>。

〔註44〕王範之〈從《山海經》的藥物使用來看先秦時代的疾病狀況〉，《醫學史與保健組織》1957 年 3 號，頁 187～193 以為「食」即直接食用，「服」為湯服。

〔註45〕王泉〈《山海經》「服」的「食用」義商榷〉，《語文知識》2009 年 3 期，頁 93。

「佩之不迷」，袁珂譯釋：「佩帶在身邊可以不迷失道路。」﹝註46﹞同段末句還有「佩之無瘕疾」，袁珂譯：「配帶它可以使肚子不鬧蠱脹病。」除此之外，《山海經‧山經‧南山經》另有：

> 又東三百七十里曰杻陽之山，其陽多赤金，其陰多白金。有獸焉，其狀如馬而白首，其文如虎而赤尾，其音如謠，其名曰鹿蜀，<u>佩之宜子孫</u>。

> 怪水出焉，而東流注于憲翼之水。其中多玄龜，其狀如龜而鳥首虺尾，其名曰旋龜，其音如判木，<u>佩之不聾，可以爲底</u>。

> 又東三百里曰基山，其陽多玉，其陰多怪木。有獸焉，其狀如羊，九尾四耳，其目在背，其名曰猼訑，<u>佩之不畏</u>。

> 又東三百里曰青丘之山……有鳥焉，其狀如鳩，其音若呵，名曰灌灌，<u>佩之不惑</u>。

《山海經‧山經‧西山經》另有：

> 又西百二十里曰浮山，多盼木，枳葉而無傷，木蟲居之。有草焉，名曰薰草，麻葉而方莖，赤華而黑實，臭如蘼蕪，<u>佩之可以已癘</u>。

這些「佩之不（無、可以）某」文例，除了「宜子孫」一例不能確定意思是表「對子孫有益」或是「對生育有所幫助」之外，﹝註47﹞其他例子也幾乎都是在敘述某些動、植物製品能發揮某種影響人體生理或心理的作用。所以筆者懷疑這些文例中的某些「佩」字，應該也不是「配帶」義，而應是「服用」義。

經查「佩」字當動詞用，在先秦兩漢，常見的幾個意思有幾種：

其一、指佩掛。如《左傳‧昭公四年》：「公與之環而佩之矣。」

其二、指攜帶。如〔漢〕班固《白虎通‧衣裳》：「農夫佩耒耜，工匠佩斧，婦人佩其針縷。」

其三、指遵循。如《逸周書‧王佩》：「王者所佩在德。」朱右曾校釋：「佩德以利民。」

這些意思都無法滿足前文所提及的「服用」義。筆者以爲《山海經》裡頭的「佩」

﹝註46﹞ 袁珂《山海經全譯》（貴陽：貴州人民出版社，1990年），頁6。

﹝註47﹞ 「佩之宜子孫」，〔晉〕郭璞注：「佩謂帶其皮尾。」

字當爲「服用」之「服」字的通假。

　　「服」字上古屬並母職部，「佩」字上古屬並母之部，可以通假。先秦傳世文獻中「服」、「佩」兩字因音近而相通假的例子是有的，《晏子春秋‧內篇‧雜上》：「庶人不佩」，《荀子‧勸學》同句「佩」作「服」即是一例。〔註48〕

　　出土文獻中雖然罕見「服」、「佩」兩字因音近相通假的例子，但在戰國楚簡裡，「佩（珮）」字幾乎全都寫成左「玉」右「葡」，如《九店楚簡‧建除》：「凡𣏾日，利以嫁女，見人、佩玉」、〔註49〕望山 M1 簡 28：「享歸佩玉一環，簡大王，舉禱宮行一白犬，酒食」、新蔡簡甲三 137：「舉禱佩玉各璆瓏，冊告自文王以就聲桓王，各束錦加璧」，楚簡簡文中的「佩」字不是作「葡」，就是作「璊」。「佩」字在楚簡中作「葡」或「璊」，而「葡」上古屬並母職部，正與「服」字同音。傳世文獻例如《韓詩外傳‧八》：「於是黃帝乃服黃衣」，《說苑‧辯物》同句「服」字也作「備」，是一佐證。

　　楚簡文例中「佩」字作「葡」或「璊」，而「葡」或「璊」與「服」同音，自可證明「服」與「佩」確能通假。又學界的共識認爲《山海經》是成於楚人之手的，難保原始《山海經》中的「佩」字不是作「葡」或「璊」。在這樣的基礎上，筆者推測《山海經‧山經》當中部分用來表示某些動植物對人體的影響的記載「佩之不（無、可以）某」，其「佩」字當是通「服」，表「服用」義。「佩之不（無、可以）某」之的語用在表示某物產的藥效時，即相當於同樣表藥效義的「服之（者）不某」。

五、餘說：也談《中次七經》「服之不字」的新解釋

　　經過全面比對《山海經‧山經》所有「服之（者）不某」文例之上下文義，可以發現其敘述若是著重於服用某物能對人體所造成的身、心理影響，則該紀錄應當是在敘述各地動、植物特產的藥效或藥用，這一類紀錄就不應該和說明佩帶某物所能帶來某種巫術效果的「服之（者）不某」相混淆。歷來《山海經》注疏家所認爲的，全部的「服」字係一概表示配帶之後所能產生的某種巫術效果，這樣的一個看法應該要加以釐清。

　　以本章的討論爲基礎，筆者發現《山海經‧山經》中語法結構與「服之（者）

〔註48〕高亨主編《古文字通假會典》（北京：齊魯書社，1989 年 7 月），頁 440。

〔註49〕白於藍《簡牘帛書通假字字典》（福州：福建人民出版社，2008 年 1 月），頁 161。

不某」相似的「佩之不（無、可以）某」，若其敘述亦著重於說明某物對人之身、心理所產生的效用，當中亦有一定比例講的也是某物的藥效、藥用，而非全在敘述某些動、植物特產的巫術效果。

綜觀本節，雖然釐清的僅只是《山海經・山經》裡頭的一個動詞「服」的意思，但對重新理解《山海經》來說是有很大的影響的。舊有的理解將《山海經・山經》中所有的「服」、「佩」當作「配帶」看，因此這些各地動、植物特產在僅有配帶於身上的情況之下就能對配帶者造成巨大的改變和影響，具理性思維的學者便容易將之視爲怪力亂神。但若本節的推理無大誤，則《山海經・山經》裡的「服」、「佩」在部分記錄裡表示的是「服食」、「服用」之義，再配合《山海經・山經》其他爲數眾多的「食之（者）不某」和「可以爲（已）某」──表「療效」義的諸多文例，筆者以爲雖然在《山海經・山經》各經的尾聲所記皆係祠山祭禮而讓《山海經》沾染上巫術的色彩，但它卻用了更大的篇幅來記載各地動、植物特產的藥用和療效，這部分的科學觀察精神，不容抹煞。

從《山海經》載錄的藥物數目來看，據呂子方統計，動物藥七十六種（其中獸類十九種，鳥類二十七種，魚龜類三十種），植物藥五十四種（其中木本二十四種，草本三十種）礦物藥及其他七種，共計一百三十七種。《山海經》所收載的藥物確有清楚的醫療效能記述。〔註50〕從《山海經》載錄的用藥理論來看，《山海經》所載的藥物功效大部分是一藥治一病；在藥物的用法上，《山海經》記載有食、服、飲、佩、席、養、塗、刺、去垢等，反映出中醫藥使用上的原始面貌。此外，《山海經》記載包括內科、外科、五官科及預防醫學的五十餘種病症，有的被後世中醫典籍所採納，成爲中醫學的專門術語。

綜上以論，與其說《山海經》是充滿巫術敘述的巫術，倒不如是說它是比據傳成書於秦漢之際的《神農百草經》還要再更早的、更應受到中醫學界所重視的藥用動、植物典才對。

另外筆者想在本節順帶討論的是《山海經・山經・中次七經》中「服之不字」，從楚文字書寫習慣與原文所提及的「黃棘」藥性來看，可能有待商榷。

《山海經》「服之不字」見於《山經・中次七經》：

〔註50〕呂子方〈讀《山海經》雜記〉，《中國科學技術史論文集》（下）（成都：四川人民出版社，1984年），頁80。

又東二十里曰苦山。有獸焉，名曰山膏，其狀如逐，赤若丹火，善
詈。其上有木焉，名曰黃棘，黃華而員葉，其實如蘭，<u>服之不字</u>。

「字」，郭璞注：「字，生也；《易》曰：『女子貞不字。』」針對上述原文，袁珂
予以譯釋如下：

再往東二十里，叫做苦山，有一種獸，名字叫山膏，形狀像小豬，
通身紅得像丹火，喜歡罵人。山上產有一種樹，名字叫黃棘，黃的
花，圓的葉子，果實像蘭草的果實，吃了它就不會生育。

郭璞和袁珂的理解都是根據經傳舊注而來的。因為「不字」一詞，早見於《周
易·屯卦》「女子貞不字，十年乃字。」李鼎祚集解引虞翻曰：「字，妊娠也。」
王引之《經義述聞·周易上》：「《廣雅》曰：『字、乳，生也。』……《易》曰：
『女子貞不字。』然則不生謂之不字。必不孕而後不生，故不字亦兼不孕言之。」
《墨子·節用上》：「後聖王之法十年，若純三年而字，子生可以二三年矣。」
孫詒讓間詁引《說文·子部》：「字，乳也。」王充《論衡·氣壽》：「婦人疏字
者子活，數乳者子死。」

　　既然生之，便會養育之，所以「字」字又引申有撫育的意思。《詩·大雅·
生民》：「誕置之隘巷，牛羊腓字之。」高亨注：「字，養育，指給他乳吃。」《左
傳·昭公十一年》：「（僖子）宿于薳氏，生懿子及南宮敬叔於泉丘人。其僚無子，
使字敬叔。」杜預注：「字，養也。」〔宋〕曾鞏〈仁壽縣太君吳氏墓志銘〉：「每
遇其媵婦異甚，而身為字其孤兒，忘其力之慁也。」今人林紓〈陳德齋墓志銘〉：
「君誕時，母劉太宜人乏食，幾不能字之。」而傳統思維裡，女子歸嫁之後才
會懷孕有身，所以「不字」又引申有不嫁人的意思。〔清〕鈕琇《觚賸續編·妙
霓》：「情忘衿褵，道悅芯羇，堅守不字之貞，妙解無生之諦。」

　　參諸舊注後去推敲「字」字的原初意思，《山海經·中次七經》「服之不字」
應該講的是服用黃棘之後就會不孕、不妊娠、不生育。

　　經查現今中醫草藥系統中也有一味叫
「黃棘」。根據《全國中草藥彙編》記載，「錦
雞兒」又名「黃棘」，係豆科植物 *Caragana
sinica*，其最高可長到 7 公尺，常呈灌木狀；
樹皮深灰綠色，平滑。（如右圖）小枝有棱，

幼時被毛，枝具托葉刺，長 0.5~1 公分。宿存；葉軸細，長 3～7 公分，幼時疏被柔毛，偶數羽狀複葉，小葉四至八對，長圓狀倒卵形、窄倒卵形或橢圓形，長 1～2.5 公分，先端圓鈍，具短針尖，幼時疏被柔毛，後脫落，或僅下面被柔毛。花二至五朵簇生，花梗長 2～5 公分，上部具關節，萼鐘形，長 6～8 公釐，齒短；蝶形花冠黃色，長 1.5～2 公分。莢果扁條形，長 3.5～6.5 公分，寬 4～6.5 公釐，無毛。〔註 51〕錦雞兒又名黃棘，可能是錦雞兒開黃色花且莖上有刺，因此民間以其特色稱之。

　　《山海經·中次七經》記述的「黃棘」是「黃華而員葉，其實如蘭」。它的三大特徵：黃花、圓葉、其實如蘭，是否與中藥用的黃棘相當？

　　根據上引《全國中草藥彙編》可知，第一、中藥「黃棘」之花黃（《山海經》云「黃華」）；第二、中藥「黃棘」之葉呈長圓狀或橢圓形（《山海經》云「員葉」）。就這二點而言中草藥中的「黃棘」與《山海經》中的「黃棘」確實相仿。不過由於《山海經》中的「蘭」爲香草的統稱，〔註 52〕故無法得知「其實如蘭」的「蘭」究竟所指何物，自不能間接得知黃棘果實形狀樣態。雖然如此，筆者仍有充份的理由懷疑《山海經·中次七經》中的「黃棘」應該就是中藥裡的「黃棘」──「錦雞兒」。那麼，黃棘──錦雞兒是否有「服之不字」的作用？

　　黃棘──錦雞兒主要以根和花入藥。秋季挖根，洗淨曬乾或除去木心切片曬乾。春季采花曬乾。其根：甘、微辛，平。其花：甘，溫。根能滋補強壯，活血調經，祛風利濕。用於高血壓病，頭昏頭暈，耳鳴眼花，體弱乏力，月經不調，白帶，乳汁不足，風濕關節痛，跌打損傷。花能祛風活血，止咳化痰。用於頭暈耳鳴，肺虛咳嗽，小兒消化不良。

〔註 51〕編寫組《全國中草藥彙編》，北京：人民衛生出版社，1988 年。全書分上、下二冊，共收中草藥 2200 種左右。各藥均按名稱、來源、形態、生境、栽培、採製、化學、藥理、性味功能、主治用法、附方製劑等順序編寫，並附以墨線或彩色圖。全書內容豐富，資料較準確可靠，可在一定程度上結合現代醫學科學知識，繪圖精緻，可供科研和臨床的參考。下文所引中藥「黃棘」藥性說明亦見此。

〔註 52〕如《山海經·西山經》〔晉〕郭璞注：「蕙，香草，蘭屬也」、《山海經·北山經》〔晉〕郭璞注：「藻，聚藻；茚，香草，蘭之類」、《山海經·中山經》〔清〕郝懿行箋：「《說文》云：『薽，香艸，出吳林山。』本此經爲說也。《眾經音義》引《聲類》云：『薽，蘭也。』又引《字書》云：『薽與蕑同，蕑即蘭也。』是薽乃香艸……。」

古代醫藥家很早就對妊娠禁忌藥有所認識。東漢《神農本草經》中即載有四種具墮胎作用的藥物。〔梁〕陶弘景《本草經集注・序例・諸病通用藥》專設墮胎藥一項，收載墮胎藥四十一種。隋代《產經》已集中列舉妊娠禁忌藥八十二種。這可能是直接列述妊娠禁忌藥的最早記載。宋代陳自明對妊娠期用藥進行了臨床研究，首先指出孕婦用藥應避毒藥，並列舉出六十多種妊娠應禁忌的藥物，其中有劇瀉藥、催吐藥、活血破血藥以及藥性猛烈、毒性較強的藥物等。〔註53〕

為方便說明，筆者引〔明〕龔延賢〈藥性歌括四百味〉中幾味常見的不利女子受孕滑胎、打胎藥如下：〔註54〕

> 瞿麥苦寒，專治淋病，且能墮胎，通經立應。
>
> 蜈蚣味辛，蛇虺惡毒，鎮驚止痙，墮胎逐瘀。
>
> 冬葵子寒，滑胎易產，癃利小便，善通乳難。
>
> 代赭石寒，下胎崩帶，兒疳瀉痢，鎮逆定癇。
>
> 蓖麻子辛，吸出滯物，塗頂腸收，塗足胎出。
>
> 安息香辛，辟邪驅惡，祛痰消蠱，鬼胎能落。
>
> 水銀性寒，治疥殺蟲，斷絕胎孕，催生立通。

從這些敘述裡可以歸納出不利女子生育的中藥，其共同藥效是通經逐瘀、除滯祛礙。

復查《本草綱目》安胎用藥有五十三種。〔註55〕這裡頭有很多都還是現今中醫常用的安胎藥：〔註56〕

其一、紫蘇——性微溫，味甘、辛，具有解表發汗、寬胸利膈、順氣安胎

〔註53〕李希新〈妊娠期用藥禁忌初探〉，《山東中醫藥大學學報》27 卷 2 期，2003 年 3 月，頁 98～100。

〔註54〕李世華編《龔延賢醫學全書》，北京：中國中醫藥出版社，1994 年。

〔註55〕張承烈〈安胎中藥研究進展〉，《浙江中醫學院學報》25 卷 4 期，2001 年 8 月，頁 67～68。

〔註56〕以下藥物及其安胎效果可參王芝敏、李智芬〈健脾補腎安胎湯治療先兆流產 79 例〉，《陝西中醫》21 卷 12 期，2001 年，頁 545；高曉俐、李秀琴〈安胎飲治療先兆流產及習慣性流產 60 例〉，《陝西中醫》24 卷 11 期，2003 年，頁 980～981。

之功。適用於妊娠期風寒感冒及脾胃氣滯所致的胎動不安、胸脅脹滿、噁心嘔吐等症，常與陳皮、砂仁等配伍。

其二、黃芩——性寒，有清熱燥濕、瀉火解毒、涼血止血、除熱安胎之功，適用於懷胎蘊熱之胎動不安，常與白朮、當歸等配伍。也可治療妊娠期濕熱瀉痢、黃疸及肺熱咳嗽、高熱、熱毒熾盛之出血、瘡瘍腫毒等。

其三、桑寄生——性平，味甘，有祛風濕、益肝腎、強筋骨、固沖任、安胎之功，多用於肝腎精血虧虛之胎動不安、胎漏下血。常與阿膠、川續斷、菟絲子等同用。

其四、砂仁——性溫，味辛，能化濕行氣、溫中止嘔、止瀉、安胎。適用於妊娠初期胃氣上逆所致之胸悶嘔吐、胎動不安等，常炒熟研末單用或配蘇葉、藿香、黃芩、白朮、當歸等一同使用。

其五、艾葉——性溫，味苦、辛，有溫經止血、散寒調經、安胎之功，適用於下元虛寒或寒客胞宮所致的胎漏下血、胎動不安及月經不調、痛經、宮寒不孕等症，常與香附、當歸、小茴香、川續斷、桑寄生等同用。

其六、白朮——性溫，味甘，具有補氣健脾、燥濕利水、和中安胎之功。適用於脾虛氣弱之胎動不安。可配陳皮、茯苓、黨參、生薑等使用。還廣泛用於懷胎蘊熱（配黃芩、梔子、白芍等）及血虛（配當歸、白芍、生地等）、腎虛（配桑寄生、續斷、山藥、山萸肉等）所致的胎動不安。

其七、菟絲子——性溫，味甘，能補腎益精、養肝明目、固元安胎，用於肝腎不足之胎動不安，常與續斷、桑寄生、阿膠等配伍適用。還可用於腎虛之腰痛、消渴、尿頻帶下，肝腎不足之眼目昏暗、視力減退及脾腎虛瀉等。

其八、杜仲——性溫，味甘，具補肝腎、強筋骨、安胎之功，適用於肝腎虧虛，下元虛冷之胎動不安、妊娠下血、習慣性流產等，可配續斷（共研末）、棗肉爲丸服，或配續斷、菟絲子、阿膠等煎服。

其九、續斷——性微溫，味苦、辛，可補肝腎、續筋骨、通血脈、安胎，適用於肝腎虛弱、沖任失調之胎動欲墜或崩漏，前者配伍桑寄生、

菟絲子、阿膠，後者配伍黃芪、艾葉、地榆等。

第十、阿膠──性平，味甘，有補血止血、滋陰潤燥、安胎之功，適用於
　　　沖任不固或陰血虧虛之胎動不安、崩漏下血，可配生地黃、艾葉等，
　　　還用於治療婦女月經過多、產後便秘等。

十一、竹茹──性微寒，味甘，有清熱化痰、除煩止嘔、安胎之功，用於
　　　懷胎蘊熱之胎動不安，可單用，也可與黃芩、苧麻根等同用。

十二、苧麻根──性寒，味甘，具有清熱涼血、解毒安胎之功，適用於熱
　　　毒熾盛之胎動不安、胎漏下血，可單用，也可與阿膠、黃芩、當歸
　　　等同用。

十三、石菖蒲──性溫，味辛、苦，有開竅寧神、化濕和胃、安胎之功，
　　　適用於濕濁中阻之胎動不安，對緩解胸悶腹脹、嘔吐等症狀有良效。
　　　常與砂仁、蒼朮、厚朴等配伍。

　　以上引墮胎與安胎藥比對中藥「黃棘」之藥性，發現中藥「黃棘」與安胎藥皆具有調經、滋補氣虛、順氣止嘔、活血化痰等共通點。又現今科學對中藥「黃棘」分析的結果爲：吲哚類生物鹼（indole alkaloid）〔註57〕、揮發油（volatile oil）〔註58〕、固醇類（steroid）〔註59〕、異黃酮類（isoflavone）〔註60〕及二苯乙烯類（stilbene）〔註61〕等。其中異黃酮類及二苯乙烯類成分爲生合成人體類似雌激素（estrogen）及黃體素（progestrone）之成份，也即具有促使子宮內膜增厚、助孕之成分。

〔註57〕 Wang W., Chen C., Yang J., Hu C. Q., Indole alkaloid neoechinulin A isolated from metabolites of plant endophte, Tianran Chanwu Yanjiu Yu Kaifa,（2007），19(1)，48～50.

〔註58〕 Faming Z., Shenqing G., Shuo M., S., Caraganasinicaessence, ingredientandapplication, there of（2010），CN101760316, A20100630.

〔註59〕 Zhang, L. P., Hu X. Q., Chemical constituents of Caragana sinica, Archives of Pharmacal Research（1992），15(1)，62～8.

〔註60〕 QiJ.B.,ShuN.,MaD.Y.,HuC.Q., Isoflavonoid compounds from roots of Caragana sinica, Zhongguo Tianran Yaowu（2007），5(2)，101～104.

〔註61〕 Luo H. F., Zhang L. P., Hu C.Q., Five novel oligostil benes from the roots of Caraganasinica, Tetrahedron（2001），57(23)，4849～4854. Luo, H., Zhang L.P., Hu C.Q., Stilbene oligomers from the root of Caragana sinica, Zhongcaoyao（2000），31(9)，654～656.

　　西醫認爲黃體可以幫助胚胎著床，減低流產機會，是婦女能成功懷孕重要的一環。當卵子和精子結合成爲胚胎後，醫生會使用荷爾蒙爲母體的子宮膜加厚，促進子宮內膜分化並鬆弛子宮，幫助著床胚胎穩定早期妊娠、並減低流產機會。一般來說，黃體支持荷爾蒙主要指胎盤分泌的人類絨毛膜刺激素（hCG），以及卵巢黃體所提供之黃體素。黃體素（progesterone）是人類生殖生理很重要的荷爾蒙，特別在懷孕初期的受孕著床與維持正常懷孕所不可或缺的荷爾蒙。婦女月經週期約第十四天時，濾泡成熟排卵，濾泡內含數以萬計的濾泡細胞轉變爲黃體細胞，開始分泌黃體素。黃體素又稱助孕素，顧名思義乃協助受孕之意，也就是說黃體素有創造一個較適合胚胎著床的子宮內膜環境，以利胚胎著床。因此，若婦女出現黃體功能不足（luteal phase deficiency），包括先天的卵巢不排卵，濾泡品質不良，黃體有缺陷等障礙，或是治療中使用的部分刺激排卵藥物或促性腺釋放激素（GnRHa）所造成黃體分泌不足，將嚴重影響治療的成功率。黃體素是卵巢的黃體（黃體是排過卵的卵泡轉化而成）在黃體期所分泌的主要荷爾蒙，具有促進子宮內膜分化之機能、鬆弛子宮、及穩定早期妊娠等作用。〔註62〕

　　綜合以上所述，《山海經》——中藥裡的「黃棘」應該食之而安胎——並非使食用者不孕、不妊娠、不生育。如此則《山海經·中次七經》此句究竟當作何解？

　　近年來故戰國楚地出土了不少珍貴的簡牘文獻及文物，學術界也有堅強的楚系文字研究團隊，針對戰國楚文字的書寫及字構演變規律進行研究，並提出許多重大的發現和發明。〔註63〕眾所知《山海經》是成書於戰國楚人之手的，

〔註62〕唐訓翰〈胚胎著床的守護神——淺談黃體素之種類與用法〉，「奇美醫院試管嬰兒暨不孕症中心」，http://labbaby.idv.tw/knowledge/k01_15.htm。常用墮胎藥「米菲斯酮」就是透過阻止黃體素與子宮內黃體結合的方式，破壞子宮內膜，使胚胎與子宮內膜脫落，達到流產效果。詳胡風〈藥流：說說米菲斯酮〉，《用藥指南》2004年3期，頁24。

〔註63〕以亞洲國家爲例，臺灣方面，國家科學委員會主題計畫中有一「楚系簡帛文字字典基礎工程研究計畫」，該計畫由東華大學許學仁教授，協同中原大學季旭昇、中興大學林清源、成功大學沈寶春及香港恆生大學袁國華主持。該計畫並將研究成果公佈於網路。（「戰國楚系簡帛電子文字編」，http://140.122.115.157/shnew-work/index.php?menukind=&mycid=&sessionid）大陸方面，吉林大學古籍整理研究

從楚文字的使用或書寫習慣中，或許可以找到解釋《山海經‧中次七經》「字」字的解答。

今知楚系文字有一「孛」字，首見於 1978 年發現的天星觀楚簡中，從「广」舊釋「李」。〔註64〕其後又見於 1987 年發現的包山楚簡 2.88、2.168、2.172、2.175、2.259，〔註65〕而七零年代恢復整理、至 1995 年出版的《望山楚簡》中也有這個字，見簡 1.9、1.17、1.37、1.38。望山楚簡整理者認為此字從「亓」從「子」，「亓」、「其」古通，而「其」音又與「亥」相近，所以此字可能是「孩」，在望山簡裡是與心疾相關的病症，疑當讀為「駭」。〔註66〕

但自 1998 年《郭店楚墓竹簡》出版後，其中有一篇《老子》，能與今本對讀，《郭店‧老子》中的「李」字與此字全然不同，〔註67〕由此可見舊解此字為「李」是不對的。1998 年 8 月李零在《出土文獻研究》第 5 輯發表〈讀《楚系簡帛文字編》〉，〔註68〕指出包山簡此字多用為「勉」字，疑其為「娩」的古體。同年李零又發表〈郭店楚簡校讀記〉，將郭店此字直接隸定作「免」。〔註69〕

所下的古文字學研究室，一向是古文字研究的重鎮，創所的于省吾、金景芳是國際聞名的古文字學專家，爾後該研究所亦曾由林澐、吳振武等著名古文字學家主持，目前該所古文字學研究室主任為名古文字學家馮勝君。武漢大學則設有簡帛研究中心，成員有著名學者陳偉、丁四新、郭齊勇、何有祖、李天虹、劉國勝、羅運環、彭浩、宋華強、徐少華、晏昌貴、楊華、歐陽禎人等人，該團隊的研究成果動見觀瞻，對楚文字學界的影響及貢獻很大。復旦大學則設有出土文獻與古文字研究中心，成員有著名學者裘錫圭、劉釗、汪少華、施謝捷、陳劍等人，目前已出版十數種學術專書，並定期出版學術刊物。除此之外，大陸還有一些學術網站如「簡帛研究」(http://www.jianbo.org/)、「清華簡帛研究」等（著名學者有李學勤、廖名春等人，其成果刊佈於「孔子2000」，http://www.confucius2000.com/），也都匯集了不少專家學者的研究成果。日本方面，大阪大學設有「戰國楚簡研究會」，由淺野裕一、湯淺邦弘、福田哲之、竹田健二、菅本大二等主持，定期出版學術刊物和舉辦研討會，研究成果亦時時公佈於網路。

〔註64〕見滕壬生《楚系簡帛文字編》（武漢：湖北教育出版社，1995 年），頁 627 頁引。
〔註65〕湖北省荊沙鐵路考古隊《包山楚簡》，北京：文物出版社，1991 年。
〔註66〕湖北省文物考古研究所、北京大學中文系編《望山楚簡》，北京：中華書局，1995 年。
〔註67〕荊門市博物館《郭店楚墓竹簡》，北京：文物出版社，1998 年 5 月。
〔註68〕李零〈讀《楚系簡帛文字編》〉，《出土文獻研究》5 輯，1999 年 8 月，頁 139～162。
〔註69〕李零〈郭店楚簡校讀記〉，《道家文化研究》17 輯，1999 年 8 月，頁 455～542。

2000 年出版的《九店楚簡》簡 621.8 也有此字，該批楚簡的整理者李家浩根據郭店〈緇衣〉簡此字認爲包含九店簡 621.8 那字在內的這系列字形，應該相當於「娩」，而《說文》「娩」作「㜽」。所以楚簡的「孚」字可能就是「㜽」的異體。〔註 70〕從楚簡研究專家李零及李家浩的討論可知，楚簡「孚」字釋爲「娩」字應無疑義。

2001 年 9 月趙平安在《簡帛研究二○○一》發表〈從楚簡娩的釋讀談到甲骨文的娩妭〉，爲此楚簡此字的甲骨文字形源頭做了說明，認爲甲骨文此字象產婆接生，上象產婦，中有嬰兒。〔註 71〕季旭昇以趙文爲基礎，兼參《上海博物館藏戰國楚竹書・容成氏》及《新蔡葛陵楚簡》甲一 14、甲二 33、甲三 22、甲三 87、甲三 189、甲三 210「孚」字字形，爲「孚」字的兩種演變路徑做出說明：

更重要的是季旭昇根據這一系列討論楚簡「孚」字的研究成果，認爲《周易・屯卦》「女子貞不字」的「字」字應該原來是「㜽」，只是因爲字形太像「字」字，所以被誤讀爲「字」。〔註 72〕《周易》在傳抄的過程中受到楚國文字書寫習慣的影響究竟有多大，不得而知，但是故楚地確實是出了不少《易》類的文獻，還包括目前所知的最早的《周易》。〔註 73〕所以季旭昇以楚文字的書寫情況視《周易・屯卦》的「字」字原來應是「㜽」（娩的古字），是合理的推斷。

學界公認原本《山海經》是源於巴蜀巫者，而後由楚國巫者所寫定。根據

〔註 70〕湖北省文物考古研究所、北京大學中文系編《九店楚簡》，北京：中華書局，2000 年 5 月。

〔註 71〕趙平安〈從楚簡娩的釋讀談到甲骨文的娩妭〉，《簡帛研究二○○一》，桂林：廣西師範大學出版社，2001 年 9 月。

〔註 72〕季旭昇〈從《新蔡葛陵》簡談戰國楚簡「㜽」字──兼談《周易》「十年貞不字」〉，《文字學學術研討會論文集》，臺中：東海大學中文系，2004 年 3 月 13 日，頁 88～98。

〔註 73〕陳仁仁〈從楚地出土易類文獻看《周易》文本早期形態〉，《周易研究》2007 年 3 期，頁 3～16。

上述種種線索，不難聯想《山海經・山經・中次七經》的「字」字也有可能是「娩（挽）」字的誤寫。「娩」，《文選・張衡・思玄賦》：「娩以連卷兮。」舊注引纂要：「齊人謂生子曰娩。」配合「娩」字古文字形來理解，「娩」指的是婦女生產。《山經・中次七經》的「不字」若爲「不娩」之誤，指的當是不讓胎兒產出——安胎的意思。如此重新詮解《山海經》的「不字」，也很符合前述「黃棘」的安胎藥性。

　　根據植物的特徵，《山海經・山經・中次七經》中用來「服之不字」的「黃棘」，應該就是中藥裡的「黃棘——錦雞兒」；參照黃棘的成份和古文字中的某些訛混現象，《山海經》原典裡接著提到的「服之不字」，有可能是「服之不娩」的誤寫。該句的解釋不應如舊注所說的那樣，指服用黃棘就會不孕、不能生育、不妊娠。事實上服用黃棘可能反倒可以不娩——不讓胎兒產出、不早產。〔註74〕視此，黃棘之安胎功效值得現今醫藥界進一步去研究了解。

第三節　《山海經・山經》「可以禦火」新詮

一、前　言

　　楊超的研究提到：

> 《山海經》的成書，有人說出在文字形成以後，「古之巫書也」。我同意此說。但從書的內容看，很多是反映文字形成以前的事。我國的文字形成有幾千年歷史，甲骨文、鐘鼎文以前還有無其他文字？陶器上的刻畫和岩壁上發現的圖像、符號，同《山海經》有無關係，都值得研究。作者是「巫」，但上古時代的巫與後來民間專門從事迷信鬼神活動的巫婆、巫師有本質的區別。上古的巫是知識份子，有

〔註74〕《山海經・山經・南山首經》有鹿蜀獸，「佩之宜子孫」；《西次三經》有員葉白柎，赤華黑裡之木，「食之宜子孫」，《東次三經》有鵹鳥，「食之宜子」，講的可能也是這些動、植物特產的安胎作用，唯此三種動植物不知對應現今何種物類。另《西山首經》有菁蓉，「食之使人無子」。經查菁蓉爲「羅布麻」異名，羅布麻全草可入藥，性甘苦、微寒，有平心悸、止眩暈、消咳止喘、強心利尿等多種功效，詳中華人民共和國國家藥典委員會編《中華人民共和國藥典》，北京：中國衛生部，2010年。菁蓉——羅布麻性苦寒，確實不利受孕。

的是當時的高級知識份子，他們博學多能，掌握著當時比較全面的
知識技能。他們之中有的是氏族部落的領袖人物，有的是輔助人員。
他們的記載一般都是出於生產和生活的實際需要，所以一般是紀實
的，比較可靠。因爲那些記載是要經過生產和生活實踐的檢驗的。
〔註 75〕

《山海經》的作者群中，有很多都具有巫醫的身份，這造成《山海經·山經》
裡對各地山水礦產、植物與植被特色的說明中，很多夾雜了對那些特產的藥物
效用的說明。同時有些物產，被《山海經》作者群認爲具有某些特定的巫術作
用，這些功效也被記錄下來。

如《山海經》有「可以禦火」一句，見《山經·西山首經》：

> 又西八十里曰小華之山。其木多荊杞，其獸多㸡牛。其陰多磬石，
> 其陽多㻬琈之玉。鳥多赤鷩，<u>可以禦火</u>。其草有萆荔，狀如烏韭，
> 而生於石上，亦緣木而生，食之已心痛。

「可以禦火」講的是赤鷩的巫術作用，依照〔晉〕郭璞的注：「畜之辟（避）火
災也」，講的是畜集這類鳥禽，就可以迴避火災。〔清〕郝懿行箋云：「《御覽》引
此經『禦』並作『衛』，疑誤」，歐纈芳案：「《事類賦注》八、《御覽》九二八並
引『禦』作『衛』。『禦』，古作『禦』。『御』、『衛』形近，故致誤耳。」〔註 76〕

談到「禦火」，據考古報告，人類早在 40000 年以前就已經知道用火了。
但是人類最初接觸到的火卻是自然界中由於雷電、乾旱、易燃物質的摩擦以
及火山爆發等引起的自然大火。這種因偶然因素而引發的自然火，具有極大
的破壞力，常引起原始人類心中極度的恐懼和迷惑不解。當他們從不幸死於
大火中的動物身上發現熟肉比生肉好吃時，初步感受到火的好處，並在長期
與自然力量對抗的過程中，進一步認識到火的巨大功用。於是先民幻想著能
夠控制並擁有火，但限於當時技術水準落後，人們並沒有辦法保存火，只能
不斷在黑暗與光明、寒冷與溫暖、生食與熟食中徘徊。詹石窗、張秀芳認爲，
正是因爲這樣，人們便有了對天然火的強烈渴求和依賴。對火神秘的畏懼，

〔註 75〕楊超〈《山海經》及其相關的幾個問題〉，《大自然探索》1984 年 4 期，頁 169。又
收入《《山海經》新探》，四川：四川社會科學出版社，1986 年。

〔註 76〕歐纈芳〈《山海經》校證〉，《文史哲學報》11 期，1962 年 9 月，頁 213。

特別是對火的依賴和渴求，自然而然在原始初民間產生了對火的崇拜，後來才逐漸發展為崇拜那種支配火的強有力的想像實體。〔註 77〕「從神話學和歷史學的角度來看，都是火創造了人類的文明世界，所以火是人類最早的崇拜對象之一。」〔註 78〕

　　火既能改善人類生活，也能將人類生活毀於一旦，因為火有這樣的兩面性，所以火靈（鬼）也有兩面性：正面是火神、是善的，人們以祈求的方式祭祀祂；負面是火鬼，是惡的，人們為祂舉行祭儀是為了驅趕祂，送走祂，希望祂和自己保持距離，最好永遠不要再回來。《山海經》中的「可以禦火」，正是這種思維的反映。

　　「可以禦火」，在某些地方又作「可以辟火」，〔註 79〕如《北山首經》：

> 又北三百里曰帶山。其上多玉，其下多青碧。有獸焉，其狀如馬，
> 一角有錯，其名曰臞疏，可以辟火。有鳥焉，其狀如烏，五采而赤
> 文，名曰鵸鵌，是自為牝牡，食之不疽。彭水出焉，而西流注於芘
> 湖之水。其中多儵魚，其狀如雞而赤毛，三尾、六足、四首，其音
> 如鵲，食之可以已憂。

針對「迴避火災」，《山經》寫定者既使用「禦」字，又用「辟」字，這二個在字義上看似頗有差異的字，在《山經》寫定者的使用下具有同一種「字用」，頗耐人尋味。

二、《山經》舊注「禦」為「避災」析誤

　　除前文所引，「可以禦火」另見《西山首經》：

> 又西八十里曰符禺之山。其陽多銅，其陰多鐵，其上有木焉，名曰
> 文莖，其實如棗，可以已聾。其草多條，其狀如葵，而赤華黃實，

〔註 77〕詹石窗、張秀芳〈火與灶神形象嬗變論〉，《世界宗教研究》1994 年 1 期，頁 82。

〔註 78〕湯惠生〈北方游牧民族薩滿教中的火神、太陽及光明崇拜〉，《青海社會科學》1995年 2 期，頁 87。最晚到殷商便已有火崇拜的相關記錄，詳連劭名〈卜辭所見商代自然崇拜中的火〉，《中原文物》2001 年 3 期，頁 21～22。

〔註 79〕張步天《山海經解》（香港：天馬圖書有限公司，2004 年 7 月），頁 132 注《西次四經》「辟火」以為即解表。然以其看法視經文其他「辟火」，則覺滯礙難通，故本書不採。

如嬰兒舌，食之使人不惑。符禺之水出焉，而北流注于渭。其獸多
蔥聾，其狀如羊而赤鬣。其鳥多鴖，其狀如翠而赤喙，<u>可以禦火</u>。

又西二百里曰翠山。其上多棕枏，其下多竹箭，其陽多黃金、玉，
其陰多旄牛、麢、麝；其鳥多鸓，其狀如鵲，赤黑而兩首四足，<u>可
以禦火</u>。

《西次四經》：

西南三百六十里曰崦嵫之山。其上多丹木，其葉如穀，其實大如瓜，
赤符而黑理，食之已癉，<u>可以禦火</u>。〔註80〕其陽多龜。其陰多玉。
苕水出焉，而西流注于海，其中多砥礪。有獸焉，其狀馬身而鳥翼，
人面蛇尾，是好舉人，名曰孰湖。有鳥焉，其狀如鴞而人面，蜼身
犬尾，其名自號也，見則其邑大旱。

《北山首經》：

又北三百五十里曰涿光之山。囂水出焉，而西流注于河。其中多鰼
鰼之魚，其狀如鵲而十翼，鱗皆在羽端，<u>可以禦火</u>，食之不癉。其
上多松柏，其下多棕。其獸多麢羊，其鳥多蕃。

《中次九經》：

又東一百五十里曰崍山。江水出焉，東流注于大江，其中多怪蛇多鷩
魚。其木多栖杻，多梅梓。其獸多夔麢犀兕。有鳥焉，狀如鴞而赤
身白首，其名曰竊脂，<u>可以禦火</u>。

《中次十一經》：

又東二百里曰丑陽之山。其上多椆、椐。有鳥焉，其狀如烏而赤足，
名曰𩿧鯑，<u>可以禦火</u>。

《中次十二經》：

又東南二百里曰即公之山。其上多黃金，其下多㻬琈之玉，其林多
柳、杻、檀、桑。有獸焉，其狀如龜，而白身赤首，名曰蜼，是<u>可</u>

〔註80〕張步天《山海經解》（香港：天馬圖書有限公司，2004 年 7 月），頁 128 以爲即指
解表去寒熱之功用。然以張意視經文其他「可以禦火」句，則覺滯礙難通，故本
書不採。

以禦火。

類似的「禦災」記錄也見《西次三經》，作「可以禦水」、「可以禦凶」、「可以禦不祥」；《西次四經》作「可以禦兵」（〔晉〕郭璞注：「養之避兵刃也」）、《北山首經》作「可以禦疫」（〔晉〕郭璞注「禦火」：「畜之避火災也」。）。從郭注看來，《山經》中的「禦」字似乎講的是某動、植物所具有的迴避災害效果。

依照郭注及上下文，在《山經》本經裡面所存在的「可以禦某」和「可以辟某」，意思應該要一樣，所以「禦」和「辟」字兩者在句子裡應該具有相當的意義。查「辟」字於此同「避」，字義表「避免」、「防止」。〔註81〕《呂氏春秋‧介立》：「因相暴以相殺，脆弱者拜請以避死。」〔漢〕高誘注：「避，猶免也。」因為這層緣故，後世常有以「避」字表「迴避掉某種天災人禍」義的用法。傳世典籍文獻所見相關用例有：

其一、「避凶」。「避凶」謂避開禍害。〔漢〕焦贛《易林‧蹇之晉》：「避凶東走，反入禍口。」〔三國魏〕嵇康〈答釋難宅無吉凶攝生論〉：「禽如擇舍，故避凶而從吉，吉地雖不為，而可擇處。」

其二、「避忌」。「避忌」謂避開凶忌之日。〔漢〕王充《論衡‧譏日》：「如鬼神審有知，與人無異，則祭不宜擇日；如無知也，不能飲食，雖擇日避忌，其何補益？」〔漢〕王充《論衡‧譏日》：「櫛用木，沐用水，水與木俱五行也，用木不避忌，用水獨擇日；如以水尊於木，則諸用水者宜皆擇日。」

其三、「避地」。「避地」亦作「避墬」。謂遷地以避災禍。《漢書‧敘傳上》：「始皇之末，班壹避墬於樓煩，致馬牛羊數千群。」《漢書‧敘傳上》：「〔班彪〕知隗囂終不寤，乃避墬於河西。」〔唐〕顏師古注：「墬，古地字。」《後漢書‧東夷傳‧濊》：「漢初大亂，燕、齊、趙人往避地者數萬口。」〔晉〕張華《博物志》卷六：「初，粲與族兄凱避地荊州，依劉表。」〔宋〕文天祥《指南後錄‧東海集序》：「自喪亂後，友人挈家避地。」〔清〕姚椿《喬處士遺集‧序》：「嘗避地至吾郡，

〔註81〕《左傳‧僖公二十八年》：「師直為壯，曲為老。豈在久乎？微楚之惠不及此，退三舍辟之，所以報也。」《孟子‧滕文公下》：「古者不為臣不見。段干木踰垣而辟之，泄柳閉門而不納，是皆已甚；迫，斯可以見矣。」「辟」字於此皆表「避」義。

交幾社諸人。」

其四、「避兵」。「避兵」謂避免兵器所傷。〔唐〕馬總《意林》卷四:「肉芝
是萬歲蟾蜍,頭上有丹書八字,五月五日中時取之,以足畫地則水
流,帶之左手則避兵。」

其五、「避災」。「避災」謂避免災禍。〔明〕謝肇淛《五雜俎・天部二》:
「九日佩茱萸登高,飲菊花酒,相傳以爲費長房教桓景避災之術。」
〔清〕魏源〈桂林陽朔山水歌〉之三:「神仙避劫人避災,更於何
處藏三才?」

其六、「避殃」。「避殃」即避災。〔明〕張居正〈葬地論〉:「今日家之興替,
皆係於葬之吉凶,則人欲避殃而趨祥者,惟取必於地而已,又惡用
作善爲哉?」

其七、「避歲」。「避歲」有二個意思:

之一:古人認爲太歲之神在地,與天上歲星相應而行,興建土木要
避開太歲的方位,否則就要遭受禍害。〔唐〕白居易〈禽蟲〉
詩之一:「燕違戊己鵲避歲,茲事因何羽族知?」自注:「不
知其然也。燕銜泥常避戊己日;鵲巢口常避太歲,驗之皆信。」
〔明〕楊基〈感懷〉詩:「鵲巢知避歲,終爲鳩所居。」

之二:謂新年所屬地支與某人生肖沖克,過年時某人應離家避居,
否則會遭災禍。〔明〕歸有光〈與沈敬甫書〉之八:「暫投永
懷寺避歲,燈前後可入城也。」按,燈指燈節,即元宵節。

其八、「避眚」。「避眚」指舊時的一種風俗。於死者回煞之期,死者家屬舉
家外出以避。〔清〕沈復《浮生六記・坎坷記愁》:「邗江俗例,設酒
殽於死者之室,一家盡出,謂之『避眚』。」

其九、「避邪」。「避邪」指驅除邪祟。今人郭沫若《反正前後》六:「有了
這樣一張避邪的符籙,想來他們一定是完全無恙的。」孫犁《白洋
淀紀事・石猴》:「這猴兒能算卦,能避邪,能治病,長疙瘩長瘡,
叫它一磨就好。」今人老舍《四世同堂》三八:「她也許相信,也許
根本不相信,這些紙玩藝兒有什麼避邪的作用,但是她喜愛它們的
色彩與花紋。」

以上是傳世文獻所見以「避」字表「迴避災害」的用例。

　　出土實物部分，湖北荊門漳河車橋戰國楚墓出土一件巴蜀式戈〔註82〕（見下圖左），內部穿孔兩側書有「兵避太歲」銘文。〔註83〕其援部有一浮雕，根據李零的敘述，浮雕係作一「大」形戎裝神物，頭戴分豎雙羽的冠冕，身披鎧甲，雙手和胯下各有一龍，左足踏月，右足踏日。日內陰刻有一側首張翼之鳥，戈之年代屬戰國中晚期。〔註84〕李學勤以爲此戈圖像與馬王堆出土之「神祇圖」同。〔註85〕由於戈上神祇與馬王堆神祇圖中神祇形象雷同，後者也被稱作「避兵圖」（見下圖右）。

〔註82〕　王毓彤〈荊門出土的一件銅戈〉，《文物》，1963 年 1 期，頁 64〜65。

〔註83〕　俞偉超、李家浩〈論「兵辟太歲」戈〉，《出土文獻研究》（北京：文物出版社，1985年），頁 138〜145。

〔註84〕　李零〈「太一」崇拜的考古研究〉，《中國方術續考》（北京：東方出版社，2001 年8 月），頁 220〜221。

〔註85〕　李學勤〈「兵避太歲」戈新證〉，《江漢考古》1991 年 2 期，頁 35〜39。江林昌《考古發現與文史新證》（北京：中華書局，2011 年 2 月），頁 363〜364 以爲：

　　此神腳踏日月，說明其爲司日月之神，或者說其本身即爲日月神。在《山海經》等神話傳說裡，主持日月之行的神人有許多不同的名稱。如《大荒西經》：「大荒之中，有山名曰日月山，天樞也。……有神，人面無臂，兩足反屬於頭上，名曰噓。……噓，處於西極，以行日月星辰之行次。」袁珂注：「此噓即上文之噓。」「羲和」一詞乃「羲」之緩言。羲即曦，日光羲微之義，正是太陽初升時的情狀，與旭、曉、晨、晢、昕、晃、昊等從日之字均屬喉音曉匣類字，音義相同。而噓噎亦羲之同音近義詞。在神話思維裡，太陽神又常常動物化爲龍蛇與鳳鳥。《大荒北經》：「有人珥兩黃蛇，把兩黃蛇，名曰夸父，……欲追日景，逮之於禺谷。」《海外東經》：「東方句芒，鳥身人面，乘兩龍。」這夸父、句芒都是太陽神，所以他們的形象與行爲都與鳥龍有關。而荊門所出兵戈上的這位神人也是雙手執龍蛇，胯下又有龍，而且在神人的頭頂，即戈內上部也有一隻神鳥。其神話思維與《山海經》太陽神夸父、句芒正一致。

兵避太歲戈　　　　　　　　避兵圖

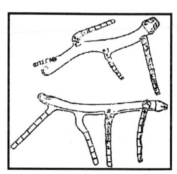

　　另外有一出土文物名曰「辟（避）邪」。1982
年，湖北省荊州博物館在江陵馬山一號墓發掘出一
批珍貴絲織品和重要文物。其中有一「根雕辟邪」
（見右圖）。根雕辟邪虎足上刻畫的蛇、蛙、四腳
蛇等，頗類似於後世虎足下的「五毒」，刻畫威猛
的虎頭形象，似與「驅五毒」的習俗一樣，意在用
來警示各色「見利而忘形」的食主，當各食其所當食，不得進前以危害墓主。
〔註 86〕綜合文獻資料和考古文物可以知道，「辟（避）」字當是用來指迴避掉某
種天災人禍的專屬用字。

　　而「禦」字，於《山經》中作動詞用。考慮到《山經》出現的各種「禦災」
的文句，於此應採「禦」字的「禁止」、「阻止」、「對抗」義較爲合適。《周易·
繫辭上》：「夫易廣矣大矣，以言乎遠則不禦。」〔唐〕孔穎達疏：「禦，謂無所
止息也。」《後漢書·趙咨傳》：「雖仲尼重明周禮，墨子勉以古道，猶不能禦也。」
〔唐〕李賢注：「禦，止也。」

　　除去《山經》，先秦文獻也有用「禦」字表「迴避災害」義的例子，不過只
有一例，見《國語·魯語下》：「諸侯有旅賁，禦災害也」，〔三國吳〕韋昭注：「禦，
禁也」。之後就要晚到〔南朝梁〕任昉《述異記》卷下的：「涿光山下囂水多鰡

〔註 86〕翟玉萃〈「辟邪」考略〉，《楚文化研究論集（六）》（武漢：湖北教育出版社，2004
　　　　年），頁 156。

鰠之魚，如鵲而十翼，捕之可以禦火」文中，才看得到「禦」表「迴避灾害」的用法。

筆者以爲任昉在《述異記》裡用「禦火」而不用「辟火」，極可能是受到《山海經·山經》諸多「可以禦火」文例的影響。若沒有《山經》用「禦」表「迴避灾害」義的諸多前例，「禦」字後來也很難發展出這層字義來。

那麼《山海經·山經》爲什麼不用「辟（避）某灾」，而要寫成「禦某灾」？這裡存在一種可能，那就是《山經》的寫定者原本就沒到想到用「禦」字表「迴避灾害」義，而直接用的是「禦」字的「禁止」、「阻止」、「對抗」義。後來的《山經》注家自己搞混，硬把「辟（避）」的字義給強加在「禦」字之上。

從上述對《山經》相關記錄的整理可以知道，能「禦火」的，幾乎都是鳥禽類，這是何故？《山經》的成書過程深受楚人及楚文化的影響，而楚人祖先神炎帝爲火德之帝，和黃帝、祝融既爲火神，也是太陽神和灶神。依照自然崇拜的原始信仰，楚人因此傾向崇火。而火之色爲赤，故楚人也尚赤。〔註87〕

楚人尚火拜日的祖先崇拜情結也反映在他們對靈獸鳳鳥的崇拜上。〔註88〕陰陽家眼中，南方火行所配，爲四獸中的鳳。楚人尊鳳，〔註89〕不僅爲傳世文

〔註87〕夏曉偉〈從楚墓出土絲織品的色彩看楚人「尚紅」〉，《江漢考古》，2003 年 3 期，頁 71 指出，楚人自認炎帝之後，故特別重視紅色。並且，由於楚人崇祖（指炎帝或祝融）、崇火、崇日、崇巫和陰陽五行學說的流行等諸多因素，紅色在楚人心目中更佔據了其他色彩無法取代的地位。

〔註88〕余蘭〈鳳形象之歷史流變與「楚人崇鳳」〉（《武漢科技學院學報》，19 卷 8 期，2006 年 8 月）指出，作爲福祉神靈的鳳是上古時期鳥崇拜的產物，這一文化現象延綿到商、周之際，它才從組合形象中獨立出來，以更加風姿綽約的完整造型作爲接通天人聯繫的祥瑞神鳥，鳳及其神話中的原始形象，在中國綿延了至少有 6、7000 年之久。從距今約 7000 年的河姆渡文化遺址、約 6000 年的仰韶文化寶雞北首嶺遺址，到距今約 5000 年至 4000 年的馬家窯文化遺址，都出土過以鳥爲題材的「日鳥合璧」或鳥紋圖象的彩陶或牙雕。在他們看來，鳥是傳達上天敕命的使者，因而出現於上述文化遺址中的鳥紋圖象，幾乎都緣起於「日載於烏」或「日中三足烏」等神話「日鳥合璧」的造型。

〔註89〕黃楚飛《戰國時期楚漆器中的鳳鳥紋飾研究》（武漢：武漢理工大學碩士論文，2006 年 4 月），頁 25：「鳳是美麗的、神聖的象徵，在楚人的心目中，他們與鳳實際上是合而爲一的。他們著意標榜鳳，把鳳打扮得異乎尋常的美麗和壯觀，象徵著至眞至善至美的楚民族和國家形象。爲此，楚人尊鳳愛鳳，以鳳爲圖騰，視鳳爲東

獻所載，而且也爲考古器物所證明。鳳不止是楚人的民族圖騰，〔註90〕《白虎通義‧五行》說，祝融「其精爲鳥，離爲鸞。」《廣雅‧釋鳥》注說「鸞，鳳凰屬也」，鸞即鳳——鳳還是楚先祖祝融之化身。

張衡〈思玄賦〉云：「前祝融使舉麾兮，麗朱鳥以承旗」，李賢等注曰：「朱鳥，鳳也」，鸞鳳的羽毛同火一樣是赤紅色。《初學記》卷卅引《春秋元命包》：「日中有三足烏者，陽精，其僂蹲也，謂三足烏。」這個火紅一般的靈鳥，後來還成爲太陽的符號。由於鳳、鸞這類火鳥的火紅形象與楚人祖先神十分相符，楚人自然便將牠作爲民族的象徵而尊崇和鍾愛。〔註91〕進而楚人認爲鳳是天地之間的聖獸，能引導人的靈魂上天。〔註92〕

《山經》裡的那些鳥類都能「禦火」，這與「人類與火奮鬥的歷史、對火的敬畏」及「對鳥禽類神話裡扮演太陽（金烏、赤鳥）、火（鳳凰）形象」之間，存在著奇妙的關係。由於火一方面能改善人類生活，一方面在失控的情況下又能無情的奪走人類的一切，先民對火既愛又怕，於是想像有一類具有火形象的動物，能幫忙抵禦火災。〔註93〕如果單單從這個角度來看，《山經》裡那麼多的「禦

　　方的象徵，先祖的象徵，民族和國家的象徵。」

〔註90〕 《左傳‧昭公十七年》：

　　　　秋，郯子來朝，公與之宴。昭子問焉，曰：「少皞氏鳥名官，何故也？」郯子曰：「吾祖也，我知之。昔者黃帝氏以雲紀，故爲雲師而雲名；炎帝氏以火紀，故爲火師而火名；共工氏以水紀，故爲水師而水名；大皞氏以龍紀，故爲龍師而龍名。我高祖少皞摯之立也，鳳鳥適至，故紀於鳥，爲鳥師而鳥名：鳳鳥氏，曆正也；玄鳥氏，司分者也；伯趙（鄒按：鳥名）氏，司至者也；青鳥氏，司啓者也；丹鳥氏，司閉者也。祝鳩氏，司徒也；鴡鳩氏，司馬也；鳲鳩氏，司空也；爽鳩氏，司寇也；鶻鳩氏，司事也。五鳩，鳩民者也。五雉爲五工正，利器用、正度量，夷民者也。」

　　據郯子之言，以鳥爲圖騰的少昊氏之族，其第一個部族就是鳳鳥氏，爲曆正。且晉太史蔡墨所談論的少昊氏之屬第一個是重。重部族可能就是鳳鳥氏，懂得觀象授時，以鳳作爲自己的圖騰。在與黎部族融合之後，鳳理所當然就成爲了祝融部落的圖騰而爲楚人所尊崇。這或許是楚人尊鳳的另一個原因。

〔註91〕 方懌〈從 T 型帛畫看楚人信仰民俗〉，《湖南輕工業高等專科學校學報》，15 卷 3 期，2003 年 9 月，頁 63～64。

〔註92〕 楚人也以鳳喻聖人，如楚狂接輿就以鳳喻孔子即是。

〔註93〕 現今大陸新寧縣的巫師也會倒背蓑衣，讓自己全身裝扮像火鳥來爲人驅屬鬼治

某災」，其「禦」字用的可能就是「禦」的本義——「禁止」、「阻止」、「對抗」。

西周時期，人們認爲天能對人的行爲進行賞罰。〔註94〕《左傳‧宣公十五年》：「天反時爲災，地反物爲妖，民反德爲亂，亂則妖災生。」這個時代的人們對自然規律主動地適應、遵循，也意味著人對主宰、命定的被動地服從崇拜。〔註95〕遲至春秋之後，固有的天命價值才慢慢的發生質變，《左傳‧昭公十八年》中記鄭國子產言：「天道遠，人道邇，非所及也，何以知之？」隨著人的理性能力的進一步增強及對自然外界認識的進一步深入，天命鬼神從至高無上的地位慢慢下降到人間，甚至成爲人們可怨可恨、可評、可說、可懷疑的對象。〔註96〕災異與祥瑞還同人的行爲聯繫起來——人能左右自己的禍福。周天子的衰落標誌著「天」的權威的動搖，這是「神」、「天」地位的沈淪的開始。到了戰國時期，鬼、物魅不再是敬畏的對象，而被人們視之爲不祥之物，人們開始想出多種方法來迴避或驅逐牠們。〔註97〕

先民對灾害的態度，從消極的接受到積極的驅趕對抗，這個過程反應出先民的思維由命定論到人本主義的變化。〔註98〕這個變化也應當反映在《山經》的抄寫過程當中，因而《山經》才會認爲那些具有巫術作用的動、植物產對人們所產生的保護效果，既有消極的「辟（避）」——「迴避」灾害功能，也摻雜有積極的「禦」——「抵禦」灾害功能。〔註99〕

病。詳張勁松〈論中華巫儺藝術中的火符號〉，《中國民間文化》1993 年 4 集「民間神秘文化研究」專刊，頁 72。

〔註94〕 段偉《禳災與減災——秦漢社會自然災害應對制度的形成》（上海：復旦大學出版社，2008 年 6 月），頁 63。

〔註95〕 李澤厚《中國古代思想史論》（北京：人民出版社，1985 年），頁 319。

〔註96〕 楊瑞玲〈論先秦天、神、人地位及關係的演變〉，《遼寧師專學報》社會科學版 2001 年 6 期，頁 11～12。

〔註97〕 鄭濬智《西漢以前家宅五祀及其相關信仰研究——以楚地簡帛文獻資料爲討論焦點》（臺北：花木蘭文化出版社，2008 年 9 月），頁 88。

〔註98〕 先秦人文主義的出現過程可參郭沂《郭店楚簡與先秦學術思想》（上海：上海教育出版社，2001 年 2 月），頁 546～553。

〔註99〕 類似《山經》所記載的迴避或抵禦灾害的原始信仰行爲，後來也轉化多種被除灾殃的禮制——「由辟」——並固定下來。「由辟」是非常之祭，細分爲禳、祓、禬、禦、禜等四種，均爲消弭禍殃祛除灾害之祭：「祓」，《左傳‧僖公六年》杜預注：

三、餘說：「禦」字的其他幾個可能的解釋

雖說從「東周末年先民已發展出人本爲主的積極對抗天災心理」和「某些具火鳥形象的禽類可以抵禦火災」這二個思維出發，可以肯定《山經》中「禦火」的「禦」字不必要表示「迴避」義，而用原義「禁止」、「阻止」、「對抗」即可，但除了「禦火」，《山經》裡還有「禦水」、「禦凶」、「禦不祥」、「禦兵」、「禦疫」等用到「禦」字，這些巫術功能和能發揮這些巫術功能的動、植物如「沙棠」、「天狗」、「瑾瑜之玉」「駮」、「青耕」等物，並無類似上述的「火」與「鳥」形象的關聯，因而筆者不由得設想《山經》中的「禦」字還存在有其他不同的解釋。

（一）楚國的方言中的「禦」字可能具「迴避灾害」義

《山經》深深受到楚文化影響；統整資料抄寫，促使《山經》正式成書的人，也極可能就是楚國人。因而這裡也存在有一種可能，那就是「禦」字的確具有「迴避灾害」義，這當是迥異於中原的楚國獨特方言語義。〔註100〕

今知除《山經》以外，先秦文獻中唯一用「禦」字表「迴避灾害」義的《國語·魯語下》記錄（見上引），正是叔孫豹回答蔡公子家關於楚公子圍僭用諸侯之禮時所講的話。蔡國是深受楚文化影響的。蔡國是西周初諸侯國中分封較早的諸侯國之一，也是周王朝在東方的大國之一，大約與曹、陳、衛等國齊名，國力較強。蔡國對周王朝統治淮河流域起過重要作用。進入春秋以後，國力漸趨衰落，只能與周圍的強國採取聯合行動以自保。「春秋時期，楚對蔡的歷史影響至大，蔡的興亡與楚聯在一起。」〔註101〕

春秋中期，楚國勢力進入中原，蔡國首當其衝，畏服於楚。後楚公子圍弒其王郟敖而自立，爲靈王。稍後，靈王在西申以重禮誘騙蔡靈公前往，將其殺

「祓，除凶之禮」；「禳」，《周禮·天官·女祝》：「掌以時招、梗、禬、禳之事，以除疾殃」，鄭注：「卻變異曰禳」；「禬」，《周禮·天官·女祝》鄭注：「禬猶刮去也」；「禦」，《說文》：「祀也」，〔元〕戴侗《六書故·天文下》：「禦，祀以禦沴也」，《莊子·大宗師》：「陰陽之氣有沴」，《漢書·五行志中之上》：「氣相傷，謂之沴。沴猶臨莅，不和意也」；「禜」，《說文》：「禜，設綿蕝爲營，以禳風雨、雪霜、水旱、癘疫於日月、星辰、山川也。」

〔註100〕嚴學宭〈論楚族和楚語〉（《嚴學宭民族研究文集》，北京：民族出版社，1997年）指出楚言本來是與夏言有別的一種民族語言。

〔註101〕張新斌〈蔡文化初論〉，《中華文化論壇》，2006年1期，頁130。

害。楚軍圍蔡國都，將蔡世子爲犧牲祭岡山，蔡國第一次滅亡。其後，楚靈王封其弟棄疾爲蔡公。靈王薨，棄疾即楚王位，是爲楚平王，蔡人因助楚平王平定內亂有功，蔡在楚平王的支持下復國，楚平王讓蔡靈公之子姬廬爲君。爲了依附楚國，蔡平侯將國都遷到離楚國比較近的新蔡。進入戰國，越滅吳，蔡失去吳國的依靠，終於被楚所滅。〔註102〕

《左傳》莊公二十八年載楚令尹子元伐鄭，入鄭都外郭後不得已「楚言而出」，由此可見楚言與夏言是難以相通的。〔註103〕《孟子・滕文公上》記：

> 有爲神農之言者許行，自楚之滕……陳良之徒陳相，與其弟辛，負
> 耒耜，而自宋之滕……陳相見許行而大悦，盡棄其學而學焉。陳相
> 見孟子……（孟子）曰：「……吾聞用夏變夷者，未聞變於夷者也。
> 陳良，楚產也。悦周公、仲尼之道，北學於中國，北方之學者，未
> 能或之先也。彼所謂豪傑之士也。子之兄弟事之數十年，師死而遂
> 倍之。……今<u>南蠻鴃舌</u>之人，非先王之道，子倍子之師而學之，亦
> 異於曾子矣。」

《荀子・儒效》云：「居楚而楚，居越而越，居夏而夏，非天性也，積靡使然也。」同書〈榮辱〉又云：「越人安越，楚人安楚，君子安雅。是非知能材性然也，是注錯習俗之節異也。」前述這些資料也說明當時楚與中原的語言存在著相當明顯的距離。叔孫豹和蔡公子家討論的是楚公子圍，受話者又是深受楚文化影響的蔡國公子，如此的確容易讓人聯想叔孫豹是不是在說明楚公子圍僭禮時特意遷就之而用楚地方言。

雖然「楚方言中『禦』字具『迴避灾害』義」的這個假設，驗之〔漢〕楊雄《方言》全書，並未見相關用法，〔註104〕但張偉然根據《方言》所復原的當

〔註102〕以上見《史記・管蔡世家》。

〔註103〕張正明《楚文化史》（上海：上海人民出版社，1987年），頁98。子元和身方的人用楚言交談，可能是不想讓鄭人知道他們在談些什麼。謝榮娥《秦漢時期楚方言區文獻的語音研究》（北京：高等教育出版社，2011年8月），頁4認爲到現在還沒有任何證據說明楚人與諸夏之人交談必須經過翻譯。「楚言而出」從反面來看說明了他們可以同時操楚、夏言。這是當時楚國貴族的一個優越條件。

〔註104〕查〔漢〕揚雄著、周祖謨校《方言校箋》（北京：中華書局，1993年）而無所見；查燕崧〈揚雄《方言》中的荊楚方言詞匯釋〉（《荊楚理工學院學報》24卷10期，

時方言區域,看得出楚言在當時社會上各個層面都很有影響。〔註105〕是以雖無具體有力的戰國楚方言研究成果可證成上述假設,但本書仍存斯說,以待來者。

(二)「禦」字係「卸(御之本字)」字後增「彳」形之誤

除了從「禦」字的本義和可能存在的楚地方言語義來理解《山經》的諸多「禦某災」文句外,《山》經書中的「禦某災」或許還存在另一個可能的解釋——「禦某災」應該原本作「卸某災」。

查「卸」,漢及漢以前文字字形作:

商代菁 1.1	商代粹 40	商代前 2.18.6
商代後 2.16.10	西周早期盂鼎	西周中期頌鼎
春秋攻吳王鑑	戰國齊璽彙 3127	戰國晉璽彙 2040
戰國包山楚簡 2.13	戰國楚天星觀卜筮簡	睡虎地秦簡 10.12

甲骨文「卸」字初形從「卩」、「午」會意,「午」亦聲,會人跪坐持杵操作之意,因而有「用」、「治」的意思。後來與「馭」字字義產生混淆,而增加了「彳」旁,〔註106〕學者多已指出其誤。「馭」字本義爲「使馬」,與「御」字無關,但後世文獻多有混用。〔註108〕

視「禦」之古文字形與「卸」之古文字形,其差異僅在前者左半加一「示」形而已,如我方鼎「禦」作 (集成 2763)。西周之後的「御(卸)」字,其

2009 年 10 月) 對《方言》中荊楚方言的全面整理結果亦無所見,與「禦」音近可能通假之字亦然。

〔註105〕張偉然《湖北歷史文化與地理研究》(武漢:湖北教育出版社,2000 年 1 月),頁 4。

〔註106〕《說文》就把「御」和「馭」字混爲一字:「御,使馬也。从彳、从卸。」

〔註108〕季旭昇《說文解字新證(上)》(臺北:藝文印書館,2002 年 10 月),頁 119~120。

左部所增加之「彳」形並不難與「示」形相混。這樣看來，在《山經》傳抄的過程當中，加了「彳」旁的「卸」字偶然被錯抄成「禦」字，這是有可能發生的事。

今以「卸（御）」字的「用」、「治」字義套入「御火」、「御水」、「御凶」、「御不祥」、「御兵」、「御疫」等，表示服用或佩帶特定鳥類、「沙棠」、「天狗」、「瑾瑜之玉」「駁」、「青耕」等，得以人力控制這些天災人禍，這樣的一種解釋，也符合《山海經·山經》相關記錄裡想要表達上述動、植物特產巫術功能的目的。這樣看來，或許《山經》裡那些「禦某」，原本也可能作「卸（御）某」，表示「控制某種災害」的意思。

（三）「卸」和「辟」也有互訛可能，「御」可能更早之前作「辟」

第三種可能是《山經》裡所有的「卸某災」，或許一開始就像《北山首經》那樣，寫作「辟某災」，只是「辟」字和「卸」字字形有些許相近，導致有些記錄仍被抄寫成「辟」，有些則被誤抄成「卸」。

按「辟」字，漢及漢以前文字字形作：

商代乙 6768	商代甲 1046	商代簠人 79	周早期盂鼎	周早期商尊
周朝晚期師害簋	戰國齊子禾子釜	戰國晉䣄羌鐘	戰國晉梁十九年亡智鼎	戰國郭店楚簡五行 47
睡虎地秦簡秦 185	西漢《孫臏兵法》43	西漢帛書老子甲後 336	西漢帛書老子乙前 10 下	西漢西陲簡 54.28

字形從「亏」、「卩」，會依法施刑於人，可直接隸定作「嗙」；或加「○（璧）」聲。從䣄羌鐘開始，全字才訛成從「辛」而爲《說文》所本。西漢以後「○（璧）」漸訛爲「口」而爲《說文》所本。〔註109〕

〔註109〕季旭昇《說文新證（下）》（臺北：藝文印書館，2004 年 11 月），頁 74。

　　從古文字的諸種「卸」字及「辟」字的寫法來看，這裡頭存在幾個條件，得以讓「卸」和「辟」二字產生混淆：

其一、「卸」字右半原本象以手執杵，後來變形成上「午」下「卩」、訛似執鞭策馬之形。而原始「辟」字象亏以劈人之勢。「辟」字右半以「亏」劈人形與「卸」右半後來訛像以「午（杵）」鞭馬形造字同意。

其二、楚文字中如天星觀簡的「御」字有加「口」形的。而「辟」字中加「〇（璧）」聲的字形，其「〇」形也有訛成「口」形的。

其三、「辟」字左半做側「人」形而與後來「卸」加「彳」的「御」字左半「彳」形相混。查「彳」偶有省成側「人」形的情況，如：

《郭店・語叢一》簡 19 的「邋」字作𧼍，原左下的「彳」形省成側「人」形；《郭店・太一生水》簡 6 的「迊」字作𨖷原左半的「彳」形省成側「人」形；楚公逆鎛的「遹」字作𨗰，原來左下的「彳」形省成側「人」形。〔註109〕方勇指出：

> 我們知道「人」字在甲骨文和金文中表示一個側立的人形，而「彳」旁是「行」的左半部分，所以二者於形、義均不相同。但是在戰國文字中二者在形體上發生訛混，主要還是因爲形近的緣故。〔註110〕

　　綜合這三項因素，《山海經・山經》中眾多「可以禦某」的記載，也有可能原作「可以辟某」。「辟」除如前言通「避」字，有「避免」、「防止」義外，查《尚書・金縢》：「我之弗辟，我無以告我先王。」〔唐〕陸德明釋文：「辟，治也。」《左傳・文公六年》：「宣子于是乎始爲國政，制事典，正法罪，辟獄刑，董逋逃，由質要，治舊洿，本秩禮，續常職，出滯淹。」〔晉〕杜預注：「辟，猶理也。」「辟」的某個義項與「卸（御）」字相同，皆表「治理」義。是知「辟」訛成「御」，除了字形因素外，字義上也有其積極成因。

〔註109〕李守奎《楚文字編》（上海：華東師範大學出版社，2003 年 12 月），頁 95、112、116。

〔註110〕方勇《戰國楚文字中的偏旁形近混同現象釋例》（瀋陽：吉林大學歷史學碩士論文，2005 年 5 月），頁 3。

第四節　《山海經·山經·南次三經》「水春輒入」新詮

一、前　言

楊超曾提到：

> 《山海經》是一部難得的上古時代的百科全書，按我們中國過去的
> 說法就是類書。……這部書應該説是以地理爲綱，地理中大致可分
> 爲自然地理與人文地理，所以顧名思義叫做《山海經》，整個内容涉
> 及十分廣泛，諸如天文、曆法、地理、氣象、動物、植物、礦產、
> 醫藥、地質、水利、考古、人類學、海洋學和科技史等等，基本上
> 是一部自然科學的百科全書。〔註111〕

《山海經》中有關某些自然現象的記載尤其珍貴。如《海外北經》載：

> 鍾山之神，名曰燭陰。視爲晝，暝爲夜；吹爲冬，呼爲夏；不飲、
> 不食、不息，息爲風。身長千里。在無綮之東。其爲物，人面蛇身，
> 赤色，居鍾山下。

許多學者均認爲，《山海經》在這裡記載的是北極地帶半年爲晝，半年爲夜的極
地現象，只不過是古人無法解釋這種現象，於是就用神話來解釋。類似的例子
還有不少。例如《大荒東經》載：「湯谷上有扶木，一日方至，一日方出，皆載
於烏。」又如《海外東經》載：「湯谷上有扶桑，十日所浴，在黑齒北，居水中。
有大木，九日居下枝，一日居上枝。」這兩條記載，有人認爲前者記載的是太
陽黑子活動和北極的極地現象，後者記載的是極地附近的假日現象。〔註112〕

　　因爲先人生活上的需要，加上好奇的原故，《山海經》還記有許多特殊的地
形地貌與地理、地質特徵。如《山海經·山經·南次三經》記載：

〔註111〕楊超〈《山海經》及其相關的幾個問題〉，收入《《山海經》新探》，四川：四川社
　　　　會科學出版社，1986 年。

〔註112〕〈《山海經》具有多方面的價值〉，「華夏經緯網」，http://big5.huaxia.com/zhwh/gjzt/
　　　　2009/07/1508340.html。2008 年 1 月 25 日北京亦出現假日奇觀。據《北京晚報》
　　　　轉述北京氣象部門相關專家的解釋：「假日」物理現象必須在特定的氣候環境或氣
　　　　象條件下才能形成，天空中出現假日現象，是因爲溫度低，空氣中的水氣充足，
　　　　水氣在雲層中凝結成冰晶，冰晶在太陽光的折射或反射下，就會出現。「假日」的
　　　　種類很多，有的成環形，稱爲圓暈；有的成光斑。

> ……又東五百八十里曰南禺之山。其上多金、玉，其下多水。有穴
> 焉，水出輒入，夏乃出，冬則閉。佐水出焉，而東南流注于海，有
> 鳳皇、鵷雛。

其中「水出輒入」，舊注無說，所述究竟是何種地理現象，教人費解。今人歐縬
芳云：「案《道藏》、《嘉靖》、《萬曆》各本皆作『水春輒入』並同。《古今逸史》、
畢校、《廿二子》、《百子》諸本『春』字涉下文『出』字訛作『出』。」〔註113〕
袁珂看法與歐氏相同，袁注提到：「經文『出』，宋本、《藏經》本、何焯校本、
吳任臣本并作『春』，是也。」〔註114〕袁珂並將上引原文全段語譯爲：

> 再往東五百八十里，是座南禺山，山上多產金屬礦物和玉石，山下
> 多的是水。那裡有一個洞穴，春天水進洞穴去，夏天水又流出來，
> 到了冬天洞穴便閉塞不通。佐水發源在這座山，東南流注入大海；
> 沿水一帶有鳳皇、鵷雛。

袁珂以不同版本中的「出」字作「春」這個異文現象爲基礎，來理解「水某輒
入」句，並將本句改爲「水春輒入」，以與下文「夏」、「冬」合觀。

袁說看似合理，但卻隱含若干問題。

二、《山海經・南次三經》「出」、「春」異文形成原因

何謂異文？一般以爲「異文」一詞具有廣狹二義：狹義的「異文」乃文字
學之名詞，它對正字而言，是通假字和異體字的總稱。廣義的「異文」則作爲
校勘學之名詞，「凡同一書的不同版本，或不同的書記載同一事物，字句互異，
包括通假字和異體字，都叫異文。」〔註115〕本論文所論，即廣義的「異文」。

造成古書異文的原因很多，主要有下述幾種原因：其一、傳述者各記所聞
而彼此不同；其二、傳述者各只引書義而未引書文；其三、傳述者不能解而妄
自更改；其四、傳述者使用異體同字以記載；其五、只記詞音而詞形不甚統一；
其六、假借頻繁之下用了不同之假借字；其七、方言差別致使所用詞彙不同；
其八、避諱改省造成書寫差異；其九、形音義的輾轉傳抄訛誤；第十、修辭語

〔註113〕歐縬芳《山海經》校證），《文史哲學報》11 期，1962 年 9 月，頁 212。

〔註114〕劉新春《山海經校注》拾誤〉（《宜賓學院學報》2007 年 11 期）曾就袁書的錯誤
　　　　進行全面校對，但並未評及袁氏此處案語，可見劉氏也同意袁說。

〔註115〕王彥坤《古籍異文研究》，臺北：萬卷樓，1996 年。

法發生變化而讓不同時期的傳述者使用不同的語句寫定；十一、學派的差異造成傳述者之間的傳述差異。〔註116〕

　　以上十一種造成古書異文的原因可大分成字形的、字音的、字義的、傳抄的、政治的、語法的、學派的因素。考量避諱習慣初始的秦朝至漢初期間，並非《山海經》全書雛型柢定時期（一般以爲在戰國晚期），所以此處的異文不應是由避諱的原因所造成；《山海經》在〔晉〕郭璞爲之作注之前，並未獲得先秦諸子廣泛的重視，傳世文獻中也未曾見到有關《山海經》傳述學派的任何記錄，〔註117〕所以此處的異文應也不是學派詮釋的差異所造成；觀此異文上下文句，文詞尚稱通順，並無注文誤入原文的情況，所以此處異文也應不是傳抄錯簡所造成；此處異文是單字而非單句或複句的異文，所以此處異文應也不是修辭語法發生變化所造成。

　　排除掉若干的異文成因，筆者認爲此處異文單純的導因於字的形、音或義這三項原因的可能性是最高的。

（一）排除「出」、「春」二字因字義關係而互為異文的可能性

　　《山海經》「水某輒入」句中某原作「出」，當作動詞用。查「出」之動詞用法，於先秦有以下幾種詞義：

　　　其一、離開、出門。如《禮記‧祭義》：「樂正子春下堂而傷其足，數月不出。」《呂氏春秋‧孟夏》：「螻蟈鳴，丘蚓出。」

　　　其二、產生、發生。如《周易‧說卦》：「萬物出乎震。」

　　　其三、出產。如《山海經‧南山首經》：「怪水出焉，而東流注於憲翼之水。」

　　　其四、發布。如《尚書‧秦誓》：「人之彥聖，其心好之，不啻若自其口出。」《論語‧季氏》：「孔子曰：『天下有道，則禮樂征伐自天子

〔註116〕王彥坤〈試論古書異文產生的原因〉，《暨南學報》哲學社會版1989年4期；張樹波〈《詩經》異文產生繁衍原因初探〉，《河北師範大學學報》社會科學版18卷4期，1995年。

〔註117〕謝秀卉《《山海經》郭璞注研究》（臺北：政治大學中文系碩士論文，2008年5月），頁123：「司馬遷對於《山海經》抱持『不敢言之』的理性態度，也影響了後來的研究者。這些抱持合理態度的研究者，多半將《山海經》視爲虛誕不經之談。《山海經》在被學者視爲傚儻之言、荒誕不經的情況下，受到學者的注意較少，因此對於文字的考訂，就不如儒家經典那樣詳實而仔細……。」

出。』」

其五、出現、顯露。如《周易・繫辭上》：「河出圖，洛出書，聖人則之。」

其六、出生、生育。如《荀子・禮論》：「無先祖，惡出？」

其七、出仕。如《周易・繫辭上》：「子曰，君子之道，或出或處，或默或語，二人同心，其利斷金，同心之言，其臭如蘭。」

其八、去到。如《莊子・應帝王》：「予方將與造物者爲人，厭，則又乘夫莽眇之鳥，以出六極之外，而遊無何有之鄉，以處壙垠之野。」

其九、逃亡。如《尚書・微子》：「詔王子出迪。」《周禮・秋官・大司寇》：「其不能改而出圜土者殺。」鄭注：「出謂逃亡。」《國語・晉語三》：「丕鄭如秦謝緩賂，乃謂穆公曰：『君厚問以召呂甥、郤稱、冀芮而止之，以師奉公子重耳，臣之屬內作，晉君必出。』」韋昭注：「出，奔也。」《韓非子・外儲說左上》：「晉文公攻原，裹十日糧，遂與大夫期十日。至原十日而原不下，擊金而退，罷兵而去。士有從原中出者，曰：『原三日即下矣。』」

第十、使出、拿出，如《尚書・盤庚上》：「各長於厥居，勉出乃力，聽予一人之作猷。」

十一、驅逐。如《左傳・文公十八年》：「宋公殺母弟須及昭公子，使戴、莊、桓之族攻武氏於司馬子伯之館，遂出武穆之族，使公孫師爲司城。」《晏子春秋・諫上十四》：「（齊景公曰）『寡人見而說之，信其道，行其言。今夫子譏之，請逐楚巫而拘裔款。』晏子曰：『楚巫不可出。』」

十二、遺棄、休棄。如《戰國策・秦策四》：「薛公入魏而出齊女。」高誘注：「婦人大歸曰出。」《韓非子・外儲說左上》：「蔡女爲桓公妻，桓公與之乘舟，夫人盪舟，桓公大懼，禁之不止，怒而出之。」

十三、罷休；停止。如《呂氏春秋・達鬱》：「管仲觴桓公，日暮矣，桓公樂之而徵燭。管仲曰：『臣卜其畫，未卜其夜，君可以出矣。』」高誘注：「出，罷。」

十四、經過、穿過。如《公羊傳・桓公十一年》：「祭仲將往省於留，塗出於宋，宋人執之。」

從上下文來看「水出輒入」的「出」字和同句的「入」字對舉,「水出輒入」應該指的是水流冒出之後又回流。

若在《山海經》「水某輒入」句中某原作「春」,則是當作名詞用。「春」之名詞用法,於先秦有以下幾種詞義:

其一、指農曆正月至三月,為一年四季中第一個季節。如《尚書・泰誓上》:「惟十有三年,春,大會于孟津。」

其二、情欲、春情。如《詩・召南・野有死麕》:「有女懷春,吉士誘之。」

其三、北斗指向東方為春,故以春指代東方。如《尚書大傳》卷一上:「春,出也,故謂東方春也。」《公羊傳・隱公元年》「歲之始也」,〔漢〕何休注:「昏,斗指東方曰春。」

從上下文來看,「水春輒入」的「春」字當指春季,它和下文的「夏」、「冬」二字並觀,「水春輒入」應該就像袁珂的解釋,指的是「春天水進洞穴去」。

「水某輒入」之「某」,各以「出」或「春」之字義代入,都可以讀通,但「出」和「春」字的字義差距很大,原本《山海經》與袁珂提到的宋本、《藏經》本、何焯校本、吳任臣本《山海經》各版本之間,不大可能是因為字義的關係而造成了「出」、「春」異文。那此處的異文是如何形成的?

(二)接受「出」、「春」二字因字音關係而互為異文的可能性

查「出」字,上古屬昌母術部;「春」字,上古屬昌母諄部,兩字聲母同而韻部屬入、陽部相對應關係,以此觀之,《山海經》此處「出」、「春」異文有可能是字音的關係所造成。

「出」、「春」因字音的關係而互為異文,其歷程,筆者以為可能有二:

其一、原始《山海經》作「出」,後被改成「春」。這可能導因於傳抄者在沒有辦法充份理解「水出輒入」的情況下,認為「出」字當音近通假成某字。傳抄者復於下文看到「夏」、「冬」二字,於是擇一和「夏」、「冬」相應又與「出」字音近的「春」字來取代寫入。

其二、原始《山海經》作「春」,後被改成「出」。這可能導因於傳抄者在沒有辦法充份理解「水春輒入」的情況下,認為「春」字當音近通假成某字。傳抄者復於同句看到「入」字,於是取一和「入」相對應又與「春」字音近的「出」字來代入。

（三）保留「出」、「春」二字因字形關係而互為異文的可能性

先秦古籍在抄寫上利用音近音同字來通假的情況十分常見，就《南次三經》此處「出」、「春」兩字的異文現象，僅以音近通假即可說明。但筆者發現，「出」、「春」兩字之字形，在《山海經》全書雛型柢定時期（戰國晚期）也存在訛混的可能。

查秦漢以前的「出」字作：

商代菁 4.1	商代粹 366	西周中期頌壺
西周晚期克鼎	春秋戰國之際晉候馬盟書 156：24	春秋秦石鼓
戰國齊拍敦蓋	戰國晉璽彙 4912	戰國包山楚簡 2.18
戰國望山楚簡 1 卜	戰國楚鄂君啓節	戰國包山楚簡 2.201
睡虎地秦簡 28.5	西漢武威簡士相見 4	東漢禮器碑

而秦漢以前的「春」字作：

商代粹 1151	商代鐵 227.3	商代拾 7.5
商代明 1558	商代戩 22.2	商代菁 107
商代甲 1134	春秋欒書缶	春秋蔡侯鐘
戰國齊璽彙 2415	戰國晉璽彙 5	戰國包山楚簡 2.220

戰國包山楚簡 2.240	戰國包山楚簡 2.203	戰國楚帛書乙 1.13
戰國郭店楚簡六德 25	戰國郭店楚簡語叢一 40	戰國郭店楚簡語叢三 20
睡虎地秦簡殘簡 3	睡虎地秦簡日書乙 252	西漢帛書老子乙前 85 下
東漢孔龢碑		

在大部分先秦古文字字形當中,「出」、「春」二字雖是明顯有別,不過可以發現前引所見秦雲夢睡虎地殘簡 3「春」字,其構形從「屮」(艸省)從「屯」從「日」, [註118] 但由於「屮」形和「屯」形沾黏在一起,兼以中間「屮」形和「屯」形用了一豎共筆,以致它的上部訛成「出」形,並且這個「出」形和前表雲夢睡虎地簡 28.5 的「出」字幾乎完全相同。

從睡虎地簡「出」與部分「春」部件字形完全雷同的這一線索看《山海經》此處異文,會否是因為字形相混之故,所以《山海經》傳抄者不察,就把「出」訛抄成「春」(或把「春」抄成「出」),復造成「出」、「春」異文現象?

這樣的一個假設要成立,必須先解決幾個問題:

問題一:《山海經》仍一深受楚文化影響的先秦典籍,以戰國晚期至秦始皇時期的秦簡字形證之,未免不類。

鄒按:睡虎地在文化上深受楚秦二地的影響,這是學術界公認的事實。據中國社會科學院主辦、譚其驤主編《簡明中國歷史地圖集‧春秋時期全圖、戰國時期全圖》,雲夢全境皆在楚國之內; [註119] 李家浩和劉信芳都指出睡虎地秦簡《日書》和楚地《日書》有淵源關係; [註120] 倪婉的研究也提到:

[註118] 看似「艸」省形的「屮」也有可能是「屯」省之省,如前引郭店語叢三簡 20「春」
　　　 字從「屯」省從「日」作。

[註119] 譚其驤主編《簡明中國歷史地圖集》,北京:中國地圖出版社,1991 年。

[註120] 李家浩〈睡虎地《日書》「楚除」的性質及其他〉,《歷史語言研究所集刊》70 本 4

睡虎地秦簡中的《語書》是南郡的郡守滕頒布給郡屬各縣、道官吏
的文告。《語書》要依次傳送南郡各縣、道,另抄送江陵。其中的「別
書江陵布」一句,應該另有内涵。江陵本是楚國的核心區域,也是
戰國末年楚國的都城所在地,是楚文化的根據地。〔註121〕

楊小英的研究更指出:「睡虎地秦簡内中雜揉了楚文化的因素。」〔註122〕如此
觀之,則睡虎地簡牘的書寫習慣自然深受《山海經》主要傳抄者楚人書寫習慣
的影響。

問題二:「春」之部件「日」,為「春」與「出」字最大區別之處,兩字如
何有相混之可能?

鄒按:楚簡文字「春」有作「萅」、「旾」者,〔註123〕但亦有省作「芚」者,
如上引包山簡2.203「春」字。楚文字「出」形之所從「止」,與「芚」所從「艸」
之省「屮」形相混情況亦十分常見,〔註124〕類似的混淆亦常見於楚系古文字材
料之外的其他古文字材料當中。〔註125〕更有甚者,凡是在形體中帶有「屮」、「屮」
形的字與帶有「屮」形的字都容易混同。〔註126〕例證不勝枚舉,相關的出土古
文字研究亦有充份的討論,茲不贅述。

除了出土材料,傳抄古文裡亦有「止」形與「屮」形相混的例子。譬如郭

份,1999年,頁883～903;劉信芳〈九店楚簡日書與秦簡日書比較研究〉,《第三
屆國際中國古文字研討會論文集》,香港:香港中文大學中國文化研究所,1997
年,頁517～544。

〔註121〕倪婉〈雲夢睡虎地秦簡的考古學意義〉,《武漢大學學報》人文社會科學版2002年
6期。

〔註122〕楊小英《睡虎地秦簡與秦楚婚俗研究》(武漢:武漢大學碩士論文,2005年5月),
摘要。

〔註123〕《集韻·平聲·諄韻》、《字彙·日部》亦見「春」之異文「旾」;《玉篇·日部·
春字》、《字彙·艸部》亦見「春」之異文「萅」。詳教育部《異體字字典》,
http://dict.variants.moe.edu.tw/。

〔註124〕蘇建洲《上博楚竹書文字及相關問題研究》,臺北:萬卷樓,2008年。另《說文》:
「屮……古文或以爲艸字……。」

〔註125〕劉釗《古文字構形研究》(瀋陽:吉林大學中國古文字博士論文,1991年),頁591。

〔註126〕魏宜輝《楚系簡帛文字形體訛變分析》(南京:南京大學考古學與博物館學博士論
文,2003年4月),頁17。

忠恕《汗簡》記《莊子》古文「華」字，從「屮」作𦬸；夏竦《古文四聲韻》記「雲臺碑」古文「華」字，從「屮」作𦬸。兩「華」字所從「艸」省之「屮」，與《古文四聲韻》所引之〈義雲章〉「黜」𣥯、《汗簡》「出」𣥯字形所從上半「止」形亦相同。〔註127〕如是則「春」（芚）與「出」二字自有相混的可能。

綜上可知，字音方面，確有其積極原因能造成《山海經》此處的「出」、「春」異文；字形方面，在《山海經》全書柢定時期，「出」、「春」二字字形某種程度的近似，亦有可能造成《山海經》此處的異文。

三、「水某輒入」的原來版本

最原始的《山海經》「水某輒入」，究竟是作「水出輒入」或是「水春輒入」？如果《山海經・山經・南次三經》此處原本作「水春輒入」，依照袁珂的理解：「春天水進洞穴去，夏天水又流出來，到了冬天洞穴便閉塞不通」，這樣是可以讀通沒錯，但如以訓詁方法中的「以本經解本經」來看，《山海經》對該洞穴水流改變的敘述，「春」、「夏」、「冬」都講到了，卻獨獨漏掉「秋」，令人難以理解。

再者，按照袁珂對「南禺之山。其上多金、玉，其下多水。有穴焉，水春輒入，夏乃出，冬則閉」的理解，春天時往洞裡流的是南禺山腳下的「水」，不過袁珂的這種理解至少犯了二個錯誤：

第一個錯誤是——「水永遠會往低處流」，所以水一年四季都會往低處流——不會只在春天時才會往洞穴裡流，《山海經》原始作者在觀察南禺山水文時，毫無理由特意記載此一洞穴於春天時水會往洞穴裡流的這一個尋常現象。換言之，如果南禺山水往低處流的現象應該記錄，則其他水文的相同情況亦應記錄——但事實上並非如此。

第二個錯誤是——綜觀《山海經・山經》全篇的「水」字，很大比例講的應該是「河（溪）流」或「河（溪）流源頭」，而非袁珂所理解的「水（水氣＝water）」。何以證明這些「水」字不是單純講「水氣」或「水」？按常理來看，水氣豐沛的地方是植物生長的絕佳環境，所以「多水」與否應該和有無「草木」有直接關係，如此則《山海經・山經》就應該多是：「又東五百里曰咸陰之山，

〔註127〕〔宋〕郭忠恕、夏竦編，李零、劉新光整理《汗簡・古文四聲韻》，北京：中華書局，2010年。

無草木，無水」（《山經·南次二經》）這類有無水與有無草木的因果記載才對。
然而《山海經》中有太多如：

又東三百里柢山，<u>多水，無草木</u>。（《山經·南山首經》）

又東四百里曰亶爰之山，<u>多水，無草木</u>，不可以上。（《山經·南山
首經》）

東南四百五十里曰長右之山，<u>無草木，多水</u>。（《山經·南次二經》）

又東五百里曰僕勾之山，其上多金玉，<u>其下多草木</u>。無鳥獸，<u>無水</u>。
（《山經·南次二經》）

又東五百里曰陽夾之山。<u>無草木，多水</u>。（《山經·南次二經》）

又東五百里曰發爽之山。<u>無草木，多水</u>。（《山經·南次三經》）

又南六百里曰曹夕之山，<u>其下多穀而無水</u>，多鳥獸。（《山經·東次
二經》）

這類以袁珂對「水」的理解——水的有無卻與草木有無沒有因果關係——來看
是矛盾的記載。所以「水春輒入」的「水」講的應該是某種「水文（河流或河
道）」現象，前述袁珂對「水」的理解恐怕不對，更不用說這個在錯誤理解上對
「水春輒入」所做的語譯。

　　如此，原本「水某輒入」的某字便不應該如同袁珂所理解的那般是「春」
字。那麼某是否適合用「出」字代入？筆者以爲原句作「水出輒入」方爲正解，
這是因爲上文提到《山海經·山經》裡的「水」字，很大比例講的是「河流（河
道）」，「水出輒入」所敘述的其實是一種特殊的水文——「伏流」。此一觀點，
地質學家李鄂榮早已點出，只是並未深論：

　　《山海經》對於岩溶洞穴的記錄有：「南禺之山，其上多金玉，其下
　　多水，有穴焉。水出則入，夏乃出，冬則閉。佐水出焉，而東南流，
　　注于海。」這可能是我國古籍中最早的岩溶洞穴記錄。〔註128〕

河水潛入地下，稱爲「伏流」。〔註129〕流經一段距離後，可能又以泉水的形式

〔註128〕李鄂榮〈《山海經》中的地質礦產知識〉，《中國地質》1986年2期，頁32。

〔註129〕石再添等編《地學通論（自然地理概論）》，臺北：固地文化事業有限公司，1998年。

重新出露地面。《山海經》裡有許多針對伏流此一特殊水文現象所做下的記載，像《山經‧中次八經》：「郁水出于其上，潛于其下」，《山經‧中次十一經》：「帝囷之水出于其上，潛于其下」、「從水出于其上，潛于其下」、「鯢水出于其上，潛于其下」、「求水出于其上，潛于其下」，以上文例所記錄的都是伏流。

伏流常伴隨石灰岩地形出現，根據溫琰茂等人的研究，中國石灰岩地形分佈十分廣大。〔註130〕又依照中國地質學院的調查：中國可溶岩分佈面積約三百四十萬平方公里，其中裸露於地表的碳酸鹽岩面積為九十一萬平方公里，南方黔、滇、桂、川、湘、鄂、粵諸省區為最重要的岩溶區，碳酸鹽岩沉積總厚度在一萬公尺以上，幾乎分佈於各個地質時代，分佈面積廣大的碳酸鹽岩，加上適宜的多樣性氣候條件，使中國成為世界上岩溶洞穴資源最為豐富的國家。在中國國土範圍內，北起黑龍江伊春，南到海南島三亞市，西起西藏獅泉河，東到通化、杭州，分佈著數以十萬計個岩溶洞穴。〔註131〕

中國歷史上對岩溶地形的科學記載和論述甚為悠久。除了《山海經‧山經》，第一部藥物學著作《神農本草經》中也有關於岩溶洞穴及其內化學沉積物的記載。不少洞穴在隋唐之前就已有遊人參觀、探險，留下大量石刻、題記等文物。明代地理學家、旅行家徐霞客親自探查了南方三百餘個岩溶洞穴，成為世界洞穴探險和考察的先驅。〔註132〕

〔註130〕 溫琰茂、曾水泉、潘樹榮、羅毓珍〈中國東部石灰岩土壤元素含量分異規律研究〉，《地理科學》14 卷 1 期，1994 年。

〔註131〕 中國地質科學院「國土資源科學數據共享」，http://www.geoscience.cn/cave/。

〔註132〕 據初步統計，大陸目前已調查全國洞道長度超過 500 公尺的岩溶洞穴在 400 個以上。截至 2002 年 5 月，實測長度超過 3000 公尺的洞穴有 108 個，已開發的遊覽洞穴總數約 300 個，具有重要考古價值的洞穴近百個。目前，已知最大的洞穴系統是廣西樂業百朗地下河洞穴系統，已探測到總長達 75 公里的洞穴通道；其次是湖北省利川縣騰龍洞，水洞和旱洞總長度為 52.8 公里；貴州省修文白龍洞洞穴系統、鎮遠聲子河大溶洞、綏陽雙河洞和多繽洞的洞道長度都超過 20 公里。許多洞穴中有巨大的洞穴廳堂，全世界已知平面面積大於 30000 平方公尺的單個廳堂共有 24 個，中國就佔有 7 個，貴州格必河洞穴系統中的苗廳面積 11.6 萬平方公尺，位居世界第二。從單個大廳的體積看，廣西樂業縣大槽洞穴中的紅玫瑰大廳體積為 7 百萬立方公尺，居世界第二。長洞穴、大洞穴最為發育的地區為南方濕潤熱帶和亞熱帶氣候區，最為集中的發育在黔、桂、滇和四川、湘西、鄂西和粵北等

　　由於伏流是一種奇特的水文現象，古今文學作品裡提到它的也不少，像〔唐〕戴叔倫〈下鼻淳瀧〉詩：「因隨伏流出，忽與跳波隔」；〔清〕梁啓超《飲冰室合集‧文集》：「河出伏流，一瀉汪洋」都是。〔註133〕今人葉聖陶的〈記金華的兩個岩洞〉也記載：「這個瀑布不像一般瀑布，底下沒有潭，落到洞底就成伏流，是雙龍洞泉水的上游。」〔註134〕《山海經‧山經‧南次三經》「水出輒入」講的應該就是出現在這種中國典型的石灰岩地形當中的「伏流」。

　　「我們不能簡單地指責《山經》許多內容的荒誕，而應當從思想史的角度解釋它存在的歷史合理性。」〔註135〕譚其驤曾利用《山海經》中的資料，勾勒了古代黃河下游的若干面貌。他認爲：

> 實際上《山海經》中《山經》部分包含著很豐富的有關黃河下游河道的具體資料……我們如果把《北山經》中注入河水下游的支流一條一條摸清楚，加以排比，再以《漢書‧地理志》、《水經》和《水經注》時代的河北水道予以印證，就可以相當具體把這條見於記載的古代黃河故道在地圖上顯示出來。

他依此完成了一幅古河道圖。〔註136〕這充份說明，《山海經》的作者也就是古代的巫，具有相當完備的實際知識。而且可以肯定，巫與史都曾從事實際的地理探測。〔註137〕特異的伏流水文，也就很自然的會被記載至《山經》當中。

地。大陸東南沿海地區，如皖、贛、蘇、浙、閩、海南、臺灣，碳酸鹽岩呈島狀或條狀零星分佈，氣候條件有利，洞穴亦較發育，但其規模和發育密度遠遜於西南地區。過去認爲岩溶洞穴不發育的北方地區，近年來也不斷有洞穴被發現，大部分是地下水位型洞穴，有不少洞穴長度超過一公里，如遼寧本溪水洞經調查長3134公尺，北京房山縣石花洞經調查長2500公尺等。

〔註133〕林志鈞編《飲冰室合集》北京：中華書局，1936年。「河出伏流」典出《淮南子‧墜形訓》「河出積石」，〔漢〕高誘注：「河源出昆侖，伏流地中方三千里，禹導而通之，故出積石。」

〔註134〕葉聖陶《稻草人──葉聖陶散文》，杭州：浙江文藝出版社，2010年。

〔註135〕唐曉峰《從混沌到秩序──中國上古地理思想史述論》（北京：中華書局，2010年1月），頁174。

〔註136〕譚其驤〈《山經》河水下游及其支流考〉，《中華文史論叢》7輯（復刊號），1978年。

〔註137〕〈道教科學思想的起源‧第一節　道教科學思想的遠源─巫文化〉，「道教學術資訊」，http://www.ctcwri.idv.tw/INDEXA3/A303/A30310/A3031001-2.htm。

《南次三經》記到南禺山腳的伏流能「水出輒入」（伏流一冒出便又流回去）於穴，而且夏天過量的水會溢出，冬天則是呈現「閉」的乾竭狀態，這是爲何？〔註138〕筆者以爲這應當是受到季節降雨量的影響。夏天山區對流旺盛，雨水多，伏流水位高，所以水自穴流出復流入時自然溢出。近取譬喻，試以臺灣曾文溪水文爲例：曾文溪東水山南麓的特富野溪源頭，海拔 2404 公尺，在雷雨鋒面過境後，伏流水自石穴汩汩流出，〔註139〕即是一例。到了冬天，水源乾竭，伏流於地表的「穴」自然處於乾閉的狀態了。

類似敘述不同季節對水文水量不同影響的記載，也見《山經‧中次十一經》「天井」：

> 又東南五十里曰視山，其上多韭。有井焉，名曰天井，<u>夏有水，冬竭</u>。其上多桑，多美堊金玉。

這裡的「天井」是天然而非人爲的洞穴，即相當於《呂氏春秋‧本味》：「水之美者，三危之露，崑崙之井」中的「井」（高誘注：「泉」）。「天井」在夏季雨水多的時候有水，到了冬天，雨水較少而呈現乾竭，這和南隅山腳下「夏乃出，冬則閉」的「穴」的水量變化是一樣的情況。

那《南次三經》的「穴」有沒有可能是「湧泉」而非「伏流」地形呢？地理學家楊萬泉指出，湧泉之所以出現，是因爲地下水面高於地面，它的形成必須要有幾個條件：源源不斷的地下水、有坡度的地形以及地層的岩性往下游要漸變成不透水性的泥質沈

積物。〔註140〕而且湧泉的水呈現滲湧狀態（如上圖）。換言之，湧泉水是只出不入的，它不像伏流，具有地質結構穩定的「穴」，伏流水是可出可入的。所以筆者排除了「水出輒入」的「穴」是「湧泉」的此一可能。

〔註138〕「閉」有阻隔、壅塞之意。《周易‧坤卦》：「天地閉，賢人隱。」〔唐〕孔穎達疏：「謂二氣不相交通，天地否閉。」

〔註139〕林日揚、田哲榮〈曾文溪——南瀛第一河〉，《經典》120 期，2008 年。

〔註140〕楊萬全《水文學》，臺北：臺灣師範大學地理系，1993 年。

　　《山海經・山經・南次三經》提到伏流「有穴焉」。今知伏流的穴有兩種，一種是「吞口」。「吞口」又叫「滲穴」或「溶穴」，是地表的水透過縫隙，滲到暗流時所溶出的孔道，〔註141〕詳如左下圖；〔註142〕另一種則是暗流的出口，詳如右下圖：

　　伏流之上的各穴，有可能受到暗流水道水量的沖激而出現「水出輒入」——伏流水甫冒出便又流回去的情況；夏天水位高，沖激而出的伏流水未必全部流回穴中，故云「夏乃出」；冬天水位低，甚至乾竭，伏流穴不再有沖激而出的伏流水，自然「冬則閉」了。

四、小　結

　　透過古音學和古文字學的既有研究基礎，筆者認爲《山海經・山經・南次三經》「水某輒入」的異文現象，有其字音和字形上的積極成因。經過對《南次三經》內文的梳理，同時比對自然界的現象，筆者認爲「水某輒入」原本當作「水出輒入」較爲合理。因爲字音上的相近，加上字形上的可能相混——「出」－「芚」－「萅」－「春」，《南次三經》此處才會出現「水出輒入」←→「水春輒入」的異文。

　　《山海經・山經・南次三經》「水出輒入」，記敘的是一種常見於中國石灰岩地形的伏流現象。伏流之水或溢出穴口，或穴口呈現乾枯，全是因爲季節雨量造成伏流水量或豐或竭所致。所以《南次三經》才會說這個穴是「夏乃出，冬則閉」。

〔註141〕上文所引《中次十一經》的「天井」，有可能即是伏流的「吞口」。

〔註142〕「生活中的地球科學」，http://www.geoscience.tmue.edu.tw/。

第肆章　《山海經・海經》疑難字句新詮

第一節　《山海經・海內南經》「巴蛇食象，三歲而出其骨」新詮

一、前　言

　　《山海經・山經》記載了一百多個部落或邦國，五百餘座山，三百餘條水道以及其鄰近的地理、風土物產等資訊。因爲遍記各地風俗特產，所以《山海經》對於動物的記載，可以說是先秦非工具書典籍當中最爲豐富者，計有虎、豹、狗、熊、羆、狼、犬、兔、豬、馬、猴、猿、猩、犀、牛、羴、鹿、麂、麖、豚、禺、羚、羊、象、螻、猥、訾、駝、獺、狐、麋、麈、猙狏、畢方、帝江、何羅魚、鳥焉、狌狌等。其中《海內南經》記載：

> 巴蛇食象，三歲而出其骨，君子服之，無心腹之疾。其爲蛇青黃赤
> 黑。一曰黑蛇青首，在犀牛西。[註1]

「巴蛇食象，三歲而出其骨」一段，因爲與一般人對蛇類進食行爲的認知有很

〔註1〕　《一初經音義》卷四九、《藝文類聚》卷九六、《白孔六帖》卷九八、《事類賦注》卷二八、《御覽》卷九三三、《記纂淵海》卷一○○、《事文類聚》卷卅三並引「食」作「吞」。《藝文類聚》卷九六、《事類賦注》卷二八、《御覽》卷九三三、《記纂淵源》卷一○○，並引「無」作「已」。

大的差距，向來被視爲荒誕的傳說；也因爲其幻想成份太重，成爲後來文學作品及成語、俗語「蛇吞象」、「人心不足蛇吞象」的典故。

為了合乎情理的解釋這條紀錄，學者們莫不絞盡腦汁，如郭郛以爲巴蛇指的是某種以龍（蛇）爲圖騰的氏族，他們有食象的習慣；[註2] 另外有些學者則認爲巴蛇和象都是部族的圖騰，從這樣的一種解釋出發，余雲華以爲巴蛇食象，指的是巴部和象部二族的聯姻；[註3] 徐文華則認爲這是巴部吞併象部的歷史記載。[註4]

其實以巴蛇或象爲某氏（部）族族名或圖騰的這種看法是不正確的。因爲同一條紀錄之後還記載了巴蛇的生物特徵，從這裡來看便很難說巴蛇是某種圖騰（或氏族）。另外在該條紀錄的前後，還可看到其他紀錄裡記載有各式動、植物特產。譬《海內南經》在巴蛇之前，就已經提到兕、犀牛、狌狌、窫窳，在巴蛇之後的《海內西經》也提到孟鳥、鳳皇、鸞鳥等動物。所以「巴蛇」指稱的應該還是某種蛇類。

那麼要怎樣理解《海內南經》「巴蛇食象，三歲而出其骨」這條紀錄呢？根據出土的戰國楚地簡帛文字材料，筆者以爲這段紀錄當是「巴蛇食兔，三月而出其骨」之誤，不止不荒誕，還十分寫實的描敘了「巴蛇」的獵食習慣，是極好的一筆動物田野調查紀錄，配合下文的「君子服之，無心腹之疾」，更是一則珍貴原始中醫診方說明，其說詳下。

二、巴蛇不能「食象，三歲而出其骨」

《山海經·海內南經》。「巴蛇」項云：

> 巴蛇食象，三歲而出其骨，君子服之，無心腹之疾。其爲蛇青黃赤
> 黑。一曰黑蛇青首，在犀牛西。

〔晉〕郭璞注：

> 今南方蚒蛇吞鹿，[註5] 鹿已爛，自絞於樹腹中，骨皆穿鱗甲間出，

〔註2〕 郭郛《山海經注證》（北京：中國社會出版社，2004 年 5 月），頁 682。

〔註3〕 余雲華〈巴蛇食象：被曲解的婚姻神話〉，《四川大學學報》哲學社會科學版 2006 年 5 期。

〔註4〕 徐文華〈巴蛇食象——即巴部吞併象部〉，《福建師大福清分校學報》2008 年 1 期。

〔註5〕 袁珂補注：「藏經本作『蟒蛇』。」

此其類也。《楚辭》曰:「有蛇吞象,厥大何如?」說者云長千尋。

〔清〕郝懿行箋疏:

> 今《楚辭·天問》作「一蛇吞象」,與郭所引異。王逸注引此經作「靈蛇吞象」,並與今本異也。

今人袁珂校注:

> 《淮南子·本經篇》云:「羿斷修蛇於洞庭。」《路史·後紀十》以「修蛇」作「長它」,羅苹注云:「長它即所謂巴蛇,在江岳間。其墓今巴陵之巴丘,在州治側。《江源記》(即江記,六朝宋庾仲雍撰——珂)云:『羿屠巴蛇於洞庭,其骨若陵,曰巴陵也。』」《岳陽風土記》(宋范致明撰)亦云:「今巴蛇塚在州院廳側,巍然而高,草木叢翳。兼有巴蛇廟,在岳陽門內。」又云:「象骨山。《山海經》云:『巴蛇吞象。』暴其骨於此。山旁湖謂之象骨港。」是均從此經及《淮南子》附會而生出之神話。然而既有冢有廟,有山有港,言之確鑿,則知傳播於民間亦已久矣。

文學作品如〔晉〕左思〈吳都賦〉:「屠巴蛇,出象骼」、今人寧調元〈燕京雜詩〉:「巴蛇漸長期吞象,蜀帝從今定化鵑」,所用典故俱出於此。後來的成語、俗語亦有用其典者。如教育部《成語典》[註6] 收有「蛇吞象」一項:

> 相傳古時有巴蛇能吞食大象,經過三年,象的骨頭才被吐出。見《山海經·海內南經》。巴蛇身軀瘦長,而象的體形龐大,後世將這種以小吞大的情形,用來比喻人心的貪婪無度。《喻世明言·卷二·陳御史巧勘金釵鈿》:「梁尚賓看這場交易,儘有便宜,歡喜無限。正是:『貪痴無底蛇吞象,禍福難明螳捕蟬。』」亦作「巴蛇吞象」、「巴蛇食象」。

「蛇吞象」後來也作「人心不足蛇吞象」,《成語典》云:

> 元·無名氏《冤家債主·楔子》:「得失榮枯總在天,機關用盡也徒然。人心不足蛇吞象,世事到頭螳捕蟬。」《警世通言·卷二十五·桂員外途窮懺悔》:「古人說得好:『人心不足蛇吞象。』當初貧困之

〔註6〕 教育部《成語典》,http://dict.idioms.moe.edu.tw/。

日，低門扳高，求之不得，如今掘藏發跡了，反嫌好道歉起來。」

據《海內南經》，「巴蛇」又名「黑蛇」。「黑蛇」，袁珂校注：

> 《海內經》云：「有巴遂山，澠水出焉。又有朱卷之國。有黑蛇，青首，食象。」即此。巴，小篆作𢀳，《説文·十四》云：「蟲也；或曰：食象蛇。象形。」則所象者，物在蛇腹彭亨之形。《山海經》多稱大蛇，如《北山經》云：「大咸之山，有蛇名曰長蛇，其毛如彘毫，其音如鼓柝。」《北次三經》云：「錞於毋逢之山，是有大蛇，赤首白身，其音如牛，見則其邑大旱。」是可以「吞象」矣。《水經注·葉榆河》云：「山多大蛇，名曰髯蛇，長十丈，圍七八尺，常在樹上伺鹿獸，鹿獸過，便低頭繞之。有頃鹿死，先濡令濕訖，便吞，頭角骨皆鑽皮出。山夷始見蛇不動時，便以大竹籤籤蛇頭至尾，殺而食之，以爲珍異。」即郭注所謂蚺蛇也。

歸納「巴蛇（黑蛇）」的特徵，並比對今世的物種，牠應當就是「蟒蛇」、「蚺」一類的爬蟲動物。「蟒蛇」，羅竹風等人所編《漢語大詞典》云：

> 一種無毒的大蛇。體長可達一丈以上，頭部長，口大，舌的尖端有分叉，背部黃褐色，有暗色斑點，腹部白色，多產於熱帶近水的森林裡，捕食小禽獸。肉可食，皮可製物。又稱蚺蛇。《晉書·郭璞傳》：「蚑蛾以不才陸槁，蟒蛇以騰騖暴鱗。」唐·白居易〈送客春游嶺南〉詩：「雲煙蟒蛇氣，刀劍鱷魚鱗。」

「蚺蛇」，羅竹風等人所編《漢語大詞典》云：

> 三國·魏·嵇康〈答難養生論〉：「蚺蛇珍於越土，中國遇而惡之；鸊鷉貴於華夏，裸國得而棄之。當其無用，皆中國之蚺蛇，裸國之鸊鷉也。」晉·葛洪《抱朴子·詰鮑》：「越人之大戰，由乎分蚺蛇之不均；吳楚之交兵，起乎一株之桑葉。」唐·劉恂《嶺表錄異》卷下：「蚺蛇，大者五六丈，圍四五尺。以次者，亦不下三四丈，圍亦稱是。身有斑文如故錦纈。」宋·洪邁《夷堅丙志·魚肉道人》：「夜聞林莽戞戞聲，大蚺蛇入穴，繼之者源源不已，蟠繞於旁。」清·趙翼《嶺南物產圖六十二韻》：「飢蛟猛取虎，蚺蛇饞吞鹿。」

中國歷代文獻都可見到「巴蛇」、「蟒蛇」、「蚺蛇」在南方出沒的相關記錄，可見牠在中國南方是極常見的動物。

但查「巴蛇」之「巴」，《說文》云：「虫也，或曰食象它，象形。」而「虫」，《說文》云：「一名蝮，博三寸，首大如擘指，象其以形。」《史記・田儋列傳》：「蝮螫手則斬手，螫足則斬足。何者？爲害於身也。」裴駰集解引應劭曰：「蝮一名虺，螫人手足，則割去其肉，不然則致死。」張守節正義：「蝮，毒蛇，長二三丈。」〔清〕杭世駿《續方言》卷下：「江淮以南曰蝮，江淮以北曰虺。」

除了文字學的解釋，文化學者對「巴」字也另有理解。如〔漢〕譙周《三巴記》說：「閬、白二水合流，自漢中至始寧城下入武陵，曲折三曲有如『巴』字，亦曰巴江。」另外有人認爲「巴」指的是一種植物，即「苴」，「苴」古音與「巴」相同，這是一種類似於蘆葦的植物，盛產於川東河谷地帶，當地人稱之爲芭茅，持這種觀點的人認爲「巴」字就是由這種植物的名稱引申而來的。〔註7〕而徐中舒在〈論巴蜀文化〉指出「巴」的本義爲「壩」。山間平地爲壩，巴人即是居住在壩子中間的人。〔註8〕

根據以上的這些資料和說法，巴蛇之「巴」標示出巴蛇的分佈地區相當於今日中國南方四川地區，而且牠（蝮）有毒。但若巴蛇如前文所論，是分佈在中國南方的蟒蛇，經查大部分的蟒蛇是無毒的，這又該如何解釋？

今查蝮蛇與蟒蛇皆屬於低等蛇類（其他還有森蚺等）。牠們的後腹部泄殖孔兩側都還保留有一對像爪一樣的不能幫助身體行動的後肢（下圖一）。另外蝮蛇和蟒蛇的鱗片顏色都屬深色，且花紋也接近（下圖二）：

〔註7〕轉引自谷斌〈巴蛇探源〉，《湖北民族學院學報》哲學社會版 29 卷 4 期，2011 年，頁 47。

〔註8〕徐中舒《甲骨文字編（下）》（四川：四川辭書出版社，2003 年），頁 1430。

【圖一】

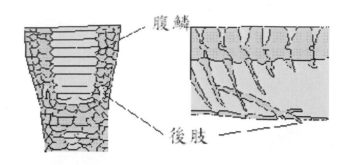

【圖二】

黑眉蝮蛇　　　　　　　　　　　亞洲岩蟒

加上二者也都喜歡纏繞在樹枝上等待時機以獵食小動物，〔註9〕牠們又有遠親關係，也同樣具有能感應紅外輻射並定位熱血獵物身上熱點位置的本領。〔註10〕筆者以爲正是因爲蝮蛇和蟒蛇具有這些共同點，所以古人才以「巴」（虫、蝮）稱呼這類分佈在中國南方的巨蛇——蟒蛇。〔註11〕

　　方韜譯注《山海經·海內南經》提到：

《海內南經》按照從東到西的順序，記述了從海內的東南角到西南

角的山川、國家、植被、動物和相關的神話傳說。記載的範圍涵蓋

了從今天的浙江到福建、廣東及至於今天西北地區的廣袤領土。

〔註9〕動物研究所〈蛇家族的趣事〉，「中國科學院」，http://big5.cas.cn/kxcb/kpwz/201104/
　　　t20110408_3108951.shtml。

〔註10〕編者〈封面故事：吸血蝙蝠探測紅外線的分子機制〉，《自然》476 期，2011 年 8
　　　月 4 日。

〔註11〕谷斌〈巴蛇探源〉（《湖北民族學院學報》哲學社會版 29 卷 4 期，2011 年）據《説
　　　文》，以爲巴蛇爲毒蛇中的一種——五步蛇，以巴蛇特徵驗之，谷説實誤。

〈海內南經〉的很多記載，比如關於甌、閩、番禺的記載，都和這些地區現有的稱呼互相印證，這充份表明早在先秦時代，中華文明已經在閩越、嶺南一帶生根發芽。〔註12〕

根據調查，中國野生蟒蛇只有亞洲岩蟒這一種（圖見上）。主要分佈在中國南部。〔註13〕這和《山海經·海內南經》篇名中的「南」字不謀而合。

　　亞洲岩蟒又稱印度岩蟒、黑尾蟒、印度虎紋蟒，別名南蛇、金花蟒蛇、印度錦蛇、琴蛇、蚒蛇、王字蛇、埋頭蛇、黑斑蟒、金華大蟒等，體表花紋爲對稱排列成雲豹狀的大片花斑，斑邊周圍有黑色或白色斑點。體鱗光滑，背面呈淺黃、灰褐或棕褐色，體後部的斑塊很不規則。蟒蛇頭小呈黑色，眼背及眼下有一黑斑，喉下黃白色，腹鱗無明顯分化。〔註14〕

　　依據今人的研究可知，亞洲岩蟒多隨意獵食哺乳動物、鳥類及爬蟲類等動物，在搜捕獵物時展現出難得的活力，在狙擊獵物時會抖動尾巴並看準機會張口猛噬。若遇上具備相當體型的獵物，亞洲岩蟒便會以蟒蛇擅長的緊纏法勒死對手，通常以身體纏繞獵物僅一至兩圈，並催動肌肉施壓，已足以將獵物殺死。每次進食過大型獵物後，亞洲岩蟒的動作會比平日更爲不願行動，若牠在這種狀態下勉強行進，其身體可能會被體內未被消化的獵物的堅硬部分所撕裂。因此，如果亞洲岩蟒在剛進食的時候受到威脅或騷擾，有時候可能會將已吞下的食物嘔吐出來，讓身體重新靈活起來，方便從危機之中得以逃走。另外，在進食過大型獵物後，亞洲岩蟒可能會停止進食數周，而停食紀錄最久者甚至達兩年之久。〔註15〕

　　亞洲岩蟒身體的暗色塊斑大概是牠的別名「黑尾蟒」、「黑斑蟒」的由來，連《海內南經》也說牠「一曰黑蛇」；而亞洲岩蟒頭小顏色又深，所以《海內南經》才會說牠「青首」。參詳今人對亞洲岩蟒的生物學研究結果，頗符合《山海經》郭、郝、袁三家及《漢語大詞典》對「巴蛇」、「蟒蛇」、「蚒蛇」的敘述。

　　不過根據研究，亞洲岩蟒的體型平均爲 3-4 公尺，最長的紀錄達 6-7 公尺。

〔註12〕　方韜譯注《山海經》（北京：中華書局，2009 年 3 月），頁 204。

〔註13〕　李操、古小東、王鴻加〈蟒在四川分布的討論〉，《四川動物》2003 年 3 期。

〔註14〕　以上對亞洲岩蟒的學理說明參見「百度百科」，http://baike.baidu.com/view/23882.htm。

〔註15〕　關於亞洲岩蟒獵食習性的學理敘述，可參「維基百科」，http://zh.wikipedia.org/zh-tw/%E4%BA%9E%E6%B4%B2%E5%B2%A9%E8%9F%92。

〔註 16〕而同樣是出沒在中國南方的亞洲象，成象最小也有約 2.4 公尺高，最輕也有 2.7 噸，初生幼象怎麼也有 100 公斤。〔註 17〕前文提到巴蛇能食鹿。〔註 18〕以中國中南方常見水鹿爲例，已長出鹿角的成鹿體重一般不超過 180 公斤。〔註 19〕除非巴蛇所食是初生的、與成鹿體型相當的幼象，否則「食象」基本上是行不通的。

又據文獻記載，亞洲岩蟒最長停食時間爲二年，但《山海經・海內南經》卻說巴蛇要「三歲而出其骨」──要到三年之後才能將象的骨骸排泄出來，時間上並不合理，所以《山海經》此處記載益發顯得怪誕。筆者以爲《山海經》最原始的記錄應非如此。

三、巴蛇所食當爲「兔」，係「三月」而非「三歲」出其骨

《山海經》當中何以出現令人感到怪異的動、植物，主要是因爲描述不當所造成。〔註 20〕鍾宗憲也指出：

> 人的世界觀，事實上是和人的知識領域相等的，鑑於知識與詞彙的關係，所以人的世界觀又與他所認識的詞彙的多寡相等同，當然會有捉襟見肘的情形，神話的思緒和語言也自然而然地會產生。〔註 21〕

〔註 16〕 「新竹市立動物園」，http://zoo.e-tobe.com/animal.php?id=78&sub=14&cata=3#an。另可參滕明生、楊曉黎、吳登虎〈亞洲象繁殖生物學特徵探討〉，《動物學雜誌》2003 年 6 期；張立〈中國亞洲象現狀及研究進展〉，《生物學通報》2006 年 11 期。

〔註 17〕 「百度百科」，http://baike.baidu.com/view/27527.htm。

〔註 18〕 中央社臺北 2011 年 10 月 30 日新聞：美國佛羅里達州南部的大沼澤國家公園（Everglades National Park）園方最近捕獲一條長 4.8 公尺、身軀厚達 112 公分的巨蟒；更駭人聽聞的是，這條巨蟒生吞了 1 隻重達 35 公斤的母鹿。根據英國「每日郵報」（Daily Mail）報導，蟒蛇一般都是捕食小型動物維生，但是有些體型龐大的蟒蛇還會捕食鹿、野豬，甚至鱷魚等大型動物。這條蟒蛇被園方人員發現並捕獲，人員們查覺牠的腹部有異狀突起，便將腹部剖開查驗，令人驚駭的是，腹內竟有一隻尚未完全消化的鹿。

〔註 19〕 林宗以〈臺灣陸域鯨偶蹄目（偶蹄目）簡介與簡易痕跡判識〉，「玉山森林國家公園」，http://ysnpvote.ysnp.gov.tw/。

〔註 20〕 李永正《《山海經》動物形象研究》（高雄：高雄師範大學國文系碩士論文，2008 年），頁 71。

〔註 21〕 鍾宗憲《中國神話的基礎研究》（臺北：洪葉文化出版事業，2006 年 2 月），頁 28。

經過上文的整理爬梳可以知道，中國後來的「巴蛇食象」等等傳說神話，其實都是源自於《山海經‧海內南經》，在這之前的文獻中未見這種說法。經學者研究，《山海經》約當成書於戰國楚人之手，不過和《山海經》成書時空背景相當的屈原，卻在《楚辭‧天問》裡對〈海內南經〉這條紀錄提出了「一蛇吞象，厥大何如」的質疑，想見當時人——楚人對此條巴蛇的相關敘述也不是很能接受。想要了解原始《山海經》此處敘述究竟原本如何，使用與《山海經》同時或更早之前的材料是必要的手段。

　　學界一般認為《山海經》的成書，受到楚文化的影響很大，利用楚文字的書寫特徵，筆者發現《山海經》「巴蛇食象，三歲而出其骨」或許原來當作「巴蛇食兔，三月而出其骨」，說詳下。

（一）楚文字「兔」、「象」兩字訛混難分

　　古文字中的「兔」字及「象」字之訛混，已有多位學者進行過討論。1957年安徽壽縣丘家化園出土鄂君啓節，其車節有一地名，初始被釋為「兔禾」，後來被糾正為「象禾」，即今河南泌陽北的象和關。〔註22〕李學勤指出：「『兔』和『象』字一樣，從甲骨文起，是象形字，有軀體足尾可辨。在楚文字中，兩字除首部外，下作『肉』形，以致難於釋讀。」〔註23〕季旭昇也曾提到：「戰國文字『象』『兔』形近，差別則在兔往往於臀部著一短筆，象尾形。楚文字則象身訛為『肉』形。」他又指出：「戰國文字『兔』字與『象』字甚至有幾乎全同者……」〔註24〕

　　2005年，李天虹所發表的〈楚簡文字形體混同、混訛舉例〉一文，更進一步進行細部分析：〔註25〕

> 楚簡文字中的「兔」和「象」一作 （《詩論》25），一作 （《老子丙》4），下部均從「肉」，區別僅在頭部。「兔」字頭部撇劃下係一筆而成，末端上挑；「象」字頭部撇劃下由數筆而成，末筆下滑（或平行）。如簡省的「為」字本從象頭，作 （《緇衣》10）等或變

〔註22〕湯餘惠《戰國銘文選》（瀋陽：吉林大學出版社，1993年），頁49注31。

〔註23〕李學勤〈釋《詩論》簡「兔」及從「兔」之字〉，《北方論叢》2003年1期，又收入李學勤《中國古代文明研究》，上海：華東師範大學出版社，2005年4月。

〔註24〕季旭昇《說文新證（下）》（臺北：藝文印書館，2004年11月），頁97、104。

〔註25〕李天虹〈楚簡文字形體混同、混訛舉例〉，《江漢考古》96期，2005年3月，頁83。

成兔頭，作 （《語四》8）。包山 273 號簡有字作 ，從兩「兔」，同字又見於包山木牘，或作 ，中間「兔」字頭部的末筆變爲下滑狀。這種現象類似於寫錯字。

查楚文字標準的「象」字，寫如「像」字右半所從 （帛乙.10.26），象首、四肢、象尾仍然非常寫實。但楚簡更多是上引那種象身寫成近似「肉」形的寫法，更有甚者，象身直接省成二、三筆橫筆，如「爲」字右半所從「象」偏旁 （包 2.5）、（包 2.15）、（信 1.09）即是。其中象身寫成近似「肉」的寫法，的確易與楚文字「兔」相混。如此看來，「巴蛇食象」未必沒有可能是「巴蛇食兔」的訛誤。再者兔爲小型哺乳類動物，本就是巴蛇常見的食物來源之一。

又《楚辭·天問》曾對《山海經》此條紀錄提出懷疑：「一蛇吞象，厥大何如」，〔漢〕王逸爲《楚辭·天問》作注時回引《山海經》此條紀錄。〔晉〕郭璞在爲《山海經》作注時又回引《楚辭·天問》的質疑。根據學者們的研究，歷史時期的《山海經》版本主要有漢魏本、唐宋本、明清本等不同的版本，不同版本在卷次和內容上有存在一些差異。〔註 26〕依照已有的文獻分析，古本《山海經·海內南經》原來寫的應是「食象」，而不是「吞象」。〔註 27〕郭璞用「吞」字，當是受到〈天問〉「一蛇『吞』象」的影響。

「吞」與「食」二字有何不同？按「吞」指的是不細細咀嚼而咽下。《韓非子·說林上》：「我且曰：『子取吞之。』」《楚辭·招魂》：「往來儵忽，吞人以益其心些。」《史記·刺客列傳》：「吞炭爲啞。」「食」則是指一般的進食。《尚書·無逸》：「自朝至于日中昃，不遑暇食。」《楚辭·九辯》：「驥不驟進而求服兮，鳳亦不貪餧而妄食。」按巴蛇所吃，必須爲可「食」之兔，而非需要「吞」的象。如此，改「象」爲「兔」，文從字順。

（二）「三月」因可寫成「弎月」而訛成「三歲」

經由上文討論可知「巴蛇食象」應即「巴蛇食兔」。但若巴蛇所食爲兔，卻要用上「三歲」──三年的時間來消化，仍存在不合情理之處。是以筆者以爲

〔註 26〕金榮權〈《山海經》的流傳與重要古本考評〉，《安慶師院社會科學學報》1996 年 6 期，頁 101～104。

〔註 27〕段渝〈巴人來源的傳說與史實〉，《歷史研究》2006 年 6 期，頁 3～18 以爲本句更早應作「有蛇食象」。

「三歲」當原作「三月」。

「三月」是如何被訛抄成「三歲」的呢？查楚文字「歲」字標準寫法為從「戈」、「止」、「月」之形，如 （天卜）、（信 10.3）、（包 2.120）。楚文字「三」，楚文字多作三橫筆，如 （天策）、（秦 99.14）。雖然楚文字未見「三」之古文「弎」者，但楚文字見有「一」、「二」字之古文寫法「弌」、「弍」：「弌」分別見於郭店楚簡〈緇衣〉簡 17（）及新蔡楚簡乙 4：82（）等，〔註28〕「弍」則見於信陽楚簡 1.039（）。由是推知，楚文字亦當有將「三」字寫成「弎」的寫法才是。

書寫上將數字連結「月」構件而成為合文的情況，在楚簡當中十分常見，如「一月」合文作 （帛乙 3.24，下無合文符號）；「八月」合文作 （天卜，下有合文符號）、「十月」合文作 （包 2.60，下有合文符號）等，這些都是數字與「月」字合文的例子。如是則「三月」寫成「弎月」，而後「弎月」兩字相連結寫作合文 （筆者自繪，無合文符號）的情況，就楚文字的書寫習慣而言是可能發生的。

今取可能存在的「弎月」合文 與常見的楚文字「歲」字字形 （包 2.120）合觀，確有相似之處，抄寫者在抄錄《山海經‧海內南經》「巴蛇」段時便容易將兩者混淆；另按上文曾提到「兔」字後來在傳抄的過程中被訛寫成「象」字，而楚文字「象」字中又有一種將象軀體省作三橫筆的寫法（字形詳前），傳抄者不查，誤將一字分為兩字──省作三橫筆的象軀體，被獨立寫成「三」字，餘下的上半部象頭因為無所依附而被獨立寫成「象」的省形（如楚文字「為」所從象偏旁就有省到只剩象頭的，如包 2.16「為」字作 、 即是）。

綜合以上的討論，《山海經》此處原文當從「巴蛇食兔，三月而出其骨」寫成「巴蛇食兔，弎而出其骨」，又抄成「巴蛇食兔，弎而出其骨」、「巴蛇食象，三弎而出其骨」，最後變成「巴蛇食象，三歲而出其骨」。

前文提及，亞洲岩蟒吞下大型動物之後，最長可以二年不進食，如此則「巴蛇食兔，三月而出其骨」，巴蛇利用三個月時間來消化吃下去的兔子，時間上應

〔註28〕荊門市博物館編《郭店楚墓竹簡》，北京：文物出版社，1998 年 5 月；河南省文物考古研究所編《新蔡葛陵楚墓》，鄭州：大象出版社，2003 年 10 月。

尚屬合理。如果筆者的推論人無誤，則《山海經·海內南經》寫到巴蛇食兔而用三個多月的時間將之消化排泄，是對巴蛇十分寫實的一項生物學紀錄。

日本動物學家川村多實二曾針對人在描述動物時產生偏見的原因進行歸納：

（1）觀察者未經科學訓練，故將眞正事實與類推結果，混爲一談。

（2）因其觀察限於少數動物，實尚未及窺知全盤通有之習性，而竟貿然判斷，謂其當然如此。

（3）未知己所觀察動物之過去經歷，即下判定。

（4）圖以憐愛動物之心過強，因而發生偏見，必謂動物皆有優秀技能而後快。

（5）因人類恆有務使言談多趣之慾望，故凡世俗所謂謠傳，當其由甲而乙，由乙而丙，輾轉相傳之間，勢必逐漸發生變化，以訛傳訛，此爲吾人日常之所經驗，固無待乎引證者也。〔註29〕

川村之言，適解釋了爲何「巴蛇食兔，三月而出其骨」被訛抄成「巴蛇食象，三歲而出其骨」後，竟無人予以糾正的因由。

四、餘說：巴蛇或巴蛇之排遺的藥用

言者或以爲「巴蛇食象」云云爲神話傳說，不宜用嚴肅的態度看待。然綜觀《海經》內容，以民俗風情記錄爲主，所謂的神話傳說成份其實比例不高。譚其驤的研究就明確指出，《山海經》儘管雜有神話，但比例不大。〔註30〕因此就原先「巴蛇食象，三歲而出其骨」，筆者認爲應該是「巴蛇食兔，三月而出其骨」之誤繕。本條文例十分寫實的將巴蛇的進食特性進行了記錄。

在人類醫藥起源以後，曾經存在過一個「醫巫混合」或說「巫控制醫」的階段，〔註31〕其下限可定在周，即《周禮》將疾病、瘍醫等與巫之所司職責分

〔註29〕（日）川村多實二著、舒貽上譯《動物生態學》（臺北：臺灣商務印書館，1970年），頁14。

〔註30〕譚其驤〈論〈五藏山經〉的地域範圍〉，《中國科技史探索》，北京：人民出版社，1994年。

〔註31〕這一起源階段大約經歷了幾萬年以上。

開定制。其上限尚難釐定，但高峰是在殷商前後。《山海經》的內容充份的反映出這一時期醫藥狀況。〔註32〕細檢全書，可以發現除了記有許多能治療或預防疾病的石、水、草、果、木、鱗、介、禽、獸外，並列出了各種疾病的名稱。這些疾病名的精細程度雖不及《神農本草經》，但比《周禮》、《左傳》、《呂氏春秋》，甚至西漢的《帛書醫方》的記載都多。〔註33〕雖然《山海經》不像《神農本草經》，它不是一本藥物學專著，但它卻確確實實包含了豐富的藥物知識內容，具有極高的藥物學價值。

《山海經·海內南經》裡，在「巴蛇食象，三月而出其骨」之後提到：「君子食之，無心腹之疾」。君子於此所食可能有二：其一為巴蛇，其二為巴蛇之排遺。若君子所食為巴蛇，按中藥常以蛇入藥，像《本草綱目》就提到：

> 花蛇，湖、蜀皆有，今惟以蘄蛇擅名。然蘄地亦不多得，市肆所貨，官司所取者，皆自江南興國州諸山中來。其蛇龍頭虎口，黑質白花，脅有二十四個方勝文，腹有念珠斑，口有四長牙，尾上有一佛指甲，長一、二分，腸形如連珠。多在石南藤上食其花葉，人以此尋獲。
> 先撒沙土一把，以叉取之，用繩懸起，刀破腹去腸物，則反尾洗滌其腹，蓋護創爾。

另外烏梢蛇也常被用來治痛風或濕疹；〔註34〕而《中藥大辭典》所記，蚺（與巴蛇一類）肉有祛風、殺蟲、治風痹、癱瘓、癘風、疥癬的藥效；〔註35〕著名的〔唐〕柳宗元〈補蛇者說〉也提到永州所產「黑質白章」的異蛇：「之以為餌，可以已大風、攣踠、瘻癘，去死肌，殺三蟲。」

而若君子所食非巴蛇而為巴蛇排遺，〔註36〕按巴蛇所排為兔之骨骸。〔宋〕唐慎微《經史證類備急本草·卷十七·兔頭骨》：

〔註32〕馬伯英〈《山海經》中藥物記載的再評價〉，《中醫藥學報》1984年4期，頁7～9。

〔註33〕劉廣定〈談《山海經》中的醫藥史及化學史資料〉，《科學月刊》13卷5期，1982年5月，頁73。

〔註34〕趙文靜、萬羽、李淑蓮、高春霞〈虎斑游蛇的微量元素含量測定及與烏梢蛇的比較分析〉，《中醫藥信息》19卷4期，2002年。

〔註35〕江蘇新醫學院《中藥大辭典》，上海：上海科學技術出版社，1986年5月。

〔註36〕張步大《山海經解》（香港：天馬圖書有限公司，2004年7月），頁409以為此言巴蛇所出獸骨有治療心腹之疾的功效。

平，無毒。主頭眩痛，癲疾。臣禹錫等謹按日華子云：「頭骨和毛、髓燒爲丸，催生落胎並產後餘血不下。骨主熱中消渴。」臣禹錫等謹按《藥性論》云：「兔骨，味甘。」日華子云：「兔骨，治瘡疥刺風……。」〔註37〕

另中醫也常見以其他動物骨骼入藥，如虎骨、猴骨等，見《藥性論》：「虎骨治筋骨毒風攣急，屈伸不得，行走疼痛」。《本草綱目》則記載虎骨可以「追風定痛，健骨。」〔註38〕《民間獸藥本草》也認爲猴骨「味酸，性平，祛風逐濕，通經活絡」，《浙江中藥手冊》還稱其能「強筋骨，通經絡，治跌打損傷。」〔註39〕

　　除了巴蛇的排遺，中醫也常以動物的糞便入藥，茲舉例如下：〔註40〕

　　其一、夜明砂：夜明砂是蝙蝠的乾燥糞便，因可治夜盲症而得名。其性味辛寒，入肝經。有清熱明目、散血消積的功效。主要用於肝熱目赤、青盲、雀盲、內外障翳、疳積、淤血作痛等症。

　　其二、五靈脂：五靈脂是哺乳綱、鼯鼠科動物復齒鼯鼠（寒號鳥）、飛鼠或其他近緣動物的糞便。五靈脂性味甘溫，無毒，入肝經，具有疏通血脈，散瘀止痛的功效；是婦科要藥。主治血滯、經閉、腹痛、胸脅刺痛跌撲腫痛和蛇蟲咬傷等症。

　　其三、望月砂：望月砂又稱明月砂，爲兔科動物野兔的乾燥糞便。野兔常站立起來東張西望，觀察周圍動靜，古人以爲它是敬拜隨嫦娥奔月的……祖先；野兔的糞便也由此而引申得名爲望月砂。望月砂性味辛平，入肝、肺經，主要用於明目殺蟲、治目暗翳障、癆瘵、疳疾、

〔註37〕〔宋〕唐慎微《經史證類備急本草》，北京：人民衛生出版社，2005 年。

〔註38〕孫麗紅、李超英〈虎骨及代用品研究進展〉，《長春中醫學院學報》2002 年 18 卷 4 期。

〔註39〕楊昭鵬、滕毓敏、徐康森〈虎骨與梅花鹿、馬鹿、豬、羊、狗骨理化性質的研究 I〉，《藥物分析雜誌》13 卷 5 期，1993 年；田曉英〈趣談十二生肖的藥用效能〉，《家庭用藥》2008 年 7 期；王錚、王曉雲〈中藥虎骨、豹骨、狗骨的初步分析〉，《陝西新醫藥》1974 年 5 期。

〔註40〕以下藥用見〔明〕李時珍《本草綱目》，校點本第四冊，北京：人民衛生出版社，1981 年，亦可參姜琳〈動物糞便可入藥〉，《開卷有益（求醫問藥）》2007 年 4 期、李定國〈別小瞧了動物的糞便〉，「湖南在線，湖南省新聞網站」，http://www.hnol.net。

痔漏等症。

其四、蠶砂：蠶砂又名蠶矢，是家蠶的乾燥糞便。性味甘溫，入肝、脾、
　　　胃經，有燥濕、祛風、和胃化濁、活血定痛之功。常用於風濕痹痛、
　　　頭風、頭痛、皮膚瘙癢、腰腿冷痛、腹痛吐瀉等症。

其五、龍涎香：龍涎香是抹香鯨科動物抹香鯨的腸內分泌物的乾燥品。取
　　　自宰殺的抹香鯨，從其腸內取其分泌物。其味甘、氣腥、性澀，具
　　　有行氣活血、散結止痛、利水通淋、理氣化痰等功效；用於治療咳
　　　喘氣逆、心腹疼痛等症。

其六、雞矢白：雞矢白即家雞糞便上的白色部分。性味甘鹹，涼。有利水、
　　　泄熱、祛風、解毒等作用。可治鼓脹積聚、黃疸、風痹等症。

其七、白丁香：即麻雀的糞便，又稱爲雀蘇、青丹。其性溫，味苦，有小
　　　毒；入肝、腎二經。能消滯治疝，退翳去胬肉。內服研末爲丸、散；
　　　外用研細調敷或乳汁點眼。

其八、蟲茶：它是化香夜蛾、米黑蟲等昆蟲排出的糞便曬製而成的。山
　　　民蒐集乾糞，經特殊處理後，當茶喝，其味甘甜，沁人心脾。蟲
　　　茶還具藥用價值，適量泡飲，能提神醒腦、解熱祛毒、收斂止血、
　　　降壓祛脂、健脾和胃。它對消化不良、鼻衄、痔瘡出血、牙齦出
　　　血和癰腫有確切療效，對預防高血壓、高血脂和冠心病也有一定
　　　作用。

由是觀之，不論君子所食爲巴蛇本身（排毒）或巴蛇之排遺兔骨（治瘡），以治療心腹之疾，就原始中醫的醫療行爲來說，並非怪異之事。《山海經‧海內南經》「巴蛇食兔，三月而出其骨，君子食之，無心腹之疾」，不止是一條珍貴的巴蛇生物學紀錄，也是一條珍貴的原始中醫用藥紀錄。

第二節　《山海經‧海經‧海外西經》「兩女子居」新詮

一、前　言

　　《山海經‧海外西經》有「女子國」的記載，原文作：「女子國在巫咸北，兩女子居，水周之。一曰居一門中。」袁珂譯釋此段原文：

　　　女子國在巫咸國的北邊，有兩個女子住在這裡，水環繞在她們的周

圍。一本說，她們居住在一道門的中間。〔註41〕

今人張步天以爲「兩女子居」句或暗示上古已有同性戀現象。〔註42〕

　　筆者以爲欲充份理解《山海經》此段文字，必先確定「女子國」是否有存在之可能。經查歷代史書，不乏與女人國（女子國）有關的記載：

其一、女人國（女子國）在中國東方海上

　　如《三國志・魏書・東夷傳》：「有一國亦在海中，純婦無男」；《後漢書・東夷傳》：「海中有女國，無男人。或傳其國有神井，窺之輒生子云」；《梁書・東夷傳》：

> 扶桑東千餘里有女國，容貌端正，色甚潔白，身體有毛，長髮委地。
> 至二三月，竟入水則妊娠，六七月則產子，女人胸前無乳，項後生
> 毛，根白，毛中有汁，以乳子，一百日能行，三四年則成人矣。

〔元〕周致中《異域志・女人國》：

> 其國乃純陰之地，在東南海上，水流數年一泛，蓮開長丈許，桃核
> 長二尺。若有船舟漂落其國，群婦攜以歸，無不死者。有一智者，
> 夜盜船得去，遂傳其事。女人遇南風，裸形感風而生。

　　外國人如西班牙人門多薩（B.C1545～4618）根據相關人員提供的東方消息，於1585年出版的《大中華帝國史》中也記有「女人國」：

> 距離日本不遠，近頃發現有女人島，島中僅有女人，持弓矢，善射，
> 爲習射致燒其右乳房。每年一定月份，有若干日本船舶，載貨至其
> 島交易。船至島後，令二人登岸，以船中人數通知女王。女王指定
> 舟人登岸之日，至日，舟人未登岸前，島中女子至港，女數如舟中
> 男數，女各攜繩鞋一雙，鞋上皆有暗記，亂置沙上而退。舟中男子
> 然後登岸，各著繩鞋往就諸女，諸女各認鞋而延之歸。其著女王之
> 鞋者，雖醜陋而亦不拒。迨至限期已滿，各人以其住址告女而與之
> 別。告以住址者，如次年生子，男兒應送交其父也。

東方女人島也流傳在臺灣原住民的傳說當中。根據日據時期政府對原住民田野

〔註41〕袁珂《山海經全譯》（貴陽：貴州人民出版社，1991年12月），頁211。

〔註42〕張步天《山海經解》（香港：天馬圖書有限公司，2004年7月），頁372。

調查，在臺灣里漏社有一位婦女叫做 kanasaw，他有個兒子名爲 maciwciw。某天，當 maciwciw 正在海邊撿拾薪材時，忽然出現一隻巨鯨，牠吞下 maciwciw 之後，就消失在大海中。數天之後，他被排出鯨魚的體外，漂流到 falaysan（女人島）。這個島上全是女人，據說每當南風吹來之時，島上的女人只要大量的吸食大氣，就可以懷孕。生產時，如果是男嬰，屋頂上就會有惡氣聚集，這時，島民便會趕往吃掉男嬰，所以這個島上，一個男人都沒有。〔註43〕

其二、女人國（女子國）在中國西方陸上

如《舊唐書》另有女子國名「東女國」，該國位於西南青康藏高原，約存於中國南北朝至唐代。境內設有女王、副女王，由族群內的「賢女」擔當。《舊唐書》卷一九七《南蠻西南蠻傳》記載：「東女國，西羌之別種，以西海中復有女國，故稱東女焉。俗以女爲王。東與茂州、黨項接，東南與雅州接，界隔羅女蠻及白狼夷。」〔註44〕據上引《舊唐書》所載地理，唐朝時期，川、滇、藏交匯的雅礱江和大渡河的支流——大、小金川一帶的「東女國」，據說可能是摩梭人的祖先。〔註45〕

另外離中國更遠的歐亞天然界線高加索山，山區亦有女子國。斯立波《地理學》記錄其居民爲亞馬遜女子，隔山與迦迦日人爲鄰，平日獨立生活。每年

〔註43〕 中央研究院民族學研究所編譯《番族慣習調查報告書第二卷》，臺北：中央研究院民族學研究所，2000 年。另外中國東方海角亦有女人國，事見〔宋〕趙汝适《諸蕃志》。趙書多采前人周去非《嶺外代答》材料，於「沙華公國」之後記「女人國」：「又東南有女人國，水常東流，數年水一泛漲……其國女人遇南風盛發，裸而感風，即生女也。」〔宋〕陳元靚撰《事林廣記》記女人國：「女人國，居東北海角。」

〔註44〕 〈東女國〉，「維基百科」，http://zh.wikipedia.org/wiki/%E6%9D%B1%E5%A5%B3%E5%9C%8B。〈中國境內的女人國〉，「維基百科」，http://zh.wikipedia.org/wiki/%E6%91%A9%E6%A2%AD%E4%BA%BA。

〔註45〕 〈女兒國鮮爲人知的「怪異民俗」〉，「華夏經緯網」，http://big5.huaxia.com/ly/fsmq/dl/2011/05/2420664.html 提到，中國四川省涼山彝族自治州鹽源縣與雲南省麗江市寧蒗彝族自治縣之間的瀘沽湖畔住有摩梭人。摩梭人有自己的母語摩梭語，但沒有文字，信奉藏傳佛教。摩梭人是中國唯一仍存在的顯性母系氏族社會，實行「男不娶，女不嫁」的「走婚」制度。摩梭人所住的房屋稱爲「祖母屋」，祖母屋中的「火塘」代表家族的命脈，家中所有重要儀式和聚會都在火塘前進行。家庭由最年長或最有能力的老祖母掌握權力，居住於獨立的祖母房，若家中最老一輩有多名成員，則以有能者爲當家。此一聚落或爲東女國之遺存。

春天來到，她們就爬上界山，那邊的迦迦日人也按照古老習俗來到此地，並與亞馬遜女子發生性交關係。日後生女留下，生男則交給迦迦日人。〔註46〕今日瑞典沙科保市，住著來自歐洲各地的 25000 名女子。該市嚴禁任何男性進入。沙科保市的市民主要從事林木工業，所以這裡的女子都在腰部綁著一條粗皮帶，皮帶上捆滿木工器具。有些女子白天到臨近的城市工作，入夜後便返回沙科保市。〔註47〕

其三、女人國（女子國）在中國西南方陸上

印度的史詩聖典《摩訶婆羅多》也曾記到女人國。書云當外鄉男子來到之時，這些女人就做他們的妻子。但如果在這裡超過一個月，他就會被殺死。因此，所有男人過了二十至廿五天之後，都力求離開這個國家。

其四、女人國（女子國）在中國西南方海上

西南海上的女人國（島），首見於《馬可波羅遊記》。遊記道馬可波羅離開元朝返國，途經阿拉伯海，海上有兩島，一個是男人島，一個是女人島。每年三月，男人就到女人島上去居住，並逗留到五月底。其餘九個月，男女各居一島。日後生女留在家裡，生男養大送交父方。〔註48〕

又除前引東女國，也有「西女國」，亦在海上，比東女國距中國更遠，見〔唐〕唐道世《法苑珠林》卷三九所引：「案《梁貢職圖》云：『拂菻去波斯北一萬里，西南海島有西女國，非印度攝，拂懍年別送男夫配焉。』」《貢職圖》亦作《職貢圖》，乃南梁元帝蕭繹所作。「拂懍」即「拂菻」，百餘年來的研究證實，它指的是羅馬帝國演化而來的拜佔庭帝國（即東羅馬帝國）。拂菻國亦記在《大康西域記》及《大慈恩寺三藏法師傳》中。梁朝處於南方，此傳說顯然是由海路傳至中國。〔註49〕

綜上可知，古、今女子國（女人國）之所以存在，大概有幾個原因：一是

〔註46〕轉引自張春生《《山海經》研究·性禁忌例解》（上海：上海社會科學出版社，2007年 10 月），頁 305。

〔註47〕編者〈海外趣聞〉，《初中生》2010 年 16 期，頁 23。

〔註48〕說見張春生《《山海經》研究·性禁忌例解》（上海：上海社會科學出版社，2007年 10 月），頁 305 的調查。

〔註49〕張緒山〈漢籍所載希臘淵源的「女人國」傳說〉，「華夏經緯網」，http://big5.huaxia.com/zhwh/gjzt/2011/04/2362985.html。

其所在地點較爲封閉，外來刺激較少，社會發展一般來得緩慢。〔註 50〕二是受限地形與氣候，由男子所主導的經濟行爲（農、商）較不發達，因此政經大權還掌握在女性手中；三是導因於宗教因素——阿拉伯海上的男島與女島，據說是因爲遵守天主教男女之防的教義而形成。由於古今中外的女子國（女人國）較一般人對社會性別結構的認知而言太過特殊，也成爲小說如《西遊記》〔註 51〕及《鏡花緣》〔註 52〕的創作取材來源。

　　既然古今中外多見不同成因之「女人國（島）」，則完全由女性所組成之國家，其國家之成因，就不必一定如張步天所云，以爲其性別認同或性傾向與常人有異。

二、「靈」字與「兩」字在古文字中所發生的混淆

　　《海經・海外西經》此段提及堂堂一女子國，卻僅有兩女子居於其中，顯然有違常理。「國」於《山海經》中常被解讀爲部落、部族單位，這樣的一個「國」字的內涵，在秦漢之間還很常見，如《尸子》卷下：「舜一徙成邑，再徙成都，三徙成國」、《後漢書・東夷傳・三韓》：「（韓）凡七十八國。伯濟是其一國焉。大者萬餘戶，小者數千家，各在山海間。」《山海經・海經・海外西經》此則記錄既言「女子『國』」，則人口不應只有「兩女子」，是以筆者以爲「兩」字當爲他字之誤。細審相關古文字形，頗疑「兩」字爲「靈」字誤植。

（一）古「靈」字說略

查古文字「靈」字形作：

春秋早期秦公鎛	春秋晚期庚壺	戰國秦詛楚文
戰國秦陶彙 9.88	戰國璽彙 2330	居延漢簡甲 2172

〔註 50〕《海外西經》云女子國「水周之」，亦點出其所處地區之封閉況狀。

〔註 51〕見《西遊記・第五十三回「禪主吞餐懷鬼孕　黃婆運水解邪胎」、第五十四回「法性西來逢女國　心猿定計脫煙花」、第五十五回「色邪淫戲唐三藏　性正修持不壞身」》

〔註 52〕見《鏡花緣・第三十二回「訪籌算暢游智佳國　觀豔妝閒步女兒鄉」》。

靈	靈	
東漢禮器碑	東漢石門頌	

除了秦公鎛「靈」字從「心」、庚壺「靈」字從「示」，其他古文字皆從「王（玉）」。季旭昇以爲漢隸簡體「靈」從「巫」，應是「巫」字和「玉」字形近，於是「玉」形類化爲「巫」形所致。〔註53〕

「靈」字在先秦有幾個意思：

其一、指巫。《楚辭·九歌·東皇太一》：「靈偃蹇兮姣服，芳菲菲兮滿堂。」〔漢〕王逸注：「靈，謂巫也。」〔宋〕洪興祖補注：「言神降而託於巫也。」

其二、神靈；鬼怪。《詩經·大雅·生民》：「不坼不副，無菑無害，以赫厥靈。」〔漢〕鄭玄箋：「姜嫄以赫然顯著之徵，其有神靈審矣！」〔唐〕孔穎達疏：「是天意以此顯明其有神靈也。」

其三、天；天帝。《楚辭·王褒〈九懷·思忠〉》：「登九靈兮遊神，靜女歌兮微晨。」〔漢〕王逸注：「想登九天，放精神也。」

其四、魂靈。《左傳·昭公二十一年》：「（公子城）曰：『平公之靈，尚輔相余！』」

「靈」字從「心」義符，顯然是標示出魂靈的寄寓之處；從「示」義符，則說明「靈」字和祭祀有關；從「王（玉）」義符，驟視之似乎無從解釋，實則「靈」字從「王（玉）」，指出了玉器在古時祭祀當中扮演著重要的角色。〔註54〕玉器在宗教祭祀中的重要性如何？以玉琮爲例，在廣東石峽文化、江浙良渚文化和中原龍山文化遺址中均出土有玉琮。玉琮是古代禮器，一說琮的方圓表示地和天，〔註55〕中間的穿孔表示天地之間的溝通。另外在瑤山地區良渚文化中，出土了極爲豐富的隨葬品，總共出土的 707 件（組）隨葬品中，玉器就有 635 件（組）。器型有琮、鉞、璜、冠狀飾、三叉形飾、錐形飾、牌飾、鐲、帶鉤、管狀飾等，〔註56〕其中大量精製的玉質禮器反映了良渚文化發達的原始宗教意

〔註53〕季旭昇《說文新證（上）》（臺北：藝文印書館，2002 年 9 月），頁 47。

〔註54〕宋兆麟《巫覡——人與鬼神之間》（北京：學苑出版社，2001 年 12 月），頁 1～22。

〔註55〕〈陝西出土秦玉器展〉，「秦始皇兵馬俑博物館」，http://www.bmy.com.cn/info8_2.htm。

〔註56〕浙江省文物考古研究所〈餘杭瑤山良渚文化祭壇遺址發掘簡報〉，《文物》1988 年

識。〔註57〕

　　漢以後「靈」字改從「巫」義符，除了如季旭昇所指出來的字形類化因素外，由於巫的重要職事之一在祭祀——降（邀）神、娛神、祈福、除禍，〔註58〕是以將代表宗教禮器的「王（玉）」旁替代而成執行祭祀通靈的「巫」旁，也是十分自然的事。

（二）戰國楚地古「靈」字與「兩」字之混淆

　　戰國各系古文字「兩」字多作以下各形：

秦系	楚系	晉系	齊系
平宮鼎	包山簡 2.111	金頭像飾	陶彙 3.356
貨系 4071	包山簡 2.119	古錢大辭典 507	

　　上引諸「靈」與「兩」二字，字形上的確有一段差距，不過經查「靈」字於天星觀卜筮簡作𣏌，從「巫」從「口」。《正字通・口部》收有一「靈」字異體「晉」，與天星觀「靈」字相符，其字形來由可能源自於此。另外楚文字「巫」形尚有一特殊形態，見郭店簡〈緇衣〉「筮」字及「卜筮」合文，其字形分別作𦲷（從「竹」、「巫」、「口」）與𠂤（從「卜」、「巫」、「口」）。兩字中間部位所從，與前引楚文字「兩」形相較，存在相混條件。

　　既然楚文字「靈」、「兩」二字存在相混條件，依此可以推測《山海經・海外西經》「靈」字訛成「兩」字的過程，有很大的可能是《山海經》在楚地流傳並寫定的期間完成。其「靈」字訛成「兩」字的過程應該是「靈」→「晉」→「雷」→「兩」。「雷」→「兩」的過程當中，「口」形之所以遺失不見，是因為以「口」作為全字的飾筆，在古文字的書寫習慣裡十分常見，〔註59〕如「丙」

---

1 期。

〔註57〕楊伯達〈巫—玉—神泛論〉，《中原文物》2005 年 4 期，頁 69。

〔註58〕鄒濬智〈原巫——試說中國先秦「巫」文化的演變〉，《醒吾學報》39 期，2008 年 12 月，頁 201～221。

〔註59〕贏泉〈釋疇〉，「復旦大學出土文獻與古文字研究中心」，http://www.gwz.fudan.edu.cn/

字，甲骨文作▨（合集 11459），金文作▨（集成 2118），楚簡加一「口」形作▨（包 2.31）；又如楚系文字裡的「念」、「御」、「等」、「退」、「聖」、「雀」等字也都有加減「口」形的情況。〔註 60〕羨符、飾筆在沒有統一同字標準時，它可以是裝飾、平衡美化的結果，也可能會被認爲是偶然的筆誤。〔註 61〕《山海經》此句，從「▨」到「兩」的抄寫過程當中，當是傳抄者將「口」形視爲飾筆而省略不抄所致。

正由於「兩」字與「靈」字上半部，在書寫歷史當中曾有一段時期發生過混淆，後世石碑才有「靈」字上半寫似「兩」形的情況發生。如《碑別字新編・二十四畫・靈字》所錄〈唐景教流行中國碑〉中的「靈」字寫作▨、《碑別字新編・二十四畫・靈字》所錄〈唐左光祿大夫段瑗墓誌〉「靈」字寫作▨即是。

三、楚方言中的「靈」即「巫」，《山海經》中的「靈女子」即「巫女子」

古時以巫扮神的時候即以「靈」見稱，前引〔漢〕王逸《楚辭章句》已明言，王國維《宋元戲曲考》也說：

> 古之所謂巫，楚人謂之曰靈。……楚辭之靈，殆以巫而兼尸之用者也。其詞謂巫曰靈，謂神亦曰靈。蓋群巫之中，必有象神之衣服、形貌、動作者，而視爲神之所憑依，故謂之曰靈，或謂之靈保。

戰國楚簡另外常見「靈君子」，如新蔡楚簡：

> ▨<u>靈君子</u>、戶、步、門▨（簡甲三 76）

> ▨<u>靈君子</u>祝其特牛之禱。鄭憲占之：兆□▨（簡乙四 145）

> ▨宗、<u>靈君子</u>▨（簡零 602）

> ▨君、地主、<u>靈君子</u>，己未之日，弐禱昭▨（簡乙四 82）

> 夏柰之月，己丑之日，以君不懌之故，就禱<u>靈君子</u>一豬；就禱門、

---

srcShow_NewsStyle.asp?Src_ID=809，2009-6-6。

〔註 60〕何琳儀《戰國文字通論（訂補）》（南京：江蘇教育出版社，2003 年 1 月），頁 217～218。

〔註 61〕張振林〈古文字中的羨符──與字音字義無關的筆畫〉，《中國文字研究》2 輯，2001年 10 月，頁 130。

　　戶屯一羖：就禱行一犬。壬辰之日禱之。（簡乙一 28）〔註62〕

「靈君子」，也稱「靈子」，〔註63〕指的就是巫。

　　此外《楚辭》常稱楚王爲「靈修」，蔣瑞認爲《楚辭》中的「靈」字當訓爲靈巫，靈巫就是神巫，神巫稱靈巫既是楚的地方文化的突出表現，也與中原文化神靈互稱的文化背景一致。〔註64〕楚王別稱「靈修」，意即「巫長」，孫作雲認爲「楚國的國王，在政治上稱『王』，在宗教上稱『靈修』。『靈修』也是巫長的意思。」〔註65〕章炳麟〈文學說例〉也認爲：「淮南王諱其父長，其書稱『長』曰『修』，而《楚辭》傳本，多出淮南，則『修』、『長』之變可知也。」〔註66〕可見，楚王既是「人王」又是「巫王」。《國語‧楚語》裡觀射父曾說：「明神降之在男曰覡，在女曰巫」，由是可知：在楚人的宗教觀念中，「憑靈」（降之、神靈附體）是「靈」（巫覡）的基本能力。

　　《九歌‧東君》中也有與「靈」有關的詞語——「靈保」。「靈保」一詞，歷來眾說紛紜，但大體不離釋「靈保」爲「巫」、「神巫」，聞一多釋「靈保」云：

> 保者，任也，憑也（《周禮‧大司徒》注：「保猶任也」，《說文》：「任，保也」），附也（《莊子‧列禦寇》司馬注）。神尸爲神靈之所依憑附著，故謂之神保。《後漢書‧馬融傳》「詔靈保」，注：「靈保，神巫也」，巫亦神靈之所依憑，故謂之靈保。〔註67〕

靈保就是「保靈」，也即「憑靈」，「靈保」正是楚地方言中對神靈附體的巫覡的別稱。〔宋〕朱熹《楚辭集注》提到：「靈，神所降也。」「靈」正是神所降附的

〔註62〕 本書所引新蔡楚簡釋文主要據宋華強《新蔡楚簡的初步研究》，北京：北京大學中文系博士論文，2007 年，下不另註。

〔註63〕 宋華強〈楚簡神靈名三釋〉，「武漢大學簡帛研究中心」，http://www.bsm.org.cn/，2006/12/12。

〔註64〕 蔣瑞〈論〈楚辭〉的靈巫——兼說靈與玉的關係〉，《南通大學學報》社會科學版 2005 年 2 期。

〔註65〕 孫作雲〈楚辭九歌之結構及其祠神時神巫的配置方式〉，《文學遺產》8 輯（增刊），1961 年。

〔註66〕 章太炎〈文學說例〉，分別發表於《新民叢報》5、9、15 號，1902 年。

〔註67〕 聞一多《九歌解詁‧東君》（上海：上海古籍出版社，1985 年），頁8。

憑據。〔註68〕

在楚人的辭彙中，「靈」字大約是最靈活多變的一個字眼。在《楚辭》作品中，「靈」忽而爲神靈的代稱，〔註69〕忽而又是巫覡的代稱。其實這不難理解，當神靈附著於巫覡的身體時，巫覡「一身而二任」，即是他自己，又是神靈，故而巫覡在此時也可以與神靈共名都稱之爲「靈」。巫覡之所以可以稱之爲「靈」就是因爲他是神靈附體的物件。由此可見，楚人稱巫覡爲「靈保」也好，稱爲「靈」也好，都與巫覡的憑靈現象關係密切。〔註70〕

既知楚方言中的「靈」即「巫」，則《山海經·海經·海外西經》中的「靈女子」當即「巫女子」，即今言「女巫」是也。「巫」與「女子」的關係，必須從「巫」的起源談起。中國古代巫覡出現的時間最遲可以向上推至距今 8000

〔註68〕《漢書》中有一則材料記載故楚地女須（楚人對女巫的別稱）下神的情形：「楚地巫鬼，胥迎女須，使下神祝詛，女泣曰：『孝武帝下我』，左右皆伏。」廣陵王爲了篡權奪位，指使楚地女巫玩弄「君權神授」的把戲。「孝武帝下我」意即：「孝武帝之靈已附著在我的身體——女須的話就是孝武帝的話，你們必須聽從。」可見，「降神」、「下神」都是「神靈附體」的意思，換一個術語説，就是「憑靈」。

〔註69〕《楚辭·王逸〈九思·疾世〉》：「周徘徊兮漢渚，求水神兮靈女。」注：「冀得水中神女，以慰思念。」

〔註70〕徐文武〈楚國巫覡的憑靈與脱魂現象〉，《荊州師專學報》社會科學版 1992 年 3 期，頁 57，另外徐文還提到：

楚國巫覡進入憑靈狀態前，能夠看到神靈所顯示出來的某種神秘的徵象，而神靈降臨時所顯示出的徵象通常是瞬間即逝的「光」。在楚人的辭彙是「靈」除了指巫覡和神靈外，這有一個神秘的含義，指神靈的「靈光」（或「神光」）。《山海經·海內北經》：「二女之靈，能照此方百里」（注曰：「言二女神光所燭及者方百里。」），這裡的「靈」即指「神光」。「光」是神靈降臨的徵象，如《山海經·中山經》中龜圍、于兒、耕父諸神都是「出入有光」；《九歌·雲中君》描寫神靈降臨時「爛爛兮未央」，也以光爲神至之象。在〈離騷〉、〈九歌〉中，神靈降臨時顯示「靈光」被形象地稱之爲「揚靈」。〈九歌·湘君〉：「望涔陽兮極浦，橫大江兮揚靈，揚靈兮未極，女嬋媛兮爲餘太息。」又〈離騷〉：「百神翳其備降兮，九凝繽其並迎，皇剡剡其揚靈兮，告餘以未故。」「揚靈」——揚其靈光。揚靈實即現在仍留存於故楚地民間信仰中的顯靈，是巫覡憑靈前神靈降臨的徵象。

謹列徐文備參。

年前的前仰韶時代，有關巫覡的資料幾乎在中國全國各地的新石器時代文化遺址中可見，這初步顯示巫覡在當時整個社會生活中所具有的不可替代性。〔註71〕

而「巫」字早在甲骨文時期已有，多作「✝」。〔註72〕「巫」字之初形，許慎《說文》以爲：

> 巫，祝也。女能事無形，以舞降神者也。象人兩袖舞形。與工同意。
> 古者巫咸初作巫。凡巫之屬皆從巫。

古之巫者以舞降神、娛神，故許慎以爲「巫」字之字構以巫者舞蹈之形取象。「巫」、「無」、「舞」三字，古聲古韻皆同，三個字的漢語源頭可能相同。陳夢家云：

> 《墨子・明鬼》引湯之官刑曰：「其恆舞於宮，謂之巫風」，巫風者舞風也，古書凡言好巫必有歌舞之盛，蓋所謂舞者乃巫者所擅長，而巫字實即舞字。《說文》曰：「巫，巫祝也，女能事無形以舞降神也，象人兩袖舞形，與工同意，古者巫咸初作巫」，案許氏既言象人兩袖象形，則其字必象人形無疑，實乃卜辭之舞字。卜辭舞字作𣊫，象人兩袖秉旄而舞，訛變而爲小篆之巫。……巫之所事者乃舞號以降神求雨，名其舞者曰巫，名其動作曰舞，名其求雨之祭祀行爲曰雩。〔註73〕

《說文》以爲「巫」字所指乃能事無形之神靈並以舞降神之人，且爲「女性」，非男性，說明巫爲一可溝通神靈、並藉某種儀式以顯神力之女性；又以「祝」釋巫，其釋「祝」云：「祭主贊詞者」，說明巫之職掌與祝相同，同爲祭主贊詞者，是則《說文》作者所處時代，巫祝已不甚分。

甲骨卜辭中屢見「巫」字，甲骨卜辭中主要作爲名詞、動詞使用。作名詞用者有「貞：周以巫」（合集 05654），指的是巫者；「癸巳卜，其帝於巫」（合集 32012），在此則指爲神名。〔註74〕作動詞用的有「巫帝一犬一豕」（合集

〔註71〕林賢東《商代巫覡研究》（鄭州：鄭州大學歷史學碩士論文，2006 年），頁 13。

〔註72〕在甲骨文分期一到五期都沒有太大的改變，詳原來〈甲骨文「巫」字之形義探究〉，《實踐博雅學報》13 期，2011 年 1 月，頁 72。

〔註73〕陳夢家〈商代的神話與巫術〉，《燕京學報》20 期，1937 年，頁 486～576。

〔註74〕中國社會科學院歷史研究所編《甲骨文合集》，北京：中華書局，1978～1983 年。

21078），〔註75〕指的是一種祭名。與《說文》「巫」字字義相比較後，可以發現「巫」之字義於文字發展過程中，由「巫者」、「巫神」、「巫祭」逐漸窄化爲「巫者」之義。從對「巫」字的形義考察中，可以知道巫是在祭祀場合，身舞、手執器、口念祝詞的女性神職人員。〔註76〕

不論以文字還是民俗學的演進來看，女巫都是先於男覡的。〔註77〕母系社會通天憑靈者多爲女性，〔註78〕之後歷史邁入父系社會，男性爲壟斷政治上能發揮重大效用的神權，便獨佔通天憑靈的覡身份。女性雖仍能出任巫，但後多流爲歌舞娛神的女巫。以「巫」之演變視《山海經》所記女子國中的「靈女子」，既然該國人口主要爲女性，可見其仍停留在母系社會，能通天憑靈的自然是「靈女子」了。

四、餘說：靈巫在楚國

巫是迷信時代，先人爲了預決吉凶、探知神的意志所求助的對象之一。迷信時代，巫是知識的主要掌握者，也是人神溝通的使者，特別是做爲貴族與神明的溝通橋樑，他們是當仁不讓的。先秦時期，各國普遍經歷過一個崇巫的階段。但西周以後，中原巫覡的地位開始下降。這是因爲：一則自西周至春秋戰國，中原的史官文化力圖用理性來解釋自然現象、社會現象，排斥一切「怪力

〔註75〕另可參呂佩珊〈殷商卜辭「祭祀動詞＋巫」及相關句型考〉（《第十七屆中國文字學會全國學術研討會論文集》，臺北：聖環圖書公司，2006 年）一文中所收卜辭文例。

〔註76〕巫者所行巫術，按內容分，有祈福、驅邪、報復等；按方法分則五花八門，有咒語、歌舞、雜技、魔術、類比、禁忌、恫嚇、法衣等，詳可參劉志成《文化文字學》（成都：巴蜀書社，2003 年 5 月），頁 341。

〔註77〕（日）藤野岩友著、韓基國譯《巫系文學論》（重慶：重慶出版社，2005 年 3 月），頁 13～16。藤野氏以爲意指男巫的「覡」字係從「巫」字延伸而來。

〔註78〕鄭杰祥《新石器時代與夏代文明》（南京：江蘇教育出版社，2005 年），頁 73 指出，早在裴李崗文化時期（最早在 B.C.6680～6420 年，最晚在 B.C.5380～4940 年）就已經看得到母系氏族社會以女性爲主來擔任巫師的證據。如賈湖遺址發現幾座墓葬。其一爲五十多歲的女性，陪葬物爲陶罐、龜殼、綠松石、白石子等；其二爲一四十五歲左右的壯年男子，葬物爲陶壺、陶罐、石斧、石錛、龜殼等。龜殼爲進行宗教儀式的用具，但壯年男子尚陪葬有生產工具，顯示其生前以從事生產勞力爲主，充當巫師只是他的兼職。

亂神」；二則，此時理性思想已經慢慢抬頭。

　　但是，春秋戰國時期中原巫覡地位的普遍下降，對楚國的影響卻不大。與中原各國相比，楚國的巫覡仍舊享有崇高的社會地位。《國語・楚語下》云：

> 王孫圉聘於晉，定公饗之，趙簡子鳴玉以相，問於王孫圉曰：「楚之白珩猶在乎？」對曰：「然。」簡子曰：「其爲寶也，幾何矣？」曰：「未償爲寶。楚之所寶者，曰觀射父……又有左史倚相……又能上下說於鬼神，順道其欲惡，使神無有怨痛於楚國。」

觀射父和左史倚相都爲巫學大師，在楚國被視爲國寶，其地位諸夏巫覡無人能及。特別是大巫觀射父，學識淵博，巫術造詣精深，連楚昭王都經常請教於他，而且他本人「能作訓辭，以行事於諸侯」（《國語・楚語下》），地位十分崇高。
[註79]

　　《國語・楚語下》記有觀射父回答楚昭王的一段對話：

> 昭王問於觀射父，曰：「周書所謂重、黎實使天地不通者，何也？若無然，民將能登天乎？」對曰：「非此之謂也。古者民神不雜。民之精爽不攜貳者，而又能齊肅衷正，其智能上下比義，其聖能光遠宣朗，其明能光照之，其聰能聽徹之，如是則明神降之，在男曰覡，在女曰巫。是使制神之處位次主，而爲之牲器時服，而後使先聖之後之有光烈，而能知山川之號、高祖之主、宗廟之事、昭穆之世、齊敬之勤、禮節之宜、威儀之則、容貌之崇、忠信之質、禋絜之服，而敬恭明神者，以爲之祝。使名姓之後，能知四時之生、犧牲之物、玉帛之類、采服之儀、彝器之量、次主之度、屏攝之位、壇場之所、上下之神、氏姓之出，而心率舊典者爲之宗。於是乎有天地神民類物之官，是謂五官，各司其序，不相亂也。民是以能有忠信，神是以能有明德，民神異業，敬而不瀆，故神降之嘉生，民以物享，禍災不至，求用不匱。及少暤之衰也，九黎亂德，民神雜糅，不可方物。夫人作享，家爲巫史，無有要質。民匱於祀，而不知其福。烝享無度，民神同位。民瀆齊盟，

〔註79〕葉立青〈論楚巫覡的身分與地位〉，《北華大學學報》社會科學版 7 卷 1 期，2006
年 2 月。

無有嚴威。神狎民則,不蠲其爲。嘉生不降,無物以享。禍災薦臻,莫盡其氣。顓頊受之,乃命南正重司天以屬神,命北正黎司地以屬民,使復舊常,無相侵瀆,是謂絕地天通。〔註80〕其後,三苗復九黎之德,堯復育重、黎之後,不忘舊者,使復典之。以至於夏、商,故重、黎氏世敘天地,而別其分主者也。其在周,程伯休父其後也,當宣王時,失其官守,而爲司馬氏。寵神其祖,以取威於民,曰:『重寔上天,黎寔下地。』遭世之亂,而莫之能禦也。不然,夫天地成而不變,何比之有?」

由中可以看出觀射父賦予巫覡極高尚的地位,觀射父也是第一位爲巫覡職能作出界定的人。〔註81〕

〔註80〕「絕地天通」這個說法,最初見於《今文尚書・周書・呂刑》所載的西周前期周穆王所追溯的帝舜事蹟。朱丁〈殷周的宗教信仰變遷與上古神話的走向〉,《人文雜誌》2001 年 5 期,頁 137 指出:

> 重黎絕地天通的神話暗示著的乃是一場巨人的宗教神話變革。從此,祖先與神的交通方式被隔斷了。凡人與神界的交通方式只能通過巫覡的力量。它進一步說明這樣一種信仰,人們似乎不用誠惶誠恐地祭拜祖先,督請祖先去溝通神靈,因爲神靈的世界是凡人與祖先的亡靈都難以到達的,神的世界是如此渺茫與遙不可及。

〔註81〕觀射父指出:第一、巫覡是在人與神處於隔離狀態下,作爲人與神之間的仲介和媒體出現的。「民」是現實世界的主體,「神」是超現實世界的主體,這兩個世界之間的溝通是由巫覡來進行。第二、巫覡來自於「民」但高於「民」。觀射父認爲巫覡首先是作爲現實的「民」存在的。但是巫覡的品格、天資、智慧等部分高於普通的「民」,才有能力進行一般的「民」所不能的溝通人神工作。作爲巫覡,至少要具備「精爽不貳」、「齊肅衷正」的品格,和「智」、「聖」、「明」、「聰」等方面的卓越天賦才可以。第三、正因巫覡具有上述超出常人的品格和智慧,所以,巫覡成爲了「神的恩寵」對象。「明神降之在男」「在女」的「降」除了具有通常所說的「下降」「降臨」外,還有「依附、附著」的意思。巫覡能具有使神靈附著於自己身體的能力。觀射父也是中國古代第一位明確指出巫覡具有「憑靈」特徵的宗教家。深入對觀射父的思想作出詳細討論的專文並不是很多,像《張以仁先生七秩壽慶論文集》(臺北:學生書局,1999 年 1 月),頁451～478 所收張素卿〈觀射父絕地天通〉要義〉一文,僅重在《國語》文學性的討論,對觀射父的宗教、祭祀觀念說明並不深入。能集中焦點進行探討的,筆者只蒐集到徐文武〈觀射父的宗教思想〉(《荊州師專學報》社會科學版 1994

那麼楚國高貴的巫覡們,其形象與種類又是如何?

(一)楚國巫者的形象

楚巫的扮相,未有文獻清楚記錄,所幸河南信陽長台關一號楚墓曾出土一件彩繪漆瑟。〔註82〕在這件漆瑟上有幾幅圖:第一幅中的巫師仰首、直身,頭戴高頂上平而腰細的帽子,長衣博袖,手持法器,佇立在蟠曲的蛇身之上,蛇注視著巫師,好似隨時聽候巫師調遣。(下圖左)另外一幅裡的巫師頭戴前有鳥首而後有鵲尾形的帽子,雙手似鳥爪,各持一蛇,張口扁眼,作咆哮狀。在其前面和後面有兩位急步前進的細腰女人/女巫(下圖右)。〔註83〕

 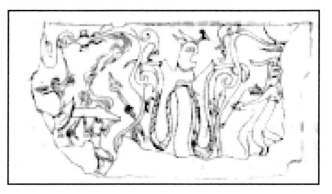

儘管巫師祭祀是否有蟒蛇相侍,尚難從文獻中找到確切證據,但漆瑟畫中巫師的扮相大致上還是可信的。〔註84〕

(二)楚國巫者的種類

戰國及至秦漢時期,巫、覡在人數上的比例基本上都是巫多覡少。〔註85〕經歸納,楚國巫者可分為以下幾類:〔註86〕

年 3 期)一文,餘詳鄒濬智〈從《國語‧楚語下》看觀射父的宗教觀〉,《興國學報》7 卷,2008 年 1 月,頁 247~255。

〔註82〕河南省文物研究所《信陽楚墓》,北京:文物出版社,1986 年。

〔註83〕圖片及說明引自高至喜主編《楚文物圖典》(武漢:湖北教育出版社,2000 年 1 月),頁 364。

〔註84〕胡雅麗《尊龍尚鳳》(武漢:湖北教育出版社,2003 年 1 月),頁 30~38。亦可參王從禮〈試論楚人信鬼重祀的習俗〉,《江漢考古》1989 年 4 期,頁 79 的敘述。

〔註85〕張軍《楚國神話原型研究》(臺北:文津出版社,1994 年 1 月),頁 421~422。

〔註86〕分類根據葉立青〈論楚巫覡的身分與地位〉,《北華大學學報》社會科學版 7 卷 1 期,2006 年 2 月。

1. 官方之巫

楚國的官方巫覡主要包括靈修（楚王）〔註87〕、巫官和宮廷巫覡。

（1）靈修（楚王）

據《史記·楚世家》記載，熊通曾說過：「吾先鬻熊，文王之師也。」這裡的「師」應是「火師」，也即「火正」。〔註88〕楚人酋長鬻熊歸附周文王時繼承了其先人之職，管理祭祀時的用火。後來，楚人另一酋長熊繹也「與鮮卑守燎」（《國語·晉語》），在周成王盟諸侯於歧陽時掌管祭祀。在周代，祭天神有燎火燔柴的儀式。《周禮·春官》謂：「以禋祀祀昊上帝，以實柴祀日月星辰，以槱燎祀司中、司命、風師、雨師。」鄭注：「三祀皆積柴，實牲體焉，或有玉帛燔燎而升煙。」可見，祭天和守燎都是火師的職責，從祝融到鬻熊再到熊繹，都是掌管火的大巫。春秋戰國時期，楚與周室日漸疏遠，楚王雖然不再直接擔任周王室的「火正」，但是楚王身居大巫的地位一直保留了下來。〔註89〕

（2）巫　官

a. 攻　尹

攻尹見隨縣曾侯乙墓竹簡 145、152、285，〔註90〕荊門包山二號墓竹簡 106、107、110、111、116、117、118、157、159、172、224 等。〔註91〕而簡

〔註87〕《楚辭》九例「靈」字，王逸皆注「神」。吳小奕〈釋古楚語詞「靈」〉，（《民族語文》2005 年 4 期）以爲神、鬼、魂、靈等可能都是從同一個漢藏語源頭分化出來的。

〔註88〕早在原始社會末期，楚人傳說中的先祖祝融就長期擔任華夏部落聯盟的「火正」。「火正」即《漢書·五行志上》所載的司火之官，其職責是「掌祭火星，行火政」，主持一系列祭祀活動。從夏商到周初，祝融的後裔一直繼承著「火正」之職。

〔註89〕傳世文獻中還有其他有關楚王兼具巫覡身份的描述。如《左傳·昭公十三年》載：「靈王卜曰：『余尚得天下』，不吉，投龜詬天而呼曰：『是區區不余畀，余必自取之』。」楚靈王親自占卜，表明其是一位大巫。另外《説苑·君道》謂：「楚莊王天不見妖而地不出孽，則祈於山川曰：『天其忘予歟？』此能求過天，必不逆諫矣。安不忘危，故能終而成霸功焉。」可見，楚莊王也曾以大巫的身份祭祀天地，請求神靈助其霸業。《漢書·郊祀志》云：「楚懷王隆祭祀，事鬼神，欲以獲福助，卻秦師，而兵敗地削，身辱國亡。」〔晉〕陸機的《要覽》也説：「楚懷王於國東起沈馬祠，歲沉白馬，名饗楚邦河神。」可見楚懷王也是一位巫王合一的人物。

〔註90〕釋文據張光裕、滕壬生、黃錫全主編、袁國華等合編《曾侯乙墓竹簡文字編》，臺北：藝文印書館，1997 年，下不另註。

〔註91〕釋文據湖北省荊沙鐵路考古隊編《包山楚墓》，北京：文物出版社，1991 年 10 月，

224 內容爲：「攻尹之衽執事人夏與、衛妝爲子左尹放舉禱於新王父司馬子音特牛，饋之。」「攻尹之衽執事人」又作「衽尹之衽執事人」，「攻」與「衽」可通。爲左尹放祭禱的是攻尹下屬的「執事人」，而攻尹主要掌管王室和國家的祭祀。

　　b. 卜尹、占（詹）尹

　　卜尹和占尹是楚國專職占卜的官員。「卜尹」即「占尹」。《楚辭・卜居》載：「（屈原）心煩慮亂，不知所爲，往見太卜鄭詹尹。」「詹」與「占」同音互借（上古皆屬章母談部），「詹尹」也即「占尹」。據張正明考證，在楚國有以巫爲世官的家族，如觀射父所屬之觀氏。〔註92〕《左傳・昭公十三年》載楚平王即位時「召觀從，王曰：『唯爾所欲』，對曰：『臣之先佐開卜』。乃使爲卜尹。」楊伯峻認爲：「佐謂卜師之助手。……卜尹，即卜師，大夫官。」〔註93〕可見，觀氏家族早在觀從之前就已經充當卜師的助手。

　　（3）宮廷巫覡

　　由於楚王篤信巫覡之道，所以他手下豢養了一大批享祿食廩、專爲王室效力的神巫、歌巫。〔註94〕他們主要爲王室祈福、禳災、驅邪，還爲宮廷提供帶有宗教色彩的娛樂活動。王逸《楚辭章句》：「其祀，必作歌樂鼓舞以樂諸神。」《楚辭・大招》：「代秦鄭衛，鳴吁張只。伏戲〈駕辯〉，楚〈勞商〉只。謳和〈陽阿〉，趙簫唱之。魂乎歸來，定空桑之。」〈勞商〉、〈陽阿〉是楚曲，空桑是名瑟，楚人演唱本土和列國的名曲，用以招徠楚人之亡魂，這正是當時楚國宮廷巫覡的職責所在。〔註95〕

　　下不另註。

〔註92〕張正明《楚文化史》（上海：上海人民出版社，1987年），頁112。

〔註93〕楊伯峻《春秋左傳注》（北京：中華書局，1981年），頁1549。

〔註94〕巫瑞書〈論楚巫〉，《民間文學論壇》1996年4期。

〔註95〕除此之外，楚國的令尹、司馬甚至是公族子弟依然掌握占卜通神之術，《左傳・昭公十七年》：「吳伐楚，陽匄爲令尹，卜戰，不吉。」章炳麟〈文學說例〉（《新民叢報》5、9、15號，1902年）：「古金石以『靈修』爲『令修』，則『靈』『令』之通可知也。」「令尹」可以理解成「靈尹」，楚人稱巫爲「靈子」，所以令尹也屬楚巫覡系統中的一員。《左傳・昭公十七年》：「司馬子魚曰：『我得上流，何故不吉？且楚故，司馬令龜，我請改卜。』令曰：『魴也以其屬死之，楚師繼之，尚大克之！』吉。」按楚國慣例，「卜戰」應該是由司馬「令龜」掌管。楊伯峻注曰：「卜前告

2. 民間之巫

在楚國，政教合一的靈官體制形成了以靈修（王）爲首的靈官集團，〔註96〕但他們只能爲楚王和國家的宗教活動服務，而不可能爲其他各種層次的宗教活動服務，因而在靈官體系之外，還有大量民間的「靈巫」爲不同的階層提供服務。楚國民間的靈巫有三種類型：即邑巫、私巫與遊巫。

（1）邑　巫

邑巫是負責地方宗教事務活動的靈巫。〔註97〕《左傳・文公十年》記楚范巫矞似爲楚成王進行預測，杜注：「矞似，范邑之巫。」邑巫通常是當地名聲很大，有一定影響和威望的靈巫，因而他們有時也參與楚國軍政方面要事的占卜和預測，如楚范邑邑巫矞似就爲楚國君臣預測命運，預言楚成王及令尹子玉、司馬子西皆不得善終，而楚成王居然信之不疑。

（2）私　巫

私巫是專爲某一人或幾人提供宗教服務的靈巫。從望山楚簡中有「大夫之私巫」的記載來看，私巫是專門爲某個士大夫以上的貴族或楚王服務靈巫。在包山楚簡中記有爲左尹邵㐭生前祭禱占卜的十二位靈巫的名字，其中出現次數最多的是盬吉，連續三年多次爲左尹邵㐭貞卜，或許就是左尹邵㐭的「私巫」。

（3）遊　巫

遊巫則是指不確定服務某個固定對象的靈巫。天星觀一號楚墓楚簡三次出現「遊巫」的記載。在天星觀楚簡、秦家嘴楚簡、望山楚簡中都出現了同一個巫者名字——䢜䑠志，也就是說他曾爲三個墓的墓主祭禱占卜，他可能就是遊巫。從出土楚簡占禱記錄來看，一般墓主生前會有多個靈巫爲他服務，包山楚簡中出現的十三個靈巫，不可能全是都是左尹邵㐭的私巫，多數在整個記錄中只出現一次或兩次的巫，可能只是偶爾爲邵㐭提供宗教服務的遊巫。

靈巫（靈子、靈君子）生前除了給不同階層提供服務外，被視爲具有靈力的他們死後，也是被禱祠的對象。除前引新蔡簡所見受禱的「靈君子」外，其他楚簡也有靈巫受禱的相關紀錄，如：天星觀一號楚墓竹簡簡文有：「舉禱巫豬、

以所卜之事曰命龜。」由此可知，楚司馬既是軍事長官，在戰事進行時也要負責軍事占卜。
〔註96〕徐文武〈楚國的「靈官」與「靈巫」〉，《荊州師專學報》1998 年 4 期，頁 75。
〔註97〕邑巫多居於社，《墨子・號令》：「巫舍必近公社。」

靈酒、棧鐘樂之」，〔註98〕包山二號楚墓竹簡簡文有：「舉禱巫一全豠，俎豆保逾之」（簡 244）、「且為巫綳珮，速巫之厭一豬於地主」（簡 219），〔註99〕江陵望山一號楚墓竹簡簡文有：「嘗巫甲戌」（簡 113）、「舉禱大夫之私巫。」（簡 119）〔註100〕這和現今鄂溫克民族對他們死去薩滿祭司的態度很相像。遊牧的鄂溫克薩滿對死去的薩滿祭司採取風葬。風葬後拾骨土葬，並於其上用石堆成敖包，祂便變成族群的守護神。〔註101〕

〔註98〕釋文據晏昌貴〈天星觀「卜筮祭禱」簡釋文輯校〉，《楚地出土簡帛文獻思想研究（2）》，武漢：湖北育出版社，2005 年。

〔註99〕本書所引包山簡釋文主要據劉信芳《包山楚簡解詁》，臺北：藝文印書館，2003 年，下不另註。

〔註100〕本書所引望山簡釋文主要據張光裕主編、袁國華合編《望山楚簡校錄》，臺北：藝文印書館，2004 年，下不另註。

〔註101〕內蒙古民族研究所《鄂溫克族研究文集（2）》（呼和浩特：內蒙古人民出版社，1989 年），頁 299。

第伍章　《山海經・大荒經》疑難字句試說

第一節　《山海經・大荒經》「使四鳥」試說

一、前　言

　　《山海經・大荒東經》有以下記載：「有蒍國，黍食，使四鳥：虎、豹、熊、罷。」「使四鳥」另見《山海經・大荒東經》：

　　　　大荒之中有山名曰合虛，日月所出。有中容之國，帝俊生中容，中容人食獸、木實，使四鳥：豹、虎、熊、罷。

　　　　有白民之國。帝俊生帝鴻，帝鴻生白民。白民銷姓，黍食，使四鳥：虎、豹、熊、罷。

　　　　有黑齒之國。帝俊生黑齒，姜姓，黍食，使四鳥。

　　　　有招搖山，融水出焉。有國曰玄股，黍食，使四鳥。

　　　　有司幽之國。帝俊生晏龍，晏龍生司幽。司幽生思士，不妻；思女，不夫。食黍食獸，是使四鳥。

　　《山海經・大荒南經》：

　　　　大荒之中有不庭之山，榮水窮焉。有人三身，帝俊妻娥皇生此三身

之國，姚姓，黍食，<u>使四鳥</u>。

有人名曰張弘，在海上捕魚，海中有張弘之國，食魚，<u>使四鳥</u>。

《山海經·大荒西經》：

西北海之外，赤水西，有〔先天〕民之國，食穀，<u>使四鳥</u>。

《山海經·大荒北經》：

有叔歜國。顓頊之子，黍食，<u>使四鳥：虎、豹、熊、羆</u>。

有毛民之國，依姓，食黍，<u>使四鳥</u>。〔註1〕

「四鳥」，〔清〕吳任臣《山海經廣注》云：「凡言使者言鳥獸聽其訓擾」。書中的「四鳥」彷彿是人們的伙伴和工作上的助手。〔註2〕

然而何以「四鳥」指稱虎、豹、麃、羆？〔清〕郝懿行云：「經皆言獸，而云使四鳥者，鳥獸通名耳。使者，謂能馴擾役使之也」；〔註3〕〔清〕俞樾《讀山海經》則云：

「使四鳥：虎、豹、熊、羆」，愚按虎、豹、熊、羆皆獸也，何以謂之鳥？疑鳥字當作禽。《說文·内部》：「禽，走獸總名」，是其義也。後人不知四禽爲總目虎、豹、熊、羆之辭，誤謂禽鳥通稱，改禽爲鳥，遂使獸蒙鳥名，失之千里。

王寧另從通假的角度說明道：

本經「使四鳥」之鳥字皆獸字之音訛，鳥、獸古音同幽部，且皆是舌音字，聲極相近，故能致訛，《海經》本是由某人口受而由另人筆錄而成，故其中特多音訛、音假現象，不足爲怪也。〔註4〕

徐旭生以爲「四鳥」的「虎、豹、熊、羆」是帶翅膀的獸，所以以「鳥」名之。〔註5〕劉道軍認爲金沙出土金箔上的四隻鳥，既是三星堆文化中古蜀人「鳥

〔註1〕 《山海經·大荒北經》另有「有北齊之國，姜姓，使虎豹熊羆」，省去「四鳥」二字。

〔註2〕 梁奇〈《山海經》中人獸伴生類神人形象論析——以「四鳥」、鳥爲助手的神人形象爲例〉，《河南社會科學》19 卷 3 期，2011 年 5 月，頁 154～156。

〔註3〕 袁珂《山海經全譯》（貴陽：貴州人民出版社，1991 年 12 月），頁 273。

〔註4〕 王寧〈《海經》新箋（中）〉，《古籍整理研究學刊》，2000 年 2 期，頁 1。

〔註5〕 徐旭生《中國古史的傳說時代》（桂林：廣西師範大學出版社，2003 年），頁 84。

圖騰崇拜」的延續，又與《山海經》等文獻記載的「使四鳥」等神話傳說有關。〔註6〕周膺、吳晶也指出，《山海經》中的帝俊部屬，不僅以鳥爲標識，且常以「使四鳥」作爲部屬之間的特徵。〔註7〕張步天以爲「四鳥」二字斷句上應與後四獸分開，所指亦非四種鳥，而是諸鳥。這些動物可能是族徽、旗徽或是受祀的神像。〔註8〕黃懿陸則從語言學和民俗學的角度考證，比照壯族雞卜形式，認爲四鳥並非眞實的鳥，而是一種易學表現形式，是巫祝「使四鳥」進行鳥卜的易學活動。四鳥還是夏朝四支軍隊的圖騰，是旗幟上的圖徽。〔註9〕涂敏華以爲「四鳥」反映的是神鳥的神話；「使四鳥」的傳說在諸多考古文物造型中亦得到印證，最典型的有：余杭反山文化遺址出土的扁方厚重大玉琮，除神徽像外，兩側、上下左右共有四鳥的雕像，在上海市青浦福泉山良渚文化墓葬出土玉琮的紋飾，抽象的神徽像四角，共有相向之四鳥。這兩組四鳥像，與《山海經》中一再出現的帝俊部屬「使四鳥」的標識是一致的。〔註10〕

鄒按：郝氏說法乍看無誤，其訓詁論述也是立基在古典文獻裡常見的「以全名訓偏名」的做法。但以天上羽禽之鳥稱代地上爬行的獸類，總令人感到格格不入，兼以《山海經》中「獸」字之使用是十分頻繁的，如《山海經‧海外南經》：「厭火國在其國南，獸身黑色。生火出其口中」、「南祝融，獸身人面，乘兩龍」；《山海經‧海外西經》：「其丘方，四蛇盯繞。此諸夭之野，鸞鳥自歌，鳳鳥自舞皇卵，民食之；甘露，民飲之：所以自從也。百獸相與群居」等。當時《山海經》作者或傳抄者爲何不用「獸」字，卻用「鳥」字來稱代虎、豹、熊、羆，實在啓人疑竇。而王寧雖以通假的角度進行理解，話是解釋得通沒錯，

〔註6〕劉道軍〈從三星堆青銅神樹到金沙太陽神鳥〉，《重慶師範大學學報》2006 年 5 期，頁 81～86。

〔註7〕周膺、吳晶《中國 5000 年文明第一證：良渚文化與良渚古國》，杭州：浙江大學出版社，2004 年。

〔註8〕張步天《山海經解》（香港：天馬圖書有限公司，2004 年 7 月），頁 372。

〔註9〕黃懿陸《〈山海經〉考古──夏朝起源與先越文化研究》（北京：民族出版社，2007 年），頁 74。

〔註10〕涂敏華〈《山海經》太陽鳥神話的考古印證及其文化內涵〉，《漳州師範學院學報》哲學社會科學版 2009 年 2 期。

但「鳥」、「獸」二字古聲母不太接近，是說還有可以討論的空間。

徐旭生認爲四獸圖騰在造形上都有翅膀，所以又稱「四鳥」，此說無從考證。劉道軍認爲蜀人特殊鳥崇拜與「使四鳥」有關，惟「使四鳥」又見《大荒東、西、北經》，則鳥崇拜並非蜀人所獨有，那麼其他部族和蜀人的關聯性又何在？黃懿陸以「使四鳥」爲雞卜之流，若然則其後何須再贅述「虎、豹、熊、羆」？更何況《山海經》原文還見有直接迻書「使虎、豹、熊、羆」者，黃氏於此並未作出任何解釋；其又云四鳥還是夏朝四支軍隊的圖騰，此說與徐旭生的看法一樣缺乏證據。至於涂敏華以「使四鳥」爲使用某種鳥崇拜圖徽的看法，亦無法解釋其後贅述「虎、豹、熊、羆」的原因。

經查傳世文獻有「四鳥」。所指爲古代曆正（司曆官）鳳鳥氏的四屬官，即玄鳥氏、伯趙氏、青鳥氏、丹鳥氏。《左傳·昭公十七年》：

> 我高祖少皞摯之立也，鳳鳥適至，故紀於鳥，爲鳥師而鳥名。鳳鳥
> 氏，曆正也。玄鳥氏，司分者也。伯趙氏，司至者也。青鳥氏，司
> 啓者也。丹鳥氏，司閉者也。

〔晉〕杜預注：「上四鳥皆曆正之屬官。」〔唐〕孔穎達疏：「分至啓閉立四官，使主之。鳳鳥氏爲之長，故云：『四鳥皆曆正之屬官』也。」不過參照《山海經》「四鳥」之後還續言虎、豹、熊、羆，顯然《左傳》中的「四鳥」並非《山海經》中的「四鳥」。筆者以爲《山海經》「使四鳥」句中之「四鳥」當爲「虎、豹、熊、羆」的同位語——「四鳥」係「駟」之誤、「駟」讀爲「獸」，其說如下。

二、「四鳥」爲「駟」字之訛

「四」字，金文作▨（集成 182）、戰國楚簡文字作▨（包山簡 2.115）、《說文》小篆作▨，除在楚系文字中，「四」字中間兩撇上下突出「口」外，其餘字形沒有太的變化。

「鳥」字，甲骨文作▨（合集 11497 正）、金文作▨（集成 5761）、《說文》作▨，仍能看出字形之間的關係，文字造意保留仍多，變化不算太大。

「駟」字，金文作▨（集成 707）、戰國楚簡文字作▨（曾侯乙墓楚簡142）、《說文》作▨。除了在楚文字當中，「馬」偏旁寫法稍嫌潦草外，字形變

化仍然是前後一脈相承。

但在楚系文字中，「鳥」偏旁和「馬」偏旁產生了部分混淆。常見的楚系「鳥」偏旁典正寫法見包山簡 2.145「鷹」字作 象、包山簡 2.95「鳴」字作 象、天策簡「鄍」字作 象。但「鳥」形中筆也有拉直成一豎的，如曾侯乙墓「雛」字（見簡 86 象、簡 89 象）所從鳥偏旁。後來在此一豎筆右側的二小撇，也有拉橫成二橫筆而貫穿豎筆的，如郭店語叢簡 4.26「雌」字 象、語叢簡「雄」字 象（簡 4.14）及 象（簡 4.16）所從鳥偏旁。此一右側二小撇變為二橫筆的「鳥」偏旁寫法，成為中繼字形，之後原先在右側的二小撇，也得以書寫於豎筆左側，如包山簡 2.258「雞」字 象 及簡 2.80「駂」字 象 所從鳥偏旁。甚而在「鳥」偏旁中豎筆兩側也都能增加一、二撇筆劃，如包山簡 2.194「鳴」字 象、曾侯乙墓簡「翠」字 象（簡 9）、象（簡 136）、象（簡 138）、帛書老子丙 5.2「鳶」字 象 所從鳥偏旁。

另外「鳥」偏旁所從近似橫「目」形，也有訛成近似豎「貝」省形的，如上引「鳶」及「雄」字所從即是；再有由近似豎「貝」省形而寫成類似水滴形的，如上引「翠」字所從即是。

當「鳥」偏旁的中豎筆左右兩側都能自由增加一、二撇飾筆，加上原本橫擺的近似「目」形，能寫成近似直豎之「貝」省形後再寫成水滴形，此種「鳥」頭偏旁寫近水滴形的字形，就和某些楚文字中的「馬」偏旁，如郭店窮達以時簡 10「駒」字 象、郭店緇衣簡 42「駂」字 象、新蔡簡乙四 45「駁」 象 所從十分近似，加上楚文字「馬」偏旁上部也有寫成近似橫「目」形的，如天策「駤」字 象 所從，楚系「鳥」及「馬」偏旁便有相混的可能。

由是觀之，成書於楚人之手的《山海經》，其傳抄過程也必然受到此類書寫習慣的影響；《山海經‧海經》所見的諸多「四鳥」，有可能是「四馬」之誤。

但若《山海經‧海經》此段紀錄原作「使四馬」，於其後又接著說明另外四種與馬類無關的動物，則更叫人費解。今知楚文字常見「駟」合文，做 象（曾侯乙墓簡 142）、象（曾侯乙墓簡 151）、象（曾侯乙墓簡 169）等。據此種常見

的「駟」合文字形，筆者有充份的理由懷疑，《山海經》「四馬」兩字，有相當大的可能是從楚簡常見的「駟」合文分裂而來：《山海經》「使四馬」，更早之前應該作「使駟」。

三、「使駟」即「使獸」

《山海經》「使駟」之「駟」字爲「使」字之賓語，當爲名詞。查「駟」字做名詞用，於先秦有幾個意思：

其一、稱駕一車之四馬或四馬所駕之車。《管子‧七臣七主》：「瑤臺玉餔不足處，馳車千駟不足乘。」

其二、指馬。《墨子‧兼愛下》：「人之生乎地上之無幾何也，譬之猶駟馳而過隙也。」

其三、星宿名，即房星。《國語‧周語中》：「本見而草木節解，駟見而隕霜。」韋昭注：「駟，天駟，房星也。」

其四、姓。春秋有駟赤。見《左傳‧定公十年》。

傳世文獻中的「駟」字名詞義解，套入《山海經》此處均不甚妥貼。今知「駟」字上古屬心母質部，所從「四」上古屬心母脂部；「獸」字上古屬書母幽部。「駟」與「獸」兩字雖一爲齒頭音一爲舌上音，但發音方法皆爲塞擦音，古有通轉之例。如「屍」字，《說文》：「從死聲，式脂切」，屬書母，然「死」字爲息姊切，屬心母；「鮮」字，《說文》：「鱻省聲，相然切」，屬心母，然「鱻」字式連切，屬書母；《公羊傳‧成公五年》「荀秀」（「秀」字屬心母），《左傳作》「荀首」（首字屬書母）。〔註11〕

再查楚簡之部字有和脂部字通假之例，如上博一〈孔子詩論〉「而」（之部字）借作「尔」（脂部字）、上博三《周易》「台」（之部字）借作「夷」（脂部字）、上博五〈君子爲禮〉「屌」（之部字）借作「尼」（脂部字）；亦有之部字和質部字通假之例，如上博五〈三德〉「詯」（之部字）借作「計」（質部字）、上博五「羿」（質部字）借作「旗」（之部字）、郭店〈五行〉「龍」（之部字）借作「一」（質部字）。而《詩經‧周頌‧噫嘻、酌》等篇有之脂合韻現象；《詩經‧小雅‧蓼莪》、《詩經‧豳風‧鴟鴞》、《詩經‧大雅‧皇矣》有之質合韻現象。〔註12〕

〔註11〕黃焯《古今聲類通轉表》（上海：上海古籍出版社，1983年6月），頁203、221。

〔註12〕李存智《上博楚簡通假字音韻研究》（臺北：萬卷樓，2010年2月），頁116～118。

可見上古之部與脂部及脂部之入聲質部關係密切。

又楚簡之部字有和幽部字通假之例，如上博四〈采風曲目〉「**絲**」（幽部字）借作「茲」（之部字）、上博六〈競公瘧〉「**蚤**」（幽部字）借作「尤」（之部字）、郭店〈尊德義〉「**蚤**」（幽部字）借作「郵」（之部字）即是。而《詩經‧周頌‧時邁、絲衣、閔予小子》、《詩經‧大雅‧召旻、瞻卬》、《詩經‧小雅‧賓之初筵》有之幽合韻現象。可見上古之部與幽部關係密切。〔註13〕

綜上可知上古脂部及其入聲質部，的確有可能和幽部發生接觸，則「馴」、「獸」二字還是有其通假之可能。

「獸」一般指四足、全身生毛的哺乳動物。《周禮‧天官‧庖人》：「庖人掌共六畜、六獸、六禽、辨其名物。」鄭玄注引鄭司農曰：「六獸：『麋、鹿、熊、麇、野豕、兔。』」《山海經》「四獸」之後為虎、豹、熊、羆，皆為四足、全身生毛之哺乳動物，是知今將《山海經‧海經》「使四鳥」視為「使馴」之誤、讀作「使獸」，於上下文義皆可通讀。

四、餘說：獸力運用在中國

新石器時代，人類文明開始顯著的進步，不僅由大自然採集所需要的動、植物作為糧食，更進而自己生產糧食——產食。其方法就是透過豢養牲畜與種植穀物來不斷衍殖食物的來源。為了豢養牲畜，必先馴化動物。其中大型哺乳動物如馬、牛等的豢養，還能對人類的交通發揮提供動力的作用。

目前所知最早被人類馴養的動物是狗，這個時間點據信應在舊石器時代時期，狗係圈抓狼加以馴養而成。狗不僅是人類生活上的伴侶，在南北極冰天雪地的環境中，狗也能拉雪橇車來提供人類交通動力。

比狗要晚上很多的牛、羊這類大型牲畜，其馴養時期約莫在西元前 7-8000 年前。這個時間之後不久，中國已經出現了豬的馴養。肉質條件佳的豬也成為主要的肉食來源。馬的馴養最晚，約莫在西元前 4000 年發生。一開始只有今日俄國南方地帶馴養馬。這類大型哺乳類動物在十九世紀蒸汽機發明、鐵路運輸出現之前，在人類生產史上扮演重要的角色。

有大型哺乳動物的協助，人類可以進行更長距離的行動，即如《荀子‧勸學》所言：「假輿馬者，非利足也，而致千里。」（參下圖殷墟出土的馬車）獸

〔註13〕李存智《上博楚簡通假字音韻研究》（臺北：萬卷樓，2010 年 2 月），127～128。

類交通動力的運用擴展了人類生活的範疇，同時又可以載運大量貨物，幫助人類進行物資的貿易交換，對人類的地理探險和經濟活動發揮了很大的影響力。

除了利用耐力強的牛來拖拉車輛、運送貨物外，具速度快與爆發力強的馬，更被用來當作運載兵力的功具，此時獸力不止是交通動力或經濟力，也變成了戰力。〔註14〕

《山海經》記錄具有使獸（豹、虎、熊、羆）能力的國家（部落）有中容之國、白民之國、黑齒之國、玄股國、司幽之國、三身之國、民之國、叔歜之國、毛民之國等，這些國度多屬帝俊（舜）的後裔。〔註15〕帝俊即舜，係中國父系氏族社會後期部落聯盟的賢明首領。姚姓，有虞氏，名重華，史稱虞舜或舜。相傳受堯禪讓，後禪位於禹，死在蒼梧（事見《尚書·堯典》、《史記·五帝本紀》等）。

除了《尚書·堯典、舜典》，舜的行迹被廣泛的引用在先秦的各式典籍當中。如《論語》有：

舜有五人而天下治。

無而爲治者，其舜也與？恭己正南面而已矣。

《左傳》有：

舜臣堯，賓於四門，流四凶族渾敦、窮奇、檮杌、饕餮，投諸四裔，以禦螭魅。是以堯崩，而天下如一，同心戴舜，以爲天子。

舜勤民事而野死。

舜重之以明德，寘德於遂，遂世守之。

〔註14〕 歷史上利用馬——騎兵進行戰爭而成功例子有希臘馬其頓國王亞歷山大的「亞歷山大東征」；十三世紀讓蒙古三次西征；十九世紀初年法國皇帝拿破崙攻克奧地利。詳〈人類生活變遷〉，教育部「歷史文化學習網」，http://culture.edu.tw/history/smenu_photomenu.php?smenuid=541。

〔註15〕 中華博物網「中國古代神話辭典」，http://www.gg-art.com/dictionary/index.php?bookid=2&columns=2。

《孟子》有：

> 當堯之時，天下猶未平，洪水橫流，氾濫於天下，草木暢茂，禽獸
> 繁殖，五穀不登，禽獸食人，獸蹄鳥跡之道，交於中國；堯獨憂之，
> 舉舜而敷治焉。

> 舜之居深山之中，與木石居，與鹿豕遊，其所以異於深山之野人
> 者幾希！及其聞一善言，見一善行，若決江河，沛然莫之能禦也。

很明顯的在儒家的眼中，舜帝是一位政績卓越且為當時人所熟知的賢主。

　　《孟子・萬章》提到舜的父親頑固、母親囂惡、小弟傲慢。而舜處於這麼一個惡劣的家庭環境，居然還能夠孝於其親，友於其弟，被堯看中選做女婿，更在試以政治之後使其攝帝位。舜的生命細節，因為儒家「齊家」→「治國」→「平天下」政治理念的附會，在文獻的紀錄當中豐富了起來。

　　根據以前對於炎黃文化的考察和認定，基本可以確認大汶口文化是太昊、少昊、帝舜等氏族創造的物質文化。〔註16〕大汶口文化遺址遍及山東黃河以南、運河以東，東至黃海，南至江蘇淮北，年代約在北辛文化（西元前 5400 至西元前 4400 年之間）之後，西元前 2500 年以後發展為山東龍山文化（左側圖中空圈所指之處為大汶口文化遺址分布地點）。〔註17〕大

汶口文化的經濟形式主要以農業生產為主，所種則多為稻及粟。譬如三里河遺址的一個窖穴中出土了一立方公尺的朽粟，這說明糧食生產已有相當可觀的數量；趙家莊遺址清理出 370 粒炭化稻米和較多的小米，專家還發現了可能與稻作有關的遺跡現象，如蓄水坑、縱橫交錯的水溝等，可能與稻田有關。

〔註16〕常興照〈少昊、帝舜與大汶口文化（上）〉，《文物春秋》2003 年 6 期，頁 5。帝舜與少昊具同源關係，詳金榮權〈帝俊及其神系考略〉，《中州學刊》1998 年 1 期，頁 91～96。

〔註17〕譚其驤主編《簡明中國歷史地圖集・原始社會遺址圖說》（北京：中國地圖出版社，1991 年 10 月），頁 6。

〔註 18〕

大汶口的居民飼養豬、狗等家畜，也從事漁獵和採集。生產工具有石制的斧、鏟、刀、鐮，骨角製的鋤、魚鏢、魚鉤和鏃等。製陶業較發達，小型陶器開始用輪製法生產。石器、玉器、骨角牙器和進行鑲嵌的手工業也很興盛，出土的玉鉞、花瓣紋象牙筒、透雕象牙梳等，製作精緻，工藝水準很高。這個原始部落集團從早期起，家畜飼養就比較發達，各遺址出土有豬、狗、牛、雞等家畜家禽的骨骼，墓地中常發現用狗和豬隨葬的。考古發現到漁獵工具有尾部帶孔的雙倒刺或三倒刺的骨、角質魚鰾、魚鉤，有扁平三角式、短梃圓柱式、長梃雙翼起脊式等各種骨鏃、角鏃、牙鏃，有石質和角質的匕首，還有石矛、骨矛等大型投刺獵具及較多的網墜。遺址中發現有獐、斑鹿、狸、麋鹿的殘骨，這些野生動物當是狩獵的物件。在兗州王因遺址出土了 20 多個揚子鱷的殘骸，與魚、龜、鱉、蚌等同棄於垃圾坑中，這一現象表明當時的氏族成員已經能集體捕獲大的、兇猛的水生動物。〔註 19〕

根據袁珂考證，舜稱「虞舜」，「虞」字的涵義，當是《易經‧屯卦》「即鹿無虞，惟入于林中」的「虞」，是獵夫的意思，而非一般人所謂朝代名或地名。傳說中舜的弟弟象，也只是動物象，而非名叫「象」的人。〔註 20〕虞舜這個生長在叢莽中的勇敢獵人，在和兇悍的野象作鬥爭中，終於把野象這一龐然大物馴服，使它開始在農業生產上爲人類服役，虞舜也因此得到人民的擁戴（此事見《尸子》卷下）。

使用象力並非神話，實際上是可行的。羅振玉考證甲骨文「爲」字，以爲其字「意古者役象以助勞，其事或在服牛乘馬之前」，〔註 21〕可見最晚到殷朝已經可以役象；《新唐書‧南蠻傳》「籠象才如牛，養以耕」，這一記載表明，現今雲南省保山市以南的廣大民族聚居區，至唐代仍保持象耕古風；而收輯宋詩的《粵西詩載》中有二句：「吏供版籍多魚稅，民種山田見象耕」，可見象耕風氣，中古以後仍然存在。象在今日東南亞諸國，也是交通運送的重要

〔註 18〕編者〈山東膠州東周遺跡現四千年前稻米化石〉，《齊魯晚報》2011 年 10 月 26 日。

〔註 19〕〈大汶口文化〉，「百度百科」，http://baike.baidu.com/view/22375.htm。

〔註 20〕袁珂《中國神話傳說》（二）（臺北：里仁書局，1987 年 9 月），頁 371～372。

〔註 21〕羅振玉《增訂殷墟書契考釋》，臺北：藝文印書館，1970 年。

獸力來源。

　　從原始農業的發展來看，自刀耕火種進而發展到鋤耕農業和犁耕農業，從人力耕種發展到畜力耕種，乃歷史進化之必然。《孟子・滕文公上》說：「舜使益掌火，益烈山澤而焚之，禽獸逃匿。」這是遠古先民進行農耕前的一種準備，而在焚林之後，要把它開墾成農田，工作量還很大，如留在地下的宿莽巨根就不易清除，要是單靠人力，恐難爲功，利用馴象，則爲之不難。〔註22〕

　　除了運用象力，《尙書・舜典》還記載：

　　　帝（舜）曰：「疇若予上下草木鳥獸？」僉曰：「益哉！」……益拜

　　　稽首，讓於朱、虎、熊、羆。帝曰：「俞，往哉！汝諧。」

〔清〕梁玉繩《漢書人表考表》卷二云：「江東語豹爲朱」，則此「朱、虎、豹、羆」舊注以爲舜之四臣者，實即「豹、虎、熊、羆」四獸。《尙書・舜典》謂舜使益馴草木鳥獸而爲之長，益「讓於朱、虎、熊、羆」者，蓋益與豹、虎、熊、羆四獸爭神而四獸不勝，終臣服於益。種種跡象顯示，至少從帝俊（舜）之後，其後裔即有役使此四種獸的能力。

　　那麼帝俊（舜）的役獸能力又是從哪裡學習而來？查《列子・黃帝篇》：「黃帝與炎帝戰於阪泉之野，師熊、羆、狼、豹、貙、虎爲前驅；以鵰、鶡、鷹、鳶爲旗幟。」《宋書・符瑞志上》：「〔黃帝軒轅氏〕龍顏，有聖德，劾百神廟而使之。應龍攻蚩尤，戰虎、豹、熊、羆四獸之力。」《列子》和《宋書》的說明提供了若干線索。

　　查《海外東經》有對毛民國的記載：「毛民之國在其北，爲人身生毛。一曰在玄股北。」〔清〕郝懿行疏：「毛民國依姓，禹之後裔也。」禹父鯀是黃帝的一位臣子，曾因輔助黃帝治水失敗而被殺害。可見禹也是黃帝部族的一員。毛民國是禹之後裔，即是黃帝的後裔，他們也能役使虎、豹、熊、羆。上文提到的帝俊（舜）也是黃帝的後裔。《史記》云：「虞舜者，名曰重華。重華父曰瞽叟，瞽叟父曰橋牛，橋牛父曰句望，句望父曰敬康，敬康父曰窮蟬，窮蟬父曰帝顓頊，顓頊父曰昌意。」昌意是黃帝和正妃嫘祖所生的次子。如此可整理出由黃帝到帝舜的世系如下：（黃帝）→昌意→顓頊→窮蟬→敬康→句望→橋牛→瞽叟→虞舜（重華）。依此筆者推測帝俊（舜）的役獸能力可

〔註22〕雷玉清〈從象耕看遠古先民對畜力能源的利用〉，《中國農史》1994年4期。

能是自黃帝部族學習而來。梁奇的研究也指出舜和禹的後代都繼承黃帝部族
役使「四鳥（獸）」的能力，還能借助虎、豹、熊羆以維護自身及本族的利益。
〔註23〕

　　獸力及自然力（如水力、風力）是機械力發明以前，人類歷史初期的「農
業文明階段」中常使用的生產力。〔註24〕《山海經》既蒐集各地風俗，記載
到各部族使獸（豹、虎、熊、羆）的情況也是十分合理的。根據前文的討論
可知，最遲在舜帝之時已能馴象進行稻、粟的耕種。其後裔又都能「食黍」。
查「黍」，〔明〕李時珍《本草綱目・穀二・稷》：「稷與黍，一類二種也。黏
者爲黍，不黏者爲稷。稷可作飯，黍可釀酒。猶稻之有粳與糯也……今俗通
呼爲黍子，不復呼稷矣。」而「稻」，《說文・禾部》：「稻，稌也。」〔清〕朱
駿聲通訓：

> 今蘇俗，凡粘者不粘者統謂之稻。古則以粘者曰稻，不粘者曰粳。
> 又蘇人凡未離稃去糠曰稻，稻既離稃曰穀。穀既去糠曰米。北人謂
> 之南米、大米。古則穀米亦皆曰稻。

「粟」，〔明〕李時珍《本草綱目・穀二・粟》辨其物種云：

> 古者以粟爲黍、稷、梁、秫之總稱。而今之粟，在古但呼爲梁。後
> 人乃專以梁之細者名粟……大抵黏者爲秫，不黏者爲粟。故呼此爲
> 秈粟，以別秫而配秈。北人謂之小米也。

概言之則黍、稻、粟總爲穀類。既然帝俊（舜）已能馴象耕稻、粟，還囑咐益
去與四獸爭神並馴服之，則《山海經》所見諸帝俊（舜）後裔小國，當然既能
「食黍」，又具有能役使四種獸類的能力了。

　　獸力不僅止於生產，早在中國遠古時代，中原地區部落之間已經使用獸力
進行戰鬥；黃帝馴用諸種獸力與炎帝（或蚩尤）進行對抗即是一例。但除去此

〔註23〕 梁奇《山海經》中人獸伴生類神人形象論──以「四鳥」、鳥爲助手的神人形象
爲例〉，《河南社會科學》19卷3期，2011年5月，頁155。

〔註24〕 （美）艾文・托弗勒著、黃明堅譯《The Third Wave》，臺北：時報文化出版社，1994
年。艾文・托弗勒曾經使用三個文明階段，對人類歷史進行類型的分析：第一波
爲農業文明、第二波爲工業文明、第三波爲資訊文明。屬於黃帝時期的仰韶文化
和屬於帝俊（舜）的大汶口文化都已擁有原始農業技術。

役，傳世典籍當中記載到戰爭使用獸力者，就要晚到姬周時期的齊國田單火牛陣了（詳下圖）。《史記・田單列傳》記：

> ……令甲卒皆伏，使老弱女子乘城，遣使約降於燕，燕軍皆呼萬歲。田單又收民金，得千溢，令即墨富豪遺燕將，曰：「即墨即降，原無虜掠吾族家妻妾，令安堵。」燕將大喜，許之。燕軍由此益懈。……田單乃收城中得千餘牛，爲絳繒衣，畫以五彩龍文，束兵刃於其角，而灌脂束葦於尾，燒其端。鑿城數十穴，夜縱牛，壯士五千人隨其後。牛尾熱，怒而奔燕軍，燕軍夜大驚。牛尾炬火光明炫燿，燕軍視之皆龍文，所觸盡死傷。五千人因銜枚擊之，而城中鼓譟從之，老弱皆擊銅器爲聲，聲動天地。燕軍大駭，敗走。齊人遂夷殺其將騎劫。燕軍擾亂奔走，齊人追亡逐北，所過城邑皆畔燕而歸田單，兵日益多，乘勝，燕日敗亡，卒至河上，而齊七十餘城皆復爲齊。乃迎襄王於莒，入臨菑而聽政。〔註25〕

由是以視《山海經》對各國（部落）使用獸力的記載，適足以補充傳世典籍裡遠古至兩周之間中國獸力使用發展史的一個空白。

〔註25〕即墨城將軍病死，大家推田單爲將軍。西元前 279 年，田單一方面假準備投降，一方面蒐集城中的牛隻，將五彩的布帛披在牛身上，牛角綁著利刃，又將浸油的麻葦綁在牛尾巴上。在約定投降日子的前一天晚上，田單叫老百姓在城牆下挖了幾十個洞穴，把牛從洞中趕出，用火燒牛尾，火漸漸燒到牛尾時，牛大怒，直奔燕軍兵營。等到火牛衝進燕軍營中，燕軍都驚惶失措。田單帶兵隨後殺來，乘勝收回齊國失去的七十餘城。詳細的作戰過程分析可見廖風德等《戰國時代》，臺北：中華民國僑務委員會，1989 年。

第二節 《山海經·大荒經·大荒北經》「射者不敢北向（鄉）」試說——兼析〈大荒西經〉「射者不敢向西」

一、前 言

人類已有二三百萬年的歷史，農業的出現不過一萬年，也就是說，人類在絕大部分的歷史時間內，都是依靠攫取經濟爲生的，包括採集、狩獵和捕魚活動。其中的狩獵是當時的主要謀生手段，就是在農牧業產生以後，由於它們方興未艾，尚處於原始階段，生產品還不能滿足於社會的需要，因此在相當長時間內，狩獵還占有重要地位。〔註26〕

《山海經》記載了各地地理風俗民情。因爲實際生活需要，關於各地特產及動、植物種品類，書中也有所說明。當然，除了記載各地不同動、植物外，對於出遊、狩獵的人類行爲及其所奉行的出獵禁忌也有所記錄。像《山海經·大荒北經》就提到：

> 大荒之中，有山名不句，海水入焉。有係昆之山者，有共工之臺，
>
> 射者不敢北鄉。

「射者」即指出外射獵的獵人。射者之所以不敢北向，〔晉〕郭璞以爲：「言畏之也」；〔清〕吳任臣引阮藉〈詠懷詩〉：「共工宅玄冥，高臺造青天」以注；袁珂《山海經全譯》釋「射者不敢北鄉」白話意思爲：「凡是射箭的都不敢朝著臺所在的北方射，爲的是敬畏共工的威靈。」〔註27〕這裡提到出門射獵的獵人不敢朝臨近昆之山的共工之臺方向（北方）射箭的禁忌。

在狩獵前、中、後有若干禁忌不得碰觸，這樣的一個風俗，非唯古人所有，至今也保留在少數民族的狩獵禁忌當中。大陸方面，如生活在中俄蒙交界區域的鄂溫克族，在出獵之前絕對禁止進入產房。因爲他們認爲如此將遭受髒污，會捕不到野獸；出獵過程也不准打殺鴻雁、天鵝、烏雞；狩獵時禁止獵人向狩獵要去的方向打槍射擊，以免野獸遠遠逃走；禁止狩獵時吹牛皮、禁止狩獵前

〔註26〕宋兆麟《中國風俗通史·原始社會卷》（上海：上海文藝出版社，2001年11月），頁353。

〔註27〕袁珂《山海經全譯》（貴陽：貴州人民出版社，1990年），頁337。

告知別人打獵的地方和方向；狩獵時，不許燒崩火的柴，認為這樣會沒有福氣；在狩獵時如果遇到鋸剩的粗樹椿子，獵人不許坐或擱物品在其上，因為他們認為樹椿子是山神坐的位置；在行獵時，獵人忌諱在野豬拱過的地方宿營，因為他們認為這裡不安寧，會沒有好運氣。〔註28〕

而西藏門巴族的狩獵活動主要有行為禁忌和物禁忌兩種類型。行為禁忌計有十多種——獵人在行獵前一天就要克制自己的欲望衝動，禁止性生活；在行獵期間，獵人的妻子不能有外遇；獵人出發行獵時要在自家門口交叉插上幾種樹枝，以示外人三天之內不得入內；行獵前三天家中不能掃地；為了取悅灶神的歡喜，行獵期間要特別保持灶台的整潔乾淨；禁止在家中釀酒；禁止在家中殺牲；在行獵途中禁止他人尾隨；禁止與他人爭鬥等等。其次是物禁忌——不論如何，狩獵者不能將野獸頭角拋置山野，或者贈送他人，因為門巴人認為野獸頭角中存在著神靈，是獸形神的棲身地，不得隨意冒犯；獵人要把野獸頭角掛在灶壁上，外人不得觸摸；獵人的狩獵工具不得借給外人，外人也不得觸摸。凡是犯忌的人，都要加倍地殺牲祭祀，並進行懺悔。〔註29〕

臺灣方面，泰雅族獵人在進行狩獵活動時的禁忌有：獵人在外出狩獵時，家族需要禁止食用蜜柑等物品，這是因為蜜柑有表示豐富的意思，食用蜜柑則表示家族豐盛，為避免神靈不賜與更多的物品，獵人外出打獵時，家族便禁食蜜柑等物品；在小米未成熟的期間，獵人應避免進行任何狩獵活動，否則將會吹起大風，使作物歉收；家中有婦女生產時，家人必須禁止一個月內外出狩獵，若仍外出狩獵者，容易有血光之災；家族或部落有人正預備結婚而釀酒時，也要避免從事狩獵活動，如仍勉強出外狩獵，獵人的狗會在途中死去；獵人在進行打獵活動前，若聽到社外有人死亡，必須先歇息一日至三日，待亡者埋葬儀式完畢後，方能出發；狩獵前禁止發生通姦或不正常的性行為，否則不但一無所獲，且會連續遭遇災禍，甚至影響整個獵團，還將導致農作物死亡；獵人外出打獵時，嚴格禁止家中婦女紡織或編織；獵人進行集體狩獵活動時，若全都無所獲，同時又有人受傷，獵人們相信是社內有人私通或姦淫所致；出獵途中，

〔註28〕 〈鄂溫克族狩獵、生產禁忌〉，「網祭網」，http://www.wangjiwang.com/culture/article.aspx?id=17754。

〔註29〕 〈門巴族狩獵禁忌〉，「新疆哲學社會科學網」，http://www.xjass.com。

忌諱談論獲物的多寡；出獵途中，若遇到有獵人生病，則須立即返回社內，並且將全數的物品留放在該獵區；出獵時，嚴禁止女子隨行或參與；嚴禁婦女觸摸獵具、麻線等；家中或部落有人過世，嚴禁外出打獵。〔註30〕

布農族也認爲出獵是爲聖潔的行爲，因此必須遵守戒禮。狩獵不僅是獵者個人的事，跟獵人的近親亦有密切的關係。家中有人參加狩獵時，從決定參加之日起，到獵罷歸來之日止，家人不能掃地，以免驚擾動物或使其聞到掃出屋外的人味而逃走；不能到田工作，因爲用鋤挖地時泥土發臭，恐怕驚嚇動物而獵獸不中；不能吃大蒜等具有香味及刺激性的食物，怕味道驚走動物；不能洗衣服，不能借火給別人，不能織布，違反了都會獵獸不中；獵人家若有人出生或死亡，或母豬生產，則不能狩獵；在獵人入山以後，家中有人死亡時，須派人叫回來，否則獵人會在山上遭遇意外之事而暴卒；獵人之家人與外人在這段期間內互不往來，蓋恐別人觸犯了禁忌。〔註31〕

《山海經》是一部遍載各地地理、風俗之書，〈大荒北經〉抄錄有當時獵人的出獵禁忌是理所當然的。不過：〔註32〕

> 由於《山海經》在長期流傳過程中產生了大量的字句錯訛……所記述的當年地理地貌景觀也已經發生了巨大的變化（包括海岸線的進退，湖泊的減縮乃至消失），再加上不同時代人們的觀念代溝和語言文字所承載資訊的變換……今天人們已經很難看懂《山海經》了。
>
> 〔註33〕

《山海經》傳抄過程跨越的時間非常之久，其中有不少錯落和脫簡。檢視《山海經·大荒北經》：「大荒之中，有山名不句，海水入焉。有係昆之山者，有共工之臺，射者不敢北郷」，筆者發現它只提到出門狩獵射者應畏在其北方之共工

〔註30〕 臺灣總督府臨時臺灣舊慣調查會原著、中央研究院民族學研究所編譯《番族慣習調查報告書〔第一卷〕·泰雅族》，臺北：中央研究院民族學研究所，1996 年；廖守臣《泰雅族的社會組織》，花蓮：慈濟大學人文社會學院，1998 年。

〔註31〕 伍玉龍〈布農族的狩獵文化〉，「田哲益探索文化研究室」，http://bimaten.myweb.hinet.net/。

〔註32〕 安京《山海經新考》（北京：中央編譯出版社，2010 年 12 月），頁 31。

〔註33〕 王紅旗〈中華民族的地理大發現——帝禹時代的國土資源普查〉，《中國科技畫報》1999 年 3 期。

之臺，卻未言及在共工之臺的北、西、東三方之射者是否應一併畏懼共工之臺，言此略彼，造成空間上的理解矛盾，實令人匪夷所思。是以筆者以爲《大荒北經》此段紀錄可能存在若干的錯誤，今試說解如下。

二、射者不敢北鄉的「共工之臺」試說

欲了解「射者不敢北鄉」的正確文義，必先釐清「共工之臺」究竟是何物。共工何許人也？原來他是古代傳說中的天神，與顓頊爭爲帝，結果打了敗仗，於是怒而以頭觸不周山。

郭璞《山海經》注說共工是：「霸九州者」；袁珂說他就是《淮南子・天文訓》篇：「昔共工與顓頊爭爲帝，怒而觸不周之山，天柱折，地維絕。天傾西北，故日月星辰移焉；地不滿東南，故水潦塵埃歸焉」裡所提到的共工。〔註34〕

另外《淮南子・墜形訓》提到：「共工，景風之所生也。」〔漢〕高誘注：「共工，天神也。人面蛇身，離爲景風。」《淮南子・本經訓》也有記載，說到帝舜之時，先前死去的共工再度出現，「振滔洪水，以薄空桑」，給原始初民帶來了一場巨大的災難。負責治水的部落首領——禹爲了消除造成水害的根源，於是率領黃帝系的部落們與共工展開了一場激戰。

相較於《山海經》提到與共工對抗的顓頊和《淮南子》提到與共工對抗的禹，銀雀山漢墓竹簡《孫臏兵法・見威王》記載：「昔者，神戎戰斧遂；黃帝戰蜀祿；堯伐共工。」雖說和共工起爭執的人變成了堯，但不論如何，透過前文所引的這些文獻紀錄可以得知，共工是位遠古時代脾氣不怎麼好、老是愛與執掌政權的共主起爭執的原始部落主。

另外共工手下的大臣相柳，也是個令人頭痛的人物。《山海經・海外北經》言及：「相柳者，九首人面，蛇身而青。不敢北射，畏共工之臺。」它篇如〈大荒北經〉對相柳的說明更爲詳細：

> 共工臣名曰相繇，〔註35〕九首蛇身，自環，食於九土，其所歍所尼，即爲源澤。不辛乃苦，百獸莫能處。禹湮洪水，殺相繇。其血腥臭，不可生穀，其地多水，不可居也。禹湮之，三仞三沮。乃以爲池，群帝因是以爲臺。在昆侖之北。

〔註34〕袁珂《山海經校注》增訂本（重慶：巴蜀書社，1992年），頁280。

〔註35〕袁珂《山海經校注》增訂本（重慶：巴蜀書社，1992年），頁281以爲相繇即相柳。

綜合以上所幾則傳統典籍與《山海經》原文記錄，可以清楚明白，共工之臺是禹及之後的群帝，在收拾完共工手下大將相柳（相繇）所造成的災害後而營造的建築物。

三、「射者不敢北鄉（向）」應作「射者不敢昔（斮）」

葉舒憲認爲〈大荒西經〉：「有軒轅之臺，射者不敢向西，畏軒轅之臺」、〈大荒北經〉：「有共工之臺，射者不敢北鄉」這些「不敢」和「畏」與方位有關，都表明某種神秘禁忌的心理。〔註36〕共工是霸道的部落主，而其臣下相繇（柳）又是能帶來災害的人面蛇身怪物，射者——出外狩獵的人不敢面向與其相關的建築物——共工之臺——是可以理解的。

然而令人生疑的是，射者不全然皆在共工之臺的南方，〈大荒北經〉單舉「不敢北鄉」，卻忽略了在共工之臺的西、北、東方的射者，乍讀之令人感到難以理解。再者，前引〈大荒西經〉提到射者因爲畏懼軒轅之臺而不敢向西，這樣的一筆記錄，亦存有同樣讓人心生疑慮之處——處於軒轅之臺西、南、北方之人，難道就不用畏懼它了嗎？因而筆者以爲此處亦和〈大荒北經〉一樣，可能在傳抄過程中出現了錯誤。

（一）〈大荒北經〉「北鄉（向）」為「昔」字之訛裂

今知楚國人及楚文化在《山海經》的成書過程中扮演很重要的一個環節，所以楚人的書寫習慣確有可能影響《山海經》呈現於後世的最後面貌。以此推論，若「射者不敢北鄉」確實存在有傳抄所造成的訛誤，則根據楚系文字的書寫特徵，應可回推《山海經》此處的原貌。

〈大荒北經〉「鄉」字本無「朝向」之意，此處假借作「向」。而「向」字原爲「響」之本字，季旭昇以爲「向」之全字象屋中講話所發出的回響。正因如此，先秦典籍常見「鄉」字、「響」字與「向」字互相通假的例子。如《左傳・僖公三十三年》：「秦伯素服郊次，鄉師而哭。」《荀子・非相》：「鄉則不若，偝則謾之。」楊倞注：「鄉讀爲向」；〔註37〕《漢書・古今人表》：「叔向母」，顏師

〔註36〕唐啓翠、胡滔雄〈葉舒憲《山海經》研究綜述〉，《長江大學學報》社會科學版 29 卷 2 期，2006 年 4 月，頁 22。

〔註37〕季旭昇《說文新證（上）》（臺北：藝文印書館，2002 年 6 月），頁 592。

古注：「向讀曰響」；〔註38〕《左傳‧襄公十四年》：「叔向叔孫穆子」，《國語‧魯語下》「叔向」作「叔嚮」。〔註39〕

　　另外秦漢典籍中也有很多「鄉」或從「鄉」之字與「向」互為異文的例子：「鄉」、「向」互為異文之例見《詩經‧豳風‧七月》：「塞向墐戶」，《儀禮‧士虞禮》賈疏引「向」作「鄉」；《韓詩外傳‧卷二》：「鄉寡人曰：『善哉！東野畢之御也』」，《新序‧雜事》「鄉」作「向」；《儀禮‧士喪禮》：「君升自阼階西鄉」，《白虎通‧崩薨》引「鄉」作「向」。〔註40〕而從「鄉」之字與「向」字互為異文之例見《穀梁傳‧成公二年》：「今之屈，向之驕也」，《釋文》「向」作「鄉」，云：「本又作蠁」；《易經‧隨卦‧象傳》：「君子以嚮晦入宴息」，《釋文》：「嚮本又作向」。〔註41〕可以合理的推論，〈大荒北經〉裡的「鄉」字在其他（或更早）的《山海經》版本中可能寫做本字「向」。

　　經查楚文字裡的「向」字字形做 ⿱ （上博魯邦大旱簡 3）、⿱ （郭店老子乙簡 17）。〔註42〕湯餘惠、吳良寶認為該字字形的由來為：〔註43〕

$$\text{向} \rightarrow \text{⿱} \rightarrow \text{⿱} \rightarrow \text{⿱} \rightarrow \text{⿱}$$

取楚地「向」字上部與楚文字「北」字 ⿰ （包山簡 2.153）相較，頗為相。而「昔」字於楚簡作 ⿱ （天星觀楚簡遣策）、⿱ （信陽楚簡 1.87），其上部之「巛」部件，若在直式書寫的竹簡上抄寫時抄得太開，確有可能被楚國的傳抄者分別抄寫成「北」、「向」二字。古籍傳抄過程中，一字訛成二字之例不勝枚舉，茲不贅引。筆者以為《山海經》此處的「北向」兩字，應為「昔」字在抄寫的過程中發生分裂所造成的錯詞。

〔註38〕 高亨主編《古文字通假會典》（濟南：齊魯書社，1989 年 7 月），頁 284。

〔註39〕 高亨主編《古文字通假會典》（濟南：齊魯書社，1989 年 7 月），頁 283。

〔註40〕 高亨主編《古文字通假會典》（濟南：齊魯書社，1989 年 7 月），頁 281。

〔註41〕 高亨主編《古文字通假會典》（濟南：齊魯書社，1989 年 7 月），頁 283。

〔註42〕 有關楚簡「向」字上部由「宀」訛成「北」形的過程，可參劉志基〈說楚簡帛文字中的「宀」及其相關字〉，《中國文字研究》5 輯，2004 年 11 月，頁 150～154。

〔註43〕 湯餘惠、吳良寶〈郭店楚墓竹簡零拾（四篇）〉，《簡帛研究 2001》（桂林：廣西師範大學出版社，2001 年），頁 200～201。

（二）「昔」讀作「斮」

如果〈大荒北經〉「射者不敢北向」原應當作「射者不敢昔」，那就先解決了爲何《山海經》抄寫者在這裡只講到北，卻略言東、北、西三方的大問題。不過「射者不敢昔」又當該如何解釋呢？

筆者以爲「昔」字（上古屬心母鐸部）於此應讀作從「昔」得聲之「斮」字（上古屬莊母鐸部），《公羊傳・成公二年》「郤克曰：『欺三軍者，其法奈何？』曰：『法斮。』於是斮逢丑父」，何休注：「斮，斬。」《文選・張衡〈東京賦〉》：「捎魖魅，斮獝狂」，薛綜注：「斮，擊也。」《爾雅・釋器》：「肉曰脫之，魚曰斮之」，郭璞注：「謂削鱗也。」從這裡看來，先秦兩漢之間，「斮」字有斬、擊、削之意。張希峰也把「斮」和「斫」、「斲」、「櫡」等字歸爲一個詞族，「皆言所以砍斲也」。〔註44〕

由於共工之臺實在令人敬畏，所以就算是具備武裝的射獵者，爲保出外狩獵之行途平安，自然不敢斬、擊、削的破壞它。以這樣的思維來理解〈大荒北經〉「射者不敢昔（斮）」，文從字順，而且符合狩獵者的禁忌思維。

至於〈海外北經〉亦紀錄有與〈大荒北經〉相仿的文句，作：「不敢北射，畏共工之臺」，筆者以爲其「北射」錯詞之成因有兩個可能過程：

其一、「北」字當是衍文，衍文時間當在「射者不敢昔（斮）」訛成「射者不敢北向之後」；〈海外北經〉文中的「射」字做動詞用，指將箭瞄準共工之臺的方向。

其二、「不敢北射」原作「不敢昔（斮）」，後來由於「昔（斮）」字（上古屬心母鐸部）與「射」字（古屬船母鐸部，又音余母鐸部）音近韻同，意義上又略爲相似（皆有「攻擊」義），遂由「射」字假借，文句作「不敢射」，再因〈大荒北經〉先有「射者不敢北向」之訛，傳抄者整理文本時受其影響，在〈海外北經〉此處衍寫下「北」字，文句便成今本所見「不敢北射」。

以上二種可能要以第一種較合理而爲人所接受。但以上兩種「北射」錯詞形成的假定若要成立，則〈大荒北經〉成篇時間必須在〈海外北經〉之前。

張國安針對《山海經》各單元信仰原始成分的研究提到：

〔註44〕張希峰《漢語詞族續考》（成都：巴蜀書社，2000 年 5 月），頁 211～212。

〈大荒經〉與《山海經》的關係是正確理解傳本《山海經》結構的
關鍵所在，它們實際上是源與流的關係：〈大荒經〉早於《山海經》，
其內容是對商代某象徵天圓地方原始宇宙觀的神秘主義建築之結構
及其壁畫內容的記錄與描述。《山海經》晚於〈大荒經〉，內容屬於
東周時代顓頊後裔的東西，與長期困惑史學界的「怪物」、象徵天圓
地方的神秘主義建築──明堂有關……〔註45〕

先不管張國安對〈大荒經〉與《山海經》其他各篇與商、東周民俗信仰的連結
是否正確，但他所指出的〈大荒經〉所表現的思維要較《山海經》其他各篇來
得原始，已可間接證成〈大荒經〉的時代要早於《山海經》其他各篇。

　　另外王建軍從語法的結構上著手，指出：

若論及各板塊的產生時序，恐怕應以〈大荒經〉和〈海內經〉爲早。
這一方面是因爲其中只用了漢語中最早出現的存在句──「有」字
句，另一方面還因爲其中的多例「有」字句用了先秦語言中較爲習
見而後世稀見的虛詞「爰」，句式以及用語之簡約、古樸非他篇可
比……〔註46〕

王文以語法分析〈大荒經〉和〈海內經〉，發現它們所使用句式和用語較爲簡約
古樸，因而產生時間上要較《山海經》其他各篇（包括〈海外北經〉）爲早。王、
張各從信仰發展及漢語發展的不同的切入點探討《山海經》各經成書時間先後，
竟得出同樣的結論，絕非偶然。

　　此外，沙嘉孫從人類及民族學的角度中去推敲《山海經》各經成書時間，
也以爲〈大荒經〉所載之事最爲遠古，成書時代當然最早：

《山海經》中成書最早的部分──《大荒經》和《海內經》（以下簡
稱《荒經》部分）的原始材料正是少昊族和商族巫師用意符文字記
載下來的。

《大荒經》一開篇就記：「東海（指今黃海）之外大壑，少昊之國。

〔註45〕張國安《大荒經》與《山海經》關係新論〉，《河南師範大學學報》哲學社會版34
卷5期，2007年9月，頁149。
〔註46〕王建軍〈從存在句論《山海經》的成書〉，《南京師大學報》社會科學版2000年2
期，頁143。

少昊孺帝顓頊於此，棄其琴瑟。」這當不是出於偶然。少昊事迹分記在《大荒東經》、《大荒南經》、《大荒北經》和《海內經》各篇中；《山經》和《海經》中卻完全不見少昊的蹤迹。六座「日月所出」之山，六座「日月所入」之山分記在《大荒東經》和《大荒西經》之中，可知《荒經》部分的原始材料所記的地理範圍不會太大，基本上是汶口文化分布的區域；即少昊民族分布的地區。

《荒經》部分記有帝俊十六事，分布於五篇之中；也是《山經》與《海經》所沒有的。更是其他先秦古籍所未記的；我們卻在甲骨文中找到了「高祖夋」的卜辭，「夋」即「俊」，甲文作鳥頭人身之形。這正是以飛鳥爲圖騰的東夷族的象徵，也是一個意符文字。歷來學者大都認爲俊即舜；而大舜，孟軻說是「東夷之人」（〈離婁下〉）。大多數學者的研究成果證明，孟子的話是有根據的。傳說大舜曾「耕於歷山」，這座歷山應是濟南的歷山了。在歷山下還有一條舜井街。大舜屬於有虞氏族，據傳有虞氏是中國古代的馴象之族。〔註47〕

綜上可知〈大荒經〉的成篇時間早於《山海經》其他各篇，這是毫無疑問的。

〈海外北經〉屬《海經》，〈大荒北經〉屬《大荒經》；可以合理推斷時代較早的〈大荒北經〉，其內容穩定下來而的時間要較〈海外北經〉來得早；自然〈大荒北經〉較早存在的訛誤（「昔（斯）」字訛成「北向」），有可能影響〈海外北經〉而造成〈海外北經〉的衍文（「射」字前多出「北」字）。

四、餘說：〈大荒西經〉「射者不敢向西，畏軒轅之臺」析誤

筆者以爲《山海經・大荒北經》「射者不敢北向（鄉）」可能原作「射者不敢昔」，「北向」是「昔」字分裂後所造成的錯詞，「昔」讀作「斯」，有「破壞」的意思。全句謂：「因爲射者畏懼（共工之臺），所以不敢破壞之」。而成篇時間較〈大荒北經〉要晚的〈海外北經〉，其中所記「不敢北射，畏共工之臺」，「北」字係受到出現錯詞版本的〈大荒北經〉影響而產生的衍文。不過《山海經・大荒西經》亦記有射者所不敢西面的「軒轅之臺」（原文作：「有軒轅之臺，射者

不敢向西，畏軒轅之臺」），〈大荒西經〉所記射者畏懼軒轅之臺的情況與〈大荒北經〉所記射者畏懼共工之臺的情況相仿，所以〈大荒西經〉所存在的方位禁忌的空間錯誤也與〈大荒北經〉相同。若〈大荒北經〉的「北向」爲「昔（斮）」字之誤，那麼〈大荒西經〉「向西」又應該作何解釋？

（一）「軒轅之臺」座標的釐清

〈大荒西經〉提到：「有軒轅之臺，射者不敢向西，畏軒轅之臺。」〔註48〕軒轅之臺即軒轅之丘。〈海外西經〉記有「軒轅之丘」，其云：「窮山在其北，不敢西射，畏軒轅之丘。在軒轅國北。其丘方，四蛇相繞。」郭璞注：「黃帝居此丘，娶西陵氏女，因號軒轅丘。」

「軒轅之臺（丘）」的確實地點，學界主要有三種說法：

其一、玉山西四百八十里——《山海經‧西次三經》：「玉山，是西王母所居也。……又西四百八十里曰軒轅之丘，無草木。洵水出焉，南流注於黑水，其中多丹粟，多青雄黃。」〔註49〕《穆天子傳》云西王母居昆侖山，《山海經‧大荒西經》〔清〕吳任臣注：「《鴻烈》解：『軒轅丘在西方』；〈黃帝祠額〉解云：『西至崑崙，有軒轅宮與臺，若丘，射色不敢西向。』」

其二、上邽城東——北魏‧酈道元《水經注‧渭水》說：「黃帝生於天水，在上邽城東七十里軒轅谷。」

其三、河南新鄭——〔晉〕皇甫謐《帝王世紀》說：「（黃帝）受國於有熊，居軒轅之丘，故因以爲名，又以爲號。有熊今河南新鄭是也。」

查《史記‧五帝本紀》：「黃帝者，少典之子，姓公孫，名曰軒轅。」少典是有熊國君，有熊國地望據河南省考古文物研究所研究員楊肇清〈「有熊之國」及考古學文化觀察〉一文的考證，當在新鄭：

根據戰國以來的文獻記載，特別是晉以來的相關史志，都記有新鄭

〔註48〕《藝文類聚》卷六二、《御覽》卷四五及一七八、《記纂淵海》並引此經作「軒轅臺」，無「之」字。《藝文類聚》卷六二、《初學記》卷二四、《御覽》卷四五並引此經「嚳」下無「射」字。《道藏本》將注文「敬」字誤作經文。

〔註49〕安京《山海經新考》（北京：中央編譯出版社，2010年12月），頁124：「從軒轅丘所鄰近的『西王母』、『積石之山』來看，此山應在今甘肅東部。」

為有熊之墟，而又與新鄭境內的有關傳說和考古資料相印證，新鄭
為有熊之墟是可信的。根據有熊國君活動的範圍又與考古學的仰韶
文化分佈一致，而黃帝有關發明創造，可多在仰韶文化中找到相關
的遺存，仰韶文化是黃帝時代文化的遺存。仰韶以前的裴李崗文化，
可能是黃帝之前的少典部落創造的文化遺存。新鄭境內有裴李崗文
化遺址八處，近十處的仰韶文化遺址，夏商周以後的遺存更為豐富，
說明新鄭的古文化底蘊很豐厚。〔註50〕

「西王母」，《爾雅·釋地》：「觚竹、北戶、西王母、日下，謂之四荒。」
〔晉〕郭璞注：「西王母在西，皆四方昏荒之國。」《淮南子·墜形訓》：「西王
母在流沙之瀕。」《山海經·西次三經》言及軒轅之丘雖離西王母所在玉山四百
八十里，亦不太遠，仍處西北大荒，不太可能是軒轅黃帝活動的區域。而「上
邽」，《正字通》記漢隴西有上邽縣，今為秦州天水縣，京兆弘農有下邽縣，今
屬華州。〔註51〕或謂秦武公伐邽，戎遷其人于下邽，以有上邽，故名下邽。天
水遠在甘肅，亦不似軒轅黃帝活動的區域。

此外，除〔晉〕皇甫謐《帝王世紀》外，〔宋〕王欽若《冊府元龜·帝王
部》亦云：「黃帝初受國於有熊軒轅之丘，因以為名。」〔明〕官修的《大明
一統志》說：「軒轅丘在新鄭縣境，古有熊氏之國，軒轅黃帝生於此故名。」
〔清〕乾隆二十九年軒轅故里碑刻說：「古傳鄭邑為軒轅氏舊墟，行在北有軒
轅丘遺址，乃當年故址。」〔清〕嘉慶二十二年和民國十九年《密縣誌》引《中
州雜俎》說：「密縣大隗鎮南三里許有『七聖廟』……新鄭軒轅丘距此四十餘
里。」諸多地理志都接受軒轅丘在新鄭的說法，應非偶然，「軒轅之丘」當在
今日新鄭附近。

（二）「窮山」座標的釐清

〈海外西經〉提及畏懼軒轅之臺（丘）的射者，所處「窮山」，其地點所在
主要有二種說法：

其一、在軒轅國略北——《山海經·海外西經》：「軒轅之國在此窮山之

〔註50〕 新鄭政府公共網，http://www.xinzheng.gov.cn/web/index.html。

〔註51〕 〔清〕張自烈手稿、廖文英出版《正字通》，北京：中國工人出版社，1996年。《正
字通》中輯有方言俗語，《康熙字典》時而不取，故《正字通》仍有一定價值。

際……窮山在其北,不敢西射。」蔡學民根據《山海經》繪出的「海
外四經」空間模式也如此呈現。〔註52〕

其二、在巫咸國略北——唐蘭〈〈天問〉「阻窮西征」新解〉謂「窮」即
《山海經・海外西經》「窮山」,「鯀尸剖而生禹,其尸體逐化爲黃
熊而西征,被阻於窮山,卒越巖而南,求活於諸巫」,乃豁然貫通
焉。鯀所被「阻」之「窮」,確即此窮山,因巫咸國在其南,去此
不遠也。〔註53〕

而巫咸國,根據今人劉不朽考證在今日巫山山脈附近:

關於巫咸國及其巫咸山的地理位置,筆者認爲當從群巫聚居之地和
咸(鹽)泉所產之地去找,巫咸之名就是兩者相結合的產物。實際
上,《山海經》已經點明了它的地望:「巫咸在女丑北,右手操青蛇,
左手操赤蛇,在登葆山,群巫所從上下也。(郭璞注:「采藥往來」)
並封在巫咸東,其狀如虒,前後皆有首,黑。」(郭璞注:「今弩弦
蛇亦此類也」)——《海外西經》這則記載中有三個關鍵字是解開巫
咸國地望之鑰匙:「女丑北」、「登葆山」、「並封」。

「女丑」之名在《山海經》中曾數次出現,或曰「女丑之尸」。有學
者認爲「女丑」是古代一位女巫的名字。傳說遠古時十日並出,炙
殺女丑。我國古代有以人爲「尸」的習俗。女丑雖死,其魂猶在,
常寄存於活人身上,供人祭祀,或行使巫事,名爲女丑尸。十巫中
的「巫姑」和傳說中的巫山神女可能均係女巫,即是「女丑」、「女
丑之尸」。這群女巫當聚居和活動在巫峽一帶,巫峽之北正是巫溪鹽
泉所出之地。

「登葆山」袁珂注曰:「登葆山蓋天梯也。」它與巫山、靈山或爲一
山,或爲巫山山脈中的一座山。清代《巫山縣誌》據郭璞《巫咸山
賦》:「巫咸以鴻術爲帝堯醫,生爲上公,死爲貴神,封於是山,因

〔註52〕蔡學民《〈山海經〉的歷史地理區域重塑》(臺北:臺灣師範大學地理系碩士論文,
　　　　1998 年 6 月),頁 94。

〔註53〕唐蘭〈〈天問〉「阻窮西征」新解〉,《禹貢半月刊》7 卷 1、2、3 期合刊,1937 年 4
　　　　月。

此得名」之説，稱「唐堯時，巫山以巫咸得名。」現代版《巫溪縣誌》載：「巫咸受封之地當是《山海經》所載之巫咸國」，「巫咸國在登葆山，即寶山別稱。」然而，古籍中對巫咸山之地望也有不同的載述。《漢書・地理志（上）》載：「安邑，古縣名，後改爲夏縣、解州，今在山西運城境内。」《太平寰宇記・陝州夏縣》：「巫咸山一名覆奧山……巫咸祠在縣東五里巫咸山下。」酈道元《水經注・涑水》採用《漢書・地理志》説「涑水西南徑監鹽縣故城……西北流徑巫咸山北……蓋神巫所游，故山得其名矣。谷口嶺上，有巫咸祠。」山西解州爲古代「池鹽」産地，占得了一個「鹹」，但史載此地並無群巫活動的遺跡，巫咸雖與鹽有關，但主要因巫而得名，故此説現代學者多不認同。巫溪縣學者湯緒澤先生曾著文考證酈氏之誤，可謂言之有理。〔註54〕

窮山既可能在今日新鄭略北，也可能位處巫山山脈略北。

（三）窮山射者不能西射軒轅之臺（丘），「西」字應為衍文

確定窮山和軒轅之臺（丘）的相對位置後可知，不論窮山在軒轅國略北（軒轅之臺（丘）附近），或在巫咸國略北（軒轅國、軒轅之臺（丘）西南），處於窮山的射者都不能西向而射之，〔註55〕〔清〕畢沅校注早就提出這樣的質疑：「《史記索隱》引此文云：『軒轅之邱在窮山之際』，西射之南，蓋非。」因此筆者頗疑〈大荒西經〉「有軒轅之臺，射者不敢向西」、〈海外西經〉「軒轅之國在此窮山之際……窮山在其北，不敢西射」中的「西」字爲衍文。

查「西」字上古屬心母脂部，「向」字上古屬曉母陽部。心、曉兩聲母古有通轉之例，如「奞」，《説文》：「讀若睢，息遺切」，但「睢」字本身爲許惟切；又《詩經・鼓鍾、閟宮》兩篇各有「犠」字，《釋文》注「素何反」，鄭玄亦注「素何反」，然王肅注「許宜反」。〔註56〕

「西」及「向」各屬「脂」、「陽」韻部，兩韻部距離稍遠。不過經查楚方

〔註54〕 劉不朽〈《山海經》與三峽：《山海經》所載之古三峽氏族部落和方國探蹤〉，《中國三峽建設》2004 年 4 期。

〔註55〕 〈大荒北經〉云「射者不敢向西」、〈海外北經〉云「不敢西射」。

〔註56〕 黃焯《古今聲類通轉表》（上海：上海古籍出版社，1983 年 6 月），頁 144。

言脂部和之部有接觸，之部和魚部（其陽聲爲陽部）又常通假，[註57] 是以不能排除「西」、「向」相通假的可能。以此線索推斷：〈大荒西經〉裡之所以衍出「西」字，一種可能是在當時流傳的各種《山海經》版本中，一作「射者不敢向」，一作「射者不敢西」，「西」字通「向」，後人整理合抄時不查，併爲「射者不敢西向」的原故；又或者「西」字爲注「向」字異文之旁記文字，但後來的傳抄者不查而誤入正文。王念孫曰：

> 書傳多有旁記之字，誤入正文者。〈趙策〉：「夫董閼于，簡主之才臣也。」「閼」與「安」古同聲，即董安于也。後人旁記「安」字，而寫者並存久，遂作「董閼安于。」《史記‧曆書》：「端蒙者，年名也。」端蒙，游蒙也。後人旁記「游」字，而寫者並存之，遂作「端游蒙。」〈刺客傳〉：「臣欲使人刺之，眾莫能就。」眾者，「終」之借字也。後人旁記「終」字，而寫者並存之，遂作「眾終莫能就。」《漢書‧翟方進傳》：「民儀九萬夫。」「儀」與「獻」古同聲，即「民獻」也。後人旁記「獻」字，而寫者並存之，遂作「民獻儀九萬夫。」[註58]

而〈海外西經〉「不敢西射」中多出來的「西」字，當係受到成書略早的〈大荒西經〉「射者不敢向西」影響。後人根據〈大荒西經〉而對〈海外北經〉所進行的調整（加「西」字）的動作，與前文所述後人根據〈大荒北經〉「射者不敢北向（鄉）」而在〈海外北經〉「不敢射」裡加了個「北」字，都是出自同樣的心理——希望統一不同篇章中相似紀錄的內容，使《山海經》各經融合成互不矛盾的一體。

　　這種將《山海經》全書紀錄整齊化的動作，不只見於《山海經》敘述方位禁忌的文字而已，張岩的研究也提到：

> 在（《山海經》）鳥獸魯蟲的局部形態介紹內容中，只有六種相同層
> 級的介紹方式，這本身便是一個整齊劃一的表格化介紹方式；將這

〔註57〕李存智《上博楚簡通假字音韻研究》（臺北：萬卷樓，2010 年 2 月），頁 117～119，144～147。

〔註58〕見〔清〕俞樾等《古書疑義舉例五種》（北京：中華書局，1958 年 1 月），頁 96 所引。

六種介紹方式進行比較，與前面進行過的鳥獸魚蟲局部拼合材料的分析結果相同，這也是一個以大項爲主和以共有項爲主的介紹系統。其中同樣體出了一種從無序向有序的動態趨向。〔註59〕

《山海經》中對動物、昆蟲的各段描述，其句式也都呈現漸漸趨於相同的情況。由此可見，在《山海經》成書的過程當中，不論在方位禁忌描述或是在動植物分類描述等方面，都可以見到《山海經》傳抄者們欲將其進行全面整齊化的整理痕跡。〔註60〕

〔註59〕張岩《《山海經》與古代社會》（北京：文化藝術出版社，1999 年 6 月），頁 54～55。

〔註60〕郭璞之前的《山海經・大荒西經》作「射者不敢向西射」，珂注引郝懿行語：「《藝文類聚》六十二卷引此經無『射』字，《藏經》本亦無『射』字，『向』作『鄉』，是也。」並按語曰：「郝説是也，王念孫、畢沅均校衍『射』」。郭璞之前較早版本〈大荒西經〉中所見「不敢向西射」句或許加強了《山海經》傳抄者們將〈海外西經〉「不敢射」句調整成「不敢西射」的決心。

第陸章 關於《山海經》注疏的兩點看法

第一節 〔晉〕郭璞注《山海經·中次七經》「可以爲腹病」曰「爲，治也」辨誤——兼析《中次七經》「不可爲斬」之「斬」爲病名而非器用

一、前 言

　　歷來爲《山海經》作注的學人爲數眾多，最早也最有名的當屬〔晉〕郭璞的《山海經注》。之後〔清〕郝懿行的疏、今人袁珂的校注，也多在郭璞的基礎上進行，並取得了不小的成就。可以說郭璞對《山海經》研究的肇始功不可沒。也正因爲這樣，〔明〕成化四年刻本《山海經》在郭璞《山海經》序〉之後說：「監學今刊刻郭璞注《山海經》，寘諸公庫摹印流傳，永爲士大夫博學之助。」〔註1〕〔清〕郝懿行《山海經箋疏》更將郭璞注文全部收錄，或援引異說，或修改注文，這說明了，在某種程度上，郝懿行極肯定郭璞注釋《山海經》的注文及其注釋成果。〔註2〕

〔註1〕 〔明〕成化四年刻本《山海經》（涵芬樓影印）第十八卷，收入文清閣編《歷代《山海經》文獻集成》第二卷（西安：西安地圖出版社，2006 年），頁 641。

〔註2〕 謝秀卉《《山海經》郭璞注研究》（臺北：政治大學中文系碩士論文，2008 年 5 月），頁 126。

根據〔清〕郝懿行的統計，《山海經》經文合計有三萬八百廿五，注文合計有二萬三百八十三字。這二萬多字的郭璞注文，主要分爲訓詁字音字義、文字校勘、考證山川地理這三個方面。二萬多字的注文，雖然體大思精，但難免有誤。本節即針對郭注《中次七經》時訓詁術語使用上的錯誤進行討論。同時筆者在整理《山海經·山經·中次七經》相關文例時，亦發現《中次七經》「不可爲斡」之「斡」字，後來的《山海經》注家在理解上也出現了一點問題，亦將一併討論之。

二、郭注《山海經·中次七經》「可以爲腹病」辨誤

《山海經·山經》記載東、南、西、北、中各地山脈走勢、水文和各地物產礦藏。從內容特色來看，《山海經》可以說是中國最早的地理書籍。以《山經》對植物的記載偏好來看來看，作者多偏重敘述各種植物的醫療用途。重視各地特產植物的藥用，這可能和《山海經》的作者身分有關。

隨著《山海經》研究的不斷深入，學者逐漸在「《山海經》非出於一人一時」的見解上取得了共識。而這群能夠著書的知識掌握者，很大比例是「巫」。而「巫」和「醫」的身分又往往是二而一、一而二的。在萬物有靈的思維下，先民罹病，第一個想到的就是要如何應付致病的鬼神，好讓病狀減輕或是痊癒。而「巫」的職能正是溝通人神、人鬼。〔註3〕在爲族人治療的時候，「巫」必須運用有限的植物藥用知識，加上符合民族信仰的理論，從生理及心理上給予患者進行治療。所以對藥用植物的認識也就很自然的保留在《山經》裡頭。

這類說明植物療效的敘述，語法結構十分固定，或作「可以爲〔疾病名〕」，如《南山經》：

> 又東三百七十里曰杻陽之山，其陽多赤金，其陰多白金。有獸焉，其狀如馬而白首，其文如虎而赤尾，其音如謠，其名曰鹿蜀，佩之宜子孫。怪水出焉，而東流注於憲翼之水。其中多玄龜，其狀如龜而鳥首虺尾，其名曰旋龜，其音如判木，佩之不聾，<u>可以爲底</u>。〔註4〕

〔註3〕 郭濬智〈原巫——試說中國先秦「巫」文化的演變〉，《醒吾學報》39 期，2008 年 12 月，頁 201～221。

〔註4〕 「底」，〔清〕郝懿行箋：「底同胝，音竹施切。《文選·難蜀父老》注，引郭氏《三蒼解詁》云，胝，蹦也。一作痕者，《爾雅·釋詁》云，痕，病也。爲痕則治病使

《中次七經》：

> 又東七十里曰半石之山，其上有草焉，生而秀，其高丈餘，赤葉赤華，華而不實，其名曰嘉榮，服之者不霆。來需之水出於其陽，而西流注於伊水，其中多鯩魚，黑文，其狀如鮒，食者不睡。合水出於其陰，而北流注於洛，多騰魚，狀如鱖，居逵，蒼文赤尾，食者不癰，<u>可以爲瘻</u>。

《中次七經》：

> 又東三十里曰大騩之山，其陰多鐵、美玉、青堊。有草焉，其狀如著而毛，青華而白實，其名曰蒗，服之不夭，<u>可以爲腹病</u>。

《中次十一經》：

> 又東四十里曰豐山，其上多封石，其木多桑，多羊桃，狀如桃而方莖，<u>可以爲皮張</u>。〔註5〕

或作「可以已〔疾病名〕」，如《南次三經》：

> ……東五百里曰禱過之山，其上多金玉，其下多犀、兕，多象。有鳥焉，其狀同鴆，而白首、三足、人面，其名曰瞿如，其鳴自號也。泿水出焉，而南流注於海。其中有虎蛟，其狀魚身而蛇尾，其音如鴛鴦，食者不腫，<u>可以已痔</u>。

《北山經》：

> 又北三百里曰帶山，其上多玉，其下多青碧。有獸焉，其狀如馬，一角有錯，其名曰臃疏，可以辟火。有鳥焉，其狀如烏，五采而赤文，名曰鵸鵌，是自爲牝牡，食之不疽。彭水出焉，而西流注於芘湖之水，其中多儵魚，其狀如雞而赤毛，三尾、六足、四首，其音如鵲，<u>食之可以已憂</u>。

「爲」和「已」在句子裡扮演動詞的角色，講的是治癒或去除某疾病的意

愈，故云猶病癒矣。」袁珂校注：「底同胝，足繭也；可以爲底，可以治足繭也。」旋龜龜甲粗糙，可以作爲磨具，用來磨去足底死繭。李煜〈讀《山海經》札記三則〉（《古籍整理研究學刊》2009年2期）亦有相關討論可參。

〔註5〕〔晉〕郭璞注：「治皮腫起。」

思。查「已」字作「病癒」義解，除《山海經》外，尚有《呂氏春秋・至忠》：「王叱而起，疾乃遂已」〔註6〕、《史記・扁鵲倉公列傳》：「一飲汗盡，再飲熱去，三飲病已」等用例。

而「爲」字作「病癒」義解，除《山海經》外，尚有《左傳・成公十年》：「公疾病，求醫于秦，秦伯使醫緩爲之」〔註7〕、〔漢〕賈誼《新書・大都》：「失今弗治……後雖有扁鵲，弗能爲已」等用例。

郭璞在注《中次七經》「可以爲腹病」時說：「爲，治也；一作已。」另外郭璞在注《中次七經》「可以爲瘻」時說：「瘻，癰屬也，中多有蟲。《淮南子》曰：『雞頭已瘻。』音漏。」從這裡可以推知，郭璞認爲「爲」、「已」兩字是異文的關係，因爲意思相近，所以《山經》的作者有時用「爲」，有時就改用「已」字。

但「爲」字當動詞用，在先秦文獻裡常見的義項有：

其一、表「作」、「做」義。如《詩經・小雅・北山》：「或出入風議，或靡事不爲」、《淮南子・氾論訓》：「周公屬籍致政，北面委質而臣事之，請而後爲，復而後行」裡的「爲」字即是。

其二、表「治理」義。如《論語・子路》：「善人爲邦百年，亦可以勝殘去殺矣」、《國語・周語上》：「是故爲川者，決之使導；爲民者，宣之使言」裡的「爲」字即是。

而「爲」字當「治療」、「治癒」義的用法並不常見。只出現在前引《左傳・成公十年》：

> 晉侯（晉景公）夢大厲，被髮及地，搏膺而踊曰：「殺余孫不義，余得請於帝矣。」壞大門及寢門而入，公懼，入於室，又壞戶。公覺，召桑田巫，巫言如夢，公曰：「何如？」曰：「不食新矣。」公疾病，求醫於秦，秦伯使醫緩爲之。未至，公夢疾爲二豎子曰：「彼良醫也，懼傷我，焉逃之。」其一曰：「居肓之上，膏之下，若我何？」醫至，曰：「疾不可爲也，在肓之上，膏之下，攻之不可，達之不及，藥不至焉，不可爲也。」公曰：「良醫也。」厚爲之禮而歸之。六月，丙午，晉侯欲麥，使甸人獻麥，饋人爲之，召桑田巫，示而殺之。將

〔註6〕〔漢〕高誘注：「已，除愈也。」

〔註7〕〔晉〕杜預注：「爲，猶治也。」

食，張，如廁，陷而卒。小臣有晨夢負公以登天，及日中，負晉侯
出諸廁，遂以為殉。

和《左傳‧昭公元年》：

> 晉侯（晉平公）有疾，鄭伯使公孫僑如晉聘。且問疾，叔向問焉，
> 曰：「寡君之疾病，卜人曰：『實沈臺駘為祟』，史莫之知，敢問此何
> 神也？」子產曰：「……內官不及同姓，其生不殖，美先盡矣。則相
> 生疾，君子是以惡之，故志曰：『買妾不知其姓，則卜之』，違此二
> 者，古之所慎也。男女辨姓，禮之大司也。今君內實有四姬焉，其
> 無乃是也乎？若由是二者，弗可為也已。四姬有省，猶可無則，必
> 生疾矣。……」晉侯聞子產之言曰：「博物君子也，重賄之。」晉侯
> 求醫於秦，秦伯使醫和視之，曰：「<u>疾不可為也</u>，是謂近女室，疾如
> 蠱，非鬼非食，惑以喪志，良臣將死，天命不祐。」……

杜預在注《左傳‧成公十年》時說：「為猶治也。」《左傳》這兩條「疾不可為」
文例湊巧和郭璞注《南次三經》「可以為底」時所引用到的《韓詩外傳》詞例：
「……為猶治也。《外傳》曰：『疾不可為』」相同。

　　杜預在注《左傳‧成公十年》「疾不可為也」時用到「猶」。訓詁術語「猶」，
在先秦兩漢時期寫入文獻正文的訓詁中就已出現。如《公羊傳‧隱公元年》：「會
猶最也。」萌芽時期的訓詁用語，如判斷句式以及「曰」、「為」、「謂」等，都
是直接取材自當時流行的語言，「猶」字也是。「猶」的常用義是「如同」，遇到
某詞不是「等於」而只是「相當於」某詞時，就借助「猶」來表達了。〔註8〕

　　漢代傳統訓詁學承繼先秦而來，當時的學者不僅沿用「猶」術語，而且使
用的範圍更為廣泛。〔清〕段玉裁在《說文解字注》中對「猶」的功能作了精闢
的說明。見《說文》「玃，猶屬也」，段注：

> 凡漢人作注云猶者，皆義隔而通之。如《公羊傳》、《穀梁傳》皆云「孫
> 猶孫」，謂此子孫字同孫（遜）遁之孫（遜）。《鄭風》傳：「漂猶吹也」，
> 謂漂本訓浮，因吹而浮，故同首章之「吹」。凡鄭君、高誘等每言猶
> 者，皆同此。許造《說文》不比注經傳，故經說字義不言猶，惟窜字

〔註8〕以下所引文例，摘引自烏蘭〈簡析訓詁術語「猶」〉，《蒙古社會科學》22 卷 5 期，
　　2001 年 9 月，下不另註。

下云：「珏猶齊也」。此因之本義「極巧視之」，於從義隔，故通之曰
「猶齊」，故以應釋饉甚明，不當曰「猶應」。蓋淺人但知饉爲怨詞，
以爲不切，故加之耳。然則「爾」字下云：「麗爾猶『靡麗』也」，此
「猶」亦可刪與？曰此則通古今之語示人，「麗爾」古語，「靡麗」今
語；《魏風》傳：「糾糾猶繚繚，摻摻猶纖纖」之例也。

漢以後使用的訓詁術語「猶」字，功能已算穩定，段玉裁認爲在「義隔而通之」
時就使用得上它。

《史記・屈原列傳》有：

屈平疾王聽之不聰也，讒諂之蔽明也，邪曲之害公也，方正之不容
也，故憂愁幽思而作〈離騷〉。「離騷」者，猶離憂也。

文中「離騷者，猶離憂也」，是寫入正文的訓詁。班固曰：「離，猶遭也，騷，
憂也。明己遭憂作辭也。」〔漢〕班固使用術語「猶」對「離」作出「義隔而通」
的解釋。〔清〕段玉裁則進而論述：「離騷者，猶離憂也，此於騷古音與憂同部
得之。騷本不訓憂，而擾動則生憂也，故曰猶。」

從段玉裁的論述可以知道訓詁術語「猶」字的使用涉及通假、本義與引申
義、古語與今語等多種形式的「義隔而通之」。經分類，主要表現在形、音、義
三方面。

其一、用「猶」體現聲訓。例如：

1.《禮記・禮器》：「禮也者，猶體也。」

2.《穀梁傳・隱公元年》：「父，猶傅也。」

3.《穀梁傳・桓公三年》：「胥之爲言猶相也。」

其二、用「猶」解釋通假字、古今字。此爲形訓，例如：

1.《公羊傳・莊公元年》：「三月，夫人孫於齊，孫者何？孫猶孫（遜）
也，內諱奔，謂之孫。」

2.《公羊解故》：「贅猶綴也。」意即「贅」通「綴」。

3.《論語》：「有子曰：『信近於義，言可復也。』」何晏注：「復，猶覆也，
是以本字釋借字。」

其三、用「猶」解釋近義詞。此爲義訓。在此類例中，除了用於解釋近義、
引申義，還用於比喻義。如《論語集解》中有：

1. 鄭玄曰：「獻，猶賢也；方，猶常也；爲，猶助也；往，猶去也；始，猶首也。」

2. 苞氏曰：「攝，猶兼也；迂，猶遠也；蔽，猶當也；訟，猶責也。」

3. 孔安國曰：「野，猶不達也；愈，猶勝也；助，猶益也；平生，猶少時也；喻，猶曉也；片，猶偏也；陰，猶默也；病，猶難也；播，猶搖也；閑，猶法也。」

4. 何晏注：「專，猶獨也；疾，猶病也。」

5. 馬融曰：「救，猶止也。」

6. 《毛傳》：「采采，猶萋萋也；未已，猶未止也。」

7. 《離騷》：「怨靈修之浩蕩兮。」王逸注：「浩猶浩浩，蕩猶蕩蕩。」

以上是以「猶」字解釋近義、引申義的例子。以下是用在比喻義的訓詁例子：

1. 孔安國曰：「加草以風，無不僕者，猶民之化於上也。」

2. 苞氏曰：「言百公處其肆則事成，猶君子學以立其道也。」

3. 周生烈曰：「未見君子顏色所趨向而便逆先意語者，猶瞽者也。」

以《史記・屈原列傳》中「『離騷』，猶離憂也」爲例，班固解「離」，段玉裁進而解「騷」，都是用上「猶」的「義隔而通之」訓詁功能。

　　雖然「義隔而通之」，內容很廣泛，可能是本義相隔而假借義可通，或本義相隔而引申義可通，還可能是同源詞的義相隔而又義相通，但總歸一句話，「猶」的作用就是把非等義的字詞溝通起來。

　　由上述「猶」字的訓詁應用性質來看杜預的《左傳》注，「爲」字在《韓詩外傳》和《左傳》的這些「疾不可爲」文例裡，和「治」當是「義隔而通」的情況。《呂氏春秋・至忠》記到文摯診斷齊王的疾病，文摯說：「非怒王，則<u>疾不可治</u>，怒王則摯必死。」講病治不成，比較直接的說法應該就是像〈至忠〉篇裡的「疾不可治」句，用的是「治」字才是。從這裡看來，「爲」要能和「治」意義相當——表示「治療」義，〔註9〕必須是在一個特定的語法環境下才行得通。如果不要溝通「爲」字和「治」字也行，那麼在《韓詩外傳》和《左傳》的「疾

〔註9〕「治」除「治療」義外，亦有「治理」義，這部分和「爲」字「治理」義項相同，並沒有「義隔而通」的問題，故《論語・子路》皇侃疏：「善人爲邦百年，亦可以勝殘去殺矣」方云：「爲者，治也」。

不可爲」文例裡,「爲」字的字義就應當是「作爲」或「效用」;「疾不可爲」指的是「對於這個病無能爲力」或「藥石罔效」才對。

　　郭璞在注《中次七經》「可以爲腹病」時說:「爲,治也」,用的是「某,某也」的訓詁術語。但此種訓詁術語用在前後兩者意義相同時的「直訓」爲多,少部分用在「聲訓」,而用在「聲訓」時,前後兩者也要音近才行。〔註10〕查「爲」字上古屬匣母歌部;而「治」字上古屬定母之部,兩字字音甚遠。「治」之所從「台」雖有又音,上古屬余母之部,但與「爲」字聲近韻遠。所以訓「爲」字時,郭璞云:「爲,治也」並不妥適。還是他在注《南次三經》「可以爲底」一句時所云:「爲,猶治也」比較恰當。

　　叢曉靜在研究郭璞所使用的訓詁術語時,指出郭璞是很擅長用「猶」這個用來「近義詞相釋」、「特定語境裡的臨時意義相釋」、「本字釋借字」、「今語釋古語」的用語。〔註11〕但郭璞在訓《山海經》時出現這樣一個訓詁術語不統一的現象,不能不說是郭注的一個缺失。

三、《中次七經》「不可爲簳」之「簳」字爲病名而非器用

　　筆者在整理相關文例時,發現《山海經》裡還有「可以爲某」的文例,但講的是某物產可以製成某物,不過只有一例,見《中次七經》:

> 苦山之首曰休與之山。其上有石焉,名曰帝臺之棋,五色而文,其狀如鶉卵,帝臺之石,所以禱百神者也,服之不蠱。有草焉,其狀如蓍,赤葉而本叢生,名曰夙條,可以爲簳。

「簳」字,袁珂注:「簳音幹,箭幹也。」《列子‧湯問》:「(紀昌)乃以燕角之弧、朔蓬之簳射之,貫蝨之心,而懸不絕。」原文「夙條,可以爲簳」講的是「(夙條)可以拿它來作箭桿。」〔註12〕

　　遍查先秦兩漢之書,「簳」字除見於《山海經》外,只見《列子》,文中「朔蓬之簳」講的是蓬矢。《列子》據說爲鄭人列禦寇所著,但其書一般認爲在西漢

〔註10〕胡繼明、陳秀然〈從「某,某也」看顏師古《漢書》聲訓〉,《東南大學學報》哲學社會版 10 卷 4 期,2008 年 7 月,頁 108～111。

〔註11〕叢曉靜《郭璞訓詁學研究》(濟南:山東師範大學漢語文字學碩士論文,2002 年 4 月),頁 21。

〔註12〕袁珂《山海經全譯》(貴陽:貴州人民出版社,1990 年),頁 149。

之後就已迭失，今本《列子》是晉人湊合道家的思想所偽寫而成。〔唐〕柳宗元《柳河東集‧卷四‧辯列子》已經懷疑此書的來源，之後〔宋〕葉大慶《考古質疑‧卷三》、〔清〕錢大昕《十駕齋養新錄‧卷十八》、〔清〕姚鼐《惜抱軒文後集‧卷二‧跋列子》、〔清〕鈕樹玉《匪石先生文集‧卷下‧列子跋》、〔清－民初〕章炳麟《菿漢昌言‧卷四》等都抱持著相同的懷疑，〔清〕姚際恆《古今偽書考》則明確認定《列子》是偽書。

　　字書方面，要晚到〔南朝梁〕顧野王的《玉篇》才對「䇏」字有所解釋，書云：「箭䇏竹也」。〔註13〕說是「䇏」可以做箭桿。《玉書》和偽作的《列子》時代相近，二者對「䇏」字字義的理解也都差不多——「䇏」即箭桿。

　　但《山海經‧山經》，在講各地的礦產時才強調它們的器用，而講到動、植物，有很大比例都是在說明它們的藥用或食療效果，像《南山經》：

> 又東三百里柢山，多水，無草木。有魚焉，其狀如牛，陵居，蛇尾有翼，其羽在鮭下，其音如留牛，其名曰鯥，冬死而夏生，食之無腫疾。

《南次二經》：

> 又東三百七十里曰侖者之山，其上多金玉，其下多青雘。有木焉，其狀如穀而赤理，其汗如漆，其味如飴，食者不飢，可以釋勞，其名曰白咎，可以血玉。

《西山經》：

> 西山經華山之首曰錢來之山，其上多松，其下多洗石。有獸焉，其狀如羊而馬尾，名曰羬羊，其脂可以已腊。〔註14〕

再參考《山海經》裡所有「可以爲〔疾病〕」的文例後，我們有充份的理由懷疑《中次七經》「可以爲䇏」句裡頭的「䇏」字，可能是某一表疾病名之字的通假字。

　　檢索所有傳統醫籍中的疾病名後，筆者發現只有「瘩」及「疳」，和「䇏」字音較近。「䇏」字上古屬見母元部；「瘩」又作「悸」，上古屬群母質部；「疳」

〔註13〕詳見教育部《異體字字典》，http://140.111.1.40/。

〔註14〕〔晉〕郭璞注：「治體皴；腊音昔。」〔清〕郝懿行箋：「《說文》云：『昔，乾肉也，籀文作腊。』此借爲皴腊之字。今人以羊脂療皴有驗。」

字上古屬見母談部。

　　查「痊」字,《說文》:「氣不定。」段玉裁注:「《心部》:『悸,心動也。』義相近。《玉篇》曰:『痊亦作悸。』」而「疳」字,〔宋〕錢乙《小兒藥證直訣·諸疳》:「疳皆脾胃病,亡津液之所作也。」〔明〕王肯堂《證治准繩·幼科》:「兒童二十歲以下,其病爲疳;二十歲以上,其病爲癆。疳與癆,皆氣血虛憊、腸胃受傷致之,同出而異名也。」〔明〕吾丘瑞《運甓記·姑病求醫》:「陽脫與陰虛,白濁加疳疸。」總的來說,「痊」指的是心血管疾病,而「疳」指的是腸胃道疾病。

　　想要知道「靽」字爲「痊」或「疳」字的通假,則必先確定「夙條」的藥用。《中次七經》紀錄夙條此種植物時,說明其特徵:「其狀如蓍」,指出此種植物長得有如蓍;「赤葉」,指出此種植物葉子是紅的;「本叢生」,指出此種植物根連結生長在一起。

　　查「蓍」,《說文》:「蒿屬……生千葉三百莖」,《尚書大傳》:「百年一本生百莖。」可見蓍的特徵是一本而多莖。蓍草和夙條的植物特徵似乎不太相同。再者,依據中國醫藥大學「藥用植物圖像數據庫」,蓍的藥用是止血、抗炎、降壓,祛風活血,解毒止痛。〔註15〕可以煎湯或浸酒內服,也可以煎水洗或搗敷。〔註16〕這和「痊」及「疳」的主訴症狀也不大相同,所以「夙條」應該不是「蓍草」,而有可能是另一種藥用植物——黃蓍。

　　「黃蓍」又作「黃芪」,在中國又叫「紅蓍(紅皮蓍)」、「晉蓍」、「青蓍」,屬豆(荳)科,以根入藥。黃蓍支根多而密,〔註17〕這和夙條「本叢生」的植物特性相當;「黃蓍」中的「糙葉黃蓍」(見右圖),其葉雖綠,但葉上滿佈紫紅色絨毛,這與夙條「赤葉」的特徵也符合;「糙葉黃蓍」分佈在中國的東北、西北和華北,而紀錄夙條的《中次七

〔註15〕http://libproject.hkbu.edu.hk/was40/detail?channelid=1288&searchword=herb_id=D00672。

〔註16〕趙中振、蕭培根《當代藥用植物典》第三冊,臺北:萬里機構,2007年。

〔註17〕黃蓍因爲支根多而密,一直是保土、固砂及護坡的重要應用草種。詳蔡宗霖《生態工法中預鑄混凝土護坡最佳植被之調查》(臺中:逢甲大學土木及水利工程研究所碩士論文,2003年6月),頁80～82。

經》，所見諸山大約為自今日河南往山東之東北－西南山脈走向，此一走向正好緊挨著華北地區南緣；「糙葉黃耆」多生長在沙丘、草原、山坡石礫質草地及沿河流兩岸的砂地，這和夙條所生長的佈滿如鶉卵之石的休與之山地質條件亦相近。〔註18〕

「黃耆」含多糖、單糖、黃酮類、生物鹼（膽鹼、甜菜鹼）、多種氨基酸、葡萄糖醛酸及微量葉酸等，及硒、硅等多種微量金屬元素。《神農本草經》謂：「主癰疽久敗瘡，排膿止痛，大風癩疾，五痔鼠瘻，補虛，小兒百病」；〔明〕倪朱謨《本草匯言》謂：「補肺健脾，實衛斂汗，驅風運毒之藥也」；〔清〕汪昂《本草備要》謂：「生血、生肌、排膿內托，瘡癰聖藥」；〔清〕張璐《本經逢原》謂：「能補五臟諸虛……無汗則發，有汗則止，入肺而固表虛自汗，入脾而托已潰癰。……性雖溫補，而能通調血脈，流行經絡，可無礙於壅也」；〔清〕黃宮繡《本草求真》謂：「黃耆，入肺補氣，入表實衛，為補氣諸藥之最，是以有耆之稱」；〔清〕張元素《珍珠囊》謂：「黃耆甘溫純陽，其用有五；補諸虛不足，一也；益元氣，二也；壯脾胃，三也；去肌熱，四也；排膿止痛，活血生血，內托陰疽，為瘡家聖藥，五也」；今人張錫純《醫學衷中參西錄》：「能補氣，兼能升氣，善治胸中大氣下陷。」〔註19〕

根據現代藥理學的研究，黃耆有強心作用，能增強正常心臟的收縮，對中毒及疲勞的心臟作用更為顯著。另外黃耆也有中度利尿及降壓的作用，能擴張冠狀血管及全身的末稍血管，因而使血壓下降。〔註20〕簡而言之，黃耆具有補氣強心的作用。若夙條除了植物特徵和黃耆相似外（「狀似耆」、「本叢生」），〔註21〕在補氣強心藥效上也和黃耆相當的話，則《中次七經》「可以為幬」的「幬」字當通表心弱氣虛的「瘁」字。〔註22〕

〔註18〕 糙葉黃耆的植物特徵見昆明植物研究所「中國高等植物資料庫全庫」，
http://www.bioinfo.cn/db05/KmzwSpecies.php?action=view&id=15793。

〔註19〕 以上中醫古書內容見上海市中醫文獻館「中國醫藥網」，http://www.pharmnet.com.cn/。

〔註20〕 鄭均洹《內填黃耆皂苷矽膠管對截斷大鼠坐骨神經再生之研究》（臺中：中國醫藥大學中西醫結合研究所碩士論文，2002年），頁31～35。

〔註21〕 「紅耆」或「紅皮耆」（Hedysarumpolybotrys）及「紅花岩耆」（Hedysarummultijugum Maxim）不知與《山海經》云夙條「紅葉」是否有關。

〔註22〕 另外筆者查到《左傳‧僖公十五年》：「亂氣狡憤，陰血周作，張脈僨興，外彊中

張錫純《中醫衷中參西錄》指出，新鮮整枝沒切片的「黃蓍」叫「生箭蓍」。又黃蓍當中的一種——「綿黃蓍」，因爲根長，形似箭桿，故有箭蓍或箭黃蓍之稱。〔註23〕或許因爲這層原故，所以可用黃蓍治療之病「䕒」才從「竹」部件，也或許因爲這樣一個植物特徵和植物藥用功能的混淆，所以「可以爲䕒」才被後人誤爲是在講述「夙條」的箭桿器用。

四、小　結

從《山海經》經文的內在聯繫來看，《山經》裡講到動、植物的藥用時用「可以爲〔疾病名〕」，該「爲」字理解作「治」，是「義隔而通之」的情況，意即在只有在相當的語境中，「爲」才等於「治」（治療），所以在注解時應該使用「猶」，寫作「爲，猶治也」。但郭璞在注《中次七經》時卻用「爲，治也」——用了「某，某也」的訓詁術語，這是一個術語運用不精確的錯誤。郭注也還有其他不精確的地方，〔清〕阮元曾指出：「郭景純注，於訓詁地理，未甚精微。」阮言點出郭璞注的訓詁地理上的精確度也還不夠。但可貴的是郭注畢竟有它的歷史價值，針對這點，阮元也是抱持肯定態度的（「然晉人之言，已爲近古」）。〔註24〕是以雖然郭璞犯了這個小錯，依然瑕不掩瑜，吾人也不能以之一概抹煞郭璞對《山海經》的貢獻。

另外透過本節的延伸討論，筆者發現原本可能是《山海經》「可以爲某」諸文例中，唯一一例表示器用的紀錄——「〔夙條〕可以爲䕒」，其實講的也是某種植物的藥用。「可以爲䕒」的植物「夙條」，從其特徵來判斷，應該就是中藥裡的黃蓍，它有補氣強心的作用；而「䕒」字則通「瘁」字，指的是一種心弱氣虛的疾病。以補氣強心的「夙條」來治心弱氣虛的「瘁」，其用藥與主訴症狀完全符合。《中次七經》「夙條……可以爲䕒（瘁）」此條文例也和前引《山海經》裡其他常見的單方藥用說明句式相同。

乾。」〔晉〕杜預注：「外雖有彊形，而內實乾竭。」「乾」字雖然不是一種病名，但它是一種病狀，講的是氣虛，一樣能用「黃蓍」補氣。「䕒」字從「倝」得聲，「乾」字亦從「倝」得聲，所以我們也不排除「䕒」字通「乾」的這個可能性。

〔註23〕中國科學院昆明植物研究所「中國高等植物數據庫全庫」，http://www.kib.cas.cn/；中國科學院微生物研究所「中國植物物種信息數據庫」，http://www.plants.csdb.cn/eflora/view/Search/default.aspx。

〔註24〕〔清〕阮元《山海經箋疏》序，收入〔清〕郝懿行《山海經箋疏》第十八卷。

第二節　〔清〕畢沅注《山海經・山經・中次五經》「厗石」當為「玤石」之補證──兼析其為重晶石

一、前　言

《史記・大宛傳》是目前最早提到《山海經》的著作，司馬遷寫道：

> 自張騫使大夏之後，窮河源，惡覩所謂崑崙者乎？至《禹本紀》、《山海經》所有怪物，余不敢言也。

後來劉向之子劉歆整理了《山海經》，並提交〈上《山海經》表〉：

> 《山海經》者，出於唐虞之際。昔洪水洋溢，漫衍中國，民人失據……禹乘四載，隨山刊木，定高山大川。益與伯翳主驅禽獸，命山川，類草木，別水土……內別五方之山，外分八方之海，紀其珍寶異物，異方之所生，水土草木禽獸昆蟲麟鳳之所止，禎祥之所隱，及四海之外，絕域之國，殊類之人。禹別九州，任土作貢；而益等類物善惡，著《山海經》。

〔漢〕劉歆〈上《山海經》表〉根據當時流行的大禹治水傳說，點出《山海經》的流傳起始時代，並指出《山海經》的地理及博物兩類特質。其書大體柢定於戰國末年，《山海經》中的地質礦物紀錄反映了傳說時代到戰國時期這段時空的先民們的相關知識。

上古社會階段，科學還存在於技術之中，或只能說僅僅是萌芽。先民為了改善生活，一定要充份利用身邊所有的自然界物質。不過此時的礦物知識，僅限於如何選擇石料、打製成生活中所使用石器。但其中已蘊含有力學和礦物學、地質學知識的萌芽。舊石器時代，最原始的辦法，是把一塊石頭加以敲擊或碰撞使之形成刃，即成石器；新石器時代，因為農業和其他生產發展的需要，採集礦物製成石器的技術已有很大的進步。對石料的選擇、切割、磨製、鑽孔、雕刻等程序已有一定的要求。

採集礦物後進行冶煉加工，這樣的一個邁入科技的行為，也能在距近約四千多年前的齊家文化和龍山文化遺址中看得到。齊家及龍山文化遺址發現有少量紅銅、青銅錘或鑄造成的小件銅器，其中有刀、錐和鑿等。偃師二里頭遺址更發現了冶鑄用的陶製坩鍋、陶範的碎塊及銅渣。

先民們在長期青銅冶鑄中，特別是在商、周時期冶鑄基礎上，逐漸直覺的認識合金成分、性能和用途之間的關係，並能以人工控制銅、錫、鉛的配比，從而得到了性能各異、適於不同用途的合金「六齊（劑）」規律。《周禮·考工記》就有詳細的記載：

> 金有六齊。六分其金而錫居一，謂之鐘鼎之齊；五分其金而錫居一，謂之斧斤之齊；四分其金而錫居一，謂之戈戟之齊；三分其金而錫居一，謂之大刃之齊；五分其金而錫居二，謂之削殺矢之齊；金錫半，謂之鑑燧之齊。

此外，《考工記》中也有關於觀察冶銅時的火焰以判定冶煉進程的說明：

> 凡鑄金之狀，金與錫黑濁之氣竭，黃白次之；黃白之氣竭，青白次之；青白之氣竭，青氣次之，然後可鑄也。

銅製品之外，《左傳·昭公二十九年》記載周敬王七年，晉國鑄造了一個鐵質刑鼎，把范宣子所寫的刑書鑄在上面。鑄刑鼎的鐵，是作爲軍賦向民間徵收來的，這間接證明至少在春秋末期，民間已經出現鑄鐵作坊，而且已較掌握了一定水準的生鐵冶鑄技術。春秋戰國時期不但金屬的冶鑄技術大爲提高，而且積累了豐富的找礦經驗並作了初步的總結，採礦技術也有長足的進步。

在大量的找礦經驗中，人們發現礦苗和礦物的共生關係，《管子·地數》提到：

> 山上有赭者，其下有鐵；上有鈆（鉛）者，其下有銀；上有丹砂者，其下有黃金；上有磁石者，其下有銅金。此山之見榮者也。

所謂「山之見榮」，指的就是礦苗的露頭。

1974 年，湖北大冶銅綠山發掘出的春秋戰國時期的古銅礦井，是採礦技術發展的歷史見證。春秋時期，礦井有豎井和斜井兩種，井深達 40 公尺左右。到戰國時期，礦井已能深達 50 餘公尺，並由豎井、斜巷、平巷等相結合組成更爲科學的礦井體系。通風方面，利用不同井口氣壓的高低差形成自然風流，並採取密閉已廢棄的巷道的方法，引導風流沿著採掘的方向前進。巷道支撐方面，採用榫接和搭接相結合的木支架形式，有效的承受了巷道的頂壓、側壓和底壓，避免礦井崩塌。在井下排水方面，用木水槽構成井下排水系統，引水入井下積水坑，然後再用桶子吊提出井外。由銅錄山古銅礦井所反映的關採技術，我們

可以窺知當時眾多的礦區的生產狀況，說明了春秋戰國時期採礦業的發展和技術水準所達到的高峰。〔註25〕

　　從運用原始石料到進行冶煉的進程中，不難發現先人所能掌握的礦物知識愈來愈豐富。所以歷代《山海經》的傳播者很自然的對各地礦產以及植物進行記載，其內容也益加的詳細起來。《山海經》提及礦物產地三百餘處，有用礦物達七、八十種，書中將之分成金、玉、石、土四大類。《山海經》中對某些礦物的稱謂也還沿用自今。

　　根據李豐楙的統計，《山海經》所見重要礦產有：〔註26〕

礦　　　　　產	出　現　次　數
金（含黃金、赤金、白金）	共 144 處
銀（銀飾製造）	共 12 處
銅（青銅器製造）	共 26 處
鐵（鐵器使用）	共 34 處
玉（玉的佩帶與崇拜）	共 110 處
臒（即朱砂，古代顏料，煉丹原料）	共 30 多處
雄黃（煉丹原料）	共 14 處
堊礦（製瓷、煉鋁原料）	共 30 多處

　　此外，劉紅指出《山海經》也清楚記載了礦物的共生現象，並有著正確認識。如《西山首經》符禺山「其陽多銅，其陰多鐵」；《西次二經》龍首山「其陽多黃金，其陰多鐵」；《中次八經》荊山「其陰多鐵，其陽多赤金」；《中次十二經》丙山「多黃金銅鐵」等等。再對其分佈定位，往往以山之上、下或之陰、陽來描述，並據其硬度、顏色、光澤、透明度、構造、敲擊聲、醫藥性等識別礦物的方法。〔註27〕由此看來，《山海經》在中國古礦物學方面實在具有其特出的價值。

　　其中，《山海經·山經·中次五經》記載有礦藏曰「庫石」，郭注無說，〔清〕畢沅以為當是「玪石」。畢沅的校讀，憑藉的應該是「庫」字和「玪」字古音相

〔註25〕以上見編者《中國科學文明史》（臺北：木鐸出版社，1988 年 9 月），頁 3、5、7、39、45、93、97～99。

〔註26〕李豐楙《神話的故鄉——《山海經》》（臺北：時報出版社，1998 年），頁 34～40。

〔註27〕劉紅〈試析《五藏山經》關於中國古代金屬礦藏知識的價值觀〉，《文博》，2007 年 5 期，頁 62～64。

近的這層因由。不過筆者根據古文字乃至於戰國楚地文字的書寫習慣來看,其實「庲石」就是「珡石」,試申說如下。

二、畢沅注「庲」字「當爲珡」原因的推想

《山海經·山經·中次五經》記載:「又東三百里曰蔥聾之山。無草木,多庲石。」「庲石」,〔晉〕郭璞云:「未詳。」〔清〕畢沅以爲「庲」字:「當爲珡;《說文》云:『石之次玉者。』」〔註 28〕但畢沅並未說明他之所以將「庲」字讀爲「珡」字的原因。以一般訓詁學家的校勘習慣來看畢沅的校讀結果,可以合理的推知他應該是認爲「庲」字從「丰」得聲,所以這裡的「庲石」指的是一種從「丰」得聲的礦石;復查《說文》確有「珡」字,所以畢沅才說「庲」字:「當爲珡;《說文》云:『石之次玉者。』」

「夆」字上古屬並母鍾部,「丰」字上古屬滂母鍾部,兩字古韻同部而聲旁轉,又「夆」字從「丰」得聲、從「夆」之「逢」字與「丰」上古亦屬滂母鍾部。諸多條件證明兩字在字音上可以通假。

另外不論從傳世文獻或出土文獻資料來看,從「夆」之字與從「丰」之字相通的現象十分常見。傳世文獻部分,根據高亨的整理:《詩經·大雅·露臺》:「鼉鼓逢逢。」《淮南子·時則訓》高誘注引「逢」作「洋」。高亨按:「洋字誤,當作洚。」《國語·周語上》:「道而得神,是謂逢福。」《說苑·辨物》「逢」作「豐」。《史記·天官書》:「五穀逢昌。」《淮南子·天文》:「五穀豐昌。」〔註29〕

出土文獻部分,根據白於藍的整理:《老子·五十四章》:「其德乃豐。」漢帛書乙本「豐」作「夆」。《郭店楚簡·老子·乙本》:「修之邦,其德乃奉。」漢帛書甲本作「夆」,今本作「豐」。〔註30〕李守奎所編的《楚文字編》收有《郭店楚簡·唐虞之道》簡14「逢」字形,作從「辵」從「豐」。〔註31〕

綜合觀察前述傳世及出土文獻的通假現象,可以知道從「夆」之字確能讀成從「丰」之字。單就上古音韻方面來說,畢沅將「庲」讀作「珡」,基本上是

〔註28〕《說文·玉部》:「珡,石之次玉者,以爲系璧。」〔清〕段玉裁注:「系璧,蓋爲小璧,系帶間,懸左右佩物也。」

〔註29〕 高亨主編《古字通假會典》(北京:齊魯書社,1989年),頁27。

〔註30〕 白於藍《簡牘帛書通假字字典》(福州:福建人民出版社,2008年),頁249。

〔註31〕 李守奎《楚文字編》(上海:華東師範大學出版社,2003年),頁99。

沒有問題的。

復觀乎《山海經》中與〈中次五經〉這類記載相似的文例，如〈南次二經〉：

> 又東五百里曰夷山。無草木，多沙石……。

> 又東五百里曰鹿吳之山。上無草木，多金石。

> 東五百里曰漆吳之山。無草木，多博石，無玉。

《西山首經》：

> 又西二百五十里曰騩山，是錞於西海。無草木，多玉。

《西次三經》：

> 西水行四百里曰流沙，二百里至於嬴母之山。……其上多玉，其下
> 多青石而無水。

《西次四經》：

> 又北百二十里曰上申之山，上無草木，而多硌石，下多榛、楛，獸
> 多白鹿。

這些和《中次五經》相仿的文例也確實是在記載各地的玉石礦產。所以畢沅推敲《中次五經》中的「㺩石」指的是某種質地的美石或美玉，並將之對應到《說文》所見、與「㺩」上古音韻近似而可以通假的「珛」字，如此校讀古籍滯礙難讀文句，可以說是十分恰當的做法。

然而筆者以為《山海經》在此將「珛石」寫作「㺩石」，可能不單單只是《山海經》抄寫者採用音近通假字進行記錄的關係，而是「㺩石」本就是「珛石」。

三、從古文字書寫習慣看「㺩石」即「珛石」

查「㺩」之所從「广」，《說文》：「因广為屋。」〔清〕段玉裁改「广」為「厂」，云：「『厂』，各本作『广』誤，今正。『厂』者，山石之厓巖，因之為屋，是曰『厂』。季旭昇已指出段說不可從：

> 《甲骨文編》「广」部之字第四十九，除「厎」字《說文》釋為「山
> 尻」外，其餘無一與「山巖」有關，是可證「广」與「山石之厓巖」
> 無關。桂馥《說文義證》謂：「广即庵字。隸嫌其空，故加奄。《廣
> 雅》：『庵，舍也。』」其說較合理。《金文編》「广」部之字多與「宀」

同用，可證二字義類相同。同代宮室「堂」之三面無牆，「广」或即象此類建築。〔註32〕

查「厂」，《說文》云：「山石之厓巖，可居。」季旭昇云：

《金文編》從「厂」諸字或爲從「石」省，如「厲」；或與從「广」互用，如「庲」，似未見與「山石之厓巖」有關者。〔註33〕

根據季旭昇的研究可知，段氏斷「广」爲「厂」之誤的看法雖然不甚正確，但從現在已知的古文字資料看段氏所提出「广」、「厂」容易混淆的這個看法，大柢是不錯的。

利用目前已知的楚文字研究成果，筆者發現，毫無疑問的「廅」不止在古音上能讀作「玨」，「廅」還是「玨」的異體、「玨石」本就可以寫作「廅石」才是。按楚文字「厂」偏旁常與「广」相混，如：「廟」字，或從「广」作圖、圖（郭店性自命出簡 20、63），或從「厂」作圖（郭店語叢四簡 27）；「殿」字，或從「广」作圖（曾侯乙墓簡 210），或從「厂」作圖、圖（包山簡 61、99）。

而楚文字裡，從「石」之字，「石」偏旁或居於字之左半或下部，或位於字之上部。「石」偏旁居於字之左半者，如：「硈」字，作圖、圖、圖、圖（包山簡 255）。「石」偏旁居於字之下部者，如：「礜」字作圖（郭店緇衣簡 44）；「礦」字作圖（郭店緇衣簡 38）。

但也有「石」偏旁居於字之上部的，如：「磬」字作圖（信陽簡 2.8）；「礪」字作圖（包山簡 149）。而位於字之上部時，爲節省書寫空間和書寫筆畫，「石」偏旁往往有省作近似「厂」形的情況，如：「斲」字作圖（包山簡 207）；「碈」字作圖（包山簡 40），上部的「石」偏旁都省成「厂」形。

既然〈中次五經〉此處記載的是某種礦產，則「廅」字便不應從表建築義的「广」而應從能表礦石義的「石」或「玉」才對；復觀楚文字「广」與「厂」（石省形）相混的書寫情況多見，我們有充份的理由懷疑〈中次五經〉中的「廅」，其上部的「广」極可能就是「石」之省形「厂」的訛寫；《中次五經》「廅石」

〔註32〕季旭昇《說文新證（下）》（臺北：藝文印書館，2004 年 11 月），頁 82。

〔註33〕季旭昇《說文新證（下）》（臺北：藝文印書館，2004 年 11 月），頁 84。

之「厗」應寫成從石省形「厂」從「夆」的「㟒」，此字採用形聲造字法，表蔥聲之山出產的某種玉石。

根據前引傳世及出土文獻通假資料，知「夆」能通讀爲「丰」，則「㟒」當爲「砵」之異體。今查《正字通・石部》正好收有「砵」字，適爲「玤」之異體。唐蘭曾提到：「凡義相近的字，在偏旁裡可以通轉。」〔註34〕漢字裡有很多從「石」義符之字與從「玉」義符之字互爲異體的例子，傳世典籍如《荀子・法行》：「君子之所以貴玉而賤珉者何也？爲夫玉之少而珉之多邪？」「珉」，《禮記・聘義》作「碈」。鄭玄注：「碈，石似玉，或作玟也。」《釋文》：「字亦作珉。」《禮記・玉藻》：「士佩珠瑞珉而縕組綬。」《釋文》：「字或作砇。」「玟」、「砇」、「碈」、「珉」互爲異體。另外在工具書裡，如《集韻》記：「砢，丘何切，同珂。石次玉」，「砢」與「珂」互爲異體；《康熙字典》收「砯」之異體「玭」及「碧」之異體「瑻」；《一切經音義》收「磬」之異體「瑿」等，亦皆是其例。

綜上以論，《山海經・山經・中次五經》之「厔石」爲「厗石」之訛，「厗石」即「砵石」即「玤石」。另查《集韻・上聲・講韻》和《正字通・石部》都收有「玤」之異體「珸」字，《唐熙字典》引《玉篇》及《集韻》曰：「周邑」也，餘則未論。該字右半所從「厂」，歷來無說，如以本節先前的討論以觀，「厂」亦當是「石」之省形，全字從「玉」、「石」省、「丰」，不妨視爲「厗」字與「砵」字之中繼字形。

四、「厗石」應爲重晶石

如果《山海經》中的「厗」石即《說文》中的「玤石」，那它又該是哪種礦物？查信陽簡有字作 ，具合文符號，爲「磇石」合文，「磇」字見於《集韻》，書云：「石貌」。「磇」可能是「琫」之異體。《說文》：「琫，佩刀上飾，天子以玉，諸侯以金」，《詩經・小雅・瞻彼洛矣》：「君子至止，韠琫有珌。」毛傳：「韠，容刀鞞也；琫，上飾；珌，下飾也。」〔唐〕陸德明釋文：「琫……佩刀鞘上飾。」「上飾」依郭沫若的考釋，當爲劍格之處。〔註35〕

〔註34〕唐蘭《古文字學導論・下編》（臺北：樂天出版社，1970年9月），頁55。

〔註35〕「珌」，郭沫若《天地玄黃・〈行氣銘〉釋文》（臺北：大孚出版社，1947年）認爲珌是劍柄與劍身相接處（古人以爲「鐔」今人以爲「劍格」）的玉飾。

又「䃶」所從「奉」古屬幫母東部，與「丰」、「夆」音近可通。筆者以爲此「䃶」字可能亦係「厗」字異體，〔註 36〕「䃶石」即「琫石」即「厗石」即「砗石」即「玤石」。

黃鳳春引《說文》：「玤……一曰若蛤蚌」、《易經・說卦》：離爲蚌」，釋文：「蚌，本又作蜯」、《玉篇・虫部》：「蜯，同琫」，以爲信陽簡所提到的「䃶（琫）石」指的是類似蛤蚌的一種石頭，因蛤蚌之殼呈白色，也可以將「䃶（琫）石」理解爲可以鑲嵌在器物上的白色細石。〔註 37〕

筆者以爲黃氏所採用的論證路徑沒有大錯，但單憑許慎的「一曰若蛤蚌」，即云「玤」是白色細石，證據力可能不太足夠，結論也不太精確。不過黃氏的論證提供了一個很好的思考方向，筆者據此另闢蹊徑，試從「厗（䃶、琫、砗、玤）石」（以下僅寫作「玤石」）所可能具有的各項特徵去探索《中山經》所載之礦物究竟爲何物。

（一）利用同族詞群進行探索，「玤石」應給人「豐盛」之感

何謂「同族詞」？根據王鳳陽的定義，同族詞指的是：

> 凡同族詞在聲音上必然相同或相似，在意義上必然相似或相關。在詞已經大量繁衍的現代去追溯詞的家族，就是詞源的探索；以古代的根詞或核心詞爲基礎描述它的繁衍、孳乳的過程，就是闡釋漢語詞族……。〔註 38〕

漢字凡從某聲多有某義，所以「玤石」之「玤」應在字音上展現出此種玉石的特徵。

經查「丰」之同族詞，除「玤」字之外有：

「丰」——有「豐滿」義。《詩經・鄭風・豐》：「子之丰兮，俟我乎巷兮。」毛傳：「丰，豐滿也。」

〔註 36〕根據李平、高華平〈《楚系簡帛文字編》（增訂本）中異體字研究〉，（《北京理工大學學報》社會科學版 13 卷 4 期，2011 年 8 月）的研究，楚異體字之間極大比例存在構件部分相同。

〔註 37〕黃鳳春〈釋信陽簡中的「䃶石之砼」〉，《楚文化研究論集（六）》（武漢：湖北教育出版社，2004 年），頁 54～63。

〔註 38〕張希峰《漢語詞族叢考・王鳳陽序》（成都：巴蜀書社，1999 年 6 月），頁 2。

「豐」——有「盛大」義。《易經・序卦》：「豐者，大也。」
此一族詞多有「豐盛」義。

又「奉」之同族詞，除「琫」字之外有：

「奉」——有「捧給」義。《左傳・僖公三十三年》：「秦違蹇叔而以貪勤
　　　　民，天奉我也。奉不可失，敵不可縱。」〔晉〕杜預注：「奉，
　　　　與也。」

「捧」——有「捧持」義。《莊子・達生》：「〔委蛇〕其爲物也，惡聞雷
　　　　車之聲，則捧其首而立。」

「俸」——有「給與」義。《韓非子・奸劫弒臣》：「國有無功得賞者，則
　　　　民……皆欲行貨財、事富貴、立名譽以取尊官厚俸。」

「菶」——有「茂盛」義。《詩經・大雅・卷阿》：「梧桐生矣，于彼朝陽，
　　　　菶菶萋萋，雝雝喈喈。」毛傳：「梧桐盛也。」

此一族詞多有「捧給」、「茂盛」之義。

「珒石」採偏正式構詞，則「珒」字應表明礦石特徵。如此筆者以爲當採用
上述兩群族詞中的形容詞義——「豐盛」——意即「珒石」予人「豐盛」之感。

（二）利用同源詞進行探索，「珒石」應具白色珍珠光澤且呈片狀

何謂「同源詞」？王力說：「凡音義皆近，音近義同，或義近音同的字，叫
做同源字。」〔註39〕孟蓬生進一步解釋：

> 由同一詞源派生因而在音義兩方面都互相關聯的詞。所謂「在音義
> 兩方面都互相關聯」是指在讀音上相同或有流轉關係，在意義上相
> 同或有引申關係。〔註40〕

前引黃鳳春的研究係根據同源詞理論，以爲「琫（珒）」與「蚌」音通同，所以
推論此石色澤應近似蚌之白質。按《增補類腋・物部下・蟫》引〔明〕彭大翼
《山堂肆考》：「蚌蠹，人家屋中蠹也，似蠶，白色。」「蚌蠹」爲偏正式複詞，
「蚌」字用來形容此種蠹蟲之白色，可見「蚌」字在漢語構詞裡確實發揮修飾
中心詞素的作用。由是可知黃鳳春的推理方向應無大誤。

〔註39〕王力《同源字典》（北京：商務印書館，1982 年 10 月），頁 3。

〔註40〕孟蓬生《上古漢語同源詞語音關係研究》（北京：北京師範大學出版社，2001 年 6
　　　月），頁 13。

「蚌」,《易經·說卦》:「(離)爲鱉,爲蟹,爲蠃,爲蚌,爲龜。」〔漢〕張衡〈南都賦〉:「巨蚌函珠,駮瑕委蛇。」「蚌」有兩個可以開閉的橢圓形介殼,殼內有白色珍珠層,可以產珠。「玤石」之「玤」或許亦指此石具有珍珠光澤;又蚌之雙殼呈鏡面對稱,單一殼形呈片狀,或許「玤石」之「玤」亦形容此石的片狀形態。

漁民新捕獲之河蚌

（三）從《中山經》對應之今日地理位置進行探索,「玤石」應產自中原地區

徐顯之以爲《山海經》係以伊洛之會爲中心所展開的地理紀錄;〔註41〕李豐楙指出,《中山經》所記應爲河洛、周朝京畿之處,並包括部分楚國山區。〔註42〕「玤石」記載見於《中山經》,可見「玤石」應盛產於中原地區,也就是今日的河南地區。

歸納前文的分析可知,「玤石」爲片狀白色具珍珠光澤、給人「豐盛」之感且產於中原地區的礦物。經查符合以上條件之礦物爲重晶石（見左圖）。重晶石是鋇的最常見礦物,它是成分爲硫酸鋇。產於熱液礦脈和石灰岩及石灰岩風化而成的黏土礦床中。其與《中山經》「玤石」特性相符之處在：〔註43〕

其一、在鑽井時,有時泥漿重量不能與地下油、氣壓力平衡,容易造成井噴事故。在地下壓力較高的情況下,就需要增加泥漿比重,往泥漿中加入重晶石粉是增加泥漿比重的有效措施。重晶石**比重很高**,約爲 4.3-4.7（水之比重爲 1）。因此重晶石自然給人「豐厚」、「盛重」、

〔註41〕徐顯之《《山海經》探原》（武漢：武漢出版社,1991 年）,頁 150。

〔註42〕李豐楙《神話的故鄉——《山海經》》（臺北：時報出版社,1998 年）,頁 8。

〔註43〕「台大地質系數位典藏礦物資料庫」,http://nadm.gl.ntu.edu.tw/nadm/html/rockmine_show.php?FileNo=14&Type=礦物；「互動百科」,http://www.hudong.com/wiki/%E9%87%8D%E6%99%B6%E7%9F%B3。

「密實」之直觀感受。

其二、重晶石是以硫酸鋇（BaSO4）為主要成分的非金屬礦產，**可呈現白色，且具有光澤**，結晶情況相當好的重晶石還可呈現透明狀態。純淨的重晶石有玻璃光澤，**解理面則呈現珍珠光澤**。而重晶石屬正交（斜方）晶系，晶體常成厚板狀或柱狀晶體，而以**片狀及板狀為最多**。

其三、目前中國最具經濟規模的重晶石開採地，主要**集中在河南**的靈寶、澠池這兩個地方。靈寶在西安與洛陽之間，澠池則在靈寶與洛陽之間。靈寶與澠池兩地之地理位置正在中原河洛及東、西周京畿之間。

《詩經》指出「珤」可被鑲嵌於劍格（鐔）之上。視其他產於河南、也能呈片狀白色珍珠光澤的礦物尚有滑石、白雲母及礓石等。但在硬度方面，重晶石為 3-3.5，滑石為 1，白雲母為 2-4，礓石為 2-2.5。滑石、白雲母與礓石，相較於重晶石而言更為脆弱，因此重晶石比起其他三種礦物還要更適合用來鑲嵌於劍格之上。〔註44〕

《說文·玉部》曾云：「珤，石之次玉者，以為系璧。」查中國常見玉石硬度表如下：

名　　稱	莫 氏 硬 度	名　　稱	莫 氏 硬 度
翡翠	7	孔雀石	4～6
軟玉	6～6.5	矽孔雀石	2～4
岫玉	2.5～5.5	碧璽	7～7.5
藍田玉	3～4	紫牙烏	6.5～7.5
南陽玉	6～7.5	尖晶石	7.5～8
瑪瑙	6.5～7	鑽石	10
水晶	7	紅寶石	9
月光石	6	藍寶石	9
瑩石	4	綠寶石	7.5

〔註44〕鍾華邦〈河南省的寶石資源〉（《珠寶科技》1994 年 3 期）指出河南南部也曾發現蛋白石礦。蛋白石常被用來鑲嵌在飾物如戒指或項鍊上。它會因其他原子的混入而呈現不同顏色，白色是其中一種。蛋白石的斷面呈貝殼狀，有玻璃或蠟狀光澤，硬度在 5～5.5 之間，比重為 1.9～2.5。不過一來白色非蛋白石常見之顏色，二來蛋白石礦在河南乃至整個中國仍屬稀有，故本書不論。

綠松石	6	黃寶石	8
青金石	5.5	金綠寶石	8～8.5

重晶石之硬度介於岫玉、矽雀孔石與藍田玉、瑩石、孔雀石之間，硬度較大部分中國常見玉石來得小，的確如《說文》所云，爲「石之次玉者」。

綜上可知，《中次五經》中的「珤石」，當係產於河南、常呈板或片狀、具白色珍珠光澤且予人厚重之感的重晶石。

五、小　結

劉釗曾云：

> 有時前人或他人對某個疑難字早就提出了正確的考釋意見，欲因爲沒有引起學術界的重視而始終得不到廣泛承認。對這些尚未被學術界廣泛承認的正確意見，我們需要給予補證和申論，以避免這些正確的意見被長期埋沒，並使其儘快爲學術界所接納。〔註45〕

《山海經・山經・中次五經》記載：「又東三百里曰蔥聾之山。無草木，多庵石。」〔清〕畢沅以爲「庵」字：「當爲珤；《說文》云：『石之次玉者』」，但畢氏並未明言其訓詁之判斷因由。由古文字材料可知，先秦之「广」偏旁常與「厂」及「石」偏旁相混，這種書寫現象一直到戰國楚文字裡都還很常見。

從《山海經》記載礦物的文例和楚文字書寫習慣來看，〈中次五經〉中的「庵石」應從「石」省形的「厂」而不從「广」，全字作「庵」，即「砗」和「珤」之異體——而「庵石」亦即「珤石」。畢沅訓「庵」當爲「珤」，以古文字材料來看，無疑是非常正確的校讀。

經由抽絲剝繭，得知「珤石」爲片狀或板狀白色具珍珠光澤、產於中原而給人一種盛大直觀之感的礦石。比對今日中國中原地區的礦產之後，知其爲解理呈白色珍珠光澤、爲片或板狀、比重較高而給人豐厚重實之感的重晶石。

〔註45〕劉釗〈齊國文字「主」字補證〉，《出土文獻與古文字研究》3 輯，2010 年 7 月，頁 137。

第柒章 結 論
本書的研究成果與未來展望

第一節 本書的研究成果

裘錫圭曾說：

> 簡帛古籍的用字方法，在傳世先秦秦漢古籍的校讀方面，是具有很
> 重要的作用的。它們能幫助我們解決古書中很多本來難以解決，甚
> 至難以覺察的文字訓詁方面的問題。而且一種用字方法的啓發，有
> 時能幫助我們解決一系列問題。所以在校讀傳世先秦秦漢古籍的工
> 作中，對簡帛古籍的用字方法必須給予充份的重視。〔註1〕

利用先秦古文字，特別是楚系文字的書寫和語法習慣，本書對柢定於楚人之手
的《山海經》重新進行省視，取得了如下的成果：

一、不止《山經》，連《海經》也是成書於楚人之手

清、民初之際，學者開始提出《山海經·山經》成書於南人（古楚、巴、
蜀等）的說法。《山海經》及神話學研究專家如李豐楙、袁珂更提出很多證據，

〔註1〕 裘錫圭〈簡帛古籍的用字方法是校讀傳世先秦秦漢古籍的重要根據〉，《裘錫圭學
　　　術文化隨筆》（北京：中國青年出版社，1999 年 10 月），頁 301。

指出《山經》成書於楚人之手。這樣的一種說法得到新近許多《山海經》研究學者的認同。

然經由本書整理《海經》中保留異文的「一曰」條例，發現全經肇因於字形訛誤的異文共五例，主要都是受到楚系文字特殊寫法的影響所導致的異文。由是可以推論，《海經》的內容也有可能是在楚地流行的過程當中，在楚人手上整理成形而穩定下來的。

二、重新詮釋《山海經》全書疑難字句共八則

（一）《山經》常見「毛用」句，應作「屯（全）用」

《山經》常見的山神用牲法「毛用」，其實是「屯用」之訛。「屯用」在楚言裡有「全用」──「使用完整純色的⋯⋯」的意思。《山經》諸「屯用」句之後剛好接的都是璧玉類的祭品，顯見它是一種用玉法。

（二）《山經》常見「服／佩之（者）不某」句，部分「服／佩」字有「服食」義

《山經》常見「服之（者）不某」句，其「服」字未必全然表達的是「穿戴」義。如果是在「服」某之後產生特定的生理效果，則「服」字應當作「服食」義解。類似的「佩之不某」文例亦然──「佩」通作「服」。另《山經・中次七經》有「服之（黃棘）不字」一句。舊注以爲服用黃棘有不孕的效果。然經查「字」字可能係楚文字「娩」字之訛，而黃棘中的黃體素具安胎作用，則該句可能原應作「服之（黃棘）不娩」，意即：「服用黃棘可以安胎不流產」。

（三）《山經》常見「可以禦火」句，其「禦」字不應作「迴避」解

《山經》常見服（配戴）某種鳥類「可以禦火」，舊注或因他處多作「可以辟（避）某」，而以爲「禦」字有「迴避」義，然此種理解與「禦」字的主要（常用）字義「禁止」、「對抗」不甚符合；又《山海經》全書內容柢定之東周時期，當時的人們對天災人禍的態度，已從消極的接受變化爲積極的對抗，若強說《山經》中的「禦」字確實存有「迴避」義項，也與此思想潮流相違。因而筆者以爲全經「禦」字以本義「禁止」、「對抗」義來理解即可。另外筆者以爲此「禦」字或許還可以有另外幾種理解──其一：「禦」字的「迴避」義，可能存在於楚言當中；其二：「禦」字有可能係爲「卸」字之誤，「卸」有治理、管理之義，

全經「钔某灾」，即「控制某種灾害」的意思；其三：「禦（御）」字爲「避（辟）」字之訛，今所見「禦（御）某灾」原作「辟（避）某灾」。

（四）《山經・南次三經》有「水春輒入」句，應作「水出輒入」

《山經・南次三經》有「水春輒入」句，舊注保留「水出輒入」異文。經查「春」、「出」或因字音相近，或因字形在某個時間點發生混淆，才在秦漢之際不同的《山海經》版本中互爲異文。經比對《山經》其他與伏流相關的紀錄，並考慮中國分佈廣大的石灰岩地形後，本書以爲此句當作「水出輒入」較佳——「水出輒入」敍述的是地下的伏流水在高水位季節（可能是雨季或融雪的春季），於穴口來回流盪的現象。

（五）《海經・海內南經》有「巴蛇食象，三歲而出其骨」句，應作「巴蛇食兔，三月而出其骨」

《海經・海內南經》有「巴蛇食象，三歲而出其骨」句，舊注以爲應是某種神話傳說，但早在屈原撰寫〈天問〉時，即對此句存有懷疑。經查楚文字「兔」字與「象」字容易混淆，楚文字「三月」的合文寫法也和「歲」寫法存在相混的條件。爾後訛寫成「象」的「兔」字下方被省寫成三橫筆後，剝離成單一「三」字，便和訛寫「歲」字的「三月」合文合成「三歲」構詞。是以本句應還原作「巴蛇食兔，三月而出其骨」。此紀錄所載並非神話傳說，而係巴蛇的生物學觀察紀錄。

（六）《海經・海外西經》有「兩女子居」句，應作「靈女子居」

《海經・海外西經》有「兩女子居」句，舊注無說。其云「女子國」，「國」於先秦，字義多指部落（族）規模的人類聚集處。如此則一國之中不應只有兩女子。經查楚文字「兩」字與「靈（晉）」字構形相似，「兩女子」應爲「靈女子」之訛。「靈女子」即「靈女」、「巫女」。「靈」字在楚言有「巫」和「神光」等意涵。母系社會通天憑靈者多爲女性，之後歷史進入父系社會時期，男性爲壟斷政治上能發揮重大效用的神權，便獨佔通天憑靈的「覡」身份，女性雖仍能出任巫，但已多流爲歌舞娛神的女巫。女子國人口既以女性爲主體，仍停留在母系社會階段，能憑靈通天者自然當爲「靈女子」而非男「覡」。

（七）《大荒經》常見「使四鳥」句，可能作「使馴（獸）」

《大荒經》常見「使四鳥」句，後接四種猛獸：虎、豹、熊、羆。舊注以爲概言之則「禽」、「獸」不分；今人或以爲「四鳥」指某種圖騰、神獸或某種鳥卜方式。經查楚文字部分「鳥」字的潦草寫法與楚文字「馬」容易混淆，而楚簡又常見「四馬（駟）」合文。如此則《山海經·大荒經》中的「四鳥」有可能係「四馬（駟）」合文的訛寫。「駟」與「獸」一爲質部，一爲之部，古音聲近韻遠，但在楚音系當中，質部及之部仍有所接觸，因而「使駟」於此仍有讀作「使獸」的可能。《大荒經》中的「使獸」指的是使役虎、豹、熊、羆這四種動物。人類使用獸力的歷史由來已久，或用於生產，或用於交通，或用於戰爭。《大荒經》所記能使獸之國多爲帝俊（舜）後裔，皆食黍（進入農業階段）；其以農業活動爲主要生產模式，自然發展出役使獸力的能力。

（八）《大荒經·大荒北經》有「射者不敢北鄉」句，可能作「射者不敢昔（斮）」

《大荒經·大荒北經》有「（有共工之臺）射者不敢北鄉」句，「鄉」爲「向」之通假，舊注以爲獵者畏懼共工之威靈而不敢北向射之，然此解釋無法說明位處共工之臺北、西、東方之射獵者何以不必畏懼共工之臺。經查「北向」有可能係楚文字「昔」字之分裂訛寫，「昔」於此可讀作「斮」，有砍劈破壞之義。《大荒經》本句應原作「射者不敢斮」，意指有武裝的射獵者因畏懼共工而不敢破壞共工之臺。外出之射獵者因敬畏遠古的神話人物共工而不敢破壞其臺（或迴避將箭射向該方向），此舉係受到原始狩獵禁忌思維的影響；另〈大荒西經〉提到軒轅之臺「射者不敢向西」，[註2]「西」字爲衍文，經文原應作「射者不敢向」，所述與前文亦同——也是一種原始的出獵禁忌。

三、析辨或補證《山海經》舊注二則

（一）〔晉〕郭璞《山經·中次七經》「可以爲腹病」曰「爲，治也」辨誤

《山經·中次七經》「可以爲腹病」，〔晉〕郭璞注：「爲，治也」。經充份考索歷代經傳注疏體例，得出郭注中的「爲」與「治」兩字於此應是「義隔而同」，故不能使用直訓方式「某，某也」——正確的注法應是「爲，猶治也」。另外本

〔註2〕 「西」字疑衍文，或通「射」。

書連帶考證〈中次七經〉「（夙條）可以為簳」之「簳」字，頗疑此字不應如舊注所指——係以夙條為箭幹。經查《山海經》其他「可以為某」文例，所指幾乎在敘述某種草藥的藥用。《山海經》云夙條狀如耆，應即治療心血管疾病的「黃耆」一類；「簳」則應該讀作「瘁」，為心（胸）悶疾病。〈中次七經〉此句意即：「治心血管疾病的黃耆類植物能治癒心悶疾病『瘁』」。

（二）〔清〕畢沅訓《山經・中次五經》「摩石」當為「珒石」補證

〔清〕畢沅訓〈中次五經〉「摩」字為「珒」，並未說明理由。筆者私臆畢沅可能係因「摩」之所得聲「夅」與「珒」之所得聲「丰」音近而為訓。經查楚文字形，「石」作為偏旁時有省作「厂」者，而楚文字「厂」、「广」又往往不分，故〈中次五經〉「摩石」可能係「庨石」之訛，「庨石」所指即「硂石」。又作為偏旁，「石」、「玉」常互用，則「硂石」當即「珒石」異體。《集韻・上聲・講韻》和《正字通・石部》另收有「珒」之異體「珜」字，所從「厂」當為「石」省，此字不妨視為「摩」字與「硂」字之中繼字形。信陽遣策簡記錄有「硂石」，亦應即〈中次五經〉中的「摩石」。經比對分析，〈中次五經〉中的「摩石」係礦物中以硫酸鋇為主要成份的重晶石。

第二節 本書的未來展望

一、出土文獻對提升《山海經》研究的幫助

李學勤曾說：

> 在以往，無論是宋學還是漢學，都是以文獻證文獻。然而，由於文獻的可信性不能完全保證，因而這種方法是有缺陷的。而地下材料，為當時歷史文化之真實體現與記錄，一旦沉睡地下，便不再遭受地上幾千年風雲幻化、滄桑世變之影響。〔註3〕

因此，以地下材料印證地上書面文獻，一可以補正紙上之材料，二可以證明古書之真偽，三可以證明像《山海經》這樣被司馬遷認為「不雅馴」的古籍，其

〔註3〕 李學勤《重寫學術史・世紀之交與中國學術史研究》（石家莊：河北教育出版社，2002年1月），頁425。

實不無表示一面之事實。〔註4〕

「天不愛其道，地不愛其寶」，近百年以來，地下出土材料不斷面世，對歷史文化學術的貢獻非常大。要通讀這些地下出土材料，必需要有對文字、聲韻、訓詁和文獻學基本而紮實的訓練；當然，通讀了地下出土材料，往往也能回過頭來對文字、聲韻、訓詁和文獻學提供更多的新想法、新發現。

陳寅恪曾說：「一時代之學術，必有其新材料與新問題。取用此材料，以研求問題，則爲此時代學術之新潮流。」〔註5〕于省吾在〈從古文字學方面評判清代文字、聲韻、訓詁之學的得失〉一文中也說：

> 我們應該以地下文字資料爲主，以文獻爲輔，相爲補充，相爲訓釋，
> 交融互證，這樣作，才能逐漸解決兩者之間的矛盾而取得統一。……
> 進一步運用古文字的構形、聲韻、訓詁這一有利工具，並結合近幾
> 十年來所發現的古代遺跡和遺物，加以分析綜合，做出新的貢獻。
>
> 〔註6〕

從前輩的經驗出發，結合新出土的戰國文字材料，傳統國學領域吸引了一批批的學者投身其中，這一波學術高峰方興未艾，影響也持續在增加。

經過本書的討論，已知出土文獻對傳世文獻的校正具有極大效用。本書利用古文字（楚文字）字形及古語法對《山海經》各別疑難字句進行討論，並取得了初步的成果。除了在文字字形和語法上能提供參考，用以檢視《山海經》中的疑難字句外，筆者以爲出土文獻尚能在以下幾個方向持續對《山海經》的研究產生良好的影響：

（一）結合整理出土文獻殘斷、錯簡的經驗以省視《山海經》被疑爲殘斷、錯簡所致的錯亂

簡帛書籍實物的出現，給大家帶來許多關於竹簡形制的新認識。前人根據漢代記載，認爲經、子或者詔令等等，各有固定的簡長，現在從出土楚簡實物觀察，

〔註4〕 江林昌〈重讀王國維〈殷卜辭中所見先公先王考〉〉，《書品》1999 年 3 期。

〔註5〕 陳寅恪〈敦煌劫餘錄序〉，收入《陳寅恪論文集》（臺北：九思出版社，1977 年 6月），頁 1377。

〔註6〕 于省吾〈從古文字學方面評判清代文字、聲韻、訓詁之學的得失〉，《歷史研究》1962 年 5 期，頁 144。

可知同批竹簡，彼此之間容或有以簡長區別其書寫內容的情況存在。〔註7〕在整理相關出土文獻的同時，當代學者亦累積不少處理殘斷、錯簡的經驗。〔註8〕結合此經驗以省視《山海經》可能出現錯簡之處，〔註9〕當能增加其判斷的準確度，並使相關研究的結論更為人所信服。

（二）結合研究出土文獻中的醫療、疾病資料與《山海經》原始中醫藥紀錄

出土文獻中所見與疾病問題相關的記載是值得關注的主題之一。《尚書》載周公為生重病的武王作冊書向先王祈禱，並請求代替武王死，就是歷史上很有名的卜疾事件。戰國諸國沿襲此風俗，當時抄錄的禱病簡文正可以幫助了解戰國時代楚人疾病的部分情況，也能夠幫助認識楚人疾病用語及相關字詞，更可以幫助深入觀察占卜與疾病的關係，〔註10〕同時簡帛中也見有《神農本草經》未見的藥物和傳世醫籍未見的中醫異名。〔註11〕若能將《山海經》中常見的服某、食某、佩某即可治療疾病的文例取以同觀，定能有新的發現才是。

（三）結合研究出土文獻中的地理、風俗資料與《山海經》部落地理、風俗紀錄

出土文獻所記內容多樣，提供學者以先秦各國人名姓氏、地名地理、經濟制度、司法制度、軍事、職官制度、曆法、占卜、祭祀、祈禱、各類名物典章

〔註7〕　可參高敏《簡牘學入門》（南寧：廣西人民出版社，1989 年 10 月），頁 3〜15。

〔註8〕　劉嬌〈利用傳世古書與出土簡帛古書中的相同或類似內容校正出土簡帛古書舉例〉，《中國文字》新 36 期，2011 年 1 月，頁 112〜11）指學者必須注意到出土文獻三個不足之處：「出土簡帛古書往往殘損」、「出土簡帛古書或存在脫文、衍文、訛誤等問題」、「出土簡帛古書的用字習慣與今本或有較大差異，存在釋讀上的困難」。以上皆是學者在利用出土文獻時所必須多加留心的地方。

〔註9〕　《山海經》本身亦有錯簡情況，詳張步天〈校勘《山海經》錯簡一則〉，《益陽師專學報》1998 年 4 期，頁 39。

〔註10〕　袁國華〈楚簡疾病及相關問題初探——以包山楚簡、望山楚簡為例〉，臺北：中央研究院歷史語言研究所「『中國南方文明』研討會」會議論文，2003 年 12 月 19 日〜20 日，頁 1。

〔註11〕　張顯誠〈論簡帛的中醫藥學研究價值〉，《簡牘學研究》4 輯，2004 年，又收入張顯誠《簡帛文獻論集》（成都：巴蜀書社，2008 年 8 月），頁 271。

制度之研究素材。〔註12〕《山海經》除了是神話（口傳文學）文獻，它同時也是地理文獻及民俗文獻，如果能結合出土文獻與《山海經》中的這類文化訊息，當能爲《山海經》的學術性質做出更精確的定位和定義。

二、出土文獻對提升其他楚系典籍研究的幫助

目前出土先秦文獻以故楚地簡帛佔大宗，應用這批楚地出土文獻對《山海經》以外傳世的先秦迄漢初楚系文獻進行整理，條件和時機已算是相當成熟。學界普遍認爲《老子》、《莊子》、《楚辭》、《鶡冠子》屬於先秦漢初的楚系文獻。〔註13〕目前利用楚地出土文獻對上述傳世楚系文獻進行研究和檢討的工作正如火如塗的展開。

（一）出土文獻對提升楚系諸子文獻研究的幫助

1973 年，長沙馬王堆的《黃帝書》出土，由於當中有很多與《鶡冠子》相似的內容，使學界重新思考《鶡冠子》的眞僞問題，從而推動了《鶡冠子》的新一波研究；〔註14〕1993 年荊門郭店出土《老子》甲、乙、丙三種本，揭起學界一股《老子》版本學、哲學、文字學等各方面的研究熱浪，〔註15〕結合早先出土的長沙馬王堆帛書《老子》，此波研究更是盛不可擋。與此同時，楚地出土文獻研究學者也沒忽略《莊子》。許學仁彙整郭店楚簡《語叢四》所錄《莊子·胠篋》篇語，及湖南阜陽漢簡、張家山漢簡中的《莊子》殘篇，結合包山楚簡司法文書，考辨《莊子》內、外、雜篇成書之緣由，〔註16〕是結合出土文獻以研究《莊子》的指標性著作。

然而就目前所能掌握到的楚地出土文獻而言，要對《莊子》及《鶡冠子》

〔註12〕劉信芳《包山楚簡解詁·提要》（臺北：藝文印書館，2003 年 1 月），頁 1。

〔註13〕蔡靖泉《楚文學史》，漢口：武漢大學出版社，1996 年 6 月。

〔註14〕黃梓勇《《鶡冠子》研究》（香港：香港浸會大學哲學碩士學程，2008 年 8 月），摘要。

〔註15〕就《中國哲學》20 輯（瀋陽：遼寧教育出版社，1999 年 1 月）單期篇幅而言，即收有相關研究論文 6 篇；《中國哲學研究》17 輯（北京：三聯書店，1999 年 8 月）單期篇幅也收了 8 篇。更完整的研究成果全貌可參聶中慶《郭店楚簡《老子》研究》（上海：復旦大學古典文獻學博士論文，2003 年 4 月），頁 64～69。

〔註16〕許學仁〈戰國楚簡文字研究的幾個問題——讀戰國楚簡《語叢四》所錄《莊子》語暨漢墓出土《莊子》殘簡瑣記〉，《東華人文學報》3 期，2001 年 7 月，頁 37～60。

進行全面且深入的研究，尚可以待來時。但利用楚地出土文獻對傳世《老子》
進行總檢視，這個學術史上的重要工程，已取得重大且可觀的研究成果：

其一、文獻學與版本學上的研究成果——《老子》文本流傳於世，難免出
現文字上或注釋上的訛誤。在未找到原始文本可供勘正的情況下，
只好以訛傳訛，將錯就錯。不過就在長沙馬王堆三號漢墓發現《老
子》甲、乙兩種手抄帛書文本後，加上 1990 年代出版郭店楚簡《老
子》三種，提供了最原始的第一手資料，這對校勘傳世《老子》的
文字問題、討論《老子》版本流傳的歷史，都提供了極好的參考。

其二、先秦哲學史上的研究成果——長期以來，學術界普遍認為道儒兩家
學派，在濫觴之初已出現思想分歧。現在隨著郭店簡《老子》的面
世，這場爭論終於可以停止。因為研究表明，道儒兩家學派的創始
人都主張「仁」：讀郭店簡《老子》，發現傳世本「絕聖棄智」句，
郭店簡本卻作「絕智棄辯」；傳世本「絕仁棄義」句，郭店簡本則
是「絕偽棄詐」。從郭店簡《老子》清楚看出，老子不但不反對仁，
而是極力提倡仁。由此得出結論：道家與儒家學說在碰撞之初，存
在著一個共鳴點，這個共鳴點就是「仁」。〔註 17〕

（二）出土文獻對提升《楚辭》研究的幫助

與《老子》的新證研究熱潮相比，舉世所知中國南方文學的代表——《楚
辭》，它與出土楚地文獻的二重證據合證研究工作雖然仍在起步，但較之《莊子》
及《鶡冠子》，充滿「楚語」、「楚聲」、「楚地」、「楚物」的《楚辭》有著更好的
新證條件，〔註 18〕目前所知學界已有部分成果發表，簡述如下：〔註 19〕

1. 利用出土戰國楚地簡帛研究《楚辭》遣辭用句

〔註 17〕 劉煥藻〈郭店楚簡《老子》研究〉，《理論月刊》1999 年 5 期，頁 40～41。

〔註 18〕 〔宋〕黃伯思《校定楚辭・序》：「屈、宋諸騷皆書楚語，作楚聲，紀楚地，名楚
物，故可謂之『楚辭』。若『些、只、羌、誶、蹇、紛、侘傺』者楚語也；悲壯頓
挫，或韻或否者楚聲也；沅、湘、江、澧、修門、夏首者楚地；蘭、茝、荃、藥、
蕙、芷、蘅者楚物也。」

〔註 19〕 鄒濬智〈新材料促成新研究——試談戰國楚地出土簡帛在《楚辭》研究上的可能
應用〉，《中國文化月刊》313 期，2007 年 1 月。

茲舉黃靈庚〈楚辭簡帛考證‧謇謇〉一文爲例。〔註20〕《離騷》「余固知謇謇之爲患兮」，注曰：「謇謇，忠貞貌也。《易》曰：『王臣謇謇，匪躬之故。』」唐寫本《文選》卷九四袁彥伯〈三國名臣序－贊一首〉李善引王逸注《楚辭》：「謇謇，思忠信行艱也。」《慧琳音義》卷八五「謇謇」條引王逸《楚辭》注：「謇謇，威儀貌也。」又引《考聲》曰：「謇謇，詞無也。」《東雅堂昌黎集注》卷六〈贈別元十八協律六首〉注引王逸曰：「謇謇，忠正貌。」皆與此注不同，黃靈庚認爲這有可能是因爲在唐宋之世，此注頗多異文，已爲後人所竄亂也。

朱熹《集注》：「謇謇，難於言也。直詞進諫，已所難言，而君亦難聽，故其言之出有不易者，如謇吃然也。」朱氏以爲訓「忠貞」之「謇」，實出「謇」義。黃靈庚反駁朱說，他援引郭店楚墓竹簡〈性自命出〉：「有其爲人之迥迥如也，不有夫柬柬之心則采；有其爲人之柬柬如也，不有夫恒怡之志則縵」、「君子執志必有夫坒坒之心，出言必有夫柬柬之言，賓客之禮必有夫齊齊之容，祭祀之禮必有夫齊齊之敬」中的二例「柬柬」，認爲〈性自命出〉中的「柬柬」皆言忠愨貌，「柬柬」就是《離騷》的「謇謇」。謇、柬古同元部，並見紐雙聲，音同義通。故「謇謇」之訓「忠貞」，與「謇」之字無涉。

2. 利用出土戰國楚地簡帛研究《楚辭》所見名物

茲舉袁國華〈楚簡與《楚辭》訓讀‧〈大招〉「鼎臑盈望」〉一文爲例。〔註21〕《楚辭‧大招》「鼎臑盈望，和致芳只」，王逸注云：「臑，熟。致，致鹹酸也。芳，椒薑也。言乃以小鼎鑊臑熟羹臛，調和鹹酸，甚芬芳，望之滿案，有行列也。」袁國華認爲「鼎臑」二字的解釋，註家多從王逸說，但「鼎臑」之「臑」當讀同包山楚簡的「鑐」字。

「鑐」字，包山楚簡兩見。包山楚簡遣冊簡 265 載有「一牛鑐；一亥（豕）鑐」其中「鑐」是鼎的一種。「臑」、「鑐」皆從「需」得聲，古音有通假條件，故疑「鼎臑」之「臑」就是「鑐鼎」。楚簡所見「鼎」有多種名稱，如望山楚簡有簡 2.46「貴鼎」、簡 2.47「容鼎」、簡 2.54「湯鼎」等。袁氏認爲「鑐鼎」與

〔註20〕黃靈庚〈楚辭簡帛考證〉，《文史》2002 年 2 期，頁 13～14。

〔註21〕袁國華〈楚簡與《楚辭》訓讀〉，《第四屆國際中國古文字學研討會論文集》（香港：香港中文大學，2003 年 10 月），頁 436～437。

楚器自名為「鼒」者，疑為異名同器。包山楚墓有兩件大鼎，很可能就是「鑐鼎」，由鑐鼎殘留的水牛肩胛骨以及肋骨可知，牛鑐是煮牛之大鼎；以此推測，豕鑐應是煮豬之大鼎。據此，「鼎鑐」一詞似可有兩種解釋：其一、「鼎鑐」即「鼎鑐」猶言「鼎與大鼎」，就是指「大小不一，各式各樣的鼎」；其二、「鼎鑐」乃「鑐鼎」倒文，專指大鼎。

3. 利用出土戰國楚地簡帛研究《楚辭》所見典章制度

茲舉劉信芳〈包山楚簡神名與〈九歌〉神祇・「殤」與〈國殤〉〉一文為例。〔註22〕劉氏指出古人在祭祀自然諸神時，往往同時祭祀列祖列宗，稱為「配」，亦稱「配天」，《周易・豫》：「殷荐之上帝，以配祖考。」《詩經・周頌・思文》序：「思文，后稷配天也。」《史記・天官書》：「郊祀后稷以配天，宗祀文王於明堂以配上帝。」包山簡所記楚人祭祀亦多此類例，尤以簡243最為完整，類似例又見簡 237、240、248。這些作為天地山川之配的列祖列宗，當其顯靈之時，有被稱作「殤」者，簡222就有「見（現）新王父殤」，行祭禮後，「殤」嚐食犧牲。無獨有偶，〈九歌〉中有〈國殤〉，所述為祭祀殤鬼之禮。《禮記・郊特牲》：「鄉人禓，孔子朝服立於阼，存室神也。」鄭玄注：「禓，強鬼也。」謂時儺、索室、毆疾、逐強鬼也。秦簡《日書》簡 803、804：「庚辛有疾，外鬼傷死為祟。」殤、禓、傷所指皆為殤鬼，劉氏核之楚簡，指出楚人亦稱先祖強死者為殤，則〈國殤〉之題旨，應理解為由國家舉行的祭祀強死亡靈的儀式。

4. 利用出土戰國楚地簡帛研究《楚辭》所見篇章義理

茲舉湯炳正〈從包山楚簡看〈離騷〉藝術構思與意象表現〉一文為例。〔註23〕湯氏駁斥學術界根據〈離騷〉、〈卜居〉中的卜筮情節，就斷定屈原是個「巫官」的這類說法。湯氏認為若屈原會施行巫術，屈賦裡「巫官」屈原竟自己宣判巫術的虛偽不驗，這在邏輯上是講不通的。湯氏並引包山楚簡所記卜筮祭禱紀錄佐證，認為其結果或兇或吉，或吉中有兇，或兇中有吉，這其中，決不會皆靈驗無誤。但簡文卻沒有一條最後記下與卜筮結論不符的事實，這和屈原駁斥占卜結果的行為大相逕庭，這正是宗教紀錄不同於文學藝行性質的屈賦的地方。

〔註22〕劉信芳〈包山楚簡神名與〈九歌〉神祇〉，《文學遺產》1993年5期，頁15～16。

〔註23〕湯炳正〈從包山楚簡看〈離騷〉藝術構思與意象表現〉，《文學遺產》1994年2期，頁10。

　　除了利用出土楚系文獻來新證《楚辭》的內容，另外也有人利用楚墓的分佈來和《楚辭》的戰爭地理進行合證的，如冀凡〈湖南楚墓巫黔之役與〈九章〉、〈九歌〉〉一文即是。〔註24〕冀凡提到何介鈞依據《江陵台山楚墓》的分期標準，將湖南一些地方的楚墓，依其墓葬禮器組合狀況進行了分期研究，結果發現澧水流域澧縣、臨澧以西至慈利及酉水南之古丈一帶的楚墓，其時代均屬戰國晚期之前段；而沅水流域之常德、桃源、辰溪、漵浦以及其東相水流域之汨羅、長沙、衡陽等地的楚墓，時代則多屬於戰國晚期後段至戰國末年。冀氏據此推測湖南戰國楚墓在分期上出現的分布狀況，不僅是秦攻巫、黔之役的結果，更是江南楚人反秦的結果。此一研究結果不僅可證之於湘西北楚城的分布，更可以從屈原作品〈九章〉〔註25〕、〈九歌〉〔註26〕中找到佐證。

　　雖然今人在《楚辭》新證方面已提出一些成果，不過總的來說，以二重證據法來深入探索《楚辭》，還存在有相當大的發揮空間。〔註27〕如能移用本書利用出土文獻重新省視《山海經》的經驗，對《楚辭》等楚系文獻進行全面的整理，當可取得更大的收獲。

　　李學勤在《簡帛佚籍與學術史》一書提到：

　　新出土簡帛書籍與學術史的關係尤爲密切。學術史的研究在最近幾
　　年趨於興盛，已逐漸成爲文史領域內的熱門學科，而簡帛書籍的大

〔註24〕冀凡〈湖南楚墓巫黔之役與〈九章〉、〈九歌〉〉，《雲夢學刊》1994 年 1 期，頁 60
　　　～63。

〔註25〕如〈九章・思美人〉「媒絕路阻兮，言不可結而治」、「遵江夏以娛憂」等。

〔註26〕湘君與湘夫人的行動路線是「駕飛龍兮北征，邅吾道兮調洞庭」、「望涔陽之極浦，
　　　橫大江兮揚靈」等。

〔註27〕黃靈庚《楚辭與簡帛文獻》（北京：人民出版社，2011 年 3 月）雖以專書篇幅，利
　　　用出土文獻對《楚辭》全書進行新證，但全書的研究工作有將近一半以上是「合
　　　證」或「補證」——取出土文獻以證《楚辭》內容無誤，或以出土文獻佐證《楚
　　　辭》通假及其他特殊用字，是以採出土文獻校正《楚辭》內容並一併解決《楚辭》
　　　懸宕已久的學術公案部分，仍有可以努力的空間。

量湧現，正在改變著古代學術史的面貌，影響甚爲深遠。〔註28〕

出土文獻特別是楚系簡帛中的先秦儒、道、雜家簡帛部分非常豐富，可以想見這些出土文獻，將不止在字形、語法上提供我們檢討傳世文獻的參考而已。這些文獻定能大大提供撰修文獻史、思想史的學者許多新的視野與新的思考角度，相關的運用和研究也定將爲建構新的中國學術史發揮它的大效用和作出它的大貢獻！

〔註28〕李學勤《簡帛佚籍與學術史》（南昌：江西教育出版社，2001年9月），頁7～12。

參考書目

　　「參考書目」所列以本書直接引用者爲主，共分爲「古籍」、「今人著述」及「網路資料」二大類。「古籍」部分按朝代依序條列；「今人著述」及「網路資料」部分，西文在前，中文在後，按作者姓名或網站維護單位名稱筆劃多寡詳陳，以便檢索。

壹、古　籍

1. 〔漢〕揚雄著、周祖謨校《方言校箋》，北京：中華書局，1993 年。
2. 〔宋〕郭忠恕、夏竦編，李零、劉新光整理《汗簡·古文四聲韻》，北京：中華書局，2010 年。
3. 〔宋〕唐慎微《經史證類備急本草》，北京：人民衛生出版社，2005 年。
4. 〔明〕李時珍《本草綱目》，校點本第四冊，北京：人民衛生出版社，1981 年。
5. 〔清〕俞樾等《古書疑義舉例五種》，北京：中華書局，1958 年 1 月。
6. 〔清〕張自烈手稿、廖文英出版《正字通》，北京：中國工人出版社，1996 年。

貳、今人著述

一、西　文

1. Faming Z., Shenqing G., Shuo M., S., Caragana sinica essence, ingredient and application, there of（2010）,CN101760316, A20100630.
2. Luo H. F., Zhang L. P., Hu C. Q., Five novel oligostilbenes from the roots of Caragana

sinica, Tetrahedron（2001）, 57（23）,4849-4854.

3. Luo, H., Zhang L. P., Hu C. Q., Stilbene oligomers from the root of Caragana sinica, Zhongcaoyao（2000）, 31（9）, 654-656.

3. Qi J. B., Shu N., Ma D. Y., Hu C. Q., Isoflavonoid compounds from roots of Caragana sinica, Zhongguo Tianran Yaowu（2007）, 5（2）, 101-104.

4. Wang W., Chen C., Yang J., Hu C. Q., Indole alkaloid neoechinulin A isolated from metabolites of plant endophte, Tianran Chanwu Yanjiu Yu Kaifa,（2007）, 19（1）, 48-50.

5. Zhang, L. P., Hu X. Q., Chemical constituents of Caragana sinica, Archives of Pharmacal Research（1992）, 15（1）, 62-8.

二、中　文

1. 〔日〕川村多實二著、舒貽上譯《動物生態學》，臺北：臺灣商務印書館，1970 年。

2. 〔日〕藤野岩友著、韓基國譯《巫系文學論》，重慶：重慶出版社，2005 年 3 月。

3. 〔美〕艾文・托弗勒著、黃明堅譯《The Third Wave》，臺北：時報文化出版社，1994 年。

4. 于省吾〈從古文字學方面評判清代文字、聲韻、訓詁之學的得失〉，《歷史研究》1962 年 5 期。

5. 于省吾《于省吾著作集》，北京：中華書局，2009 年。

6. 于省吾《雙劍誃群經新證・雙劍誃諸子新證》，上海：上海書店，1999 年。

7. 于景讓〈中國本草學起源試測——《山海經》與《神農本草經》〉，《大陸雜誌》23 卷 5 期，1961 年 9 月。

8. 中央研究院民族學研究所編譯《番族慣習調查報告書第二卷》，臺北：中央研究院民族學研究所，2000 年。

9. 中國《山海經》學術討論會編《《山海經》新探》，成都：四川省社會科學出版社，1986 年。

10. 中國社會科學院歷史研究所編《甲骨文合集》，北京：中華書局，1978-1983 年。

11. 中華人民共和國國家藥典委員會編《中華人民共和國藥典》，北京：中國衛生部，2010 年。

12. 文清閣編《歷代《山海經》文獻集成》，西安：西安地圖出版社，2006 年。

13. 内蒙古民族研究所《鄂溫克族研究文集（2）》，呼和浩特：内蒙古人民出版社，1989 年。

14. 尤純純〈由《山海經》的醫藥觀探索中國人的生命態度〉，《樹人學報》1 期，2003 年 7 月。

15. 方勇《戰國楚文字中的偏旁形近混同現象釋例》，瀋陽：吉林大學歷史學碩士論文，2005 年 5 月。

16. 方憚〈從 T 型帛畫看楚人信仰民俗〉，《湖南輕工業高等專科學校學報》15 卷 3 期，2003 年 9 月。

17. 方韜譯注《山海經》，北京：中華書局，2009 年 3 月。

18. 王大有〈《山海經》是上古史書〉，《新華文摘》1990 年 4 期。

19. 王仁鴻《《山海經》的神話思維——以空間、身體、食物、樂園爲探討核心》，嘉義：中正大學中文所碩士論文，2009 年 7 月。

20. 王玉光《論東北地區的山神信仰》，北京：中央民族學院文傳學院碩士論文，2005 年 5 月。

21. 王育學〈《山海經》醫藥記載〉，《中華醫史雜誌》15 卷 3 期，1985 年。

22. 王芝敏、李智芬〈健脾補腎安胎湯治療先兆流產 79 例〉，《陝西中醫》21 卷 12 期，2001 年。

23. 王亭文《明、清《山海經》神怪造形差異研究》，斗六：雲林科技大學視覺傳達設計系碩士論文，2005 年。

24. 王建軍〈從存在句論《山海經》的成書〉，《南京師大學報》社會科學版 2000 年 2 期。

25. 王彥坤〈試論古書異文產生的原因〉，《暨南學報》哲學社會版 1989 年 4 期。

26. 王彥坤《古籍異文研究》，臺北：萬卷樓，1996 年。

27. 王泉《《山海經》「服」的「食用」義商榷〉，《語文知識》2009 年 3 期。

28. 王紅旗、孫曉琴《新繪神異全圖山海經》，北京：昆侖出版社，1996 年 1 月。

29. 王紅旗〈中華民族的地理大發現——帝禹時代的國土資源普查〉,《中國科技畫報》1999 年 3 期。

30. 王振軍〈山岳信仰與漢賦〉，《語文學刊》高教版 2006 年 3 期。

31. 王從禮〈試論楚人信鬼重祀的習俗〉，《江漢考古》1989 年 4 期。

32. 王貴生〈論《山海經》中的神靈復活機制〉，《西北師大學報》社會科學版 2002 年 3 期。

33. 王毓彤〈荊門出土的一件銅戈〉，《文物》，1963 年 1 期。

34. 王寧《《海經》新箋（下）〉，《古籍整理研究學刊》2001 年 2 期。

35. 王寧《《海經》新箋（上）〉，《古籍整理研究學刊》1998 年 2 期。

36. 王寧《《海經》新箋（中）〉，《古籍整理研究學刊》2000 年 2 期。

37. 王範之〈從《山海經》的藥物使用來看先秦時代的疾病狀況〉，《醫學史與保健組織》1957 年 3 號。

38. 王錚、王曉雲〈中藥虎骨、豹骨、狗骨的初步分析〉，《陝西新醫藥》1974 年 5 期。

39. 王鏡玲〈《山海經》中《五藏山經》祭祀儀式初探〉，《哲學與文化》18 卷 1 期，1991 年 1 月。

40. 王麗雅〈《山海經》中的鳥圖騰崇拜〉，《中國文化月刊》311 期，2006 年 11 月。

41. 田曉英〈趣談十二生肖的藥用效能〉，《家庭用藥》2008 年 7 期。

42. 白於藍《簡牘帛書通假字字典》，福州：福建人民出版社，2008 年 1 月。

43. 石再添等編《地學通論（自然地理概論）》，臺北：固地文化事業有限公司，1998 年。

44. 安京《山海經新考》，北京：中央編譯出版社，2010 年 12 月。

45. 朱丁〈殷周的宗教信仰變遷與上古神話的走向〉,《人文雜誌》2001 年 5 期。

46. 朱德熙、裘錫圭〈信陽楚簡屯字釋義〉,《考古學報》1972 年 2 期。

47. 朱德熙〈說「屯（純）、鎮、衛」——爲《唐蘭先生紀念論文集》作〉,《朱德熙古文字論集》,北京：中華書局,1995 年。

48. 江林昌〈重讀王國維〈殷卜辭中所見先公先王考〉〉,《書品》1999 年 3 期。

49. 江林昌《考古發現與文史新證》,北京：中華書局,2011 年 2 月。

50. 江紹原《中國古代旅行之研究》,上海：商務印書館,1935 年。

51. 江蘇新醫學院《中藥大辭典》,上海：上海科學技術出版社,1986 年 5 月。

52. 何星亮《中國自然神與自然崇拜》,上海：三聯書店,1992 年 5 月。

53. 何琳儀《戰國文字通論（訂補）》,南京：江蘇教育出版社,2003 年 1 月。

54. 何新〈古昆侖——天堂與地域之山〉,《中國遠古神話與歷史新探》,哈爾濱：黑龍江教育出版社,1988 年。

55. 余雲華〈巴蛇食象：被曲解的婚姻神話〉,《四川大學學報》哲學社會科學版 2006 年 5 期。

56. 余蘭〈鳳形象之歷史流變與「楚人崇鳳」〉,《武漢科技學院學報》19 卷 8 期,2006 年 8 月。

57. 吳小奕〈釋古楚語詞「靈」〉,《民族語文》2005 年 4 期。

58. 呂子方〈讀《山海經》雜記〉,《中國科學技術史論文集》(下),重慶：四川人民出版社,1984 年。

59. 呂先瓊〈論本土奇幻文學的歷史根基——《山海經》〉,《重慶三峽學院學報》2012 年 1 期。

60. 呂佩珊〈殷商卜辭「祭祀動詞＋巫」及相關句型考〉,《第十七屆中國文字學會全國學術研討會論文集》,臺北：聖環圖書公司,2006 年。

61. 宋兆麟《中國風俗通史·原始社會卷》,上海：上海文藝出版社,2001 年 11 月。

62. 宋兆麟《巫覡——人與鬼神之間》,北京：學苑出版社,2001 年 12 月。

63. 宋華強《新蔡楚簡的初步研究》,北京：北京大學中文系博士論文,2007 年。

64. 巫瑞書〈論楚巫〉,《民間文學論壇》1996 年 4 期。

65. 扶永發《神州的發現——《山海經》地理考》,昆明：雲南人民出版社,1992 年 11 月。

66. 李天虹〈楚簡文字形體混同、混訛舉例〉,《江漢考古》96 期,2005 年 3 月。

67. 李文鈺〈《山海經》的海與海神神話研究〉,《政大中文學報》7 期,2007 年 6 月。

68. 李世華編《龔延賢醫學全書》,北京：中國中醫藥出版社,1994 年。

69. 李永正《《山海經》動物形象研究》,高雄：高雄師範大學國文系碩士論文,2008 年。

70. 李存智《上博楚簡通假字音韻研究》,臺北：萬卷樓,2010 年 2 月。

71. 李守奎《楚文字編》,上海：華東師範大學出版社,2003 年 12 月。

72. 李希新〈妊娠期用藥禁忌初探〉,《山東中醫藥大學學報》27 卷 2 期,2003 年 3 月。

73. 李圃主編《古文字詁林》1 冊，上海：上海教育出版社，1999 年。

74. 李家浩〈楚墓竹簡中的「昆」字及從「昆」之字〉，《中國文字》新 25 期，1999 年。

75. 李家浩〈睡虎地《日書》「楚除」的性質及其他〉，《中央研究院歷史語言研究所集刊》70 本 4 份，1999 年。

76. 李鄂榮〈《山海經》中的地質礦產知識〉，《中國地質》1986 年 2 期。

77. 李煜〈讀《山海經》札記三則〉，《古籍整理研究學刊》2009 年 2 期。

78. 李零〈「太一」崇拜的考古研究〉，《中國方術續考》，北京：東方出版社，2001 年 8 月。

79. 李零〈古文字雜識二則〉，《第三屆國際中國古文字學研討會論文》，香港：問學社，1997 年 10 月。

80. 李零〈郭店楚簡校讀記〉，《道家文化研究》17 輯，1999 年 8 月。

81. 李零〈讀《楚系簡帛文字編》〉，《出土文獻研究》5 輯，1999 年 8 月。

82. 李學勤〈「兵避太歲」戈新證〉，《江漢考古》1991 年 2 期。

83. 李學勤〈戰國題銘概述（下）〉，《文物參考資料》1956 年 9 期。

84. 李學勤〈戰國題銘概述（上）〉，《文物參考資料》1956 年 7 期。

85. 李學勤〈戰國題銘概述（中）〉，《文物參考資料》1956 年 8 期。

86. 李學勤〈釋《詩論》簡「兔」及從「兔」之字〉，《北方論叢》2003 年 1 期。

87. 李學勤《中國古代文明研究》，上海：華東師範大學出版社，2005 年 4 月。

88. 李學勤《重寫學術史》，石家莊：河北教育出版社，2002 年 1 月。

89. 李學勤《簡帛佚籍與學術史》，南昌：江西教育出版社，2001 年 9 月。

90. 李操、古小東、王鴻加〈蟒在四川分布的討論〉，《四川動物》2003 年 3 期。

91. 李澤厚《中國古代思想史論》，北京：人民出版社，1985 年。

92. 李豐楙〈《山經》靈異動物之研究〉，《中華學苑》24/25 期，1981 年 9 月。

93. 李豐楙《神話的故鄉——《山海經》》，臺北：時報文化，1981 年 3 月。

94. 杜而未〈《山海經》的輪迴觀念〉，《現代學人》8 期，1963 年 2 月。

95. 杜而未《《山海經》神話系統》，臺北：學生書局，1971 年。

96. 沙嘉孫《《山海經》與原始文字〉，《管子學刊》1988 年 1 期。

97. 沈海波《《山海經》考》，上海：文匯出版社，2004 年 2 月。

98. 谷斌〈巴蛇探源〉，《湖北民族學院學報》哲學社會版 29 卷 4 期，2011 年。

99. 周贇、吳晶《中國 5000 年文明第一證：良渚文化與良渚古國》，杭州：浙江大學出版社，2004 年。

100. 周鳳五〈九店楚簡告武夷重探〉，《中央研究院歷史語言研究所集刊》72 本 4 分，2001 年 12 月。

101. 季旭昇〈從《新蔡葛陵》簡談戰國楚簡「挽」字——兼談《周易》「十年貞不字」〉，《文字學學術研討會論文集》，臺中：東海大學中文系，2004 年 3 月 13 日。

102. 季旭昇《詩經古義新證》，臺北：文史哲出版社，1994 年 3 月。

103. 季旭昇《說文新證（下）》，臺北：藝文印書館，2004 年 11 月。

104. 季旭昇《說文新證（上）》，臺北：藝文印書館，2002 年 10 月。

105. 季旭昇《說文新證》增訂版，福州：福建人民出版社，2010 年 12 月。

106. 辛曉峰〈三星堆遺址出土石璧的祭祀功能和音樂聲學特徵（上）〉，《中華文化論壇》2004 年 4 期。

107. 林日揚、田哲榮〈曾文溪──南瀛第一河〉，《經典》120 期，2008 年。

108. 林宏明《戰國中山國文字研究》，臺北：臺灣古籍出版社，2003 年。

109. 林志鈞編《飲冰室合集》北京：中華書局，1936 年。

110. 林清源《楚國文字構形演變研究》，臺中：東海大學中文系博士論文，1997 年 12 月。

111. 林賢東《商代巫覡研究》，鄭州：鄭州大學歷史學碩士論文，2006 年。

112. 河南省文物考古研究所《新蔡葛陵楚墓》，鄭州：大象出版社，2003 年 10 月。

113. 河南省文物考古研究所等撰〈河南新蔡平夜君成墓的發掘文物〉，《文物》2002 年 8 期。

114. 河南省文物研究所《信陽楚墓》，北京：文物出版社，1986 年。

115. 邱宜文〈永恆的探尋──試論《山海經》裡的不死神話〉，《北商學報》11 期，2007 年 1 月。

116. 邱瀛慧《拼貼法應用於角色造型設計創作研究—以《山海經》神祇爲例》，臺北：臺灣師範大學設計研究所碩士論文，2009 年。

117. 金榮權〈《山海經》作者應爲巴蜀人〉，《貴州社會科學》總 192 期，2004 年 11 月。

118. 金榮權〈《山海經》的流傳與重要古本考評〉，《安慶師院社會科學學報》1996 年 6 期。

119. 金榮權〈帝俊及其神系考略〉，《中州學刊》1998 年 1 期。

120. 侯迺慧〈從《山海經》的神狀蠡測鳥和蛇的象徵及其轉化關係〉，《中外文學》15 卷 9 期，1987 年 2 月。

121. 俞偉超、李家浩〈論「兵辟太歲」戈〉，《出土文獻研究》，北京：文物出版社，1985 年。

122. 姜琳〈動物糞便可入藥〉，《開卷有益（求醫問藥）》2007 年 4 期。

123. 段偉《禳災與減災──秦漢社會自然災害應對制度的形成》，上海：復旦大學出版社，2008 年 6 月。

124. 段渝〈巴人來源的傳說與史實〉，《歷史研究》2006 年 6 期。

125. 相魯閩〈《山海經》及其對先秦醫學的影響〉，《河南中醫》2012 年 2 期。

126. 相魯閩〈《山海經》病癥名釋義〉，《中醫學報》2011 年 9 期。

127. 紀曉建〈《楚辭》與《山海經》山水樹木神話之互證〉，《理論月刊》2006 年 11 期。

128. 胡風〈藥流：說說米菲斯酮〉，《用藥指南》2004 年 3 期。

129. 胡雅麗《尊龍尚鳳》，武漢：湖北教育出版社，2003 年 1 月。

130. 胡遠鵬〈中國《山海經》研究述略〉,《福建師範大學福清分校學報》2006 年 3 期。

131. 胡靜〈《山海經》與上古醫學〉,《新餘學院學報》16 卷 5 期,2011 年 10 月。

132. 胡繼明、陳秀然〈從「某,某也」看顏師古《漢書》聲訓〉,《東南大學學報》哲學社會版 10 卷 4 期,2008 年 7 月。

133. 茅盾《神話研究》,天津:百花文藝出版社,1981 年。

134. 倪婉〈雲夢睡虎地秦簡的考古學意義〉,《武漢大學學報》人文社會科學版 2002 年 6 期。

135. 原來〈甲骨文「巫」字之形義探究〉,《實踐博雅學報》13 期,2011 年 1 月。

136. 唐世貴〈《山海經》成書時地及作者新探〉,《遼寧師範大學學報》社會科學版 29 卷 4 期,2006 年 7 月。

137. 唐世貴〈《山海經》作者及時地再探討〉,《江漢大學學報》人文社會科學版 22 卷 5 期,2003 年 10 月。

138. 唐世貴〈《山海經》作者及時地再探討〉,《宜賓學院學報》2003 年 6 期。

139. 唐啓翠、胡滔雄〈葉舒憲《山海經》研究綜述〉,《長江大學學報》社會科學版 29 卷 2 期,2006 年 4 月。

140. 唐曉峰〈從混沌到秩序——中國上古地理思想史述論〉,北京:中華書局,2010 年 1 月。

141. 唐蘭〈〈天問〉「阻窮西征」新解〉,《禹貢半月刊》7 卷 1、2、3 期合刊,1937 年 4 月。

142. 唐蘭《中國文字學》,上海:上海古籍出版社,1979 年 9 月。

143. 夏德安〈戰國時代兵死者的禱辭〉,《簡帛研究譯叢》2 輯,1998 年 8 月。

144. 夏德靠〈論慈利楚簡的性質〉,《凱里學院學報》2011 年 2 期。

145. 夏曉偉〈從楚墓出土絲織品的色彩看楚人「尚紅」〉,《江漢考古》,2003 年 3 期。

146. 孫玉珍〈《山海經》研究綜述〉,《山東理工大學學報》社會科學版 19 卷 1 期,2003 年 1 月。

147. 孫旭輝〈山川參悟中的審美觀照:《山海經》「山水」內質分析〉,《浙江師範大學學報》社會科學版 2011 年 2 期。

148. 孫作雲〈楚辭九歌之結構及其祠神時神巫的配置方式〉,《文學遺產》8 輯（增刊）,1961 年。

149. 孫致中〈《山海經》的作者及著作時代〉,《貴州文史叢刊》1986 年 1 期。

150. 孫致中〈《山海經》的性質〉,《貴州文史叢刊》1985 年 3 期。

151. 孫楷第、戴鴻森《戲曲小說書錄解題》,北京:人民文學出版社,1990 年。

152. 孫麗紅、李超英〈虎骨及代用品研究進展〉,《長春中醫學院學報》2002 年 18 卷 4 期。

153. 宮玉海《《山海經》與世界文化之謎》,長春:吉林大學出版社,1995 年 1 月。

154. 徐中舒〈金文蝦辭釋例〉,《中央研究院歷史語言研究所集刊》6 本 1 分,1936 年 3 月。

155. 徐中舒《甲骨文字編（下）》，四川：四川辭書出版社，2003 年。

156. 徐文武〈楚國巫覡的憑靈與脫魂現象〉，《荊州師專學報》社會科學版 1992 年 3 期。

157. 徐文武〈楚國的「靈官」與「靈巫」〉，《荊州師專學報》1998 年 4 期。

158. 徐文武〈觀射父的宗教思想〉，《荊州師專學報》社會科學版 1994 年 3 期。

159. 徐文華〈巴蛇食象──即巴部吞併象部〉，《福建師大福清分校學報》2008 年 1 期。

160. 徐旭生《中國古史的傳說時代》，桂林：廣西師範大學出版社，2003 年。

161. 徐南洲〈《山海經》──一部中國上古的科技史書〉，收入《《山海經》新探》，四川：四川社會科學出版社，1986 年。

162. 徐寶航《中國神話中渾沌、開展、斷絕與回歸的象徵──以《山海經》爲主的分析》，臺北：輔仁大學宗教系碩士論文，2011 年。

163. 徐顯之〈《山海經》原貌及其本質的探討〉，《西安教育學院學報》1998 年 2 期。

164. 徐顯之《《山海經》探原》，武漢：武漢出版社，1991 年 3 月。

165. 徐顯之《山海經淺注》，合肥：黃山書社，1995 年。

166. 晏昌貴〈天星觀「卜筮祭禱」簡釋文輯校〉，《楚地出土簡帛文獻思想研究（2)》，武漢：湖北育出版社，2005 年。

167. 浙江省文物考古研究所〈餘杭瑤山良渚文化祭壇遺址發掘簡報〉，《文物》1988 年 1 期。

168. 烏蘭〈簡析訓詁術語「猶」〉，《蒙古社會科學》22 卷 5 期，2001 年 9 月。

169. 翁銀陶〈《山海經》性質考〉，《福建師範大學學報》1985 年 4 期。

170. 荊門市博物館《郭店楚墓竹簡》，北京：文物出版社，1998 年 5 月。

171. 袁行霈〈《山海經》初探〉，《中華文史論叢》1979 年 1 期。

172. 袁思芳〈試述《山海經》的醫藥學成就〉，《中醫藥學報》1988 年 6 期。

173. 袁珂〈《山海經》寫作的時地及篇目考〉，《中華文史論叢》7 輯，1978 年。

174. 袁珂〈論《山海經》的神話性質──兼與羅永麟教授商榷〉，《思想戰線》1989 年 5 期。

175. 袁珂《山海經全譯》，貴陽：貴州人民出版社，1990 年。

176. 袁珂《山海經校注》增訂本，成都：巴蜀書社，1992 年。

177. 袁珂《中國神話傳說》（一）（二）（三），臺北：里仁書局，1987 年 9 月。

178. 袁珂《古神話選釋》，北京：人民文學出版社，1979 年。

179. 袁國華〈「包山楚簡」文字考釋〉，《第二屆國際中國古文字學研討會論文集》，香港：香港中文大學中文系，1993 年 10 月。

180. 袁國華〈楚簡疾病及相關問題初探──以包山楚簡、望山楚簡爲例〉，臺北：中央研究院歷史語言研究所「『中國南方文明』研討會」會議論文，2003 年 12 月 19 日-20 日。

181. 袁國華〈楚簡與《楚辭》訓讀〉，《第四屆國際中國古文字學研討會論文集》，香港：香港中文大學，2003 年 10 月。

182. 馬伯英〈《山海經》中藥物記載的再評價〉,《中醫藥學報》1984 年 4 期。

183. 馬承源主編《上海博物館藏戰國楚竹書(一)》,上海上海古籍出版社,2001 年 11 月。

184. 馬昌儀〈《山海經圖》:尋找《山海經》的另一半〉,《文學遺產》2000 年 6 期。

185. 馬昌儀〈明刻《山海經圖》探析〉,《文藝研究》2001 年 3 期。

186. 馬昌儀《古本山海經圖說》,濟南:山東畫報出版社,2000 年。

187. 高至喜主編《楚文物圖典》,武漢:湖北教育出版社,2000 年 1 月。

188. 高亨主編《古字通假會典》,濟南:齊魯書社,1989 年 7 月。

189. 高明《中國古文字學通論》,臺北:五南圖書,1993 年。

190. 高敏《簡牘學入門》,南寧:廣西人民出版社,1989 年 10 月。

191. 高莉芬〈《山海經》中的神鳥——鳳凰〉,《中華文化復興月刊》20 卷 5 期,1987 年 5 月。

192. 高曉俐、李秀琴〈安胎飲治療先兆流產及習慣性流產 60 例〉,《陝西中醫》24 卷 11 期,2003 年。

193. 涂敏華〈《山海經》太陽鳥神話的考古印證及其文化內涵〉,《漳州師範學院學報》哲學社會科學版 2009 年 2 期。

194. 常興照〈少昊、帝舜與大汶口文化(上)〉,《文物春秋》2003 年 6 期。

195. 張化興《《山海經》中的神話與宗教初探》,臺中:靜宜大學中文所碩士論文,2008 年 1 月。

196. 張心澂《偽書通考》,上海:上海商務印書館,1954 年。

197. 張正明《楚文化史》,上海:上海人民出版社,1987 年。

198. 張立〈中國亞洲象現狀及研究進展〉,《生物學通報》2006 年 11 期。

199. 張光裕、滕壬生、黃錫全主編、袁國華等合編《曾侯乙墓竹簡文字編》,臺北:藝文印書館,1997 年。

200. 張光裕主編、袁國華合編《包山楚簡文字編》,臺北:藝文印書館,1992 年。

201. 張光裕主編、袁國華合編《望山楚簡校錄》,臺北:藝文印書館,2004 年。

202. 張希峰《漢語詞族續考》,成都:巴蜀書社,2000 年 5 月。

203. 張步天〈20 世紀《山海經》作者和成書經過的討論〉,《益陽師專學報》22 卷 1 期,2001 年 1 月。

204. 張步天〈校勘《山海經》錯簡一則〉,《益陽師專學報》1998 年 4 期。

205. 張岩《《山海經》與古代社會》,北京:文化藝術出版社,1999 年 6 月。

206. 張承烈〈安胎中藥研究進展〉,《浙江中醫學院學報》25 卷 4 期,2001 年 8 月。

207. 張勁松〈論中華巫儺藝術中的火符號〉,《中國民間文化》1993 年 4 集「民間神秘文化研究」專刊。

208. 張建〈《山海經》——中國最早的地理志〉,《岳陽職業技術學院學報》21 卷 1 期,2006 年 2 月。

209. 張春生《《山海經》研究》,上海:上海社會科學出版社,2007 年 10 月。

210. 張軍《楚國神話原型研究》，臺北：文津出版社，1994年1月。

211. 張振林〈古文字中的羨符——與字音字義無關的筆畫〉，《中國文字研究》2輯，2001年10月。

212. 張素卿〈〈觀射父絕地天通〉要義〉，《張以仁先生七秩壽慶論文集》，臺北：學生書局，1999年1月。

213. 張偉然《湖北歷史文化與地理研究》，武漢：湖北教育出版社，2000年1月。

214. 張國平〈《山海經》研究成果概述〉，《絲綢之路》2009年20期。

215. 張國安〈《大荒經》與《山海經》關係新論〉，《河南師範大學學報》哲學社會版34卷5期，2007年9月。

216. 張新斌〈蔡文化初論〉，《中華文化論壇》，2006年1期。

217. 張樹波〈《詩經》異文產生繁衍原因初探〉，《河北師範大學學報》社會科學版18卷4期，1995年。

218. 張顯成〈論簡帛的文獻學研究價值〉，《古籍整理研究學刊》2005年1期。

219. 張顯誠〈論簡帛的中醫藥學研究價值〉，《簡牘學研究》4輯，2004年。

220. 張顯誠《簡帛文獻論集》，成都：巴蜀書社，2008年8月。

221. 梁奇〈《山海經》中人獸伴生類神人形象論——以「四鳥」、鳥爲助手的神人形象爲例〉，《河南社會科學》19卷3期，2011年5月。

222. 許學仁〈戰國楚簡文字研究的幾個問題——讀戰國楚簡《語叢四》所錄《莊子》語暨漢墓出土《莊子》殘簡瑣記〉，《東華人文學報》3期，2001年7月。

223. 連劭名〈卜辭所見商代自然崇拜中的火〉，《中原文物》2001年3期。

224. 郭沂《郭店楚簡與先秦學術思想》，上海：上海教育出版社，2001年2月。

225. 郭郛《山海經注證》，北京：中國社會出版社，2004年5月。

226. 郭華〈《山海經校注》評介〉，《求索》2011年2期。

227. 郭錫良《漢字古音手冊》，北京：北京大學出版社，1986年11月。

228. 陳仁仁〈從楚地出土易類文獻看《周易》文本早期形態〉，《周易研究》2007年3期。

229. 陳怡芬《《山海經》的旅行記錄》，臺北：臺灣師範大學國文系碩士論文，2004年。

230. 陳直《史記新證》，北京：中華書局，2006年4月。

231. 陳寅恪〈敦煌劫餘錄序〉，《陳寅恪論文集》，臺北：九思出版社，1977年6月。

232. 陳連山〈《山海經》巫書說批——重申《山海經》爲原始地理志〉，《興大中文學報》27期（增刊），2010年12月。

233. 陳連山〈論形法家的涵義——從漢代知識形態的特點把握《山海經》的性質〉，《先秦兩漢學術》8期，2007年9月。

234. 陳逸根《《山海經》中之原始信仰研究》，臺中：中興大學中文碩士論文，2002年5月。

235. 陳琬菁《《山海經》死生觀研究》，桃園：中央大學中文所碩士論文，2004年。

236. 陳嘉凌《楚系簡帛字根研究》，臺北：臺灣師範大學國文系碩士論文，2002年6月。

237. 陳夢家〈商代的神話與巫術〉，《燕京學報》20 期，1937 年。

238. 陸嘉明〈超越時空的不朽靈魂——《山海經》神話中英雄神的文化闡述〉，《蘇州教育學院學報》2004 年 3 期。

239. 章太炎〈文學說例〉，分別發表於《新民叢報》5、9、15 號，1902 年。

240. 凌純聲《中國邊疆民族與環太平洋文化·昆侖丘與西王母（下）》，臺北：聯經書局，1979 年。

241. 傅錫壬〈《山海經》研究〉，《淡江學報》文學部 14 期，1976 年 4 月。

242. 彭毅〈諸神示象——《山海經》神話資料中的萬物靈跡〉，《文史哲學報》46 期，1997 年 6 月。

243. 湖北省文物考古研究所、北京大學中文系編《九店楚簡》，北京：中華書局，2000 年 5 月。

244. 湖北省文物考古研究所、北京大學中文系編《望山楚簡》，北京：中華書局，1995 年。

245. 湖北省荊沙鐵路考古隊編《包山楚墓》，北京：文物出版社，1991 年 10 月。

246. 湖北省博物館編《曾侯乙墓》，北京：文物出版社，1989 年 7 月。

247. 湯炳正〈從包山楚簡看〈離騷〉藝術構思與意象表現〉，《文學遺產》1994 年 2 期。

248. 湯惠生〈北方游牧民族薩滿教中的火神、太陽及光明崇拜〉，《青海社會科學》1995 年 2 期。

249. 湯餘惠、吳良寶〈郭店楚墓竹簡零拾（四篇）〉，《簡帛研究 2001》，桂林：廣西師範大學出版社，2001 年。

250. 湯餘惠《戰國銘文選》，瀋陽：吉林大學出版社，1993 年。

251. 賀雙非〈《山海經》是雜史名著〉，《湖南城市學院學報》32 卷 2 期，2011 年 3 月。

252. 馮勝君〈古書中「屯」字訛爲「毛」字現象補證〉，《古文字研究》24 輯，2002 年。

253. 馮勝君〈戰國楚文字「黽」字用作「龜」字補議〉，《漢字研究》1 輯，2005 年。

254. 黃永霖《《山海經》神樹研究》，臺南：臺南大學國文系碩士論文，2011 年。

255. 黃伯寧〈《山海經》考——論人類文明史的隔斷帶〉，《齊齊哈爾師範學院學報》哲學社會科學版 1994 年 1 期。

256. 黃梓勇《《鶡冠子》研究》，香港：香港浸會大學哲學碩士學程，2008 年 8 月。

257. 黃景賢〈《山海經》記載的中醫藥神話集粹〉，《中醫藥學刊》2005 年 1 期。

258. 黃焯《古今聲類通轉表》，上海：上海古籍出版社，1983 年 6 月。

259. 黃楚飛《戰國時期楚漆器中的鳳鳥紋飾研究》，武漢：武漢理工大學碩士論文，2006 年 4 月。

260. 黃銘崇〈《山海經》之研究（一）——《山海經》的篇數問題〉，《簡牘學報》16 期，1997 年。

261. 黃鳳春〈釋信陽簡中的「礴石之硓」〉，《楚文化研究論集（六）》，武漢：湖北教育出版社，2004 年。

262. 黃懿陸《《山海經》考古——夏朝起源與先越文化研究》，北京：民族出版社，2007

年。

263. 黄靈庚〈楚辭簡帛考證〉，《文史》2002 年 2 期。

264. 黄靈庚《楚辭與簡帛文獻》，北京：人民出版社，2011 年 3 月。

265. 楊子水《古詩文名物新證（上）（下）》，北京：紫禁城出版社，2004 年 12 月。

266. 楊子水《詩經名物新證》，北京：北京古籍出版社，2000 年 2 月。

267. 楊小英《睡虎地秦簡與秦楚婚俗研究》，武漢：武漢大學碩士論文，2005 年 5 月。

268. 楊伯峻《春秋左傳注》，北京：中華書局，1981 年。

269. 楊伯達〈巫－玉－神泛論〉，《中原文物》2005 年 4 期。

270. 楊卓〈論《山海經》是一部信史〉，《中國文化研究》1995 年 4 期。

271. 楊昭鵬、滕毓敏、徐康森〈虎骨與梅花鹿、馬鹿、豬、羊、狗骨理化性質的研究Ⅰ〉，《藥物分析雜誌》13 卷 5 期，1993 年。

272. 楊超《山海經》及其相關的幾個問題〉，《大自然探索》1984 年 4 期，又收入《《山海經》新探》，四川：四川社會科學出版社，1986 年。

273. 楊瑞玲〈論先秦天、神、人地位及關係的演變〉，《遼寧師專學報》社會科學版 2001 年 6 期。

274. 楊萬全《水文學》，臺北：臺灣師範大學地理系，1993 年。

275. 楊義《中國古典小說史論》，北京：中國社會科學出版社，1995 年。

276. 楊興華〈從祖先崇拜和楚俗看《山海經》作者的族別〉，《贛南師範學院學報》1997 年 1 期。

277. 葉立青〈論楚巫覡的身分與地位〉，《北華大學學報》社會科學版 7 卷 1 期，2006 年 2 月。

278. 葉珠紅〈從《山海經》的不死神話——淺析漢唐的神仙思想〉，《大明學報》3 期，2002 年 6 月。

279. 葉舒憲等《《山海經》的文化尋蹤——想像地理學與東西文化碰觸》，武漢：湖北人民出版社，2004 年。

280. 葉聖陶《稻草人——葉聖陶散文》，杭州：浙江文藝出版社，2010 年。

281. 葉德均〈《山海經》中蛇底傳說〉，《民俗》116-118 期合刊，1933 年 5 月。

282. 裘錫圭〈談談上博簡和郭店簡中的錯別字〉，《華學》6 輯，2003 年。

283. 裘錫圭〈簡帛古籍的用字方法是校讀傳世先秦秦漢古籍的重要根據〉，《裘錫圭學術文化隨筆》，北京：中國青年出版社，1999 年 10 月。

284. 詹石窗、張秀芳〈火與灶神形象嬗變論〉，《世界宗教研究》1994 年 1 期。

285. 詹今慧〈先秦同形字研究舉要〉，臺北：政治大學中文系碩士論文，2005 年 1 月。

286. 詹淑芳《《山海經》中鳳與龍的象徵及其神學意義〉，《神學論集》91 期，1995 年。

287. 鄒濬智〈原巫——試說中國先秦「巫」文化的演變〉，《醒吾學報》39 期，2008 年 12 月。

288. 鄒濬智〈從《國語·楚語下》看觀射父的宗教觀〉，《興國學報》7 卷，2008 年 1 月。

289. 鄒濬智〈新材料促成新研究——試談戰國楚地出土簡帛在《楚辭》研究上的可能應用〉,《中國文人月刊》313 期,2007 年 1 月。

290. 鄒濬智〈楚簡所見楚人山川崇拜試探〉,《慈惠學術專刊》3 期,2007 年 10 月。

291. 鄒濬智《上海博物藏戰國楚竹書(一)·緇衣》研究》,臺北:臺灣師範大學國文系碩士論文,2004 年 6 月,又收入《古典文獻研究輯刊第二編》20 冊,臺北縣:花木蘭出版社,2006 年 3 月。

292. 鄒濬智《西漢以前家宅五祀及其相關信仰研究——以楚地簡帛文獻資料為討論焦點》,臺北:花木蘭文化出版社,2008 年 9 月。

293. 雷玉清〈從象耕看遠古先民對畜力能源的利用〉,《中國農史》1994 年 4 期。

294. 廖守臣《泰雅族的社會組織》,花蓮:慈濟大學人文社會學院,1998 年。

295. 廖明君、汪曉雲〈《山海經》與中國古代學術體系〉,《民族藝術》2009 年 1 期。

296. 廖風德等《戰國時代》,臺北:中華民國僑務委員會,1989 年。

297. 翟玉莘〈「辟邪」考略〉,《楚文化研究論集(六)》,武漢:湖北教育出版社,2004 年。

298. 翟蕾《《山海經》從史部入子部考證〉,《文學界》理論版 2010 年 12 期。

299. 聞一多《九歌解詁》,上海:上海古籍出版社,1985 年。

300. 臺灣總督府臨時臺灣舊慣調查會原著、中央研究院民族學研究所編譯《番族慣習調查報告書〔第一卷〕·泰雅族》,臺北:中央研究院民族學研究所,1996 年。

301. 蒙文通〈略論《山海經》寫作時代及其產生的地域〉,《中華文史論叢》1 輯,1962 年。

302. 蒙傳銘《《山海經》作者及其成書年代之重新考察〉,《中國學術年刊》15 期,1994 年 3 月。

303. 趙中振、蕭培根《當代藥用植物典》第三冊,臺北:萬里機構,2007 年。

304. 趙文靜、萬羽、李淑蓮、高春霞〈虎斑游蛇的微量元素含量測定及與烏梢蛇的比較分析〉,《中醫藥信息》19 卷 4 期,2002 年。

305. 趙平安〈從楚簡娩的釋讀談到甲骨文的娩〉,《簡帛研究二○○一》,桂林:廣西師範大學出版社,2001 年 9 月。

306. 趙璞珊《《山海經》所記載的藥物、疾病和巫醫—兼論《山海經》的著作時代〉,收入《《山海經》新探》,四川:四川省社會科學院出版社,1986 年。

307. 劉千惠《《山經》中山神祭儀探究〉,《輔大中研所學刊》16 期,2006 年 10 月。

308. 劉不朽《《山海經》與三峽:《山海經》所載之古三峽民族部落和方國探蹤〉,《中國三峽建設》2004 年 4 期。

309. 劉志成《文化文字學》,成都:巴蜀書社,2003 年 5 月。

310. 劉志基〈說楚簡帛文字中的「宀」及其相關字〉,《中國文字研究》5 輯,2004 年 11 月。

311. 劉宗迪〈昆侖原型考——《山海經》研究之五〉,《民族藝術》2003 年 3 期。

312. 劉雨〈信陽楚簡釋文與考釋〉,《信陽楚墓》北京:文物出版社,1986 年。

313. 劉信芳〈九店楚簡日書與秦簡日書比較研究〉,《第三屆國際中國古文字研討會論文集》,香港:香港中文大學中國文化研究所,1997年。

314. 劉信芳〈包山楚簡神名與〈九歌〉神祇〉,《文學遺產》1993年5期。

315. 劉信芳〈郭店簡〈緇衣〉解詁〉,《郭店楚簡國際學術研討會論文集》,武漢:湖北人民出版社,2000年。

316. 劉信芳《子彈庫楚墓出土文獻研究》,臺北:藝文印書館,2002年1月。

317. 劉信芳《包山楚簡解詁》,臺北:藝文印書館,2003年。

318. 劉釗〈「稽」字考論〉,《中國文字研究》6輯,2005年。

319. 劉釗〈談古文字資料在古漢語研究中的重要性〉,《古文字考釋叢稿》,長沙:岳麓書社,2005年7月。

320. 劉釗《古文字構形研究》,瀋陽:吉林大學中國古文字博士論文,1991年。

321. 劉國忠〈清華簡的入藏及其重要價值〉,《清華大學學報》哲學社會科學版2009年3期。

322. 劉新春〈《山海經校注》拾誤〉,《宜賓學院學報》2007年11期。

323. 劉煥藻〈郭店楚簡《老子》研究〉,《理論月刊》1999年5期。

324. 劉道軍〈從三星堆青銅神樹到金沙太陽神鳥〉,《重慶師範大學學報》2006年5期。

325. 劉嬌〈利用傳世古書與出土簡帛古書中的相同或類似內容校正出土簡帛古書舉例〉,《中國文字》新36期,2011年1月。

326. 劉廣定〈談《山海經》中的醫藥史及化學史資料〉,《科學月刊》13卷5期,1982年5月。

327. 劉樹人〈《山海經》中的「東山」區位地理考古研究〉,《地球資訊科學》6卷1期,2004年3月。

328. 樊聖〈戰國古籍《山海經·東山經》裡的南美洲野生動物〉,《臺灣博物》68期,2000年12月。

329. 樊聖〈戰國古籍《山海經·南山經》中的非洲野生動物〉,《臺灣博物》60期,1998年12月。

330. 歐纈芳《《山海經》校證》,《文史哲學報》11期,1962年9月。

331. 滕壬生《楚系簡帛文字編》,武漢:湖北教育出版社,1995年。

332. 滕明生、楊曉黎、吳登虎〈亞洲象繁殖生物學特徵探討〉,《動物學雜誌》2003年6期。

333. 編者〈山東膠州東周遺跡現四千年前稻米化石〉,《齊魯晚報》2011年10月26日。

334. 編者〈封面故事:吸血蝙蝠探測紅外線的分子機制〉,《自然》476期,2011年8月4日。

335. 編者〈海外趣聞〉,《初中生》2010年16期。

336. 編寫組《全國中草藥彙編》,北京:人民衛生出版社,1988年。

337. 蔣瑞〈論〈楚辭〉的靈巫——兼說靈與玉的關係〉,《南通大學學報》社會科學版2005

年 2 期。

338. 蔡佳芳《《山海經》與《古本山海經圖說》中的變化神話研究》，臺中：靜宜大學中文所碩士論文，2011 年。

338. 蔡宗霖《生態工法中預鑄混凝土護坡最佳植被之調查》，臺中：逢甲大學土木及水利工程研究所碩士論文，2003 年 6 月。

340. 蔡靖泉《楚文學史》，漢口：武漢大學出版社，1996 年 6 月。

341. 蔡學民《《山海經》的歷史地理區域重塑》，臺北：臺灣師範大學地理系碩士論文，1998 年 6 月。

342. 衛聚賢《中國人發現美洲》，臺北：說文書店，1982 年。

343. 衛聚賢《古史研究》第三集，上海：上海文藝出版社，1947 年。

344. 鄭均洹《內填黃耆皂苷矽膠管對截斷大鼠坐骨神經再生之研究》，臺中：中國醫藥大學中西醫結合研究所碩士論文，2002 年。

345. 鄭志明〈《山海經》的神話思維〉，《淡江大學中文學報》2 期，1993 年 12 月。

346. 鄭杰祥《新石器時代與夏代文明》，南京：江蘇教育出版社，2005 年。

347. 魯迅《中國小說史略》，北京：人民文學出版社，1973 年。

348. 冀凡〈湖南楚墓巫黔之役與〈九章〉、〈九歌〉〉，《雲夢學刊》1994 年 1 期。

349. 蕭兵〈《山海經》的原始性醫藥〉，收入《《山海經》的文化尋蹤——「想像地理學」與東西文化碰觸》，湖北：人民出版社，2004 年。

350. 蕭登福〈試論《山海經》與道教神仙思想的關係〉，《當代中國哲學學報》12 卷 7 期，2008 年。

351. 蕭崧〈揚雄《方言》中的荊楚方言詞彙釋〉，《荊楚理工學院學報》24 卷 10 期，2009 年 10 月。

352. 駱水玉〈聖域與沃土——《山海經》中的樂土神話〉，《漢學研究》17 卷 1 期，1999 年 6 月。

353. 駱瑞鶴〈《山海經》病名考（下）〉，《長江學術》2006 年 3 期。

354. 龍亞珍《《山經》祭儀初探》，臺北：政治大學中文系碩士論文，1988 年 6 月。

355. 禤健聰〈釋楚文字的「龜」和「𩰚」〉，《考古與文物》2004 年 3 期。

356. 謝秀卉《《山海經》郭璞注研究》，臺北：政治大學中文系碩士論文，2008 年 5 月。

357. 謝智琴《《山海經》中生命安頓及樂土嚮往之探討》，新竹：玄奘大學中文所碩士論文，2005 年。

358. 謝榮娥《秦漢時期楚方言區文獻的語音研究》，北京：高等教育出版社，2011 年 8 月。

359. 謝瓊儀《《山海經》飲食養生醫療觀研究》，高雄：高雄師範大學國文系碩士論文，2011 年。

360. 鍾佩衿《袁珂的《山海經校注》研究》，臺北：政治大學中文所論文，2009 年。

361. 鍾宗憲《中國神話的基礎研究》，臺北：洪葉文化出版事業，2006 年 2 月。

362. 鍾勝珍《《山海經》女性神祇研究》，臺北：臺北市立師範學院應用語言文學研究所碩

士論文，2004 年。

363. 韓一鷹〈《山海經》中動植物表〉，《民俗》116-118 期合刊，1933 年 5 月。

364. 叢曉靜《郭璞訓詁學研究》，濟南：山東師範大學漢語文字學碩士論文，2002 年 4 月。

365. 轟中慶《郭店楚簡《老子》研究》，上海：復旦大學古典文獻學博士論文，2003 年 4 月。

366. 魏宜輝《楚系簡帛文字形體訛變分析》，南京：南京大學考古學與博物館學博士論文，2003 年 4 月。

367. 羅永麟〈論《山海經》的巫覡思想〉，《民間文藝集刊》1990 年 3 期。

368. 羅永麟《中國仙話研究》，上海：上海文藝出版社，1993 年。

369. 羅振玉《增訂殷墟書契考釋》，臺北：藝文印書館，1970 年。

370. 譚其驤〈《山經》河水下游及其支流考〉，《中華文史論叢》7 輯（復刊號），1978 年。

371. 譚其驤〈論〈五藏山經〉的地域範圍〉，《中國科技史探索》，北京：人民出版社，1994 年。

372. 譚其驤主編《簡明中國歷史地圖集》，北京：中國地圖出版社，1991 年 10 月。

373. 嚴學宭〈論楚族和楚語〉，《嚴學宭民族研究文集》，北京：民族出版社，1997 年。

374. 蘇建洲《上博楚竹書文字及相關問題研究》，臺北：萬卷樓，2008 年。

375. 蘇雪林《屈原與九歌》，臺北，文津出版社，1992 年。

376. 蘇雪林《屈賦論叢》，臺北：廣東出版社，1980 年。

377. 顧頡剛〈五藏山經試探〉，《史學論叢》1 期，1934 年。

378. 溫琰茂、曾水泉、潘樹榮、羅毓珍〈中國東部石灰岩土壤元素含量分異規律研究〉，《地理科學》14 卷 1 期，1994 年。

參、網路資料

1. 〈《山海經》具有多方面的價值〉，「華夏經緯網」
   http://big5.huaxia.com/zhwh/gjzt/2009/07/1508340.html。

2. 〈人類生活變遷〉，教育部「歷史文化學習網」
   http://culture.edu.tw/history/smenu_photomenu.php?smenuid=541。

3. 〈大汶口文化〉，「百度百科」
   http://baike.baidu.com/view/22375.htm。

4. 〈女兒國鮮爲人知的「怪異民俗」〉，「華夏經緯網」
   http://big5.huaxia.com/ly/fsmq/dl/2011/05/2420664.html。

5. 〈中國境內的女人國〉，「維基百科」
   http://zh.wikipedia.org/wiki/%E6%91%A9%E6%A2%AD%E4%BA%BA。

6. 〈亞洲岩蟒〉，「百度百科」
   http://baike.baidu.com/view/23882.htm。

7. 〈亞洲岩蟒〉，「維基百科」